구름의 저편, 약속의 장소

The place promised in our early days

일러두기

등장인물 표기는 애니메이션을 기준으로 하였으며
그 외 외래어 표기는 국립국어원의 외래어 표기법을 따랐습니다.

구름의 저편, 약속의 장소

The place promised in our early days

신카이 마코토 원작 · 가노 아라타 지음 · 임희선 옮김

대원씨아이

차례

서장_005

여름_016

잠_195

탑_345

해설_470

서장

The place promised in our early days

북녘으로 울며 달리는 탑이
있어야 할 하늘의 기척은 보이지 않고

— 미야자와 겐지

오다큐 하루쿠 백화점 앞 횡단보도에서 신호를 기다리다가 문득 하늘을 올려다보았다.

고층 빌딩으로 사방이 빙 둘러싸인 신주쿠 역 서쪽 출구의 좁은 하늘은 이른 아침 시간대라 그런지 별로 밝진 않았지만 회색빛 도시치고는 충분히 푸르러서 여름이 다가오는 기척이 느껴졌다.

나에게 여름은 뭔가 꽉 찬 공기 덩어리 같은 것이 하늘에서 천천히 내려오는 이미지다.

나는 눈을 게슴츠레 떠서 그 여름 덩어리의 환상을 보려 했다.

그 순간, 16년 전 그해, 그 특별했던 여름의 기억이 아련하게 가슴속에 떠오르고 말았다.

폐가 순간적으로 확 오그라들어서 눈물이 핑 도는 느낌이 나를 사로잡았다. 나는 신호등이 파란불로 바뀐 것도 알아차리지 못하고 멍하니 서 있다가 허둥지둥 걸음을 내디뎌 옆에 있던 사람들보다 약간 늦게 서쪽 출구 개찰구로 향했다.

출퇴근 시간대의 전철역 터미널. 수많은 사람들이 등을 보이며 하나의 흐름을 만들어 차례차례 자동 개찰구 안으로 빨려 들어간다. 나는 그 모습을 아무런 놀라움이나 감동 없이 바라보았다. 이렇게도 많은 사람들이 한 도시에 살고 있고, 모두가 제각기 다른 인생을 살고 있다는 사실에 놀라지 않게 된 것이 도대체 언제부터일까? 분명 내 뒷모습에서도 그들처럼 피로가 느껴질 것이다. 서른한 살이 된 나는 서른한 살만큼의 피로에 젖어 있다. 아주 심각할 정도는 아니지만 그렇다고 하찮은 정도라고 할 수도 없다.

문득, 오늘은 일하러 가기 싫다는 생각이 들었다.

스스로도 좀 우스웠다. 무슨 어린애도 아니고 말이다. 그런데 생각해보니 내가 정말 어린애였을 때는 학교 수업을 빼먹은 적이 있던가? 없었던 것 같다. 결국 나는 제대로 어른으로 자라나지 못한 모양이다. 어떤 사람이 제대로 어른이 되지 못했다면 그건 그 사람이 어렸을 때 어리게 살지 못했기 때문이다. 어른답다는 것이 얼마나 가치 있는 일인지는 잘 모르겠다. 그래도 자신이 충분히 성숙하지 못하다는 의구심만큼은 찌꺼기처럼 계속 옆구리에 쌓여가고 있다.

오늘 일정을 떠올려봤다. 일단 누군가를 만날 약속은 없었다. 급하게 처리해야 할 일들이 없지는 않지만 그것도 어떻게든 되겠지. 나는 역 안에 있는 유료 사물함에 서류 가방을 던져 넣고 잠갔다. 주머니에서 핸드폰을 꺼내 회사에 연락을 하려다가…….

갑자기 마음이 바뀌어서 아예 전원을 꺼버리고 주머니에 도로 넣었다. 어차피 땡땡이를 칠 거라면 철저하게 어린애처럼 하고 싶었다.

어디로 갈지는 정해져 있었다. 추오(中央)선을 타고 도쿄 역으로 갔다. 창구에서 아오모리(青森)행 기차표와 하치노헤(八戸)행 도호쿠 신칸센(東北新幹線) 특급 열차표를 사서 8시 56분 출발 '하야테' 호를 타고 좁은 자리에 몸을 구겨 넣고서 3시간가량 비몽사몽 졸았다.

하치노헤 역에서 특급 열차로 갈아타고 아오모리 역에 도착했다. 30분가량 기다렸다가 쓰가루(津軽)선의 디젤 열차에 올랐다. 혼슈(本州)의 북쪽 끝인 쓰가루 반도 끄트머리까지 가는 작은 노선이다.

그리운 시골 기차. 두 칸 편성에 하루 딱 다섯 번 운행.

무엇 하나 변한 데가 없었다. 텅텅 빈 차량 안에서 신기하게도 푸근한 분위기가 풍겼다. 이곳 쓰가루 지방에 사는 사람들은 노선이 딱 하나밖에 없는 이 시골 기차를 이용한다. 그런 시골 기차 특유의 친밀감이 있었다.

그런데 나는 그 속에서 살짝 소외감을 느꼈다.

아마 내가 이미 이 땅의 이방인이 되어버렸기 때문일 것이다. 이제 나는 그 친밀감 속에 포함되어 있지 않았다.

좀 떨어진 네 명이 서로 마주 보고 앉는 박스 좌석에 중학생 커플이 있었다. 즐겁게 떠들고 있다. 그 모습을 흐뭇하게 바라보았다. 내가 다니던 학교 교복이다. 교복까지도 옛날 그대로다. 이야기 내용이 들렸다. 그 또래 아이들답게 소소하고 일상적인 잡담이었지만 남자아이와 여자아이는 무척 즐거워 보였다. ……아무런 구김살 없이.

내게도 오래전에 아무런 구김살 없이 반짝이던 시절이 있었다.

별것 아닌 일들까지도 더할 나위 없이 즐겁고 보물 같았다.

소중한 친구가 하나 있었고 예쁜 여자아이가 하나 있었다. 우리는 셋이서 이 기차를 타고 있었다. 둔중하고 느려터진 디젤 열차가 더 천천히 가주기를 바라면서. 너무도 머나먼 기억인 것 같다…….

그렇다.

나는 멀리 떠나와 버렸다.

그 시절 나는 조금이라도 멀리 가려고 온 힘을 다해 손을 내뻗고 있었다.

그 시절에 내가 필사적으로 가려던 곳이 지금 여기일까?

모르겠다.

종점 바로 전인 쓰가루하마나(津軽浜名) 역에서 내렸다.

작은 자전거 보관소를 곁눈으로 쳐다보며 주택가 반대 방향으로 걸어갔다. 만들기 시작했다가 끝내 개통까지 가지 못했던 신쓰가루 해협선의 철도 고가 밑을 지났다.

거기서부터는 약간 오르막이 된다.

이윽고 나는 폐허가 된 조립식 건물의 공장에 다다랐다. 그 공장 부지를 가로질러 담장이 갈라진 곳을 몸을 구부려서 빠져나가 뒤쪽에 있는 작은 산을 30여 분 동안 천천히 올라갔다.

나무가 울창하게 나 있는 곳을 지나치자 갑자기 앞이 탁 트였다.

눈앞에 마치 목장처럼 연두색으로 빛나는 드넓은 초원이 펼쳐져 있었다.

아직 어린 잡초들이 온 사방에서 자라나서 푸릇푸릇한 내음을 바람에 내뿜고 있었다. 끝없이 넓고 넓은 연둣빛 세계.

천천히 그 푸르름 속으로 발을 내딛었다. 사락사락 풀을 스치는 소리가 내 귓가를 간지럽혔다.

저 멀리 오른쪽 방향으로, 허물어진 채 방치된 역이 보였다. 콘크리트로 만든 플랫폼이 나란히 세 줄 있었다. 그 플랫폼들을 입체적으로 연결해주는 구름다리가 보였다. 구름다리는 벽과 밑바닥 여기저기가 무너져 있었다. 만들다 만 상태로 방치되어 끝내 한 번도 기차가 지나가거나 머문 적이 없는 폐역(廢驛)이다.

아무것도 오지 않고 어디로도 가지 못하는 장소.

이 장소에 그 시절 나의 모든 것이 있었다.

위를 올려다보니 하늘은 끝없이 넓기만 했다. 짙은 파란색 하늘에 입체적인 모양새의 두터운 구름이 떠 있었다. 머리를 뒤로 젖히면서 바라보았더니 하늘도 함께 빙그르르 돌면서 온 하늘의 푸르름이 내 주위로 몰려드는 느낌이 들었다.

그런 높은 하늘 위로 한 대의 비행기가 떠 있었다.

작고 새하얀 비행기였다.

'베라실러…….'

나는 환상 속에서 그 모습을 보았다.

그 비행기는 진짜로 이 하늘을 날고 있는 것이 아니었다. 그냥 내 오랜 기억 속에서 날고 있을 뿐이다. 어떤 항공기 카탈로그에서도 찾을 수 없는, 그런 곳에 실려 있을 리가 없는 신비한 모양의 비행기다.

베라실러.

우리 세 사람의 힘의 결정체. 슬프도록 아름다운 비행기.

"멋지다……."

귓가에 사유리의 목소리가 울렸다.

아니, 그냥 그렇게 느꼈을 뿐이다. 그녀는 이제 없다. 이 공간에 자극받아 기억의 잔재가 되살아난 것뿐이다.

하지만 나는 마치 지금 눈앞에 있는 실체처럼 그녀의 모습을 볼 수 있었다. 환상의 그녀가 풀을 밟는 소리를 내면서 뒤에서 가볍게 달려와 나를 지나친 다음 뒤를 돌아봤다. 짧은 교복 치마가 나풀거리고 살짝 긴 검은 머리가 출렁였다.

"비행기야!"

사유리가 신난 목소리로 말했다. 16년 전의 중학생 때 모습이었다. 넌 왜 그런 모습으로 나타나는 거야? 어른이 된 다음의 네 모습도 난 알고 있는데.

살결에 바람이 느껴지면서 현실감이 돌아왔다.

비행기도, 사유리의 모습도 연기처럼 한순간에 사라지고 말았다.

나는 그녀의 환상이 서 있던 자리를 물끄러미 계속 바라보았다.

한동안 아무 생각 없이 그 자리에 멍하니 서서 푸르른 잡초들과 파란 하늘만 쳐다보고 있었다. 땅이 봉긋이 솟아올라 언덕처럼 된 그 너머로 곶이 보였다. 그 뒤로는 바다가 펼쳐져 있었다. 바다는 서늘하게 검푸른 색깔이었다. 깊고 어두운데 묘하게 투명한 느낌이었다. 그게 바로 여름 쓰가루 해협의 색깔이다. 그 바다 너머 멀리에 하늘의 색깔과 거의 동화되다시피 해서 청회색의 홋카이도(北海道) 땅이 희미하게 보였다.

문득, 위화감이 들었다.

있어야 할 무언가가 안 보이는 위화감.

그렇다. 탑이다.

옛날에는 이곳에서 바다 건너 홋카이도를 바라보면 안개 같은 구름이 낀 하늘 저편으로 새하얀 탑이 서 있었다. 이 쓰가루 반도에서도 보였을 정도니까 어마어마하게 크고 높은 탑이었다. 소년 과학 잡지에서 본 궤도 엘리베이터의 상상도처럼, 하늘에 자를 대고 그린 그림 같은 아름다운 순백색의 수직선. 마치 딴 세상에 있는 문명에서 가지고 온 듯 꿈처럼 거대한 건축물. 그것이 보이지 않았다.

그건 이제 없다.

사라져버리고 말았다.

푸른 초원의 풀들이 바람에 나부껴 파도처럼 일렁이면서 사유리의 기척을 다시 데리고 왔다.

"자꾸 그런 예감이 들어. 무언가를 잃어버릴 것 같은 기분이 들어. 세상은 이렇게나 아름다운데……."

그래. 자꾸 무언가를 잃어버릴 것 같은 예감이 든다고 언젠가 그녀는 말했다. 기껏해야 중학생이었던 내가 그게 무엇인지 실감할 수 있을 리는 만무했지만, 그래도 그 말만큼은 이상하리만치 내 마음을 떨리게 했다.

그것은 그 전쟁이 시작되기 몇 년이나 전의 일이었다. 홋카이도가 아직 에조라고 불리며 다른 나라, 적국의 점령지였던 시절이다. 바로 눈앞에 보이는데도 절대로 가지 못했던 곳. 손이 닿지 않는 하늘의 저편.

약속의 장소.

그렇다. 우리 셋은 그해 여름, 여기서 그 탑을 바라보면서 작은 약속을 했었다.

이제는 멀리 떠나가 버린 그날, 구름 저편에는 그녀와 약속한 그곳이 있었다.

탑이 사라져버린 것은 내 탓이었다.

사유리도 이제 내 곁에 없다.

사유리……. 그녀는 지금 어떻게 지내고 있을까? 왜 나는 지금 사유리와 함께 있지 못하는 것일까?

풀들이 사락사락 서로 부딪치는 소리를 들으면서 고개를 숙여 손가락으로 헤아려보았다. 지금껏 십 수 년 동안 내가 잃어버린 것들, 사라져버린 것들, 버리고 온 것들을.

그렇게 꼽아보니 많은 것 같지는 않았다. 그런데도 어째서 이렇게 마음이 무겁기만 할까?

나는 천천히 발걸음을 떼어서 그 옛날 설치만 된 채 그대로 방치된 철길이 있는 곳까지 가보았다. 선로 두 개가 합쳐졌다가 다시 갈라지는 지점이 있었다. 거기까지 가서 붉게 녹슨 철길 위에 앉았다. 그리고 잠시 울었다. 어쩌면 나는 잃어버려서는 안 되는 것들만 잃으며 살아왔는지도 모르겠다. 그렇지만 그것은 내가 나이고, 그 녀석이 그 녀석이고, 그녀가 그녀인 한 피할 수가 없는 일이었다. 우리가 걸어온 길은 환승도 불가능하고, 행선지 변경도 할 수 없는 것이었다.

햇살이 붉은 기운을 살짝 띨 때까지 그렇게 가만히 앉아 있었다. 이윽고 나는 머리를 흔들어 슬픈 마음을 떨쳐버리고는 천천히 일어서서 바지에 묻은 붉은 녹을 가볍게 떨어냈다. '지금'으로 돌아갈 시간이었다. 나는 바다 저편을 등지고 살며시 발을 내딛었다.

The place promised in our early days

1.

십수 년 전으로 시간을 거슬러 올라가 본다.

나는 아오모리 현 소토가하마 마을이라는 곳에서 나고 자랐다. 쓰가루 반도의 끄트머리다. 일본의 북쪽 땅 끝 마을이라고 하면 느낌이 올지도 모르겠다.

정말이지 아무것도 없는 곳이었다. 있는 것이라고는 바다와 산과 띄엄띄엄 보이는 집과 밭들, 닷피자키(竜飛崎)에 있는 쓰가루 기념비 정도였다. 하다못해 슈퍼마켓조차 차를 타고 몇 십 분씩 가야만 있었다. 차가 없으면 기본적인 생활조차 전혀 할 수 없는 곳이었다.

옛날에 바다낚시로 번성하던 시절도 있었다고 하지만, 유니언과의 국경이 바로 코앞에 있는 곳이어서 국교가 단절된 이후로 정세가 긴박해지면서 낚시꾼들의 발걸음도 점점 멀어졌다. 바다낚시는 고사하고 하마나(浜名)항의 어업조차 어떻게 될지 앞날을 가늠할 수 없는 지경이었다.

상황이 그랬지만, 원래부터 번성하고는 거리가 먼 곳이었기 때문에 마을 사람들은 별다른 위기감을 느끼는 일 없이 한가로이 살아갔다.

세상 사람들이 아오모리에 대해 가지고 있는 이미지라고 하면

대개 설국(雪國), 다자이 오사무(太宰治, 20세기 초반 활동한 일본 소설가), 데라야마 슈지(寺山修司, 1935-1983, 일본의 극작가), 미일 연합군의 미사와(三沢) 기지, 네부타 마쓰리(ねぶた祭り, 아오모리 시에서 8월 초에 열리는 여름 축제) 정도를 꼽을 수 있을 것이다.

설국이라는 말은 맞다. 실제로 엄청난 눈이 하늘에서 펑펑 쏟아지니까(정말 쏟아진다고밖에 할 수가 없을 정도의 양이다). 하지만 내가 개인적으로 가지고 있는 이 땅의 이미지는 짙은 녹색이다.

쓰가루 반도는 나지막한 산들이 끝없이 이어지다가 바다에 다다르는 모양새의 지역이다. 눈이 녹아 사라지고 난 이후의 여름철에는 그런 낮은 산의 나무들이 그림물감 중의 비리디언(viridian)을 더 진하게 농축한 것처럼 아름답게 짙은 색이 된다. 그런가 하면 어린 나뭇잎과 싹들은 밝은 연두색으로 돋아나서 햇빛을 한껏 머금고 있다. 진녹색과 연두색이 완연하게 대비되는 녹음을 우리 집 창문에서 종종 바라보고는 했다. 그렇게 보고 있으면 어딘지 마음이 푸근해지는 것 같기도 하고, 힐링이 되는 느낌이 있어서 개운치 못했던 속이 시원하게 풀리면서 마음이 편안해졌다.

그렇게 목가적인 지역인 한편, 세계정세의 관점에서 볼 때 아오모리는 십 수 년 동안 많은 주목을 받는 곳이기도 했다.

그 이유는 말할 나위도 없이 유니언이 점령하고 있는 에조라는 땅이 쓰가루 해협을 사이에 두고 바로 코앞에 있기 때문이었다.

세계의 반을 차지하고 있는 거대한 공산국가 모임인 유니언. 그

나라와 일본을 가르는 곳. 이곳은 국경 지역이었다.

아오모리에서는 중학교 1학년이 되면 사회 과목에 특별 수업 시간이 생기는데, 그 시간에 우리는 일본과 유니언에 대한 근대사를 자세히 배웠다. 우리가 사는 바로 이 지역에서 무슨 일이 일어나고 있는지 제대로 배워서 이해하라는 취지였다.

수업 자체는 재미가 없었지만, 그때 배웠던 지식들은 의외로 정확하게 머릿속에 박혀 있다. 1945년, 소련이 소일중립조약을 파기하고 10월에 홋카이도를 점령했다. 일본이 주권을 회복한 1950년 이후로도 에조라는 새 이름으로 불리게 된 홋카이도는 여전히 소련 점령 아래 놓여 있었다. 1956년, 흐루쇼프가 공산당 20주년 대회에서 러시아, 동유럽, 서아시아의 모든 공산주의 국가들을 통합하는 '유니언권(UNION圈)' 수립을 선언했다. 1960년대 후반, 에조에서 민족주의 운동의 기운이 자라났다. 그에 대한 대책으로 유니언은 1975년에 일본과 국교를 단절했다. 그 이래 일본은 남북으로 분단되어 현재에 이르렀다……. 시험 때마다 항상 나오는 부분이었기 때문에 유니언과 관련된 근대사는 연도까지 정확하게 기억할 수 있다.

아니, 수업이나 시험 때문만은 아니었는지도 모른다.

이 근방에는 1975년 어느 날 갑자기 국교가 단절되어버리는 바람에 홋카이도와 혼슈로 나뉘어 아직도 서로 만나지 못하는 이산가족들이 많이 있었다.

사촌을 만나지 못하는 정도는 흔해빠진 일이었고, 할아버지 할

머니가 에조에 계신다는 학교 친구들도 많았다. 우리 큰아버지도 남북 분단의 혼란 틈에 행방불명이 되었다고 했다.

피부로 느껴지는 현실이 여지없이 눈앞에 있었기 때문에 근대사가 자연스레 머릿속에 들어왔는지도 모른다.

그리고 또 하나. 탑이 있었다.

탑에 대해 말해야겠다.

나는 탑을 좋아했다.

내가 태어났을 때 그 탑은 이미 에조 한가운데 서 있었다. 나는 그 탑을 매일같이 멀리서 올려다보며 자랐다.

우리가 살고 있던, 마을이라고 하기에도 너무 작은 그곳에서 북쪽을 바라보면 저 멀리 홋카이도 대지 위로 하얗고 가느다란 샤프심을 무한대로 길게 세워놓은 것처럼 보이는 탑이 서 있었다.

지금 돌이켜 생각해봐도 참으로 신비한 광경이었다.

매일 보는데도 신기하다는 느낌이 조금도 줄어들지 않았다.

말도 못하게 높았다. 아래쪽부터 위쪽으로 스윽 미끄러지듯 시선을 옮겨가면 가도 가도 끝없이 높이 솟아올라, 점점 멀어지고 가늘어지다가 결국에는 희미해져서 사라져버렸다. 꼭대기가 없었다. 물론 실제로는 있었겠지만 눈으로 볼 수가 없었다.

내가 어릴 때는 가끔씩 그 탑이 우주까지 뻗어나가 다른 혹성으로 연결되어 있는 광경을 상상하곤 했다. 정말이지 그런 생각이 들게끔 하는 탑이었다.

내가 살던 쓰가루 반도에서는 하늘이 보이는 곳 어디서나 북쪽을 바라보면 반드시 탑이 있었다. 하늘에 해가 있고, 달이 있고, 구름이 있고, 별이 있는 것처럼 탑은 언제나 반드시 그곳에 있었다.

해나 별과 다른 점이라면 그 탑은 틀림없이 사람이 만들어낸 인공 건축물이고, 가려고 하면 도달할 수 있는 곳에 있다는 점이었다. 물론 당시 그곳은 군사적 긴장 상태에 놓여 있는 다른 나라 영토여서 가기가 아주 힘들기는 했지만 말이다.

그래도 나는 꼭 가보고 싶었다.

그 탑에 말이다.

그 탑이 나를 비롯한 많은 사람들의 마음을 사로잡은 이유 중 하나는 그것이 도대체 무슨 목적으로 세워졌는지 모른다는 점 때문이었다.

정체를 알 수 없는 물체. 하지만 어마어마하게 압도적인 것.

사람들은, 그리고 나는 그런 점에 마음이 설레었다.

물론 현실적으로는 아무런 목적도 없이 그저 낭만적인 설렘을 위해서 막대한 비용을 들여 그런 건축물을 세웠을 리는 만무했다.

유니언은 무언가 이유가 있었기에 그 탑을 세웠을 것이다.

무언가가 있다.

그래, 뭔가 엄청난 것이. 상상도 못 하는 그런 일이.

아니면 기가 막힌 무언가가. 눈부시게 찬란한 일이. 온 세상을 바꿔버릴 만큼 압도적인 것이…….

아무것도 알 수 없었기에 상상은 더욱 부풀어갔고, 그런 상상은 바라는 마음으로 바뀌었다. 가보고 싶다는 나의 바람은 갈 수밖에 없다는 마음이 되었고, 나중에는 '가지 않으면 안 된다'는 지경에 이르렀다.

'뭐가 있을까?'라는 궁금증은 '무언가 있을 거야!'라는 확신으로 부풀었다. 그곳에는 분명 무언가가 있을 거야. 나를 위한 무언가. 나의 세계를 완전히 바꿔버릴 만한 비밀이.

저 탑에 간다. 나는 그렇게 확신하게 되었다. 그 생각은 변하지 않는 신념이 되어버렸다. 그곳에 나의 모든 가능성이 있을 것 같았다. 일단 거기부터 가지 않으면 다른 어느 곳에도 가지 못하리라고 생각했다. 그곳에 가지 않으면 나를 위해 마련된 모든 가능성을 잃어버릴 것만 같았다. 그러면 나는 그 무엇도 되지 못한 채 그저 시간이 지나면서 외길을 따라 점점 열등해지는 존재가 되어버릴 것만 같았다…….

탑에 대한 동경심을 가진 사람은 주변에 많이 있었지만 나처럼 절박하게 느꼈던 사람은 그리 흔치 않았을 것이다. 하지만 나는 그렇게 확신하고 있었다.

그리고 타쿠야도 나처럼 그렇게 생각하던 흔치 않은 사람들 중 하나였다.

2.

아주 살짝, 정말이지 마음 한구석의 아주 작은 부분에 지나지 않지만, 나는 아직도 약간은 사유리를 원망하고 있는 것 같다.

어쨌거나 사유리가 끼어드는 바람에 나와 타쿠야의 관계가 미묘하게 틀어진 것은 틀림없는 사실이기 때문이다.

우리 집은 소토가하마 마을의 민마야에 있었다. 미나모토노 요시쓰네 전설(源義経伝説)로 유명한 기케이지(義経寺) 바로 근처다. 타쿠야의 집도 같은 민마야에 있었고, 걸어서 10분 정도밖에 안 걸리는 가까운 거리에 있었는데 중학교에 들어갈 때까지 우리는 서로를 전혀 모르고 지냈다. 학군을 가르는 경계선이 두 집 사이에 있어서 초등학교가 달랐기 때문이다.

나는 민마야 초등학교, 타쿠야는 이마베쓰 초등학교를 다녔다. 그러니까 우리는 소꿉동무도 아닌 셈이다. 서로 알고 지낸 기간은 따지고 보면 중학교 때 3년이 다였다. 그런데도 타쿠야는 다른 친구들과는 달리 내 마음속에 특별한 자리를 차지하고 있었고, 그 점은 서른이 지난 지금도 마찬가지다.

타쿠야는 중학교 1학년 때 나랑 같은 반이었는데 그때 처음 서로를 알게 되었다.

입학식 날에 우리 반 모두가 한 사람씩 자기소개를 하는 시간이 있었는데, 그때 그 아이가 무슨 말을 했는지는 이상하게도 기억나지 않는다.

그저 기억하는 것은 우리가 알게 된 계기가 비행기였다는 점이다. 결국 우리 사이에는 언제나 비행기가 있었던 셈이다.

그때가 여름방학 전이었으니까 6월 무렵이었을 것이다. 과목마다 선생님이 바뀌는 중학교 수업 시스템에 완전히 적응되어 슬슬 따분해진 나는 책상 밑으로 몰래 항공 잡지를 읽고 있었다.

문득 뒤통수에 뭔가 툭, 하고 부딪치는 것이 느껴졌다.

'뭐지?'

싶어서 슬쩍 뒤를 돌아보았더니 왼쪽 손바닥에 지우개 조각을 얹어놓고 오른손으로 튕기려고 하는 뒷자리 아이와 눈이 마주쳤다. 그 녀석은 뒤돌아본 나를 향해 씨익 웃었다.

그 녀석이 바로 그 유명한 시라카와 타쿠야여서 나는 내심 꽤 놀랐다.

특별히 튀는 행동을 한 적이 없는데도 입학하자마자 어느새 스타처럼 유명해지는 사람이 있다.

시라카와 타쿠야가 바로 그런 아이였다.

우선 잘생긴 외모 때문에 여자아이들 사이에서 조용히 인기를 끌었다. 그뿐만 아니라 분위기도 침착하니 어른스러웠다. 남을 사로잡는 아우라 같은 것이 있었다. 운동도 상당히 잘했지만, 무엇보다 성적이 말도 못하게 좋았다. 입학 얼마 후에 치른 실력고사와 중간고사 양쪽에서 다른 아이들보다 월등히 좋은 성적으로 학년 1등을 했다는 소문도 있었다. 나중에 본인한테 직접 물어보았더니 그 소문은 사실이었다.

'세상에는 모든 것을 다 잘하는 놈이 있기는 있구나.'

그런 생각을 하면서 놀라기도 했고, 순수한 마음으로 감탄하기도 했다. 하지만 그냥 그뿐이었다.

나는 어디를 보아도 모든 것을 잘하는 팔방미인 타입이 아니었다. 나름 자신 있는 분야가 없지는 않았지만 못하는 쪽은 완전히 못했고, 사실 잘하는 것보다 못하는 것이 더 많았다. 그래서 타쿠야 같은 녀석이 같은 반에 있어도 나하고는 사는 세계가 전혀 다른 딴 세상 사람 같아서 비교하거나 겨룰 생각도 하지 않았다.

그런 타쿠야가 갑자기 나한테 집적였던 것이다. 도대체 이유를 알 수 없었다.

수업이 끝나자마자 타쿠야는 자리에서 일어서더니 곧장 내 쪽으로 왔다.

"그거, 비행기에 관한 거지? 좀 보여줘."

책상 밑으로 가장자리만 빼꼼 보이는 잡지를 가리켰다.

나는 어어…… 뭐 어쩌고 하면서 책상 밑에서 두꺼운 잡지를 꺼내서 건넸다. 녀석은 선 채로 그것을 한 손으로 받아서 다른 쪽 손으로 가볍게 페이지를 넘겼다. 아무튼 무엇을 해도 그림이 되는 녀석이었다.

"난 전진익(前進翼)이 좋더라."

그 녀석이 말했다.

"비행기 팬들 중에서는 좀 평범한 취향일지 모르지만, 뭐랄까 틀에 박히지 않은 의외성이랄까, 약간 레어템 같은 느낌이 있잖아."

"응, 뭔 뜻인지 알겠어."

내가 대답했다.

"F-16FSW 같은 거 말이지? 사진 보면 F-16하고 완전히 다르게 생겼는데, 그런 색다른 느낌이 묘하게 사람을 끌잖아."

"맞아. 수호이의 S-37 같은 것도 디자인이 재미있던데."

"선더버드 2호도 그렇지."

"그거 끝내주더라."

그가 웃었다. 아주 호의적인 웃음이었다.

"YF-22랑 23에 대해선 어떻게 생각해?"

그 둘은 미군의 차기 주력 전투기로 경쟁선상에 올라 있던 두 기종의 실험기였다.

"23 아닐까?"

내가 대답했다.

"V꼬리 날개가 좋은 거지?"

"맞아. 어떻게 알았어?"

"나도 그러니까."

이 녀석하고는 꼭 친구가 되겠구나. 그 시점에서 이미 나는 확신했다.

녀석이 말했다.

"너 비행기 진짜 좋아하는구나."

내가 말했다.

"사실은 지금 만들고 있어. 집에서. 모형이지만 날 수도 있고."

"뭐? 진짜?!"

진심으로 놀란 모양이었다.

"야, 너 그거 정말이야? 진작 좀 말해주지. 오늘 당장 보러 가도 돼?"

녀석이 갑자기 들이대는 바람에 나는 좀 얼떨떨해졌다.

"오늘 당장이라니…… 동아리 활동 있잖아. 너나 나나."

"그딴 건 빠지면 되지."

한마디로 잘라버렸다.

"동아리야 언제든 갈 수 있지만 비행기를 보고 싶다는 이 마음은 지금 당장이 아니면 사그라진단 말이야. 난 그런 게 너무 싫으니까, 딴소리 말고 학교 끝나자마자 너네 집으로 가자."

결국 들어간 지 얼마 되지도 않았던 궁도 동아리를 빠지고 타쿠야를 우리 집에 데려가게 되었다.

'지금 당장이 아니면 사그라진다.'

어쩌면 그 말에 이상할 정도로 감명을 받아서였는지도 모른다.

나도 항상 같은 생각을 가지고 있었기 때문이다.

어렸을 때부터 생각난 것이 있으면 당장 해야만 직성이 풀리는 성미였다. 생각을 숙성시키기 위해 찬찬히 시간을 둘 수가 없는 타입이었다. 뭔가 만들어야겠다 싶으면 당장 만들어야 했고, 그 일을 위해서는 먹는 것도 자는 것도 숙제도 다 뒤로 미뤄버리곤

했다. 그러느라 쓸데없는 실패를 맛본 적도 몇 번 있기는 했지만, 그렇다고 이런 성미를 바꿔야겠다고 생각한 적은 없었다.

우리 집 뜰 한구석에 서 있는, 편의상 차고라고 부르기는 하지만 그런 이름조차 창피할 정도로 다 쓰러져가는 목조 창고의 셔터를 드르륵 열었다.

"우와~!"

타쿠야는 눈이 휘둥그레지며 흥분했다.

"이야~, 이거 정말 대단한데!"

"그래?"

나는 살짝 얼굴이 붉어졌던 것 같다. "뭐, 내가 다 만든 건 아니지만."

이 차고는 원래 내 큰아버지의 것이었다. 우리 아버지의 형 말이다. 나는 한 번도 만난 적은 없지만 어딘지 친근함을 느끼고 있었다. 그분은 비행기 마니아였다.

큰아버지는 항공자위대에 계셨는데 1975년 남북 분단의 혼란 속에서 행방불명이 되었다고 했다. 내가 태어나기도 전의 일이다. 돌아가시지 않았다면 아마 유니언 어딘가에 계실 것이다.

그래서 이 집을 아버지가 물려받게 되었다. 이미 그때에도 이 차고는 내용물이 든 채로 여기 있었다. 이곳에는 다양한 모양을 가진 전 세계 비행기들의 모형과 무선 비행기, 프로펠러와 방풍창과 스틱 같은 실물 부품들, 그리고 설계도, 분해도, 자작모형용 재료 등이 잔뜩 쟁여져 있었다. 선반과 드릴 프레스, 밀링 머신까지 있었다. 나한테는 그야말로 보물 창고였다. 아버지는 비행기에 전혀 관심이 없었고 나는 외아들이었기 때문에 큰아버지가 물려주신 자산을 말 그대로 고스란히 독차지할 수 있었다.

나는 어릴 때부터 이곳을 놀이터 삼아 자랐다. 아니, 여기가 내 방이나 다름없었다. 물론 웃풍이 심해서 잠자리를 여기에 둘 수는 없었지만 잘 때 말고는 대부분의 시간을 이곳에서 보냈다. 비행기 컬렉션들과 계속 같이 있을 수 있어서였다.

나는 초등학교에 올라가기 전부터 비행기와 항공 모형에 푹 빠져 있었다. 학교에서 만들기 숙제를 내주면 영락없이 비행기를 만들었고, 그런 과제가 없을 때에도 대개는 뭐든 비행기를 만들고 있었다. 종이 모형이나 고무로 움직이는 자유 비행 모델이나 페더 플레인 등등. 완성품들은 벽에 달아놓은 선반에 가지런히 진열해 두었고, 언제든 원할 때 날릴 수 있는 상태로 유지해놓았다. 무선조종 비행기 만들기 세트도 당연히 만들어보았고, 이윽고 세트로는 만족할 수 없게 되어서 엔진만 가져다가 오리지널 디자인의 동체를 결합시키는 오리지널 작품도 만들었다. 모터가 아닌 4사이클 엔진을 탑재한 파워풀한 모형 비행기였다. 그렇게 만들어본 것이 딱 1년 전인 초등학교 6학년 때였다.

"이걸 네가 만들었다고……? 장난 아닌데?!"

타쿠야는 차고 안으로 들어오더니 상기된 얼굴로 쉴 새 없이 두리번거렸다. 마치 장난감 가게에 들어온 어린아이의 얼굴 같았다. 혹은 모형 가게에서 내가 항상 떠올렸을 표정, 딱 그 표정이었다.

나는 녀석의 그런 모습이 너무 뜻밖이었다. 평소에는 어른처럼 침착하게 행동하는 녀석이었다. 허둥거리는 꼴을 본 적이 없고, 무슨 일이 있어도 꿈쩍도 안 할 것 같이 보여서 부처님처럼 득도를 한 것이 아닐까 싶은 정도였다.

그래서 나는 그의 새로운 모습에 많이 놀랐고, 그와 동시에 굉장한 친근감을 느꼈다.

아니, 친근감 정도가 아니었다. 그 순간, 나는 그 녀석이 정말 마음에 쏙 들어버렸다.

타쿠야는 거리낌 없이 차고 안을 둘러보면서 내 컬렉션 하나하나를 가리키며 설명해달라고 했다. 물론 나는 열심히 대답해주었다. 이건 언제쯤 어떤 생각으로 만든 것이라든가 어느 부분을 고심했다는 것 등등. 혹은 만드는 데 몇 달이 걸렸는지, 이 부품은 어디서 어떻게 입수했는지 등등.

사실 나는 지금껏 내가 무엇을 했는지 누군가에게 이야기하고 싶어 어쩔 줄 몰랐고, 내가 만들어온 작품들이 얼마나 대단한지를 제대로 이해해줄 수 있는 상대를 절실하게 원하고 있었다.

나는 작년에 만든 오리지널 비행기를 들고 나와서 프로포(송신기)를 타쿠야에게 주고, 근처에 있는 논길을 활주로 삼아 날려보게 했다. 우리 집 근처는 집들이 띄엄띄엄 있기 때문에 항공 모형을 날리기에 아주 안성맞춤이었다.

이륙하는 순간 우리는 동시에 비명처럼 소리를 질렀다.

나는 비행기를 날릴 때면 항상 마음이 붕 떠서 흥분이 되었고 그런 느낌이 익숙해져버릴 일은 없을 것이라 생각했다.

언제나 몸이 부르르 떨렸다. 사람의 손으로 만들어진 딱딱한 날개가 하늘을 날다니. 언제 보아도, 몇 번을 보아도 신기했다. 등줄기를 타고 소름이 오소소 돋았다.

일일이 설명해주지 않아도 타쿠야는 조종하는 방법을 알고 있었고, 요령도 금방 생겨서 자유자재로 비행기를 다루었다. 작은 엔진이 상공에서 공기의 떨림을 높은 소리로 우리에게 전달했다. 두 손으로 들 수 있을 정도 크기의 비행기는 높이 날았다가 낮게 날았다가 하면서 오렌지 색깔이 섞인 구름이 둥실 떠 있는 높은 상공을 유유히 선회하고 있었다.

그날은 에조에 있는 가느다란 그 탑도 아주 선명하게 보였다. 타쿠야는 비행기를 북쪽으로 날려서 마치 탑에 엉겨 붙게 하려는 듯이 작은 원을 그리며 선회하게 만들었다.

위를 올려다보니 대기는 짙고 맑고, 둥근 하늘이 꼭 렌즈 같아서 내 마음을 빨아올리는 것 같은 느낌이 들었다.

"지금, 만드는 건 뭐야? 다음에는 어떤 걸로 할 거야?"

차고에 있는 제도용 책상 앞에 놓인 둥근 의자에 앉아서 타쿠야가 물었다. 나는 무선 비행기를 손질하면서 "으응……."하고 애매한 신음 소리만 냈다.

"아직 구상만 하는 중이고 제작에 들어가지는 않았어. 좀 복잡한 것을 생각하는 중이거든. 구체적으로 어떻게 만들어야 할지 몰라서 진짜로 만들 수나 있을지 모르겠다."

"뭐야, 비밀이야?"

"비밀이라고 할 것까지는 아니지만……."

나는 잠시 주저했다.

"사실은 비행 도중에 변신하게 하고 싶어서."

"변신? F-14같이 그런 식으로?"

"어어, 그런 것도 괜찮지. 그런데 그것보다……."

비웃을 것 같아서 말하지 말까도 싶었지만 그냥 털어놓기로 했다.

"가능하면 《스타워즈》의 X윙 비슷하게 좀 화려하게 만들고 싶어."

타쿠야는 그 말을 비웃지는 않았지만 살짝 어이없어하는 얼굴이었다.

"그거, 날 수는 있는 거야?"

"'비슷하게'라고 했잖아. 그거랑 똑같이 만들면 당연히 못 날지. 그게 아니라…… 뭐랄까, 이게 날면서 모양이 확 바뀌면 되게 예쁘고 멋있겠다 싶다는 거지."

"흐응……."

"그렇지만 모양이 바뀌는 것에 공력(空力)적인 의미가 없으면 안 되잖아. 그래서 이리저리 생각해보고 있는 중인데……."

나는 손질하던 비행기를 선반에 돌려놓고 타쿠야 옆으로 가서 제도 책상 위에 내팽개쳐져 있던 노트를 집었다. 생각나는 것을 그때그때 스케치해두기 위한 낙서장이었다. 이리저리 넘겨서 변신 비행기에 대한 메모가 있는 페이지를 찾아 책상 위에 펼쳐서 보여주었다.

"어떤 식으로 설계할지에 대한 아이디어는 몇 가지 있어. 그런데 문제는 제어 장치야. 아무래도 너무 복잡하게 되어버리거든. 그렇게 복잡한 장치는 도저히 못 만들 것 같아서……."

"야, 연필 좀 줘봐."

타쿠야는 얼음처럼 꼼짝도 않고 노트를 뚫어져라 쳐다보다가 갑자기 그렇게 말하더니 연필꽂이에 있던 B연필을 집었다. 그러고는 새 페이지에 뭔가 술술 적어나갔다.

"뭘 쓰는 거야?"

"좀 가만히 기다려봐."

내가 들여다보려고 했더니 손으로 가려버렸다. 자기가 무언가 쓰는 것을 중간에 남에게 보여주기 싫어하는 모양이었다.

"이런 건 어때?"

잠시 후에 그가 노트를 내 쪽으로 내밀었고 그제야 뭐가 쓰여 있는지 볼 수 있었다.

그리고 깜짝 놀랐다.

노트에는 내 설계를 실현시키기 위해 필요한 제어 장치에 관한 아이디어가 스케치되어 있었다. 그 자리에서 생각나는 대로 그린 것이라 자세한 부분은 생략되어 있었고, 그래서 얼핏 보기에는 낙서처럼 잡다해 보였지만 화살표를 써서 적어놓은 메모를 읽어보았더니 상당히 현실적이고 게다가 참신한 설계임을 알 수 있었다. 비행 중에 모양이 바뀜과 동시에 무게중심도 이동해서 안정이 되는 구조로 되어 있었다. 아주 세련된 시스템이었다.

나는 잠시 묵묵히 그 스케치를 쳐다보다가 다시 타쿠야의 얼굴을 뚫어지게 바라보았다.

"……이거 진짜 만들 수 있겠는데?"

"그야 진짜로 만들 수 있게 생각한 거니까."

타쿠야는 대수롭지 않다는 듯이 말했다.

아주 소극적으로 표현한다 해도 엄청난 충격이었다. 이 분야에 관해 나는 상당한 자신감을 가지고 있었다. 내 또래는 물론이려니와 어른들 중에서도 나만큼 모델을 만들 수 있는 사람은 별로 없을 것이라고 자부하고 있었다. 그런 내가 두어 달 동안 풀지 못해 끙끙 씨름하던 문제를 녀석은 한순간에 풀어버린 것이다.

"너 뭐야?"

어안이 벙벙해진 내가 간신히 이렇게 물었다.

"우리 아버지가 이런 기계 설계 같은 것을 하시거든. 서당 개 3년이면 풍월을 읊는다고 하잖아. 그래서 나도 금속도 잘라봤어. 자랑은 아니지만 고등학교 로봇 경연 대회 같은 건 애들 장난으로 보이더라."

"우와……!"

오늘 그가 몇 번씩 내뱉었던 그 감탄사가 이번에는 내 입에서 나왔다.

"너 천재 아냐……?"

"좀 더 칭찬해도 돼."

타쿠야는 의기양양해서 얼굴을 찡긋거리며 웃었다.

한참 동안 감탄을 늘어놓다가 갑자기 알아차렸다.

"그런데……."

내가 말했다.

"맞아, 그런데……야."

타쿠야의 아이디어에는 문제가 하나 있었다. 그 점은 당연히 그도 알고 있었다.

나는 깊은 한숨을 쉬면서 말했다.

"이렇게 복잡한 시스템을 모형 사이즈로 만드는 건 거의 불가능하겠지……?"

"그렇겠지."

녀석이 스케치한 아이디어는 너무 수준이 높고 요구되는 정밀도도 높아서 모형 사이즈로는 도저히 만들 수가 없었다.

"실물 크기라면 모를까……."

아무 생각 없이 그 말을 내뱉고 나서 스스로 입에 올린 말에 흠칫 놀랐다.

"그렇지. 정말로 만들 거면 아예 진짜 비행기여야지. 컴퓨터를 탑재해서 그것으로 제어하면 되니까."

타쿠야는 지극히 당연하다는 말투였다.

진짜 비행기……. 그때 처음 깨달으면서 깜짝 놀란 점인데 그때까지 나는 진짜 비행기를 만들어보겠다거나 언젠가 만들어보고 싶다고 생각한 적이 한 번도 없었다. 이상한 일이었다.

'언젠가 진짜 비행기를 만든다…….'

'그래, 그 방법이 있었잖아.'

그 생각은 전에 없이 나를 흥분시키고 취하게 만들었다.

"그래서, 이렇게 해보면 어떨까 하는데……."

타쿠야가 말을 걸어서 나는 그쪽으로 고개를 돌렸다.

"응?"

"여름방학 끝나면 문화제가 있잖아. 그때를 목표로 해서 우리 뭐 만들어보지 않을래?"

"어어, 좋지."

좋은 생각이었다. 아마 나는 혼자 결정하고 혼자 모든 일을 진행시키는 데에 살짝 지쳐 있었던 것 같다.

타쿠야에게 물었다.

"그래서 뭘 만들자고?"

"그야……."

녀석이 씨익 웃었다.

"너랑 내가 아직 한 번도 만들어보지 못한 뭔가……지."

3.

우리가 만들기로 한 것은 제트엔진이 달린 무선조종 비행기였다. 내가 그때까지 만들어본 비행기는 모두 프로펠러기였고 제트엔진을 단 모형 비행기는 아직 한 번도 만들어본 적이 없었다.

그런 말을 타쿠야에게 했더니 "바로 그거야!"하며 손가락으로 나를 가리켰다.

"그치만 모형 비행기용 제트엔진은 어마어마하게 비싸다고! 100만은 우습게 넘어갈걸? 중고로 사도 몇 십만씩 가는 게 보통이란 말이야."

"그 정도는 나도 알아."

타쿠야는 태평스러운 얼굴이었다.

"그럼 어쩌자고?"

"굳이 사지 않더라도 어떻게든 적당히 구해오면 되는 거 아냐?"

"뭔 소리를 하는 거야? 어디서 어떻게 적당히 구해온다는 건데?"

"암튼 내가 구해볼게. 좀 짚이는 데가 있어서 그래."

며칠 후 일요일, 타쿠야는 정말로 모형 비행기용 제트엔진을 가지고 우리 집에 왔다. 자전거 뒷자리에 항공연료가 든 작은 플라스틱 연료통까지 싣고서 말이다. 엔진은 새것이 아니라 사용된 흔적이 있었지만 기가 막히게 성능이 좋은 서독(西獨) 브랜드 제품이었다. 카탈로그에 실린 사진을 보면서 매번 한숨만 쉬고는 했던 바로 그것이었다.

나는 꽤나 오랫동안 그 물건을 어루만지며 차가운 금속의 감촉을 즐겼고, 이리 보고 저리 보고 하면서 그 아름답고도 기능적인 모양새를 마음껏 탐닉했다. 코끝을 찌르는 연료 냄새조차 황홀하게 느껴졌다. 공기 흡입구 테두리를 손가락으로 훑는데 온몸에 전류가 흐르듯이 저릿저릿했다. 세상에 이렇게나 아름답고 관능적인 물건이 있나 싶었다. 어느새 시간이 흐르는 것도, 옆에 타쿠야가 있다는 사실도 까마득히 잊었다.

한참을 그렇게 있다가 불현듯 타쿠야를 돌아보며 물었다.

"그런데 너 이거 어디서 났어?"

타쿠야가 살짝 곤란한 표정을 지었다.

"어어, 그러니까…… 너 그거 꼭 알아야 돼?"

"뭐야, 왜 그래?"

"굳이 알아야겠다면 말해줄 수야 있지만 넌 안 듣는 편이 나을걸? 사정을 알면 괜히 이거 쓸 때마다 찔리게 될 텐데."

"그 말은……."

보아하니 타쿠야는 썩 올바르지 못한 방법으로 이 물건을 가지고 온 모양이었다.

아마 나는 아주 묘한 표정을 짓고 있었을 것이다. 타쿠야는 별로 찔리지도 않는 얼굴로 밝게 말했다.

"뭐 어때! 지금 이게 여기 있다는 사실이 중요한 거지. 이 녀석도 어디 사장되어 있는 것보다 하늘을 나는 게 더 좋을걸."

그러면서 타쿠야는 엔진을 톡톡 두드렸다. 그 한마디가 결정적인 한 방이었다. 나는 더 이상 캐묻지 않았다.

나중에야 조금씩 알게 된 일이지만 타쿠야는 평소의 모범생 이미지하고는 전혀 딴판인 악당 같은 부분을 가지고 있었다. 그게 타쿠야의 천성인지, 아니면 일종의 허세인지는 알 수가 없었지만.

몇 가지 예를 들 수 있는데 그중 하나는 담배였다. 중1밖에 안 된 녀석이 상당한 애연가였다.

"내가 또 겉으로는 범생이잖냐. 스트레스 엄청 쌓이거든. 그냥 못 본 척해주라."

둘이서 엔진 치수를 재고 있을 때 타쿠야는 별로 맛있지도 않은 표정으로 연기를 내뿜으며 그렇게 말했다. 빈틈이 없는 녀석이라 담배를 피운다는 사실을 주변 사람들이 전혀 눈치채지 못하게 하고 다녔지만 내 앞에서만큼은 안심했는지 대놓고 줄담배를 피웠다.

그 바람에 나는 내 머리카락이나 옷에 밴 담배 냄새 때문에 부모님이나 선생님한테 의심을 받지 않도록 신경을 많이 써야만 했다.

"양복 같은 거 다릴 때 쓰는 스팀다리미 있잖아? 그거로 싹 한 번 훑어주면 담배 냄새가 다 빠져."

타쿠야의 그 말을 듣고서 나는 매일같이 바지런히 아버지의 스팀다리미로 내 셔츠와 바지를 다렸다. 덕분에 타쿠야와 함께 어울렸던 3년 동안 나는 꽤나 깔끔하게 보이는 아이였다.

"우등생 노릇 아무나 하는 게 아니구나……."

한숨을 쉬면서 착 가라앉은 목소리로 내가 말했다.

"그래도 나 같으면 스트레스 좀 받더라도 한 번쯤은 우등생 소리 들어보고 싶을 것 같다."

"아닌 것 같은데."

타쿠야는 우롱차 빈 캔 속에 담배꽁초를 쑤셔 넣더니 삐딱한 표정으로 웃으며 말했다.

"그럴 마음이 털끝만치도 없으면서 뻥치지 마."

"네가 어떻게 알아? 그럴 마음 있거든."

"아니, 넌 없어. 난 알아."

타쿠야는 자신만만하게 단정 지었다. 그러더니 툭, 한마디 던졌다.

"난 네가 더 부럽다."

순간 내가 오히려 살짝 당황했다.

"내가 뭐?"

"자기 스타일대로, 하고 싶은 일을 담담하게 해나가는 그런 부분이 말이야. 딴 사람이 뭘 하건 상관없이 '나는 나니까'하는 식으로. 그런 면이 정말 대단하다고 생각하고, 나 같은 사람은 그런 거에 끌려."

"그래……."

무척 진정성이 있는 말투여서 나도 모르게 약간 숙연해졌다.

"난 워낙에 튀잖아. 눈에 거슬릴 정도로 말이야."

"응."

나는 솔직하게 수긍했다. 그 말대로 타쿠야는 무슨 짓을 해도 남들의 주목을 받게 되는 면이 있었다.

"눈에 띈다는 건 남의 시선이나 평가에 휘둘린다는 거야. 어느새 여기저기 얽매이게 되고, 그럼 내 마음대로 움직이지 못하게 돼. 그거 생각보다 정말 힘들다."

"흐응."

그런 소리로 맞장구를 쳤다. 그런 류의 얘기는 생전 처음 들었다. 세상이란 참 다양하구나 싶었다. 입장이 다르면 같은 세상의 같은 학교에 있어도 이렇게 다른 느낌으로 다가오는구나 싶었다.

"그래서 입학한 뒤로 자꾸 너한테 눈이 가더라고. 신경도 쓰였고, 좀 무서운 놈이겠다 싶었지. 평범해 보여서 아무것도 아니겠거니 방심하고 있다가는 어느 날 갑자기 어마어마한 일을 저질러 버릴 것 같은 느낌이랄까? 괜히 초조해지더라."

"아아, 그랬구나."

나는 엔진에 눈길을 고정시킨 채 작업하면서 웅얼웅얼 대꾸를 했다. 그러면서도 속으로는 감탄해 마지 않았다.

'이런 부분이 내 약점이야'라는 치명적일 수도 있는 이야기를 마치 남의 이야기처럼 아무런 거리낌 없이 말하는 타쿠야는 그때까지 내가 만난 적이 없는 신기한 느낌을 주는 아이였다.

인위적이지 않은 담백한 말투도 내게 자극을 주었다.

내 성격은 상당히 소박한 편이고 적어도 그다지 복잡한 인간은 아니다. 그런 나로서는 그 나이에 주변에서 요구되는 역할과 그에 상반되는 자신의 모습을 자각하고, 그 둘을 상황에 맞게 적절히 쓰면서 세상을 살아가는 타쿠야의 존재가 그저 놀라울 뿐이었고, 아주 신선하게 느껴졌다.

타쿠야에게는 나를 강하게 끄는 매력이 있었다.

"그건 그렇다 치고, 몸에도 안 좋은 담배 너무 피우는 거 아냐?"

뭔가 한마디 해줘야겠다는 마음에 그런 평범한 잔소리를 했다.

타쿠야는 새 담배에 불을 붙이면서 살짝 거슬리는 표정을 짓더니 갑자기 몸을 앞으로 내밀고는 후, 하고 내 얼굴에 연기를 뿜었다.

"아, 뭐야!"

내가 콜록거리고 연기를 손으로 휘저으며 따졌더니 타쿠야는 신이 나서 웃어댔다.

"뭐 어때? 폐암 걸려서 같이 죽으면 되지."

사실 우리는 실제로 존재하는 비행기의 축소판이나 그에 가까운 일반적인 기체 모양을 선택할 수도 있었다.

그렇게 하면 당연히 날 수 있으리라는 것도 알고 있었다. 나는 꽤 고생하면서 독학으로 항공역학을 공부했고, 실제로 오리지널 비행기 기체를 설계해서 비행에 성공한 적도 있었기 때문에 그 점에 관해서는 자신이 있었다. 항공 설계의 매력은 비행이 가능하도록 설계해서 그 설계와 똑같이 만들면 틀림없이 하늘을 날 수 있다는 바로 그 점이다. 그 기체가 날지 못했다면 설계가 잘못되었거나, 실제로 만드는 기술이 설계를 따라가지 못했거나 둘 중의 하나다.

나는 그 두 가지에 모두 자신이 있었다. 내가 평소대로 만들면 반드시 날 수 있었다. 하지만 그렇게 하는 것은 재미가 없었다. 모험을 해보고 싶었다.

딱 보기에도 비행기처럼 생긴 물체가 하늘을 날 수 있는 것은 당연하다는 생각도 있었다. '뭔가 이상한 게 날아다닌다'는 느낌을 원했던 것 같기도 하다. 나는 성공할지 어떨지 그냥 봐서는 알 수 없는 물체를 만들고 싶었다.

"전익기(全翼機) 같은 건 어때?"

타쿠야가 『항공 FAN』이라는 잡지 속의 사진을 가리켰다.

"이런 거 말이야. UFO 같아서 의외성이 없나?"

"형태는 재미있네. 그런데 의외로 쉽게 날아다닐 것같이 보이는데."

"거참, 까다로운 놈이네."

타쿠야는 한쪽 눈만 크게 떠서 '어이없다'는 기분을 전했다.

"날게 하는 게 목적인데도 날아다니게 생긴 건 싫다니, 원."

"그럼 어떡해? 결과가 뻔히 보이는 모양은 재미가 없는데."

"아주 건방을 떤다."

그는 담배를 물고 있는 입술만 들썩이며 말했다.

"하긴 뭐, 나도 그 심정은 알겠다."

"알겠다고? 진짜로?"

내가 재차 물었다.

"당연히 알지."

그가 말했다.

"한 번도 본 적이 없는 무언가. 내가 아직 모르는 무언가. 해본 적이 없는 경험. 느낀 적이 없는 감각. 내가 원하는 것도 바로 그런 거니까. 이 세상에 정말로 가치가 있는 건 딱 한 종류밖에 없어. '미지', 그거 하나뿐이야."

"말 되게 멋있게 한다……."

"Ring Wing 기는 어떨까?"

"고리 날개 말이지……."

그것에 대해 생각해보았다. 고리 날개 비행기란 주 날개가 고리 또는 원통형으로 되어 있는 비행기다. 날개에 가장자리가 없기 때문에 익단실속(翼端失速)이 발생하지 않는다. 평면 날개에 비해 날개 면적이 작아도 되기 때문에 얼핏 보기에 이런 것이 과연 날 수 있을까 싶은 작은 날개로 비행이 가능하다. 예를 들면 이미지상으로 로켓처럼 생긴 형태의 비행기라든가. 하지만…….

"좀 까다롭겠다."

나도 모르게 그런 말이 입 밖으로 흘러나왔다.

"바라던 바네."

타쿠야는 내 말꼬리를 붙잡았다.

"이걸로 가는 거지?!"

그리고 우리는 그날부터 도면을 그리기 시작했다. 그 당시 타쿠야는 항공역학에 대해서는 별로 잘 알지 못했지만 전문 서적을 세 권 빌려주었더니 하룻밤 만에 몽땅 읽어 와서 모형 비행기를 만드는 데에는 아무런 지장이 없을 수준으로 금방 올라섰다. 내가 상당히 오랜 시간을 들여서 배워온 과정을 하룻밤 만에 따라잡은 것이다. 수재의 저력은 정말 무시무시했다. 그런 점에 대해 나는 공포에 가까운 초조감을 느끼기도 했지만, 그래도 같은 수준으로 말이 통하는 친구가 있다는 것이 정말 좋았다. 또한 내 나이 또래 중에서 나와 비슷한 수준으로 선반이나 밀링 머신을 다루는 사람을 그때 처음 봤다.

"우리 집에도 비슷한 기계가 있고, 어릴 때부터 만들기를 워낙 좋아했거든. 그러고 보면 열 손가락이 온전히 제자리에 있는 게 기적인지도 모르겠다."

그렇게 말하며 나를 향해 싱긋 웃는 바람에 나도 덩달아 웃어버리고 말았다. 너무 심하게 공감이 되면 자연스레 웃음이 터져 나오게 되는 모양이다. 사실 나도 열 손가락이 온전하게 붙어 있는 것이 기적에 가까운 일이었다.

공력 설계는 예상대로 좀 까다로웠지만 둘이 같이 달라붙어서 해결했다. 물론 타쿠야도 그렇고 나도 그렇고 그저 날기만 하는 것으로 만족할 생각은 없었다. 잘 나는 것은 기본이고 거기에 멋있기도 해야 했다. 이래야 된다, 저래야 된다 하며 서로의 생각을 종이에 그리고 쓰다가 간신히 둘 다 납득할 수 있는 도면이 완성되고 보니 벌써 7월이 지나 있었다.

비행기 동체의 소재는 탄소섬유와 발사나무(balsa wood)로 했다. 이 소재들을 쓰기로 한 이유는 여러 가지 있었지만, 제일 큰 이유는 우리 집에 차고 넘칠 정도로 널려 있었기 때문이다. 얼굴도 본 적이 없는 큰아버지에게 나는 다시 한 번 진심으로 감사했다.

누군가 다른 사람과 함께 하나의 물건을 만드는 작업은 즐거운 일이었다.

여름방학 동안 우리는 차고 안에서 묵묵히 비행기를 만들었다. 소재에서 형태를 오려내어 둘 다 입 꾹 다물고 진지한 얼굴로 사포질을 했다. 정성을 다해 무엇인가를 만들 때는 아무 소리도 들리지 않고 말도 없어지게 마련이다.

그러나 그런 와중에도 나는 눈도 귀도 아닌 몸 어딘가로 파트너의 존재를 느꼈다. 타쿠야가 어떻게 느끼고 있었는지 나는 모른다. 하지만 녀석도 나처럼 느끼고 있었으면 좋겠다 싶었고, 아마도 그랬으리라 생각한다.

잠시 숨을 돌릴 때는 서로에 대한 이야기를 했다. 가족 구성이라든지 같은 반에 있는 아이 이야기라든지, 옛날에 본 TV 프로그램 등등 일상적이고 소소한 이야기들이었다.

가끔씩 작업을 쉴 때면 전철을 타고 아오모리 시로 놀러 가기도 했다. 거기서 쇼핑도 하고, 터미널 빌딩에 있는 음식점에서 밥을 먹기도 하고, 수영장에서 놀기도 했다. 친구가 된 지 얼마 안 된 사람하고 놀러 갔을 때 흔히 느낄 수 있는 무의미한 흥분 상태가 되는 일은 전혀 없었다. 타쿠야하고는 마치 오래전부터 친구 사이였던 것처럼 편하게 같이 있을 수 있었다.

도호쿠 지방의 짧은 여름방학이 끝나는 8월 20일에는 비행기 동체가 거의 완성되어 있었다. 문화제는 9월 25일이었기 때문에 그때까지 남은 한 달 동안 페인트칠과 미세한 조정과 엔진 관리에 시간을 들였다.

기체의 색깔은 선명한 파란색이었다.

"파란색이 제일 스피디하게 보이니까."

타쿠야는 그렇게 말했다. 나는 '그렇구나.'하고 감탄했다. 녀석의 말이니까 틀림없이 과학적이거나 심리학적인 근거가 있으리라고 믿었던 것이다. 그래서 물어보았다.

"아니, 그냥 개인적인 이미지가 그렇다고."

타쿠야가 그렇게 대답하는 바람에 나는 맥이 빠져버렸다. 그래도 파랑은 좋은 색이었다. 나는 항공자위대의 블루 임펄스의 파란색을 아주 좋아했다.

나도 타쿠야도 실제 비행 전에 시험비행은 하지 말자는 쪽으로 의견이 일치했다. 틀림없이 날 수 있다는 사실을 아는 물체를 남들 앞에서 날게 해봐야 그것은 그냥 쇼에 불과하니까 재미가 없다. 보는 사람도 그렇지만 무엇보다도 그것을 조종하는 우리한테 재미가 없다.

우리는 어떻게 될지 모르는 일을 해보고 싶었고, 그 모습을 남들에게도 보여주고 싶었다.

말은 그렇게 했어도 정말 날 수 있느냐고 누가 물어본다면 당연히 난다고 장담할 수 있었다. 그 점에 대해서는 절대적인 자신감을 가지고 있었다. 왜냐하면 바로 우리가 만든 비행기였기 때문이다. 나와 타쿠야가.

4.

절대로 자랑이 될 수 없는 점이지만 나는 비를 부르는 남자여서 어릴 때부터 어디 견학을 간다거나 운동회가 열리는 날이면 어김없이 비가(때로는 눈이) 내리고는 했다. 그런데 어쩐 일인지 그해 문화제 날은 날씨가 기가 막히게 좋았다. 문자 그대로 구름 한 점 없는 쾌청한 날씨였다. 지나가는 여름에 대한 미련이라도 보여주듯이 온 하늘이 더할 나위 없이 푸르렀다.

아침에 미나미요모기타(南蓬田) 역에서 학교까지 짧은 길을 걸으면서 가볍게 하늘을 올려다보고는 숨을 깊게 들이마셨다. 우리 학교 주변에는 가끔씩 보이는 작은 숲과 논과 밭, 그리고 띄엄띄엄 있는 집들 말고는 아무것도 없었다. 그저 야트막한 산이 멀리 있을 뿐. 그래서 날씨가 맑게 갠 날에는 하늘이 끝도 없이 넓게 느껴지고는 했다. 장소도 그렇고, 날씨도 그렇고 우리 비행기를 날리기에는 안성맞춤이었다. 눈높이에 고추잠자리 하나가 날아다니는 모습을 눈으로 좇으면서 심호흡을 해서 흥분을 가라앉히려 했다.

아침 조회 시간보다 30분이나 일찍 도착했는데도 타쿠야는 벌써 교실에 와 있었다.

“왜 이렇게 늦었어, 히로키?”

“내가 늦었냐, 네가 일찍 왔지.”

우리 주변에는 교실 장식을 다시 고치고 있는 아이들이 두 명 정도 있었다. 우리 반은 매우 흔한 식권제 디저트 카페를 하기로 되어 있었다. 타쿠야가 나에게 다가오더니 그 아이들에게 들리지 않게 작은 소리로 말했다.

“조립 다 해놨어.”

“뭐? 벌써?! 너 도대체 몇 시에 온 거야?”

“한 시간쯤 전에. 괜히 몸이 근질근질해서.”

우리는 며칠 전부터 비행기를 분해한 파트들을 조금씩 눈에 띠지 않게 학교에 가지고 와서 보관해두고 있었다. 물론 공구 세트와 연료도 빼먹지 않았다.

도대체 무슨 수를 쓴 것인지 타쿠야는 학교 귀퉁이에 있는 사용되지 않는 목조 창고의 열쇠를 교무실에서 슬쩍해서 가지고 있었다. 창고 안쪽은 모래가 들어와서 바닥이 거칠거칠했지만 남의 눈에 띠지 않는 곳이어서 담배를 피우는 데 아주 좋다고 했다. 그곳에 우리 비행기를 숨겨두었다.

우리가 하려던 일은 학교 측에도 반 아이들에게도 완전히 비밀이었다. 말하자면 게릴라식 비행 시연이었다.

특히 선생님들한테는 절대로 비밀이었다. 안전이 어떻고 하면서 시끄럽게 간섭해댈 게 뻔했고, 최악의 경우에는 허가가 나지 않을 가능성도 있었다. 타쿠야나 나나 어른들이 참견하는 것에 대해서는 딱 질색이었고, 게다가 그 어른들이 비행기에 대해서 아무것도 모르는 사람들이라면 더더구나 싫었다. 우리는 절대로 남들에게 휘둘리고 싶지 않았다.

우리는 스스로를 만들어나가서 자기가 자신을 컨트롤하고 싶었다. 나와 타쿠야는 그런 점에 대해서는 마치 쌍둥이처럼 의견이 정확하게 일치했다.

아침 조회가 끝나고 문화제 개시가 선언되자 나와 타쿠야는 곧바로 우리 반 카페 당번을 속공으로 끝내버렸다. 그런 다음 교실에서 뛰쳐나가 다른 모든 반의 행사를 무시하고 미리 짜놓은 대로 각자 맡은 준비에 돌입했다.

결행은 오후 1시 예정이었지만 비행기 조립을 마쳐놓은 상태여서 한 시간 앞당기기로 했다.

나는 타쿠야한테서 열쇠를 받아 창고로 가서 조립해놓은 비행기에 미비한 점이 없는지 꼼꼼히 점검했다. 우리는 제작할 때부터 내가 만든 부분은 타쿠야가, 타쿠야가 만든 부분은 내가 하는 식으로 서로의 작업을 점검했다. 문제는 전혀 없었다. 깔끔하게 조립되어 있었다. 전원을 켜고 에일러론이나 엘리베이터나 랜딩기어 같은 가동 부분을 움직여서 점검했다. 그러다 랜딩기어의 움직임이 부드럽지 않고 버벅거리는 부분이 있어서 조정했다.

그런 다음 제트엔진에 점화를 해서 데웠다.

별로 넓지도 않은 목조 건물 안에서 그렇게 하는 게 좀 위험한 느낌도 있었지만 어쩔 수 없었다. 공기가 갑자기 훅 하니 더워졌다. 배기가스 냄새가 내부에 차기 시작해서 문을 살짝 열었다. 창고가 워낙 엉성하게 만들어진 건물이어서 외풍이 여기저기서 상당히 많이 들이치는데 그 점이 그때는 오히려 고마웠다.

그 사이 타쿠야는 활주로를 준비하고 있었다.

우리 중학교 건물 뒤에 아스팔트가 깔린 공간이 있었는데, 그곳은 교사용 주차장으로 쓰이고 있었다. 시골이어서 땅이 남아도는 덕분에 널찍하니 비어 있었다.

그 주차장 뒤쪽에서 길 한 갈래가 똑바로 뻗어 있었다. 학교에 볼일이 있는 사람이 아니면 쓸 일이 없는 길이었다.

타쿠야는 아오모리 시내에 갔을 때 잡화점에서 사두었던 노란색과 검정색 비닐 로프를 주차장 한가운데 쳐서 통행을 막았다. 활주로로 사용할 직선을 사람이나 차들이 가로지르지 않도록 하기 위해서였다. 그 활주로는 주차장 밖의 직선 도로로 이어지게 되어 있었다. 계산상으로는 주차장 공간만 가지고도 이륙할 수 있었지만, 혹시 그게 안 되었을 때는 직선 도로도 사용해서 거리를 더해야 했다. 나중에 알고서 웃었던 점이 있는데, 타쿠야는 꼼꼼하게도 그 길 출구에다 어느 공사판 현장에서 주워 온 안전제일 표지판을 세워두고 거기다가 합판으로 '학교 문화제 개최로 인한 통행금지'라는 간판까지 만들어서 붙여두었다고 했다. 거짓말을 하면서도 그렇게 당당할 수가 없었다.

"당연히 해야 할 일을 그냥 하고 있을 뿐이라는 태도로 하면, 허가받지 않은 일을 마음대로 하고 있어도 이상하게 생각하는 사람은 거의 없어."

무단으로 통행을 막아버리면 누가 알아차리고 뭐라고 하지 않겠느냐고, 이 일을 계획하는 단계에서 내가 물었더니 타쿠야가 그렇게 대답했다.

"그래서 활주로는 내가 맡아야 되는 거야. 넌 뭔가 찔리는 일을 하면서 아무렇지도 않게 행동하는 거 잘 못하잖아?"

맞는 말이어서 나는 고개를 크게 끄덕이고는 녀석의 계획에 따르기로 했다.

타쿠야의 포커페이스는 정말 효과가 있었던 모양이다. 내가 비행기와 송신기와 공구 상자를 옆구리에 끼고서 교정 뒤편에 가봤더니 그는 누구의 제지도 받지 않은 채 활주로를 완성시켜놓은 상태였다.

"여기가 스타트 지점이야."

타쿠야는 그렇게 말하면서 고무로 된 신발 밑바닥으로 아스팔트 위에 보이지 않는 선을 그었다. 나는 거기에 비행기를 살포시 올려놓고 엔진을 켜서 다시 워밍업을 시켰다.

푸른색인지 붉은색인지 모를 투명한 불이 공기를 태웠다. 가끔씩 항공연료가 타는 냄새가 코를 찔러서 나를 긴장하게 만들었다.

그쯤 되자 우리 행동도 어지간히 남의 눈에 띄었는지 여기저기서 구경꾼들이 모여들기 시작했다. 그중에는 선생님들도 있었다. 그런데 그 선생님들도 우리가 하는 일이 무허가 게릴라 이벤트라는 사실을 모르는 모양이었다. 아니, 알았지만 모른 척해주었는지도 모른다.

"야, 그거 로켓이냐?"

같은 반 아이가 물었다.

"아니, 비행기야."

"날개가 없잖아."

"날개 있는 거야."

"날 수는 있냐? 올라가다 마는 거 아냐?"

"그냥 입 다물고 보고나 있어. ……타쿠야, 그냥 지금 해버리자."

나는 더 이상 압박감을 견딜 수가 없어서 말했다.

"그래, 그럼 지금 하자."

타쿠야가 팔을 벌려서 구경꾼들을 뒤로 물러나게 하기 시작했다. 나는 내려놓았던 송신기를 집어 들고 안테나를 쭉 뽑았다. 그리고 스틱을 가볍게 움직였다. 기체 안에서 서보모터가 움직이는 기척이 나더니 스트레칭을 하는 것처럼 에일러론과 엘리베이터가 움직였다. 그것만 했는데도 주위에서 탄성을 지르는 소리가 살짝 들려왔다.

심호흡을 했다.

"간다."

"좋아."

조작 레버를 눕혔다.

작은 제트엔진이 아무것도 없는 공간을 찼다.

비행기는 누군가 밀어내듯이 일직선으로 미끄러져 나갔다. 금속성의 높은 소리가 고막을 긁었다. 가볍게 만들어진 비행기는 아스팔트가 살짝 울퉁불퉁한 부분에도 민감하게 반응해서 작게 휘청거리며 진동했다. 불안해지기는 했지만 여기서 레버를 잡은 힘을 늦춰서는 안 된다는 점을 잘 알고 있었다. 나는 계속해서 엄지로 레버를 누르고 있었다.

공기로 된 쿠션에 사뿐히 얹어서 들어 올린 것처럼 갑자기 비행기가 떴다. 이런 순간에는 언제나 내 심장도 밑바닥에서 둥실 떠오르는 것 같은 느낌이 든다.

기체를 상승시켰다.

평소에 익숙하게 조종하던 프로펠러기와는 비교도 안 될 만큼 파워가 있었다. 무엇보다 스피드가 엄청났다. 선회를 시켜서 다시 이쪽을 향해 날아오게 했다. 생각보다 훨씬 더 민감하게 반응하는 바람에 간담이 서늘해졌다.

이렇게 비행기를 조종할 때면 꼭 느끼는 그 전율이 등줄기를 타고 올라와서 온몸으로 퍼지더니 내 안에 있는 모든 세포들을 마비시켰다.

학교 건물 위를 가로지르면서 상공에서 세 번 정도 큰 원을 그리며 선회하게 했다.

그 즈음이 되어서야 겨우 주위에서 나는 목소리와 소리들이 귀에 들리게 되었다.

눈동자만 움직여서 슬쩍 둘러보았더니 다들 바보처럼 입을 헤벌리고 위를 바라보고 있었다. 그 모습이 너무 웃겼다. 건물 2층이나 3층 창문 밖으로 몸을 내밀어서 보고 있는 사람들도 있었다. 꽤 많은 사람들이 주목하고 있었다.

나는 비행기가 날고 있는 모습을 가까이서 보고 싶어서 딱 한 번 땅바닥을 훑어가다시피 저공비행을 하게 했다. 비행기는 순식간에 나를 지나쳤고, 도플러 효과로 일그러진 엔진 소리만 뒤에 남았다.

'아아.'

'이 느낌이다.'

'이 느낌을 어떻게 말로 표현할 수 있을까? 저 사람들은 어떤 느낌인지 알까?'

내가 둘로 나뉘어져 있는 것 같았다.

지금 나는 여기에 있고, 그와 동시에 작은 비행기가 되어서 바람을 가르고 있었다. 내가 비행기를 조종하는 것이 아니었다. 나는 나임과 동시에 비행기였다. 나는 지금 일시적으로 두 가지 가능성을 내포하고 있었다. 나의 반은 하늘을 나는 생물이었고, 나머지 반은 땅을 밟고 사는 생물이었다. 나는 하늘을 날고 있는 나를 올려다봄과 동시에 땅에 서 있는 나를 내려다보고 있었다. 기분 좋은 분열. 자아의 다층화. 나는 또 다른 나에게 마음을 전했고,

또 하나의 나로부터 마음을 받았다. 그것은 정말 독특한 경험이었다. 나를 무언가에 맡기는 것이 아니었다. 물체와 동화하는 것도 아니었다. 내 자신의 일부를 가능성으로 분리시킨다는 표현으로밖에는 묘사할 수가 없는 경험이었다.

두 명의 내가 둘 다 취해 있었다.

"야, 정신 차려."

타쿠야의 목소리가 들렸다.

"이제 슬슬 바꿔줘."

나는 비행기 자세를 안정시켜서 송신기를 건네줄 태세를 취했다.

비행기가 날고 있는 상태에서 송신기를 다른 사람에게 건네주려면 약간의 요령이 필요하다. 스틱을 손가락으로 잘 고정시킨 상태에서 옆에 있는 타쿠야에게 내밀었다. 타쿠야는 내 손가락 위로 자기 손가락을 얹어 스틱을 잡았다. 나는 하나씩 손가락을 살며시 뺐다. 그런 일련의 동작들을 순식간에 해냈다. 몇 번씩 미리 연습해두었기 때문에 거침없이 할 수 있었다.

손가락을 빼낸 다음에 나는 잠시 동안 멍하니 있었다.

내 손을 벗어나고 나니까 그때서야 비행기를 냉정하게 관찰할 수 있었다. 프로펠러기와는 완연히 다른 예리한 비상을 보니 내 세포들이 각성하는 느낌이 들었다. 늘씬하니 로켓처럼 생긴 비행기가 바람의 층을 꿰뚫고 있었다. 마치 감자 칼로 껍질을 까는 것처럼 고리 날개가 공기를 슬라이스하고 있는 것을 감각으로 알 수 있었다. 마음의 껍질이 홀랑 벗겨진 것처럼 서늘하고 쑥스러운 감동이 온몸에 소름을 돋게 했다.

나도 모르게 몸을 뒤로 젖혀서 하늘을 향해 흥분에 찬 소리를 질렀다.

내 목소리는 비행기 엔진의 금속성 굉음에 휘말리더니 금방 사라져버렸다. 고막을 긁어대는 엔진 소리 덕분에 어느새 상당히 많은 사람들이 창문 밖으로 얼굴을 내밀거나 위를 올려다보고 있었다. 주변에서 가벼운 박수 소리가 들려왔다.

다시 내가 송신기를 받았다. 자연스럽게 온몸의 근육이 긴장했다. 스틱을 클릭하는 감촉이 다시금 내 의식을 변질시켰다.

한동안 기분 좋게 날리고 있었다.

그러다가 뭔가 이상한 느낌이 스멀스멀 들기 시작했다.

감기 걸리기 직전처럼 어디가 어떻다고 뾰족하게 말할 수 없는 불쾌감이 들었다.

비행기 반응속도가 느려져서 그렇다는 사실을 알기까지 잠시 시간이 걸렸다.

"야, 뭐가 좀 이상한 것 같은데?"

타쿠야가 그런 말을 한 직후에 엔진이 쿨럭 기침을 했다.

"이런!"

서둘러 고도를 내리면서 비행기를 불러오려고 했지만 이미 때는 늦어버렸다. 엔진이 멈췄다. 비행기는 마침 학교 건물을 사이에 두고 맞은편 하늘을 날고 있었다. 건물 뒤편으로 떨어져서 보이지 않게 되었다. 퍽, 하고 부딪치는 소리가 들렸다.

"체육관이다!"

나와 타쿠야는 동시에 그렇게 외치고 동시에 달려 나갔다.

최대 속도로 건물을 빙 돌아서 운동장 쪽으로 갔다. 그쪽에 체육관이 있었다. 체육관 벽이나 창문에 부딪쳤을 것이라고 생각했다. 벽을 올려다보면서 체육관을 한 바퀴 빙 둘러보았다. 비행기는 없었다.

멀리서 우리를 부르는 소리가 들려서 둘러보았더니 학교 건물 3층 창문으로 몇 명이 얼굴을 내밀고서 체육관 지붕을 손가락으로 가리키고 있었다.

"위에 있나!"

나는 학교 건물을 향해 달렸다. 타쿠야가 내 뒤를 따라오는 기척이 느껴졌다. 계단 쪽으로 가서 한 번에 세 개씩 계단을 뛰어올라 3층으로 올라갔다. 그러고는 제일 가까운 교실로 뛰어 들어갔다. 우연히 그곳은 빈 교실이었다. 사람들이 거의 없는 시골 촌구석의 학교여서 빈 교실이 꽤 많았다.

창문으로 달려가서 몸을 바깥으로 내밀었다.

반달 모양의 체육관 지붕 커브에 우리 비행기가 걸려 있었다.

파란 비행기가 하늘색 함석지붕하고 묘하게 잘 어울렸다.

지붕이 마치 수영장에 있는 워터 슬라이드처럼 보였고, 거기 걸려 있는 우리 비행기는 그 워터 슬라이드를 타고 미끄러져 내려오려고 하는 것처럼 보였다. 부드러운 기수 부분이 찌그러져 있었다. 찌그러진 덕분에 그 부분이 지붕에 걸려서 땅바닥에 패대기쳐지지 않았던 모양이다.

"아~아~아~!"

그런 탄식이 나와 타쿠야의 입에서 거의 동시에 흘러나왔다.

그로부터 몇 초 동안 우리는 말도 못 한 채 망연자실 비행기를 바라만 보고 있었다.

그러다가 조금씩 속이 간질간질해졌다.

이유를 알 수 없는 불가사의한 웃음이 뱃속에서부터 솟아올랐다. 나는 약간 당혹스러워하면서 볼에 힘을 주어 터져 나오려는 웃음을 꾹 눌렀다. 그러다가 얼핏 타쿠야 쪽을 보았다. 웬일인지 타쿠야도 나랑 똑같은 표정이었다.

우리는 누가 먼저랄 것도 없이 기침하듯 웃음을 팍 터뜨렸다.

한참 동안 뱃가죽이 꿀렁꿀렁할 정도로 소리도 없이 웃고 있다가 결국에는 참을 수가 없어서 큰 소리로 웃기 시작했다. 폭소였다. 웃고 있을 때가 아니었는데도 이상하게 너무 웃겨서 견딜 수가 없었다. 나와 타쿠야는 창틀과 책상에 기대고서 몸을 비틀면서 끅끅거리는 소리가 나올 때까지 웃었다.

"아아……."

웃다 지친 타쿠야가 한숨을 쉬었다. 그러고서 말했다.

"우린 정말 최강 콤비다."

그것은 내가 31년의 인생을 살아오면서 들었던 말 중에 가장

친밀하고 마음이 따뜻해지는 말이었다.

그 후에 나와 타쿠야는 교무실에 불려가서 단단히 야단을 맞았다. 선생님은 우리에게 이런 위험한 짓을 다시는 하지 말라고 했다. 그날 한밤중에 우리는 몰래 학교에 숨어 들어갔다. 비를 맞거나 어른들이 빼앗아가기 전에 회수하려고 체육관 지붕에 기어 올라가서 비행기를 가지고 내려왔다.

5.

사유리에 대해서 떠올릴 때면 어김없이 머릿속에 재현되는 몇 가지 장면들이 있다.

그중 하나는 미나미요모기타 역에서 사유리를 만났던 기억이다.

미나미요모기타는 우리 중학교에서 제일 가까운 전철역이다. 쓰가루 선의 역들 중에서는 그나마 큰 편이지만 그래도 플랫폼은 두 개밖에 없고 개찰구는 상행선 플랫폼에 하나밖에 없다. 하행선 플랫폼으로 가려면 선로를 가로질러 두 플랫폼을 이어주는 조립식 구름다리를 오르내려야 한다.

플랫폼에 서면 눈앞에 주택과 논과 작은 숲이 보인다. 그러니까 쉽게 말하자면 시골 어디서나 흔히 볼 수 있는 적자 노선의 역이다. 개찰구 앞에 목조로 된 대합실이 있는데 겨울철에는 그 안에 난로를 뜨겁게 피운다는 것이 그나마 다른 곳과 다른 설국다운 점이었다.

우리 중학교에 다니는 학생들은 근처에서 자전거로 통학하는 아이들을 빼고는 거의 모두가 이 전철역을 통해 학교에 다녔다. 거의 모두라고는 해도 시골에 있는 중학교여서 기껏 해봐야 얼마 안 되는 인원수였지만……. 나와 타쿠야는 집에서 매일 40분 걸려서 이 역의 플랫폼을 밟고 다녔다. 그리고 그 점은 사유리도 마찬가지였다.

그때가 아마 중2가 끝날 무렵이었을 것이다. 그러니까 무선조종 비행기 사건으로부터 1년 반이나 지났을 때였다. 정확한 날짜는 기억이 나지 않지만 아마 봄방학이 시작되기 이틀쯤 전이었을 것이다.

우리 학교 학생들은 3시 반에 출발하는 열차를 귀가 팀 열차, 5시 넘어서 출발하는 열차를 동아리 팀 열차라고 불렀다. 나와 타쿠야는 매일 동아리 팀 열차를 타고 다녔다. 타쿠야는 스피드스케이트 동아리, 나는 궁도 동아리 소속이었다. 둘 다 나름 열심히 동아리 활동을 하고 있었다.

전철이 올 시간이 되면 나와 타쿠야는 매일 플랫폼의 같은 위치에서 만나서 같은 문으로 열차를 타고 같은 박스 좌석을 점령했다. 아무리 추운 날이어도 대합실에 들어가지 않고 플랫폼에서 기다리는 것이 암묵적인 규칙이었다. 플랫폼에 서 있으면 역 바깥에서도 상대가 기다리는 모습이 보이기 때문이었다.

그날 저녁, 나는 평소처럼 전철역 하행선 플랫폼에서 열차와 타쿠야를 기다리고 있었다. 날씨가 좋아서 기울어져가는 저녁 해의 오렌지색이 푸른 하늘에 슬그머니 파고드는 모습을 점퍼 옷깃 속으로 턱을 숨기면서 바라보고 있었다. 하얀 입김이 천천히 퍼지면서 바람을 따라 흘러갔다.

여자애들 몇 명이 시끌벅적 떠들면서 함께 개찰구를 지나 들어와서 나도 모르게 시선이 그쪽으로 쏠렸다.

그렇게 눈길이 간 이유는 사실 사유리의 목소리가 들렸기 때문이다.

나는 사유리의 모습을 시야 한가운데 포착했는데, 그 직후에 얼버무리듯이 고개를 돌려버렸다. 그러면서도 시야 끄트머리에 그녀의 모습을 계속 담아두고 있었다.

"몇 분 남았니?"

"아직 괜찮아."

사유리는 친구들과 그런 이야기를 하고 있었던 것 같다. 워낙이 역을 지나가는 열차 수가 적다 보니 아슬아슬하게 전철을 놓쳤을 때의 타격은 이루 말할 수가 없었다.

그 무렵 사유리는 땋은 머리를 하고 다녔다. 수수하지만 잘 어울렸다. 그날 그녀는 겨울 교복 위에 두꺼운 더플코트를 입고 머플러를 두르고 있었고…….

그리고 친구들과 즐겁게 웃으며 떠들고 있었다.

내가 그 장면을 선명하게 기억하는 이유는 그런 일이 드물었기 때문이다.

사유리 일행은 일단 개찰구를 지나 들어오기는 했지만 열차가 오지 않은 것을 확인하고는 바로 대합실 안으로 들어가 버렸다. 나는 온몸의 긴장을 풀면서 한숨을 내쉬었다.

여자아이들과 교대하는 것처럼 구름다리를 퉁퉁, 하고 내려오는 리드미컬한 발소리가 들렸다. 타쿠야였다. 녀석은 자판기에서 산 캔 커피 두 개를 양손에 들고 있었는데, 그게 뜨거웠는지 가끔씩 가볍게 공중에 던졌다 받았다 하고 있었다. 계단을 다 내려와서 플랫폼에 서자마자 한쪽 손에 있던 캔을 내 쪽으로 던져주었다. 그것을 받았더니 잔뜩 얼어 있던 손에 커피 캔이 너무 뜨겁게 느껴져서 하마터면 떨어뜨릴 뻔했다. 우리는 그 전날 작은 내기를 했고, 캔 커피는 그 내기의 상품이었다.

타쿠야는 캔을 입에 대더니 딱히 뭘 보려는 생각 없이 맞은편 플랫폼에 눈길을 주면서 물었다.

"히로키, 너 아르바이트 언제 가냐?"

"음……, 글쎄……."

그 무렵 우리는 학교에 비밀로 하고 몰래 아르바이트를 하고 있었다.

"동아리가 내일까지야. 그러니까 모레쯤 가야지. 너는?"

"나도 내일 아침이 마지막 연습이야. 그럼 모레로 정하자."

"그래."

우리가 다니던 중학교에서는 원칙적으로 2학년 말에 모든 동아리 활동을 은퇴하게 되어 있었다. 그 이유는 물론 고등학교 입학시험에 집중하기 위해서였다. 하지만 나와 타쿠야는 그렇게 생긴 시간에 아르바이트를 하기로 했다. 그때까지는 주말에만 일할 수 있었지만 모레부터는 봄방학에 들어가니까 충분히 일할 수가 있게 되었다.

고등학교 입시에 대해서는 별로 걱정하지 않았다. 타쿠야의 성적이야 말할 나위도 없었고, 나도 성적이 그리 나쁜 편은 아니었다. 게다가 나는 고등학교는 어디든 들어가기만 하면 된다고 생각하고 있었다. 적어도 그때까지는 말이다.

우리는 아르바이트를 어떻게 다닐지에 대해 두세 가지 의논한 다음 조용히 전철을 기다렸다. 원래 둘 다 말이 많지 않은 편이어서 그런 식으로 말없이 있을 때가 꽤 많았다.

열차가 도착한다는 안내 방송이 나와서 나는 몸을 살짝 내밀어 일직선으로 된 기찻길 저 멀리에 전철의 작은 전조등이 보이는 것을 확인했다. 열차는 조금씩 커지면서 천천히 다가오더니 플랫폼에 힘들게 미끄러져 들어와서 끽끽거리는 소리를 내며 멈춰 섰다. 맞은편 플랫폼 개찰구를 통해 사유리 일행이 황급히 들어오는 모습이 차량 옆의 창문 유리 두 장을 통해 보였다. 그 여자아이들이 구름다리를 뛰어서 오르내리는 분주한 발소리를 나는 무의식중에 유심히 듣고 있었다.

떨그렁, 하고 타쿠야가 빈 캔을 쓰레기통에 던져 넣는 소리가 들렸다. 나는 아직 캔 속에 커피가 반 이상 남아 있다는 사실을 깨달았다. 허겁지겁 단숨에 마시고서 언더스로로 캔을 던졌다. 빈 캔은 쓰레기통 가장자리에 튕겨져 나갈 뻔하다가 아슬아슬하게 안으로 들어갔다.

몸을 다시 돌리자 친구들끼리 몸을 툭툭 치면서 열차에 올라타는 사유리가 시야 한쪽 구석에 들어왔다. 나 먼저 간다, 는 타쿠야의 말에 나는 허둥지둥 그의 뒤를 따라 전철 문 쪽으로 걸어갔다.

열차를 타기 직전에 문득 붉게 물든 하늘을 올려다보았다.

열차 지붕 너머로 자잘한 구름을 옆에 거느리고 있는 그 탑이 보였다. 살짝 붉은 기를 띤 그 탑은 둥근 하늘을 날카롭게 찌르려는 것처럼 서 있었다. 나는 바라만 볼 수 있을 뿐 손에 잡히지 않는 것에만 마음이 끌렸던 것인지도 모른다.

나와 타쿠야는 열차의 박스 좌석 하나를 차지하고서 맞은편 의자에 다리를 아무렇게나 대충 걸쳐놓고 앉았다. 어쩌다 보니 항상 같은 자리에 비슷한 자세로 앉게 되었다. 타쿠야는 MAC 계열 컴퓨터 잡지를 읽고 있었다. 나는 매주 하루 늦게 들어오는 만화잡지 『주간 점프』를 읽으며 시간을 보냈다.

우리는 보통 전철 안에서 입을 다물고 있었다. 조용히 있는 것이 자연스러웠다. 대화가 없으면 못 참는다는 사람이 간혹 있는데 도대체 뭐가 불안해서 그리 안절부절못하나 싶었다. 타쿠야와 둘이 같이 있을 때의 침묵은 나를 안심시켰다. 전철 차량이 찍어내는 리듬과 주변의 자잘한 말소리에 둘러싸여 있는 것도 기분 좋았다. 바깥 풍경이 점점 어두워져가는 모습이나, 주변에 집들도 없어지고 진짜로 캄캄해지는 느낌이나, 거울처럼 변해버린 창문에 비친 내 멍한 얼굴. 그런 것들이 내 손에 잡히는 내 세상이었고, 나는 그런 것들에 친근감을 느꼈고, 그 안에서 보호받고 있는 것처럼 느꼈다.

그날 그런 익숙함에 갑자기 불안한 요소가 끼어드는 느낌이 들면서 온몸이 굳어졌다. 그 불안 요소가 무엇인지 처음에는 몰랐다. 이윽고 그 요소는 하나의 목소리가 되어 내 의식 위로 떠올랐다.

그것은 사유리의 목소리였다. 주변의 말소리들 속에 친구랑 떠들고 있는 사유리의 목소리가 있었다. 다른 여자아이들의 목소리는 뭉그러져서 들리지 않았다. 그러나 사유리의 목소리만은 분명한 윤곽을 가지고 내 의식에 들어왔다. 백색소음 속에서 내 의식은 사유리의 목소리만 들었다. 그리고 뭐가 어떻게 될지 몰라 몸이 움츠러들 것 같은 불안감에 휩싸였다.

나는 창밖의 어둠으로 의식을 채워서 마음을 가라앉히려고 했다. 그러다가 창문에 비친 타쿠야의 얼굴이 잡지에 눈길을 떨어뜨린 채로 평소답지 않게 딱딱하게 굳어 있음을 알아차렸다.

문득 타쿠야의 귀도 그녀의 목소리만 듣고 있을 것 같다는 느낌이 들었다.

그것은 확신에 가까운 예감이었다. 속에서 뭔가 강한 쓴 물이 확 올라오는 느낌에 순간적으로 위가 오그라들었다. 턱 안쪽이 딱딱하게 굳어졌다.

이유를 알 수 없는 패배감 같은 것을 느꼈다. 물론 타쿠야가 훨씬 잘났고, 여자아이들이 좋아할 만한 아이라는 점이 다분히 작용했다.

하지만 물론 그것만은 아니었다.

6.

이튿날, 진저리를 칠 만큼 길고 의미 없는 종업식이 끝난 후 나는 체육복으로 갈아입고서 궁도 연습장으로 갔다. 동아리는 오늘 아침 연습으로 물러난 상태였지만 조금 더 활을 쏘고 싶었다.

활쏘기는 내 성미에 잘 맞았다.

내가 있고 과녁이 있다. 나는 의식을 과녁으로 날린다. 그러면 나와 과녁 사이에 한 줄기 예리한 길이 생겨난다.

그때, 주변의 경치와 소리가 다 사라지면서 노이즈가 전혀 없는 둘만의 세계가 만들어진다. 나와 과녁은 하나로 겹쳐졌다가 서로의 위치가 바뀌는 착각이 일어난다. 그 순간 나는 과녁이 되고 과녁이 나를 향해 활시위를 겨누고 있다.

그 한순간이 날카롭도록 깨끗하다.

그러고는 건조한 소리가 들리면서 멀리 있는 과녁에 화살이 박혀 있는 모습이 내 눈에 보인다.

물론 언제나 그렇게 일이 잘 되지는 않았다. 노이즈가 사라지지 않을 때도 있고, 과녁과 나 사이의 길이 일그러져 있을 때도 있었다. 그럴 때는 화살이 잘 맞지 않았다.

특히 그 무렵은 엉망이었다. 뭔가 꺼끌거리는 것이 머릿속에서 계속 난반사를 일으키고 있었다. 몸에 밴 기술이 있어서 어느 정도는 과녁을 맞힐 수 있었다. 그렇지만 그 날카롭도록 깨끗한 느낌은 좀처럼 생겨나지 않았다.

집중력을 다 쓰고 난 다음 포기하면서 그 자리에 쭈그리고 앉았을 때 궁도 연습장 창문으로 타쿠야가 이쪽을 들여다보고 있는 모습이 보였다.

"견학하러 왔어. 벌써 끝난 거야?"

"아니……, 잠깐 쉬고 있어. 영 안 되네."

우리는 문 닫기 직전이었던 매점에서 삼각 팩에 든 커피 우유를 사 들고 운동장 귀퉁이에 있는 수돗가 옆에 자리를 잡았다.

"동아리 활동이 끝났는데도 연습하는 거야? 너도 정말 열심이다."

삼각 우유팩에 빨대를 푹 꽂으면서 타쿠야가 말했다.

"열심이어서 하고 있는 게 아냐. 넌 어땠어?"

"뭐가?"

"오늘 아침 동아리 말이야. 마지막 연습이었으니까 뭐가 있었을 거 아냐. 미팅 때 인사하고 뭐 그러지 않았어?"

"어어, 했지."

그러더니 충격적인 말을 가볍게 내뱉었다.

"그리고 물러나는 기념으로 여자애한테 고백받았고."

"우와! 또?!"

"어."

타쿠야는 어떤 일이 있었는지 담담하게 이야기했다. 동아리가 끝나고 해산할 즈음에 여자애들 세 명이 불렀고, 그중에서 동아리 후배인 카나한테서 편지를 받았고…… 뭐 그런 이야기였다. 물론 타쿠야는 그런 이야기를 아무한테나 떠벌리는 녀석이 아니었다. 그런 이야기는 나랑 둘이 있을 때만 했다. 말투에 자랑이 섞인 적도 전혀 없었다. 타쿠야한테 이런 일은 자랑거리가 아니었던 것이다.

나는 한숨을 내쉬면서 말했다.

"부러운 놈. 도대체 몇 명째냐?"

"무슨 몇 명씩이나 된다고. 4월부터 보자면 두 명밖에 안 되는데."

"그것만 해도 충분히 많거든."

"뭐, 그럴 수도 있고."

타쿠야는 바지 주머니를 뒤적거리더니 라이터를 꺼냈다. 평소 습관대로 담배를 피우려는 것을 알아차린 나는 말없이 녀석의 다리를 발끝으로 툭 걷어찼다. 여기가 학교임을 깨달은 녀석은 주머니에서 손을 뺐다.

"그래서?"

"응?"

"거절했어? 평소처럼?"

"응."

나는 우유팩에 숨을 불어넣어서 부글부글 거품을 만들었다.

"아깝다~! 카나라면, 1학년 2반의 그 카나잖아. 걔 귀엽던데……. 진짜 아깝다."

나는 별 뜻 없이 그런 말을 했다고 생각했는데 나중에 돌이켜 보니 무의식중에 타쿠야의 마음을 알아보려 했던 것 같다.

"너, 그 말 진심이야?"

녀석이 갑자기 그렇게 반문하는 바람에 나는 순간 흠칫 놀랐다.

"그야 당연하지. 걔 되게 인기 많단 말이야. 그런 애를 거절한 거잖아. 보통 같으면 있을 수 없는 일 아니냐?"

"보통이 어떻든지 그런 건 상관없고."

타쿠야는 손에 쥐고 있는 라이터로 딸깍딸깍 소리를 내며 말했다.

"그렇게 아까우면 네가 사귀지 그래?"

갑자기 그런 말을 꺼냈다.

"뭐? 얘기가 어떻게 그렇게 되냐?"

"너 같으면 사귀겠다는 거냐고?"

그렇게 묻는 바람에 나는 할 말이 없어졌다.

"마쓰우라 카나가 귀엽기는 해. 착하기도 하고. 나도 알고 있어. 하지만 그렇다고 바로 사귀고 싶다든지 그런 식으로 가는 건 아니잖아."

"응……."

"그거랑은 좀 다르다고 나는 생각하거든. 아깝다느니 어떻다느니, 그런 문제가 아니잖아. 안 그래, 히로키?"

"……그래, 네 말이 맞아."

나는 살짝 작아진 목소리로 대답했다. 녀석이 하는 말은 옳았다. 반대로 내가 했던 말은 너무 상투적이고 경박했다.

"그러니까 말이야……."

녀석은 내 얼굴을 들여다보면서 말했다.

"네가 카나랑 사귀면 된다고."

"아니, 그러니까, 왜 내가?"

"너도 카나는 아니구나. 흐음. 그럼 누가 좋은 거야?"

그 순간 내 머릿속에 사유리의 얼굴이 떠올랐고, 나는 허겁지겁 의식을 돌렸다. 말이 제대로 나오지 않았다.

"아니…… 그게, 그러니까……."

"뭐야, 똑바로 말해."

타쿠야는 뭔가 나쁜 꿍꿍이를 가지고 있을 때처럼 짓궂은 표정으로 웃고 있었다. 그래서 알았다. 내가 아까 녀석의 마음을 떠보려 했던 것에 대한 보복을 하고 있었던 것이다. 나는 더듬거리면서 일부러 말도 안 되는 대답을 했다.

"그러니까…… 카나여서 싫다는 게 아니라…… 귀여운 애고…… 그렇지만 난 사실 사귄다고 해도, 뭘 어떻게 해야 하는지 모르잖아. 그래서…… 아무튼 난 아니라고."

타쿠야는 신이 나서 콧김을 내뿜으며 라이터를 딸깍딸깍 가지고 놀고 있었다. 그렇게 내가 허둥지둥 말도 안 되는 말로 대답하는 모습을 충분히 즐긴 다음 나를 향해 이렇게 속삭였다.

"야, 네가 고백받은 게 아니잖아."

"네가 그런 얘기를 꺼내니까 그렇지!"

"하하하, 너 정말 이런 얘기는 젬병이구나."

약이 올라 씩씩거리는 내 옆에서 타쿠야는 한참 동안 재미있다며 웃어댔다.

이 에피소드는 기본적으로 우리가 자주 하던 잡담 같은 느낌이었고, 그래서 그때는 가볍게 생각하고 지나버렸지만, 나중에 생각해보면 상당히 문제의 소지가 있는 화제였다.

타쿠야는 인기가 있었고, 성격도 시원시원했고, 카리스마가 있었다.

그냥 그 정도의 아이였다면 아무 고민도 없었겠지만, 문제는 녀석이 좋은 놈이었고, 정신이 올바로 박힌 녀석이었다는 점이다. 올바른 생각을 할 수 있다는 것은 아주 중요한 점이고, 더할 나위 없이 값진 일이라고 생각한다.

그리고 아마도 그는 사유리에게 끌리고 있었다. 제대로 된 놈이, 제대로 된 정신과 태도로 사유리를 좋아하고 있었던 것이다.

나처럼 대충 얼버무리거나, 마음에도 없는 말을 궁여지책으로 내뱉거나 하는 일 없이.

나는 그런 타쿠야가 정말 마음에 들었다. 꽤나 강하게 그를 좋아했다.

나는 비교적 붙임성이 좋은 편이어서 누구하고나 쉽게 친해지곤 했다. 우리 반에도 친구들이 있었고, 다른 반에도 같이 노는 아이들이 있어서 자주 장난치면서 어울려 지냈다. 그렇지만 타쿠야와 함께 있는 시간은 그런 경우와는 전혀 다른 특별한 시간들이었다.

나는 녀석과 나 사이에 있는 특별한 끈을 놓치고 싶지 않았다. 그 마음은 내가 사유리에게 끌리는 마음보다 강했다. ……적어도 그때까지는.

나는 마음의 저울이 반대편으로 기우는 날이 언젠가 올 것 같아서 그게 너무도 두려웠다.

한 가지 더.

타쿠야는 예리한 아이였다. 아마도 그때 이미 내가 사유리에게 끌리고 있다는 사실을 알아차렸을 것이다.

그 시점에서 이미 우리 둘 사이에는 일종의 위태로운 긴장감이 생겨나고 있었다.

:: :: :: ::

나와 타쿠야가 처음 사와타리 사유리를 만난 것은 중학교 2학년이 되고 난 다음이었다.

물론 정확하게 말하자면, 작은 학교 안이었기 때문에 그런 여자아이가 있다는 사실은 알고 있었다. 하지만 접점이 없었다. 그때까지는 얼굴하고 이름을 간신히 연결시킬 수 있을 정도의 아이, 아는 사람이라고 하기도 힘든 그냥 같은 학년 여자애일 뿐이었다. 다른 반에 있는 여자애랑 친해지는 계기라고는 동아리 활동 정도밖에 없었는데, 사유리는 우리랑 다른 음악 동아리에 있었다.

2학년으로 올라갈 때 반 배정이 새로 되었다. 나는 잘 노는 친구들 몇 명하고 다른 반이 되어서 약간 실망했지만 타쿠야하고 다시 같은 반이 되었다는 것에 기뻐했다. 새 학기 반 배정표 앞에서 우리는 서로를 보며 싱긋 웃고 시합을 시작할 때의 복싱 선수처럼 서로 주먹을 마주쳤다.

그 반에 사유리가 있었다.

사유리는 정말 예쁜 여자애였다. 그러나 남자애들 사이에서 사와타리 사유리가 귀엽다거나 미인이라거나 그런 식으로 소문이 돈 적은 한 번도 없었다.

뭐랄까, 사유리의 아름다움은 안쪽에 담겨 있는 느낌이었다. 마치 헤드폰으로 듣는 음악처럼 그녀의 아름다움은 그녀 안에서만 완결되어 있고 밖으로는 방출되지 않는 것 같았다. 그래서 아주 주의 깊게, 정말로 유심히 의식을 집중해서 보지 않으면 그녀의 반짝임을 절대 알아차리지 못했다. 무엇을 하든 자연스럽게 아우라를 발산해서 이목을 집중시켜버리는 타쿠야와는 아주 대조적이라고 할 수 있었다.

당시 나는 정말 신기했다. 어째서 다들 그녀의 아름다움을 알아차리지 못하는 걸까? 이렇게 꿈처럼 예쁜 여자애가 눈앞에 있는데 왜 아무도 뭐라고 하지 않을까?

그렇지만 그런 나도 사유리의 그런 반짝임을 처음부터 알아차렸던 것은 아니다. 그것을 알게 된 것은 사소한 계기로 그녀와 친하게 말하게 되면서부터였다.

2학년 국어 교과서에 미야자와 겐지(宮沢賢治, 1896-1933, 이와테현 출신의 문인이자 교육자)의 시가 몇 개 한꺼번에 실려 있었다. 우리 국어 담당은 요시쓰루라는 이름의 선생님이었는데 진도가 거기에 이르렀을 때 갑자기 신이 나서 난리였다. 사람이 바뀐 것처럼 콧김을 뿜어대면서 설교를 늘어놓기 시작했다.

그 사람의 말에 따르면 미야자와 겐지는 최고의 대시인이었고, 일본어를 아는 사람이라면 누구나 겐지의 시를 모두 정독해야 한다고 했다. 그러고는 본인의 취향이 적나라하게 드러나는 대강의를 시작했다. 우리는 그저 어이가 없을 뿐이었다. 그 사람은 중학교 국어 시간에 어느 대학에서 강의 때 쓰는 자료를 프린트해 와서 읽게 하지를 않나, 세미나처럼 연구하게 하지를 않나, 심지어는 팀을 짜서 공동 연구를 한 내용을 리포트로 제출하라고까지 했다.

그 리포트를 나와 타쿠야와 사유리가 같이하게 되었다.

그렇게 한 팀이 된 것은 순전히 우연이었다. 나와 타쿠야가 둘이서 한 팀이 되려고 했는데, 마침 팀을 짜는 날에 사유리가 결석을 했다. 그리고 우리 팀이 반에서 제일 인원수가 적은 팀이었기 때문에 나중에 반강제로 그녀가 합류하게 되었다.

"그 인간, 젊었을 때 문학청년이었나 봐."

도서실 책상에 팔꿈치를 괴고서 타쿠야가 말했다. 그 인간은 국어 교사인 요시쓰루 선생을 가리키는 말이었다.

"그러게. 아아, 열받아. 이게 무슨 중학교 국어냐고~!"

나도 그 말에 동조하면서 불평을 터뜨렸다.

사유리는 그런 우리를 보더니 공기가 섞인 목소리로 살짝 웃었다.

"미야자와 겐지는 열성적인 팬이 참 많은 사람이야. 너무너무 좋아한다는 사람들이 정말 많거든. 겐지의 작품을 읽고 싶다는 마음 하나로 문학을 전공하는 사람도 있다고 하더라. 요시쓰루 선생님이 그런 분인 줄은 몰랐지만……."

"그래……?"

나는 그 말을 들으면서 심장이 약간 벌렁거렸다.

사유리는 여자 혼자서 우리 사이에 끼어 있는데도 어색함이나 불편함을 전혀 느끼지 않는 것 같았다. 그건 꽤 뜻밖이었다. 여자애들은 다른 여자애들이랑 언제나 같이 붙어 있지 않으면 불안해지는 존재라고 생각했기 때문이다. 그러나 사유리는 혼자 떨어져 있는 것을 별로 힘들어하지 않는 타입 같았다. 적어도 내 눈에는 그렇게 보였다. 제대로 말을 섞어본 적도 없는 우리에게 자연스럽게 말을 거는 모습에도 놀랐다.

"그래도 타쿠야도 히로키도 요시쓰루 선생님 좋아하잖아?"

갑자기 사유리가 그런 말을 하는 바람에 나와 타쿠야는 엉겁결에 서로를 마주 본 다음 다시 그녀의 얼굴을 뚫어지게 쳐다보았다. 타쿠야는 어떤지 몰랐지만 적어도 나의 경우는 그것이 정곡을 찌른 지적이었기 때문이다.

"왜 그렇게 생각해?"

타쿠야가 물었다.

"그냥 비슷한 타입 같아서 그래. 뭔가 너무너무 좋아하는 게 있고, 시간 가는 줄도 모르고 푹 빠져 있는 느낌 같은 게 좀 닮은 것 같다는 생각이 들었어. 그래서 친근함을 느끼지 않나 싶었지."

"으음……."

나는 신음 소리를 냈다. 상당히 예리한 지적이라는 생각이 들었다.

"사유리는 예전부터 우리에 대해서 알고 있었던 거야?"

타쿠야가 물었다.

"응."

"어떻게?"

"그야 작년에 그걸 봤으니까. 그러니까……."

사유리는 오른손 손바닥을 공중에서 하늘하늘 흔들어 보였다.

"……문화제 때?"

나는 그제야 납득했다.

"응. 정말 굉장했잖아. 그거 너희 둘이서 만든 거지?"

"그럼."

나는 기분이 좋아져서 끄덕였다.

"올해는 안 할 거야?"

"올해는 안 해."

타쿠야가 말했다.

"같은 것을 몇 번씩 할 필요도 없고, 사실 지금은 둘이서 다른 것을 시작했거든. 그쪽 일로 너무 바빠."

"다른 거? 뭔데?"

"비밀이야."

내가 말했다.

"에이."

사유리가 입술을 삐죽였다. 그런 다음 갑자기 물었다.

"남자애들끼리 친한 거는 어떤 느낌이야?"

"어엉?"

갑자기 무슨 귀신 씻나락 까먹는 소리야, 하는 느낌으로 소리를 냈다.

"타쿠야랑 히로키는 되게 친하잖아. 항상 붙어 있고. 남자애들끼리 그렇게 친한 친구일 때는 어떤 식으로 어울려 노나 궁금했거든."

"그런 건 우리도 잘 모르겠고, 항상 붙어 있는 것도 아니야."

타쿠야가 대답했다.

"히로키한테는 히로키의 친구들이 있고, 나도 마찬가지야. 그리고 같이 어울려 노는 건 남자나 여자나 비슷한 느낌 아닐까?"

"그런가……?"

사유리는 살짝 풀이 죽은 목소리였다.

"난 아닌 것 같은데."

말은 그렇게 했어도 그녀는 더 이상 캐물으려고 하지 않았다.

"흐응……."

나는 김빠진 소리로 대꾸를 했다.

솔직히 말하자면 나는 그때 아주 살짝 사유리가 성가시게 느껴졌다. 무신경할 정도는 아니었지만 거리낌 없이 이런저런 일들을 물어보는 그녀에 대해 약간의 위기감을 가지고 있었다.

사실 나는 타쿠야와 둘이만 있을 때가 훨씬 편했고, 우리 사이에 사유리가 끼어들면서 이제껏 확실하게 존재하던 무언가가 망가져버리지 않을까 하는 불안감이 있었다. 나와 타쿠야는 둘이서 완벽한 콤비라고 생각했는데 거기에 이질적인 존재, 즉 여자애가 섞이게 되면 미묘한 균형이 깨질 것 같다는 생각이 들었다.

지금 와서 돌이켜 보면 그 느낌은—사실 나는 전혀 감이 좋은 편이 아니었는데—정확하게 들어맞은 예감이었던 셈이다.

다음다음 날이 일요일이어서 우리 셋은 오전에 동아리 활동을 마친 다음 타쿠야의 집에 가서 리포트 작업을 계속했다. 아버지와 둘만 살고 있었는데, 타쿠야의 아버지는 일요일에도 별채에 있는 작업장에만 있었기 때문에 속 편히 모일 수가 있어서 좋았다.

사유리는 나카오구니에 있는 자기 집이 학교랑 더 가까우니까 거기서 하자고 했는데 그 제안은 나와 타쿠야가 자연스럽고 부드럽게 거절했다. 남자 둘이서 여자애 집에 가다니, 그런 창피한 짓을 어떻게 한단 말인가. 하지만 사유리는 그런 것을 의식하지 않는 성격인지 어른도 없이 남자애들만 있는 집에 오는 일에 대해 전혀 저항감이 없는 모양이었다.

"참 별난 애였어……."

나와 타쿠야는 나중이 되어서 그런 식으로 그 당시의 생각을 서로 확인했다. 골치 아픈 사춘기를 한창 겪고 있던 우리로서는 그런 점이 꽤나 신기하게 여겨졌다.

타쿠야의 집도 우리 집처럼 옛날 일본식 주택이었는데 나랑 사유리는 불단(佛壇)이 있는 방으로 안내되었고, 타쿠야가 옆방에서 영차, 하면서 낮고 커다란 교자상을 들고 왔다. 우리는 노트랑 도서실에서 빌려 온 자료들을 그 상 위에 펼쳤다.

사유리는 다리를 살짝 옆으로 해서 사뿐히 앉았다. 그렇게 앉아 있는 사유리는 그 방 풍경과 아주 잘 어울렸다. 그녀는 정말 아무렇지도 않게, 너무나 당연하게 거기 있었다. 그 모습이 아주 편안해 보였다.

문득 사유리가 무릎을 손으로 짚으며 어깨를 오므리는 자세로 살짝 갸우뚱거렸다.

"이게 무슨 느낌이지? 전에 이런 것을 꿈에서 본 것 같아."

그녀가 그렇게 말했다.

그렇게 지극히 무방비한 분위기를 보면서 어쩌면 내 마음속에 있던 진자(振子) 비슷한 것이 흔들리기 시작했는지도 모른다.

미야자와 겐지가 좋다고 그녀는 말했다.

리포트 작업은 주로 사유리 덕분에 아주 순조롭게 진행되었다.

사유리는 깜짝 놀랄 정도로 머리가 좋았다. 나와 타쿠야는 기본적으로 이공계 머리여서 수학이나 과학 과목은 성적이 상당히 좋았는데 사유리는 그 반대로 문과 과목들에 뛰어났다. 요시쓰루 선생님이 복사해서 나눠주었던, 아무리 보아도 중학생들 수준에서 이해하기 힘든 전문적인 논문을 사유리는 별로 힘들지 않게 읽고서 내용을 요약해주었다. 우리는 완전히 탄복해서 거의 그녀가 말하는 대로 리포트를 작성했다.

하지만 내가 진짜로 감탄한 점은 책을 읽거나 그 내용에 대해서 이야기할 때의 사유리가 참으로 생기발랄하다는 것이었다. 그러지 않을 때하고는 천지 차이로 다른 사람처럼 보일 정도였다. 사유리가 좋아하는 책에 대해 이야기할 때 그녀가 동정심도 느끼고, 친근감도 느끼고, 공감도 느낀다는 것을 알 수 있었다.

"난 이상하게 미야자와 겐지 작품은 이해가 잘 되는 것 같아."

이 정도로 진지하게 읽어준다면 작가인 미야자와 겐지로서도 더 바랄 것이 없지 않을까 싶었다.

"미야자와 겐지라……."

솔직히 나는 아무리 읽어도 무슨 소리인지 도통 알 수가 없었기 때문에 머릿속에 쌓여 있는 쓰레기를 토해내듯이 한숨을 쉬었다.

"난 누가 쓴 어느 책이 좋다든지 그런 생각은 해본 적도 없다."

"너희 둘은 평소에 어떤 책을 읽는데?"

"나는 컴퓨터 관련이나 물리에 관한 책이나 거의 그런 류지."

타쿠야는 그렇게 말한 다음 엄지로 나를 가리켰다.

"이놈은 순 만화책만 보고."

"만화 아닌 것도 있거든."

"그럼 제일 최근에 읽은 책이 뭔지 말해봐."

"응……."

나는 잠시 생각하다가 말했다.

"『연마 기술 상세 해부』."

순간, 책 제목이 영 신통찮은 느낌이 들어서 혼자 낙심했다.

"그게 무슨 책이야?"

사유리가 신기하다는 얼굴로 물었다.

"말하자면 칼날을 어떻게 가는지 알려주는 책이야."

내가 대답했다.

"드릴 머신 끄트머리를 그라인더로 다시 살리는 기술이라든지, 아니면 커터 칼이나 부엌칼을 가는 법이라든지……."

"칼도 갈 줄 알아?"

사유리는 생각보다 훨씬 놀라면서 물었다.

"칼은 그냥 갈 수 있지. 그렇게 놀랄 일은 아니잖아. 아무나 할 수 있는 거니까."

"하지만 난 그거 못해. 와, 너 굉장한 것 같다. 남자애들은 그런 책을 읽는구나. 그래서 생활에 도움을 주기도 하고……."

"아니아니, 이놈은 좀 이상한 거야. 보통 애들은 그런 책 안 읽어."

타쿠야가 농담하는 투로 말했다.

"이놈이 유별난 거야."

"너는 안 이상한 줄 알아?!"

사유리는 공기가 섞인 목소리로 웃으면서 우리를 바라보았다. 그녀는 항상 그렇게 간질간질하고 귀여운 웃음소리를 냈다.

"재미있다. 난 문예밖에 안 읽는데. 문예 쪽이면 아무거나 다 읽지만."

아마도 그녀의 말대로 정말 아무거나 다 읽겠구나 싶었다.

나는 갑자기 궁금해져서 물어보았다.

"사유리, 너는 책을 왜 읽어? 이게 무슨 소리냐 하면, 나 같은 경우는 필요가 생겨서 그걸 알아보느라고 읽는 건데……."

"어디 쓰려고 하는 것도 아니면서 왜 읽느냐는 소리야?"

"응."

"글쎄, 왜일까……?"

사유리가 잠시 생각에 잠겼다.

"읽고 있을 때 갑자기 다가오는 느낌이 좋아서 그러는 것 같은데……."

"느낌이라니?"

"사라져버리는 느낌."

"사라진다고……?"

"그러니까……, 우선은 내 주위에 있는 모든 게 다. 그런 다음에 나 자신도."

그녀는 그렇게 말했다.

"지금 책을 읽고 있는 내가 불현듯 사라지고 책 내용만 살아 있는 것 같은 상태가 될 때가 있어. 너희는 그런 적 없니?"

"모르겠네."

타쿠야가 말했다.

"뭔가에 집중하고 있을 때 그런 느낌이 드는 경우는 있는 것 같은데."

"그거야."

사유리가 맞장구를 쳤다.

"그런데 그 느낌하고는 약간 다른 것 같아. 이쪽이랑 저쪽 세계가 뒤바뀌는 느낌이랄까……."

"그런데 넌 이런 책을 읽으면서도 그렇게 빠져들 수 있냐?"

나는 문고판으로 된 『봄과 아수라』를 얼굴 위에 덮고서 뒤로 벌렁 나자빠졌다.

"난 이게 뭔 소린지 도대체 모르겠던데."

"그럼, 빠져들지."

"진짜? '비에도 지지 않고 바람에도 지지 않고'를 가지고 황홀경에 빠진단 말이야?"

"그 부분도 싫지는 않아."

사유리가 키득키득 웃었다. 그러더니 진지한 표정으로 돌아가서 암송했다.

"손은 뜨겁고 발은 힘 빠져도 나는 이 탑을 세우는 자."

"탑?"

깜짝 놀라서 나는 벌떡 일어나 앉았다.

"응, 탑."

그녀는 끄덕이더니 문고판 시집을 펼쳤다.

"미끄러지는 시간의 축 속에 이곳저곳 아름답게 이루어져 찬란하게 어둠을 밝혀주는 그 탑의 모습 경이로워라."

"그게 뭐야?"

타쿠야가 물었다.

"「손은 뜨겁고 발은 힘 빠져도」라는 작품. 겐지가 세상을 떠나기 직전에 쓴 시야. 난 이게 제일 좋더라."

"방금 네가 읊은 그 부분은 무슨 뜻이야?"

"그건 나도 잘 모르겠어……. 아마 이제부터 자기는 소멸되지 않는 존재가 된다, 뭐 그런 뜻으로 쓴 것 같은데……."

"왠지 북쪽에 서 있는 그거에 대한 얘기 같네."

나도 모르게 불쑥 내뱉었다.

"그래, 맞아. 그 탑도 100년 넘게 계속 그 자리에 서 있을 것 같으니까."

사유리는 보리차가 든 유리컵을 손가락으로 건드려서 흔들리게 했다.

"책이라는 건 소멸되지 않는 기억이야."

사유리가 말했다.

"예를 들어 미야자와 겐지는 100년이 지났어도 이렇게 책이 나오고, 우리가 그걸 읽고, 요시쓰루 선생님 같은 사람도 있을 정도니까 엄청난 존재감이잖아. 그런 게 참 부러운 것 같아. 나 같은 사람은 지금 죽으면 금방 잊혀서 아무도 기억해주지 않을 것 같거든. 지금까지는 그래도 학교에 다니면서 친구도 있고 해서 매일 즐겁게 지냈지만, 졸업하거나 다른 학교로 가거나 하면 다들 나 같은 건 금방 잊어버리고 말겠지……."

나는 깜짝 놀랐다. 타쿠야도 나랑 같은 얼굴을 하고 있었다. 그렇게 심각한 이야기를 갑작스럽게, 아직 별로 친하지도 않은 우리한테 툭 터놓고 말하는 그녀의 태도가 너무 의외였기 때문이다.

사유리의 말투는 특별히 슬프다거나 외롭다는 느낌도 없이 무척이나 담담했다. 그래서 오히려 그녀의 솔직한 심정이 고스란히 드러난 것 같았다.

솔직함은 무섭다. 농담이나 가벼운 말투는 듣는 이를 궁지에 몰아넣지 않는다. 그러나 본심이 그대로 드러난 솔직한 말에는 듣는 사람을 당황스럽고 초조하게 만드는 무언가가 있다.

뭐라고 한마디 해줘야 할 것 같은 압박감이 느껴져서 내가 말했다.

"그렇지는 않을 것 같은데……."

"아니야, 그렇게 돼. 아마 나도 많은 사람들과 친구들을 잊어버릴 테니까. 틀림없이 그렇게 된다는 것을 지금도 알고 있어. 그래서 다른 사람들이 나를 잊어버린다는 사실도 알고 있고. 어쩔 수 없는 일이라는 것을 알고는 있는데……."

겉으로 티는 나지 않았으리라고 생각하는데, 어쨌든 나는 내심 무지하게 놀랐다.

아니, 여자애들은 그렇게 한참 뒤에 일어날 일을 벌써부터 생각하고 사나? 참 이상한 종족이네. 나는 그저 '오늘 뭐 할까'라든지 '내일은 어떻게 지낼까'라든지 그런 생각밖에 안 하는데.

아무튼 사유리가 그런 말을 했다는 것 자체가 꽤 큰 충격을 주어서, 그 일만으로도 나는 상당히 오랫동안 사유리를 잊지 않겠구나 하는 생각이 들었다. 나는 그 시점에서 "난 너를 계속 잊지 않고 있을게." 같은 말을 해줘야 하나 한참을 고민했다. 그렇지만 그런 연극 대사 같은 말은 아무나 할 수 있는 것이 아니어서 결국 입을 다물고 말았다.

하지만 아마 나는 그때 사유리에게 그 말을 해줬어야 했을 것 같다.

며칠 후 국어 수업 시간에 사유리는 선생님이 시켜서 미야자와 겐지의 「영결(永訣)의 아침」을 낭독했다. 유리공예처럼 맑고 투명한 그녀의 목소리는 눈과 진눈깨비의 이미지로 이루어진 그 시와 너무도 잘 어울렸다.

한참 뒤, 몇 년이 지난 후에 나는 그런 생각이 들었다. 사유리는 그 무렵부터 계속 우리에게 도와달라고 하고 있었구나, 라고. 그녀는 여기가 아닌 다른 곳, '약속의 장소'로 데리고 가달라고 외치고 있었다. 그게 어째서 우리였는지는 모르겠다. 다만 분명한 사실은 그 무렵에 그녀를 어딘가로 데리고 갈 수 있는 힘을 가지고 있던 사람은 아마 '우리'밖에 없었을 것이다. 사유리는 그것을 직감으로 알고 있었는지도 모른다. 워낙 예리한 감을 가지고 있는 아이였으니까.

그러나 우리는 너무 어려서 자기밖에 생각하지 못했다. 그때 우리 나이를 생각해보면 그것은 어쩔 수 없는 일이었다. 하지만 그래도 나는 이런 생각을 해보지 않을 수가 없다. 만약 우리가 그녀의 소리 없는 외침을 좀 더 일찍 알아차렸더라면, 사유리도 타쿠야도 나도 틀림없이 지금과는 다른 결말에 이르렀을 것이라고.

그런 생각이 들면 견딜 수 없이 슬퍼진다.

:: :: :: ::

수돗가에서 타쿠야와 헤어진 후 나는 다시 궁도 연습장으로 돌아갔다.

활을 아직 더 쏴야 할 것 같은 기분이었다.

아무도 없는 궁도 연습장 바닥을 단단히 밟고 서서 과녁을 노려보았다. 온 신경을 집중해서 일련의 동작을 하고는 활시위를 당겼다.

'귀엽다고 바로 사귀고 싶다든지 그런 식으로 가는 건 아니잖아.'

'그거랑은 좀 다르잖아?'

'그럼 누가 좋은 거야?'

타쿠야의 올바른 말들이 잡념이 되어 내 귀에 울려왔다.

내 과녁은 일그러져 있었다. 그것은 아마 내가 올곧지 않아서일 것이다.

"사유리."

화살이 과녁에 박히는 기분 좋은 소리가 들렸다. 하지만 화살은 중앙에서 약간 빗겨나 있었다.

종업식과 학급 조회밖에 없던 그날, 학생들은 일찌감치 모두 귀가해버려서 오후 3시가 넘은 미나미요모기타 역에는 인적이 거의 없었다.

나는 점퍼 주머니에 손을 찔러 넣고 한가롭게 구름다리를 건넜다. 플랫폼으로 이어지는 계단 바로 앞에서 창문을 통해 아래쪽을 무심코 내려다봤다가 문득 그 자리에 섰다.

플랫폼에는 문고판 책을 읽으며 혼자서 열차를 기다리는 여자애가 서 있었는데 그것이 바로 사유리였다.

나는 갑자기 긴장했다.

그렇다고 그 자리에 가만히 서 있을 수도 없어서 슬금슬금 걷기 시작했다. 왠지 모르게 발소리를 최대한 내지 않으려고 하면서 계단을 내려갔다.

플랫폼에 내려서자마자 바로 철길 쪽으로 몸을 돌리고 서서 사유리의 존재를 알아차리지 못한 척했다.

솔직히 말하자면 나는 그때 두려웠던 것 같다. 나는 사유리와 같이 이야기할 공통의 화제가 없었다. 그렇게 이야기하다 막혀서 분위기가 어색해질 경우나, 그것 때문에 재미없는 사람이라는 인식이 박힐까 봐 겁이 났다. 다양한 가능성이 머릿속을 스쳐가면서 나를 겁먹게 했다.

그리고 사유리 본인에 대해서도 조금 두려워하는 면이 있었던 것 같다. 나라는 사람이 바뀔 수밖에 없게 만드는 강한 힘이 사유리에게서 느껴졌다. 그녀 옆에 있다가는 그 작고 하얀 손이 내 안에 들어와 무슨 레고 블록을 다시 맞추는 것처럼 내 마음을 뒤바꿔 놓을 것만 같은 그런 예감이 들었다. 평소처럼 타쿠야가 함께 있었다면 화제가 끊겨서 어색해질 일도 없을 테고, 그러면 편하게 말을 걸 수도 있었을 것이다.

그렇다. 타쿠야도 마음에 걸렸다. 타쿠야라는 존재가 있었기에 나는 살짝 뒤로 물러나 있고 싶은 마음이 있었다. 물론 그것을 구실로 해서 단순히 사유리를 피하고 싶었을 뿐이었는지도 모른다.

나는 그런 이유로 사유리로부터 15m가량 떨어진 곳에 서서 딴 곳을 바라보면서도 속으로는 그녀의 존재를 잔뜩 의식하고 있었다.

사유리가 책 페이지를 넘기는 건조한 소리가 들렸다. 그 소리에 이끌려 나도 모르게 그녀 쪽으로 눈길을 흘깃 주었다.

사유리는 전날과 같은 더플코트를 입고, 같은 머플러에 턱을 파묻고 있었다. 날씨 좋은 겨울 오후의 맑은 공기 속에 이따금 그녀의 하얀 입김이 섞여 들어갔다. 꽤 추운 날이었지만 그녀는 별로 추워 보이지 않았다. 책 속에 푹 빠져 있을 때는 추위도 느껴지지 않는 모양이었다. 나는 사유리가 서 있는 자세가 참 예쁘다고 생각했다. 서서 책을 읽는 사람들한테 흔히 보이는 목을 푹 떨구고 구부정하게 있는 안 좋은 자세가 하나도 없이 허리를 곧추 펴고 서 있었다. 그녀는 검은자위가 많은 큰 눈을 가지고 있었다. 그런 눈이 간헐적으로 가볍게 움직였다가 깜박이거나 하는 동작을 나도 모르게 정신없이 바라보고 있었다. 그러다가…….

그 눈동자가 갑자기 이쪽을 향하더니 내 존재를 알아차렸다.

"히로키."

사유리는 합장하듯이 문고판 책을 덮으면서 웃는 얼굴로 내 이름을 불렀다. 구김살 없다는 것이 바로 이런 것을 두고 하는 말이구나 싶을 정도로 갑자기 그 자리를 환하게 바꿔버리는 웃음이었다. 내 얼굴이 빨개지는 것을 느낄 수 있었다. 벌겋게 달아오른 얼굴로 그녀의 웃는 얼굴을 어떻게 받아들여야 할지 몰라 엉거주춤

서 있었다. 사유리가 종종걸음으로 내 쪽으로 오는 모습이 보여서 나도 두세 걸음 다가갔다. 그러고는 나한테서 50cm 정도밖에 안 되는 바로 옆으로 사유리가 왔다. 그 사실에 나는 당황했다.

"봤으면 부르지 그랬어."

사유리는 내가 당황하고 있는 줄 모르는 모양이었다.

"지금 부르려고 했지."

내가 얼버무렸다.

"늦게 가네. 나 혼자 이번 열차를 탈 줄 알았는데."

"응. 연습하느라고 늦어졌어."

"바이올린?"

"응. 내가 워낙 재주가 없어서 남들보다 많이 느리거든."

그러더니 신기하다는 듯이 물었다.

"오늘은 타쿠야랑 같이 안 가?"

"아아, 나도 동아리에 들렀거든."

"너 가끔씩 혼자서 활 쏘고 있더라."

"너, 어떻게 알아?"

나는 더욱 안절부절못하게 되어서 철길 쪽으로 고개를 돌렸다.

"궁도 연습장 근처로 자주 다니니까. 언젠가 동아리 활동 시간도 아닌데 활 쏘는 소리가 들려서 창문으로 들여다봤거든."

"내가 잡념이 좀 많은 편이어서 다른 애들이 있으면 집중이 안 되거든. 까놓고 말하자면 실력이 없다는 거지."

"나랑 똑같네."

웃음을 머금은 분위기가 옆에서 전달되었다. 전철이 다가오는 기척이 나서 선로 끝을 눈으로 따라갔다. 하얀 디젤 열차가 천천히 플랫폼으로 미끄러져 들어오는 모습을 나는 숨 막히는 기분으로 쳐다보았다. 사유리가 나를 바라보는 시선이 계속 느껴졌다.

나와 사유리는 열차 마지막 문으로 탔다.

사유리는 자리에 앉지 않고 승객석과 운전석 사이를 가로막는 벽에 기대고 섰다. 나도 그녀 옆에 같은 자세로 섰다.

“내일부터 봄방학인데 뭐 할 거야?”

“타쿠야와 같이 아르바이트 해.”

“아르바이트? 좋겠다. 나도 해보고 싶은데. 부모님한테는 말했어?”

“비밀이지. 넌 부모님 몰래 뭘 하는 건 잘 못해?”

“응. 아마 끝까지 숨기지 못할 것 같아. 아르바이트는 어디서 하는데?”

“하마나에 있는 군수 하청 공장. 유도탄을 조립하고 있어.”

“좋겠다……. 난 동아리 활동 말고는 별것 없는데…….”

“아직 안 그만뒀어?”

“좀만 더 하려고.”

“그렇구나.”

“응.”

그러고는 대화가 끊겨버렸다.

그때 나는 사유리에 대해 좀 더 많은 것을 물어봤어야 했는지도 모른다. 냉정하게 생각해보면 화제는 얼마든지 있었다. 동아리에서 연습하고 있는 곡에 대해서라든지, 어떤 음악을 좋아하느냐 라든지, 혹은 가족들 이야기라든지.

그렇지만 나는 그냥 입을 다물어버렸다.

침묵 속에서 덜컹덜컹, 하는 열차의 규칙적인 진동 소리를 듣고 있었다. 철길 이음새를 바퀴가 지나갈 때 나는 소리다. 처음에는 그 소리가 숨 막힐 듯한 시간을 카운트다운 하는 것처럼 들렸는데 나중에는 내 심장박동 소리를 듣고 있는 것 같았다.

열차가 흔들리는 바람에 사유리의 어깨가 내 몸에 살짝 닿았다.

그 순간…… 그것이 찾아왔다.

한마디로 말하자면 그것은 끌어당기는 힘이었다. 나는 그 힘을 사유리에게서 느꼈다. 그 힘은 예를 들면 바다에서 생기는 소용돌이 같은 것이었다. 그 순간 나는 압도적인 소용돌이에 휘말려 끌려 들어가는 작은 배 같았다. 내 안에 있는 모든 정서를 만들어내는 부분이 그녀 속으로 빨려 들어가 갇혀버리는 것이 느껴졌다. 그 느낌은 내게 버뮤다 삼각지대를 연상시켰다. 혹은 블랙홀 같기도 했다.

물론 그것은 나 혼자 일방적으로 그렇게 느꼈을 뿐이었다. 그러나 그 한순간이 너무도 강력하게 나의 모든 것을 변화시키고 말았다. 그 전까지의 내가 마치 다른 사람처럼 느껴졌다. 말도 안 되는 이야기지만 사유리에 대해 거의 증오에 가까운 감정이 생겨났다. 나는 이렇게 급격한 변화를 바란 적이 없었다. 내 자신의 뜻에 따라 나를 조금씩 천천히 바꿔나가기를 좋아했다. 예를 들면 그전까지 사용하지 못했던 도구를 잘 쓸 수 있게 된다거나, 활을 멋지게 잘 쏘게 된다거나. 나는 이제 그녀에게 지배당했음을 깨달았다. 그리고 그 고통을 필사적으로 견뎠다.

나카오구니 역이 다가온다는 것을 알리는 안내 방송이 나오면서 폭풍처럼 힘들었던 마음이 약간 덜해졌다. 하지만 그 기분은 결코 사라지지 않은 채 계속해서 수면을 소용돌이치게 하고 있었다. 이제부터는 아마 이 기분에 익숙해질 수는 있어도 사라지지는 않겠구나, 하는 생각이 들었다.

"벌써 다 왔네……."

열차가 브레이크를 걸기 시작하자 그녀가 말했다.

'그게 무슨 뜻이야?'

나는 마음속으로 헐떡거리며 물었다. 나와 둘이서 열차를 타게 되었고, 별다른 이야기도 없이 왔는데 따분하지 않았단 말인가. 그렇게 물어보고 싶었는데, 그런 식으로 물으면 너무 촌스럽겠다는 생각이 들어 어물어물하고 있던 차에 그녀가 내 얼굴을 살짝 올려다보았다.

"히로키, 있잖아……."

"……응?"

"나 어제 이렇게 너랑 같이 집에 가는 꿈꿨다."

나는 숨도 쉬지 못한 채 그 자리에 얼어붙었다.

심장이 멎는 줄 알았다. 그게 도대체 무슨 소리인가 싶었다. 잘은 모르겠지만 아마도 나와 둘이서 있는 게 그리 싫지는 않다는 뜻이겠지……? 소위 말하는 고백 같은 것인지도 모르겠다고 생각했다. 반갑지 않을 리가 없었다. 피가 머리로 치솟았다. 열차가 멈췄다. 무거운 소리를 내면서 문이 열렸다. 사유리는 몸을 휙 돌려서 사뿐히 계단을 밟고 콘크리트 플랫폼으로 내려섰다. 나는 저절로 끌려가듯이 문 앞으로 다가갔다. 그녀는 다시 뒤로 돌아서 내 쪽을 바라보고 가볍게 손을 흔들면서 웃었다.

"잘 가. 새 학기 때 보자."

"……어."

마치 드라마 같은 타이밍으로 문이 닫혔다. 나와 사유리 사이를 차 문 유리가 가로막았다. 아무것도 묻지 못했는데 그녀가 일부러 물어볼 틈을 주지 않은 것 같기도 했다. 아쉬움과 안도감이 반반이었다. 덜컹, 하고 전철이 움직이기 시작해서 내 공간과 사유리의 공간이 천천히 옆으로 엇갈렸다.

나는 전철 뒤편 정면 유리창에 달라붙어서 사유리의 모습을 시선으로 좇았다. 그녀는 플랫폼 끄트머리에 있는 돌계단으로 선로에 내려서고 있었다. 나카오구니 역은 플랫폼끼리 이어주는 구름다리가 없어서 선로를 직접 가로지르게 되어 있었다.

사유리는 곧바로 개찰구 쪽으로 가지 않고 한동안 기분 좋아 보이는 표정으로 철길을 따라 내 쪽을 향해 걸었다. 그러고는 레일 위로 깡충 올라서서 평균대처럼 균형을 잡으며 걷기 시작했다. 그런 식으로 영화 《스탠 바이 미(STAND BY ME)》 놀이를 하고 있는 사유리를 멀어지는 전철 안에서 바라보면서 그녀가 정말 예쁘다고 생각했다.

그녀의 모습이 충분히 작아져버린 다음에 나는 그녀가 나갔던 문 앞으로 가서 창문에 이마를 대고 한숨을 쉬었다. 내 안에서는 여전히 폭풍처럼 소용돌이치는 마음이 있었다. 문득 창밖의 경치를 내다보니 마침 진행 방향으로 에조에 있는 탑이 보이기 시작했다.

그 탑의 모습은 내 마음에 다른 소용돌이를 불러일으켰다. 나는 혼자서는 제어할 수 없는 혼란을 온몸으로 끌어안고서 몇 번이고 거친 숨을 내쉬었다. 흐리멍덩한 눈으로 탑을 바라보고 있으려니 거기에 레일 위를 걷는 사유리의 이미지가 겹쳐졌다. 이미지의 풍경 속에 있는 사유리는 마치 탑으로 이어지는 외길 선로를 따라 끝도 없이 걸어가려 하는 것처럼 보였다.

7.

사유리의 기척이 가슴속에 계속 남아 있는 바람에 그날은 새벽녘까지 잠들지 못했다.

머리에 안개가 낀 것처럼 멍한 상태로 일어나보니 부모님은 벌써 일하러 나가셨고, 할아버지도 어딘가 외출하고 안 계셨다. 나는 부엌에 가서 적당히 아침을 만들어 TV를 보면서 반쯤 잠이 덜

깬 상태로 먹었다.

뉴스에서는 며칠 후엔가 있을 미국과 유니언의 각료급 회담에 대한 이야기가 보도되고 있었다. 일본의 남북문제가 회담의 초점이 될 전망이라고 했다. 유니언은 미군이 미사와 기지의 전력을 증강하고 있다는 점에 우려를 표명하고 있었다. 한편 미국은 에조에 있는 그 탑의 건축 목적을 분명히 밝히고 사찰을 허용하도록 유니언에 촉구할 방침이라고 했다.

'그건 안 될 말씀이지. 속내를 날름 보여주거나 그러지 마라.'

살짝 초조감을 느꼈다. 일본에게 유니언은 적국이었지만 나는 그 탑에 대해서만큼은 자꾸 유니언 편으로 마음이 기울었다.

집에서 나와 전철을 타고 쓰가루하마나 역에서 내렸다. 역 앞 자전거 보관소에 항상 세워놓고 있는 자전거를 끌어내서 밭 한가운데를 지나는 길을 따라 일어선 자세로 자전거 페달을 밟았다.

다리를 두 개 지나고 나면 길은 작은 산을 돌아가듯이 구부러지는데 그것을 지나면 에미시 제작소가 보인다.

나는 달리던 속도 그대로 부지 안으로 들어가서 대형 트럭이 여유롭게 돌아다닐 수 있을 정도로 큰 주차 공간(이라기보다는 잡풀이 무성한 공터)을 한 바퀴 빙 돌아 사무실이 있는 건물 앞에 자전거를 세웠다.

꼭대기까지 활짝 열려 있는 셔터 문을 통해 공장으로 들어갔더니 사원인 미야가와 씨랑 사토 씨가 위아래가 붙은 작업복 차림 그대로 난로 옆에 앉아 있었다.

"안녕하세요. 어, 마침 쉬는 시간인가요?"

"그래. 이쪽으로 앉아."

미야가와 씨가 말했다.

내가 대답한 다음 벽에 세워져 있던 간이 의자를 펴고 있을 때 먼저 와 있던 타쿠야가 찻잔이 놓인 쟁반을 들고 탕비실 쪽에서 나타났다.

"야, 왜 이렇게 늦었어."

"미안."

타쿠야는 낡은 테이블 위에 찻잔을 놓기 시작했다. 사토 씨가 바로 녹차에 곁들여진 과자를 집어 들면서 재미있다는 말투로 내게 말했다.

"히로키, 얘기 들었다."

"뭘요?"

미야가와 씨가 말했다.

"너네, 해군자위대의 체커를 슬쩍해 왔다면서?"

"아니에요~!"

차를 마실 준비를 끝내고 간이 의자에 앉은 나와 타쿠야는 정확하게 같은 타이밍에 이구동성으로 말했다.

"슬쩍해 온 게 아니라 아마가 숲에서 주운 거예요."

타쿠야가 내 말을 이어갔다.

"훈련하다가 떨어진 게 풀숲에 방치되어 있어 저희가 가지고 온 거죠."

"슬쩍한 거 맞네."
사토 씨가 정곡을 찔렀다.
"그래도 머리 잘 썼네. 그놈 엔진이면 힘이 약간 달리긴 해도 그럭저럭 어떻게 해볼 수 있을 테니까. 너네는 결국 제일 돈이 많이 들어가는 부품을 공짜로 얻은 셈이군."
"걸리지 않게 조심해라."
미야가와 씨가 충고했다.
"하긴 요즘 드론을 날리는 훈련이 많으니까 한두 개 정도 분실했다고 문제 삼지는 않겠지만."
"조심해야지. 여기는 안 그래도 공안이 눈을 부라리고 있는 데니까. 묘한 걸로 꼬투리 잡혀서 걸리면 골치 아프다."
"공안이 와요?"
내가 물었다.
"여긴 미군에 협력하는 공장이잖아요. 그런데 뭘 가지고 의심한다는 거예요?"
"그야 우리가 폭발물을 만들고 있으니까 그렇지. 뒤로 빼돌려서 테러리스트한테 팔지나 않나 의심하는 거야."
"게다가 사장 얼굴이 딱 봐도 너~무 험악하잖아."
미야가와 씨의 말을 받아서 사토 씨가 작은 목소리로 덧붙였다. 우리가 막 웃으려던 순간이었다.
"누가 험악하다는 거야?"
사무실로 이어지는 알루미늄 문이 열리면서 당사자인 오카베 사장이 들어왔다.

낮고 굵고 위협적인 목소리였다. 빡빡 민 머리에 듬성듬성 난 수염, 항상 입에는 담배를 물고 있어 보기만 해도 절로 겁이 나는 아저씨여서 작업복을 입고 있지 않으면 누가 봐도 조폭이었다.

"뭐? 내가 어떻다고?"

사토 씨가 작은 소리로 "에구."하고 속삭였다. 오카베 씨가 우리 쪽으로 얼굴을 돌리더니 말했다.

"오늘 아르바이트는 미안하지만 취소다."

오카베 씨가 말했다.

"너희들한테 작업시키려고 했던 자재들이 아직 안 왔어. 내일 와라. 재료비 이상으로 잔뜩 부려 먹어줄 테니까."

"에에~!"

우리는 또 동시에 외쳤다.

"에에—가 뭐야?"

"네에."

"자, 오늘은 그만하고 위에 올라가 봐."

그러더니 그는 두 사원에게 말했다.

"너희는 여기서 빈둥거리지 말고 빨리빨리 일이나 해!"

잡초가 울창한 에미시 제작소 뜰을 대각선으로 가로질러 아무리 봐도 불법 설치물로 보이는 거대한 무선안테나의 무리를 지나친 다음, 앞을 가로막고 있는 철조망 울타리의 갈라진 틈새로 나와 타쿠야가 빠져나갔다. 제작소 부지를 가로질러 뒤쪽으로 빠져나가는 것이 '위'로 올라가는 제일 빠른 지름길이었다. 제대로 된 길을 따라가려고 하면 구불구불한 우회로를 따라 한참을 걸어가야 했다.

작은 묘지를 지나고 사람이 없는 절 옆의 길을 지나서 우리는 산으로 접어들었다. 포장이 안 된 산길을 곧바로 올라갔다. 걷기도 힘들고 가파른 길이지만 짧은 시간 안에 목적지에 도착할 수 있었다.

우리가 아르바이트를 시작한 것은 물론 현실적인 이유가 있어서였다.

아직 에조가 홋카이도라고 불리면서 이 나라의 일부였던 시절에 쓰가루 해협 아래로 터널을 뚫는다는 계획이 있었다고 한다. 영국과 프랑스를 잇는 도버 해협의 긴 터널처럼 말이다.

결국 그 계획은 남북 분단 때문에 중단되어버렸는데 이 하카마고시다케 주변에는 아직도 공사하다 만 폐역이나 철길이 군데군데 남아 있었다.

우리는 말없이 언덕을 올라갔다. 숨이 차오르면서 입김이 더 하얘졌다. 그래도 계속 걸어가자 갑자기 나무들이 뚝 끊기면서 시야가 활짝 트였다.

산꼭대기였다. 그곳은 기가 막히게 평평하고 넓었다. 그 계절에는 눈이 아직 남아서 온 사방이 새하   다. 하얀 땅바닥이 저 멀리까지 펼쳐져 있고, 그것이 어느 지점에서 뚝 끊기면 그 너머에는 하늘이 있었다.

우리는 이 지점에서 항상 발걸음을 멈췄다. 이곳에서 바라보는 하늘은 완전한 북향이다.

탑이 보였다. 우리는 그 모습을 잠시 바라보았다.

넓은 설원 중에서 약간 오른쪽으로 눈길을 돌리면 다 쓰러져가는 나지막한 건물이 여유롭게 공간을 차지하면서 몇 개 늘어서 있었다.

세 줄의 플랫폼과 그것들을 이어주는 구름다리와 목조로 된 역 건물.

폐기된 역이었다.

설원 한가운데 덜렁 있는 그 건물들은 사진으로 본 남극의 관측 기지를 연상케 했다.

터널 계획에 따라 세워졌던 역 중의 하나였다. 건설하다 말고 그대로 내버려진 폐역이었다. 완전히 버림받아 아무도 오지 않는 곳이었다.

우리는 그곳에서 1학년 가을부터 어떤 물건을 만들고 있었다. 에미시 제작소에서 일하는 이유는 그 부품 값을 벌기 위해서였다.

우리는 눈을 밟으며 하얀 들판 한가운데를 걸었다. 눈은 한겨울에 비하면 많이 녹아 없어져서 군데군데 녹슨 철길이 드러나 있었다.

"많이 녹았네. 빨리 다시 시작했으면 좋겠다, 그치?"

내가 그렇게 말했다.

"이제 눈이 그만 왔으면 좋겠는데."

타쿠야가 대꾸했다. 한겨울에는 눈에 갇혀버리기 때문에 이곳에 거의 오지 못했다. 그리고 자금이 부족하다는 사정도 있었다.

폐역 옆에 목조로 된 전철용 차고가 있었다. 급조한 부실 공사 느낌이 나는 건물이었는데 아마도 임시로 세웠던 것으로 보였다. 우리는 그 건물을 '격납고'라고 불렀다. 그쪽으로 다가갔다. 뒤편으로 돌아가 주머니에서 열쇠를 꺼내면서 타쿠야가 말했다.

"어떻게든 나머지 재료를 빨리 마련하지 않으면 할 수 있는 게 없잖아. 메인 엔진은 그렇다 치고 외장용 나노네트도 스타트 모터도 아직 마련하지 못했고. 덩치가 제일 큰 놈은 초전도 모터잖아. 연료도 대량으로 필요하고. 내일부터 하는 아르바이트만 가지고는 감당 못 할지도 모르겠다……."

"어떻게든 될 거야. 여름방학도 있잖아."

내가 말했다.

"그렇긴 하지."

우리는 어두컴컴한 격납고 안으로 들어갔다.

허름한 격납고는 벽판이 제대로 끼워 맞춰져 있지 않아서 여기저기 틈새로 바깥의 빛이 새어 들어오고 있었다. 그 얼마 안 되는 빛을 받아 한가운데 놓여 있는 그 물체의 형태가 희미하게 떠올랐다.

타쿠야가 벽의 두꺼비집 레버를 당겼다.

팍, 하는 소리가 울리더니 네 개의 할로겐 조명이 푸르스름한 빛을 내뿜었다. 그 빛들은 사방에서 한 물체를 비추고 있었다.

군데군데 비닐 시트로 덮인 알루미늄 골격.

아직 뼈대밖에 없었다. 하지만 한눈에 보아도 그 물체는 날개를 접은 거대한 새임을 알 수 있었다.

비행기.

우리는 그것을 만들고 있었다. 진짜 비행기였다. 다른 어느 곳에도 없는 유일무이한 항공기.

베라실러.

나중에 이 비행기는 그런 이름을 갖게 되었다. '하얀 날개'라는 뜻이라고 했다. 기체 색깔은 흰색으로 하기로 처음부터 정해놓고 있었다. 왜냐하면 저 흰 탑으로 가는 비행기였기 때문이다.

그렇다. 그냥 날게 하려는 것이 아니었다. 목적지가 있었다.

손이 닿을 정도로 가깝게 보이는 거리에 있으면서도 결코 갈 수 없는 곳.

우리는 한 번도 본 적이 없는 에조의 땅과 그곳에 서 있는 거대한 탑을 무슨 일이 있어도 직접 눈으로 보고 싶었다.

이제 만들기 시작해서 뼈대만 있는 날개를 바라보며 우리는 슬며시 차오르는 기분 좋은 감회에 젖었다. 자리가 두 개 있는 조종석에 같이 타고서 스로틀(throttle)을 움직여 몸에 중력을 느끼면서 날아오르는 그날을 꿈꾸었다.

우리는 국경 너머에 있는 그 탑으로 날아갈 작정이었다. 이 베라실러로.

:: :: :: ::

우리가 비행기를 만들어야겠다고 결정한 것은 1학년 때의 제트기 사건 직후였다.

'이 다음은 진짜 비행기다.'

그 생각은 무선조종 비행기를 만들고 있을 때 이미 둘 다 예감하고 있었던 것 같다.

지금까지 할 수 없던 일을 할 수 있게 된다. 내가 감당할 수 있는 범위가 확대된다. 그런 실감이 가져다주는 쾌감은 정말 대단했다. 그런 고양감이 우리를 움직이게 만들었다.

"해보자."

"그래."

나와 타쿠야가 한 구체적인 의사 확인은 그렇게 한마디씩밖에 없었다.

못 할지도 모른다는 생각 따위는 해본 적도 없었다. 잘 생각해보면 중학생이 재료 수집부터 시작해서 실제로 탈 수 있는 비행기를 만들겠다고 덤빈 것이었으니 참 대단한 근성이었다.

그 제트엔진 무선조종 비행기를 체육관 지붕에서 들고 내려와 집으로 돌아가는 길에 기체를 자전거 짐칸에 묶고서 터벅터벅 걸어가면서 나와 타쿠야는 말수도 거의 없이 의논을 했다. 말이 적었던 이유는 주절주절 떠들어서 확인할 필요가 거의 없었기 때문이다.

“어디에 가볼까?”

내가 물었다. 목적지에 따라 설계가 많이 달라진다.

“사실 난 가보고 싶은 곳이 있어.”

타쿠야가 말했다.

“나도.”

내가 말했다.

그것뿐이었다. 그곳은 바로 거기라고 둘 다 입으로 말하지 않았다. 우리는 서로에 대해 이미 많이 알고 있었기에, 같은 것을 목표로 하고 있다는 사실은 굳이 직감을 쓰지 않아도 알 수 있었다.

한밤중이어서 북쪽 방향을 쳐다본다 해도 그것은 보이지 않았을 것이다. 하지만 나와 타쿠야의 마음속에서는 새까만 어둠의 이미지 속에서 순백색 탑이 한여름의 태양처럼 찬란한 빛을 비치고 있었다.

‘왜 꼭 탑이어야 하는가?’라고 당시의 나에게 누군가가 물었다면 아마 나는 제대로 된 대답을 할 수 없었을 것이다. 사실 지금 누가 묻는다 해도 제대로 대답할 수 있을지 의문이다.

그 동경심, 그 초조감은 매일 그 탑을 지척에서 보고 자라난 사람이 아니면 알지 못할지도 모른다.

십수 년 동안 매일 그 탑을 보고 자란다는 것이 어떤 느낌인지 말이다.

탑은 내게 직선이라는 것이 얼마나 아름다운지를 가르쳐주었다.

거리로 보면 이 쓰가루 반도에서 350km 떨어져 있었다. 꽤 먼 셈인데 그런 것치고는 가깝게 보였다. 아니, 가깝다기보다는 마치 다가오는 것처럼 보였다는 말이 더 정확한 표현이다(그런 느낌이 착각이 아니라 '거시적 양자터널 효과'라는 양자물리학적 현상이라는 것을 나중에야 알았다). 간혹 마치 그 아름다움을 보는 이에게 과시하고 있다는 느낌을 받을 때가 있었다.

'저 아름다운 곳에서는 도대체 어떤 일들이 벌어지고 있을까?'

'얼마나 찬란하고 멋진 것들이 모여 있을까?'

그렇게 생각했다.

만약 그 탑이 육지로 연결된 곳에 있었다면 나는 훨씬 일찍, 무슨 수를 써서라도 가려고 했을 것임에 틀림이 없다. 전철로 갈 수 있었다면 전철을 타고. 그렇지 않았다면 자전거를 타고. 자전거가 갈 수 없는 길이 있었다면 걸어서라도. 설사 며칠이 걸린다 하더라도 말이다.

그러나 현실에서는 나와 탑 사이를 바다와 국가적인 단절이 가로막고 있었다.

눈에 보이는 장소에 아름다운 대상이 있고, 그곳에는 무언가가 틀림없이 있을 텐데도 나는 그곳으로부터 떨어져 있었다. 소외되어 있었다. 따돌림을 당하는 느낌마저 들었다.

따라서 나는 이의를 제기해야 했다.

기필코 손에 넣어야 했다.

중학교 1학년 겨울 어느 날, 나는 우연히 기회가 생겨서 타쿠야의 동아리 연습을 견학했다.

그는 스피드스케이트 동아리 회원이었다. 학교 안에 스케이트 링크가 없어서 회원들은 승합차를 타고 호수를 이용해 만든 멀리 있는 스케이트 링크로 다녔다.

그곳은 생각보다 높은 산에 있어서 눈 아래로 쓰가루 해협과 그 너머에 있는 탑이 아주 잘 보이는 장소였다.

나는 승합차의 슬라이딩 도어에 기대서서 타쿠야가 스케이트를 타는 모습을 보고 있었다. 시작을 알리는 공기총이 울리자 타쿠야는 얼음을 에지로 차고 나가면서 미끄러진다기보다는 거의 달리는 것처럼 대시를 시작했다.

나는 타쿠야가 탑을 똑바로 노려보면서 뛰어나가고 있다는 사실을 깨달았다. 스피드가 붙기 시작해서 상체를 깊숙이 숙인 자세가 되어서도 타쿠야의 시선은 탑에 고정되어 있었다.

이윽고 커브에 다다라서 탑은 그의 시야에서 벗어났지만 탑이 자기 뒤쪽에 있을 때도 그는 틀림없이 이미지 속의 탑을 향해 달려가고 있었으리라 생각했다.

트랙의 4분의 3 정도를 돌자 타쿠야의 시야에 다시 탑이 들어왔다. 그러면 그는 왠지 더 힘을 다해서 얼음을 차고 달렸다. 그러고는 골인 지점에 들어와 몸 전체에 붙은 스피드를 천천히 줄여 갔다. 그 동안에도 그는 계속 탑을 바라보고 있었다.

나는 그 사실을 알아차리고 나도 모르게 살짝 눈물이 나려

했다.

'나도 그래. 너랑 똑같아.'라고 큰 소리로 말해주고 싶은 기분이었다.

똑같이 강렬하게, 똑같은 생각을 하는 사람을 발견했을 때의 감동은 말로 표현하기 힘들 정도다. 그 순간 나는 타쿠야가 남이라는 생각이 전혀 들지 않았다. 또 하나의 내가 있는 것 같다는 생각이 들 정도였다.

"꼭 가자."

신발로 갈아 신고 버스 쪽으로 돌아온 그의 등을 두드리면서 내가 그렇게 말했다.

타쿠야는 놀란 표정으로 내 얼굴을 뚫어지게 쳐다보았다.

"그래, 꼭 가자."

그렇게 말하며 멋쩍게 웃었다.

진짜 비행기를 만들기 위해 해결해야 하는 문제는 크게 나누어 두 가지가 있었다. 자재 조달과 활주로였다.

처음에 우리는 우리 집에 있는 차고를 청소해서 부품 단위로 조금씩 만들어갈 작정이었다.

그럴 경우에는 어디까지, 어떻게 기체를 운반해서 어디에서 날릴지가 문제였다.

넓고 긴 직선을 확보할 수 있는 장소가 필요했다. 되도록 홋카이도와 가까운 장소. 일반 주택이나 마을 위를 날지 않고 곧바로 바다 쪽으로 나아가고 싶었다.

한때는 어딘가 고속도로를 하이재킹하거나 설계를 완전히 변경해서 수상기로 바꾸는 것까지 진지하게 검토했을 정도였다.

그 폐역을 발견한 것은 순전히 우연이었다.

"폐쇄된 철길을 쓸 수 없을까?"

그런 생각을 떠올린 것도 타쿠야였다. 정말이지 별의별 아이디어를 다 갖고 있는 녀석이었다.

활주로로 쓰기 적당한 직선을 찾기 위해 나와 타쿠야는 둘이서 영화에 나오는 장면처럼 철길 안쪽을 목적도 없이 걸었다. 그해 첫눈이 오기 직전의 일이었다. 그러다가 그 산 위에까지 이르렀던 것이다.

폐역을 발견했을 때 우리는 펄쩍펄쩍 뛰어오르며 기뻐했다.

나지막한 언덕을 따라가다 복잡하게 교차하는 녹슨 철길.

선로 전환기.

세 개의 섬 모양 플랫폼.

그것을 입체적으로 이어주는 다 쓰러져가는 지붕 달린 구름다리.

이 모든 것들이 나와 타쿠야를 푹 빠지게 만들었다. 비밀 기지 같았다. 근처에 있는 호수의 물이 불어서 역이 반쯤 물에 잠겨 있고, 그래서 섬 모양으로 만들어진 플랫폼이 진짜 섬처럼 되어 있는 모습도 멋있게 보였다. 물속에는 물고기들도 살고 있어서 낚시도 할 수 있을 것 같았다.

우리는 신이 나서 한차례 여기저기 탐험하고 다녔다. 구름다리를 뛰어오르기도 하고(뛰어올랐더니 밑이 빠져버릴 것 같아서 살금살금 걸었다), 플랫폼에서 물속으로 돌을 던지기도 하고, 옆으로 쓰러져 있는 버스에서 좌석을 뽑아서 바깥으로 던지기도 했다.

나는 예전부터 한번 해보고 싶었던 작은 꿈을 실행에 옮겼다. 철길 레일을 베개처럼 베고 낮잠을 잔 것이다. 사용되고 있는 선로에서 그런 짓을 했다가는 큰일이 나지만 그곳에는 보는 사람도 없었고, 기차가 올 일도 없어서 눈치를 볼 필요가 없었다.

그렇게 있었더니 타쿠야가 선로를 따라 자기가 기차라도 된 양 뛰어와서는 내 옆구리를 살짝 걷어찼다. 녀석이 콧김을 뿡뿡 내뿜는 폼은 정말 기관차 같았는데 그것은 유독 뛰어왔기 때문만은 아니었다.

"왜 흥분해서 난리야?"

"짜지잖아, 이런 거. 넌 안 그래?"

"당연히 그렇지!"

나는 그렇게 대답했다.

그렇게 해서 우리는 이 폐역에서 비행기를 만들기로 했다. 지리적으로 봐서 직접 바다로 나갈 수도 있고 직선 철길도 있었다. 여기서 날게 할 생각이면 여기서 만드는 것이 제일이었다.

또 하나의 문제인 자재 조달에 대해서는 한동안 아무런 대책이 없었다.

필요한 물건은 수도 없이 많았다. 일단 무엇보다 제트엔진이 필요했다. 그리고 프레임용 알루미늄과 카본 나노네트. 초전도 모터. 모조리 값비싼 부품들이었다. 자금을 마련해야 했다. 하지만 그보다 더 어려운 문제는 어디서 조달하느냐였다. 미성년자인 우리가 그런 물건들을 어디서 살 수 있을까?

돌파구는 얼마 후 찾을 수 있었는데 그 계기가 된 것 역시 이 폐역이었다. 뭐 한 가지가 잘 해결되면 연쇄적으로 일이 잘 풀리는 경우가 있다.

몇 번씩 폐역을 들락거리다 보니 산길을 똑바로 내려가서 에미시 제작소 뒤편으로 나가는 것이 제일 빠른 지름길이라는 사실을 알게 되었다. 제작소 부지를 몰래 지나치는 것이다. 그러고 나면 포장도로를 지나 역까지 편하게 갈 수 있었다. 녹슨 철조망 담장에 한 군데 갈라진 곳이 있어 거기를 통하면 곧바로 부지 안으로 침입할 수 있었다.

그러다가 어느 날 거기서 일하는 사람한테 붙잡혔다. 나중에 이름을 알았지만 그 사람은 그 회사 사원들 중 나이가 제일 어린 사토 씨였다. 그는 험악한 얼굴로 우리를 앞장세워 소장실로 데리고 갔다. 들켰을 때 바로 도망치려고 했는데 그는 뛰려는 타쿠야의 발을 걸어서 넘어뜨린 다음 순식간에 제압해버렸다. 나는 혼자서만 도망칠 수도 없어서 하는 수 없이 항복했다.

그냥 부지 안에 몰래 들어왔을 뿐인 중학생을 대하는 태도치고는 너무 심하지 않나 하는 생각이 들었지만, 그런 말을 꺼냈다가는 무슨 짓을 당할지 가늠하지 못할 정도로 살벌한 분위기였다.

소장실은 조립식 건물 2층에 있었는데 사원용 철제 책상이 몇 개 놓여 있어서 그냥 사무실이라고 부르는 편이 더 맞을 것 같은 방이었다. 제일 앞쪽 책상에 그 당시에는 아직 이름도 모르던 오카베 사장이 앉아 있었다. 입에 담배를 물고 신문을 펼치고 있었다.

뒤에서 등을 떠밀리는 바람에 우리는 살짝 앞으로 꼬꾸라졌다.

"뒤쪽 개구멍을 통해서 드나들던 놈들입니다."

사토 씨가 말했다.

"어엉?"

오카베 씨는 그런 소리를 내더니 신문을 내려놓고 담배는 입에 문 채로 일어섰다.

덩치가 컸다. 180cm를 넘지는 않더라도 거의 그 정도 되어 보였다. 팔뚝도 나무토막처럼 두꺼웠다. 우뚝 선 그 사람이 우리를 내려다보았다.

"네놈들은 뭐냐?"

그는 던지듯이 말했다.

"1분 안에 말해. 내용이 마음에 들면 그냥 보내준다."

나와 타쿠야는 잔뜩 겁을 먹고서 허둥지둥 설명했다. 부지 안을 통과하면 폐역에 가기가 쉽다는 것, 활주로를 찾다가 폐역을 발견했다는 것, 거기에서 비행기를 만들려고 생각하고 있다는 것…….

"비행기라고?"

오카베 씨는 미심쩍다는 말투였다.

"아아, 혹시 네놈들이냐? 중학교에서 제트기 날렸다가 혼쭐이 났다는 멍청이들이."

나도 모르게 물어보았다.

"어떻게 아세요?"

그렇게 입을 떼고 난 다음 공연히 물어봐서 야단을 맞는 것 아닌가 싶어 목을 움츠렸는데 오카베 씨는 입에 물고 있던 담배를 재떨이에 꾹 눌러 끄면서 능글능글 웃고 있었다.

"어른들한테는 어른들의 정보망이라는 게 있는 거다. 미나미요모기타 중학교 선생들 중에 내가 모르는 사람은 거의 없어."

타쿠야가 작은 소리로 "헉."하는 게 들렸다. 나도 같은 기분이었다.

아무튼 말이 통할 것 같다고 판단한 타쿠야는 갑작스럽게 이런 말을 꺼냈다.

"저어, 여기 군수공장 맞죠?"

"어, 그래. 무서운 아저씨들이 무시무시한 장난감을 만들고 있는 곳이지. 어린애가 함부로 드나들 수 있는 데가 아니란 말이다."

"알루미늄 좀 살 수 있을까요?"

느닷없이 무슨 소리를 하나 싶어서 나는 경악을 했다.

"알루미늄? 그런 것을 사서 뭐 하려고?"

"비행기 재료로 쓰려고요."

사토 씨가 옆에서 끼어들었다.

"너희들이 만들려는 비행기는 장난감 아니었냐?"

"장난감이 아니에요. 두 사람이 탈 수 있는 진짜 비행기라고요."

타쿠야가 살짝 흥분해서 말했다.

일이 너무 갑작스럽게 전개되는 바람에 넋을 놓고 있던 나도 그제야 머리가 정상적으로 돌기 시작했다. 이렇게 가까운 곳에서 자재를 조달할 수 있다면 그보다 더 좋을 수가 있겠는가. 나는 타쿠야의 말에 편승하기로 했다.

"혹시 가능하면 초전도 모터라든지 소형 제트엔진 같은 것도요!"

내가 큰 소리로 외쳤다.

"잠깐 잠깐, 제트엔진이라고……?"

오카베 씨는 책상 가장자리에 엉덩이를 걸치고 새 담배에 불을 붙였다.

"설계도 가지고 있냐? 잠깐 좀 보자."

나는 점퍼 주머니에서 여러 번 접어서 가지고 다니는 바람에 가장자리가 헤지기 시작한 도면을 꺼내서 내밀었다. 나와 타쿠야가 초가을부터 온 힘을 다해 설계한 것이었다. 오카베 씨는 주름을 다림질하듯이 손바닥으로 밀면서 도면을 책상 위에 펼치고서 말없이 검토하기 시작했다.

"주동력이 이중 체계에…… 고리 날개에…… 시건방진 생각을 하는군. 이봐, 사토. 이것 좀 봐봐."

"네……. 우와, 이게 뭐야? 완전 취미의 세계인데. 이건, 하지만, 으음……."

"그래서 뭐?"

"날 수 있겠네요."

"당연하죠!"

나와 타쿠야가 동시에 말했다.

"미야가와 좀 불러 와. 그 녀석이 제일 잘 알아."

오카베 씨가 말했다. 사토 씨가 종종걸음으로 나간 후에 내가 물었다.

"여기선 비행기도 만드나요?"

"아니. 거기까지는 안 해. 그래도 비슷한 것들은 이것저것 만들고 있지만."

사토 씨가 다부진 체격의 종업원을 데리고 돌아왔다. 미야가와 씨였다. 그는 이미 상황을 들어서 알고 있는지 사장에게 가볍게 눈인사를 한 다음 곧바로 책상에 펼쳐진 도면을 들여다보았다.

"아슬아슬한 설계네……. 잠깐 나 좀 보자."

그는 한참 동안 진지하게 살펴보더니 우리를 불렀다.

"여기가 어설퍼. 이 부분에서 망가지게 돼. 가볍게 하는 건 좋지만 강도는 보장되어야지."

"하지만 거길 바꾸면 전체적인 균형이……."

내가 그렇게 말하자 미야가와 씨가 아무렇지도 않게 말했다.

"그래. 결국 전부 다시 그려야 돼. 자세히 가르쳐줄 테니까 나중에 들으러 와라."

"그래서, 싹수는 있는 거야?"

오카베 씨가 물었다.

"생각 자체는 재미있네요. 해보게 하는 것도 괜찮을 것 같습니다."

미야가와 씨가 대답했다.

"흐음, 그렇군……."

오카베 씨가 연기를 뿜어냈다.

"그런데 너희들, 항공용 알루미늄 합금이 얼마나 비싼지는 아냐? 돈만 된다면 팔아줄 수는 있는데, 그런 돈이 있기는 한 거야?"

"그건……."

"아니, 그보다 너희 같은 조무래기들이 금속가공이나 할 수 있겠어?"

"할 수 있어요!"

나는 거의 대들다시피 대답했다. 나는 그것 말고는 할 줄 아는 게 거의 없는 사람이었지만, 반대로 그것에 관해서는 절대적인 자신이 있었다. 이 시점에서 겸손을 떨거나 뒷걸음질 치는 것은 내가 나를 부정하는 일이었다.

"무시하지 마세요."

그렇게 말을 이었다.

"당연히 할 수 있다고 생각합니다."

타쿠야도 내 말에 보탰다. 녀석의 목소리는 조용히 말할 때 더 힘을 느끼게 했다.

"어이구, 아주 세게 나오네. 그럼 밑으로 내려와 봐."

오카베 씨가 방문 쪽으로 걸어가더니 문을 열었다.

"어디 한번 보자."

우리는 일단 바깥으로 나와서 옆 건물에 있는 2층 높이로 천장이 뻥 뚫린 공장으로 따라갔다. 한쪽 벽이 거의 전부 셔터 문이어서 대형 트럭도 넉넉히 안으로 들어올 수 있게 되어 있었다.

"시범을 보여줘."

오카베 씨가 가볍게 턱짓을 하자 사토 씨가 곧바로 빠릿빠릿하게 움직였다.

그곳에 쌓여 있던 것은 두 손으로 잡을 정도 크기의 얇은 쇠판으로 된 상자였는데, 안쪽에 부품이나 전선을 배치하기 위한 고리가 몇 개나 달려 있었다. 사토 씨가 시범을 보인 것은 그 옆면에 네모난 구멍을 뚫는 작업이었다. 작업 자체는 어렵지 않지만 위치가 살짝만 틀어져도 불량이 나버려서 정확도가 필요한 공정이었다.

우리는 해보라는 말에 굳이 설명해달라는 말도 없이 필요한 장비를 갖추고서 같은 작업을 두세 개 가볍게 해냈다.

다음에 하라고 한 작업은 반구형 물체의 외장 용접이었는데 이것도 문제없이 해냈다. 그러나 사람의 키 정도 되는 오렌지색 원통이 마지막에 나온 것을 보고는 깜짝 놀랐다. 꼬리날개를 붙이고 노트북에 접속해서 안에 있는 장치가 가동되는지 점검하는 작업이었는데, 그 자체는 우리도 충분히 할 수 있는 일이었다. 조심조심 해 보였더니 오카베 씨가 평가했다.

“어린놈들이 그 정도면 쓸 만하군.”

“그런데, 이건 혹시……?”

타쿠야가 작은 소리로 물었다.

“그래, 유도탄이다.”

“헉, 역시나!”

우리는 눈치고 뭐고 잊어버린 채 큰 소리를 냈다.

오카베 씨는 턱 밑을 긁적거리면서 재미있다는 표정으로 말했다.

“너희들, 우리 공장에서 일해라. 지금 일손이 모자라거든. 그러면 알루미늄이건 모터건, 원가로 뭐든지 사게 해주지. 위험한 작업이니까 시급도 꽤 좋다.”

우리는 얼굴을 마주 보았다.

일이 흘러가는 것이 거의 무서울 정도였다.

아무래도 이 험상궂은 공장 아저씨들은 나와 타쿠야가 마음에 쏙 들어버린 모양이었다.

그렇게 해서 우리는 철제 사물함과 작업복을 지급받고 일요일 오후나 긴 휴일이 되면 에미시 제작소에서 위험한 작업을 하면서 돈을 벌게 되었다.

1학년 겨울부터 2학년 봄 사이에는 일을 하면서 공장 한편을 빌려서 설계도를 다시 그렸다(그 시기는 눈 때문에 폐역에 가지 못했기 때문이다). 가끔씩 미야가와 씨나 사토 씨가 도면을 빼앗아서 문제가 있는 부분을 지적해주었다. 그건 상당히 열받는 일이기는 했지만 그 사람들이 하는 말이 결과적으로 옳았고, 우리가 모르는 기법이나 설계상의 테크닉을 아낌없이 전수해주기도 했기 때문에 결국에는 고맙게 그 말에 따르고는 했다.

하지만 아무리 뭐라고 해도 절대 따를 수 없는 부분도 있었다.

2학년 겨울방학 때였다. 나와 타쿠야는 아침부터 저녁까지 유도탄의 최종 마감과 검품을 하고 있었다. 미일 연합과 유니언의 관계가 점점 악화되면서 에미시 제작소에는 작업 주문이 쏟아져 들어왔다. 우리가 담당하는 공정은 제일 편하고 간단한 부분이어서 패닉에 빠질 정도로 바쁜 경우는 없었지만, 비는 시간이 생기면 사원들이 담당하고 있는 공정에도 들어가라는 말을 들었고, 방심하고 있다가는 카트에 실린 유도탄이 끝도 없이 밀려왔다. 머리를 써서 효율적으로 움직이지 않으면 안 되었고, 나름 꽤 힘든 일이었다.

휴식 시간에 나는 오카베 씨한테 조만간 항공연료를 사야 할 것 같은데 얼마 정도 드느냐고 물어보았다. 오카베 씨는 진짜로 제트기를 만들 생각이냐면서 미심쩍은 표정으로 물었다.

"그야 등유건 니트로건 돈만 내면 팔아줄 수는 있다만."

오카베 씨는 과자를 버적버적 씹어 먹으면서 말했다.

"제트연료는 무지 비싸다. 어린애가 만지기에는 위험하기도 하고. 그냥 레시프로(reciprocating engine)나 초전도 모터로 하는 게 낫지 않겠냐?"

"아니요. 그 점은 저희가 양보할 수 없는 포인트예요."

타쿠야가 말했다.

"흐응……."

건방지게 무슨, 하는 표정으로 오카베 씨는 신음 소리만 내면서 간이 의자를 삐걱거리게 했다. 난로 옆에 있는 작은 흑백 TV에서는 뉴스가 나오고 있었는데 미사와 기지의 비상 작전 훈련 모습을 보도하고 있었다.

"왜 굳이 제트엔진을 고집하는 거냐?"

"멋있으니까!"

"멋있으니까!"

완전히 동시에 이구동성으로 나와 타쿠야가 대답했다. 그렇게 대답한 다음에야 아니, 그건 아닌데 하는 생각이 들어 "아니잖아!"라고 했더니 거의 동시에 타쿠야도 "아니잖아!"라고 했다.

"야, 히로키. 그거 말고도 이유가 여러 가지 있었잖아."

"맞아, 맞아. 여러 가지로 생각해본 결과가 그런 거예요."

"뭐였지? 이중 엔진으로 한 이유가?"

"어어, 그러니까, 그거지."

"그래, 그거."

"변형시키고 싶으니까!"

우리는 다시 완전히 같은 타이밍으로 말했다.

"아니, 그것도 아니야. 뭔가 이유가 있었고, 그래서 결과적으로 변형시키기로 한 거잖아."

타쿠야가 말했다.

"그랬나?"

"너희들. 제트엔진이 도대체 얼마나 비싼지나 알고서 하는 소리냐?"

오카베 씨가 끼어들었다.

"얼마나 비싼데요?"

"너희들 꿈을 한마디로 박살내버릴 수 있을 정도다."

나는 한순간에 쪼그라들었다. 타쿠야도 입을 다물고 말았다.

뉴스는 아마가 숲 사격장에서 실시되고 있는 대규모 군사 연습 영상으로 바뀌어 있었다. 사비시로 해안가 바다를 훈련 지원함이 몇 척씩 돌아다니면서 오렌지색으로 칠해진 체커Ⅳ와 파이어비를 기세 좋게 쏘아내고 있었다.

체커와 파이어비는 표적기라고 불리는 무인 제트기인데 그것을 적기로 가정하고 요격하는 것이다. 그 훈련만을 위해 만들어진 무인 항공기였다. 아마가 숲 해안에서 하늘을 향해 불꽃이 날면서 지대공미사일이 발사되었다. 동체 한가운데 미사일을 맞고 폭발하는 파이어비와 날개가 피격되어 숲을 향해 떨어지는 체커의 영상이 클로즈업되었다.

"저거 되게 아깝다……."

내가 가라앉은 목소리로 중얼거렸다.

"저거 전부 저렇게 격추시키려고 만든 거잖아. 그럴 거면 하나쯤 그냥 우리한테 공짜로 주면 안 되나?"

말도 안 되는 소리 하고 있네, 하는 식의 반응을 상상했는데 타쿠야는 깜짝 놀란 표정으로 내 얼굴을 응시했다.

"그거야."

그가 말했다.

"아……."

타쿠야가 무슨 생각을 하는지 나도 금방 알아차렸다.

"뭘 어쩌든 상관은 없다만……."

우리의 꿍꿍이속을 알아차렸는지 아닌지 오카베 씨가 굼뜬 목소리로 말했다.

"너네, 죽지는 마라. 귀찮아지니까."

이튿날 나와 타쿠야는 아침 일찍부터 전철을 갈아타면서 미사와 역까지 갔고, 거기서 관광 노선버스로 갈아타고 아마가 숲 정류장에서 내렸다. 다른 사람이 없는 것을 확인한 다음, '방위청'이라고 삼엄하게 글씨가 새겨진 담장을 넘어갔다. 그러고는 평지에 봉긋이 올려놓은 것처럼 보이는 깊은 숲 속을 목적지도 없이 하루 종일 걸어 다녔다. 진녹색 침엽수에 새하얀 눈이 덮여 있어 그 심한 명암 대비에 장시간 둘러싸여 있었더니 현기증이 났다. 사격장 직원이나 자위대원에게 발각되는 날에는 틀림없이 큰일 날 것이 뻔했기 때문에 끊임없이 신경을 곤두세우면서 돌아다녀야 했다.

해가 거의 저물어서 반쯤 포기했을 무렵에 시야 한 귀퉁이로 오렌지색이 걸려든 느낌이 들어 온몸의 신경이 떨려왔다.

격추된 체커Ⅳ였다. 나무 기둥뿌리를 베개 삼아 옆으로 누워 있었다. 격추된 표적기는 곧바로 회수되지만 그중에는 미처 찾아내지 못한 것도 틀림없이 있을 것이라는 게 타쿠야의 생각이었다. 나는 타쿠야를 부르려고 했는데 그 전에 그가 먼저 작은 소리로 "야!"하고 나를 불렀다. 타쿠야는 타쿠야대로 다른 체커를 발견했던 것이다. 20m 가량 떨어진 곳에서 우리는 한꺼번에 두 개나 목적하던 물건을 발견해버렸다.

두 기체를 살펴보았더니 한쪽은 완전히 박살이 나 있었지만, 또 하나의 기체는 거의 손상된 곳이 없어서 재활용이 가능해 보였다. 나와 타쿠야는 기체를 비닐 시트로 덮고 밧줄로 묶어서 모양을 감췄다. 그러고는 아무에게도 들키지 않고 무사히 숲에서 들고 나왔다.

미사일처럼 생긴 커다란 원통을 둘러멘 중학생 두 명의 모습이 남의 눈에는 얼마나 이상하게 보였을까 싶다. 시내를 걷고 있을 때는 주위가 어두워서 안심할 수 있었지만 버스를 탈 때와 전철 개찰구를 지나갈 때, 그리고 전에 없이 차장이 표 검사를 하러 왔을 때는 바짝 긴장했다. 나는 '괜찮아, 별것 아니야. 잘못한 거 없어.'를 마음속으로 주문처럼 외고 있었다.

민마야에 도착해서 개찰구를 빠져나오자 나도 모르게 깊은 피로의 한숨을 내쉬었다. 나와 타쿠야는 둘이서 어깨에 체커를 둘러메고 캄캄한 논길을 걸어 우리 집 차고에 들여놓았다. 나중에 확인해보니 엔진이 잘 살아 있었다. 우리는 겨우 몇 천 엔 하는 교통비만 들여서 제트엔진을 확보한 것이다.

8.

사유리를 강하게 의식하게 된 이후로 알게 된 점인데, 그녀는 어쩌면 몸이 약했던 것인지도 모른다. 결석은 적었지만 조퇴는 꽤 많았다. 조례 시간에 휘청하는 바람에 그대로 양호실로 보내진 적도 두세 번 있었다.

하지만 그때는 나를 포함해서 주변에 있던 사람들 모두 여자아이니까 그런 일이 있을 수도 있지 정도로 가볍게 생각했다.

국어 시간의 미야자와 겐지 리포트를 계기로 나와 타쿠야와 사유리는 약간 가까워져서 가끔씩 수다를 떠는 사이가 되었다.

물론 그 정도 가지고 친하다고 할 만한 사이는 아니었다. 무엇보다도 우리는 중학생이었고, 그 나이 또래 남자애와 여자애들 사이에는 뭐랄까, 넘을 수 없는 벽 같은 것이 존재한다. 나도 타쿠야도 남자끼리 같이 있을 때가 훨씬 더 속 편했고, 사유리도 당연히 친하게 지내는 여자애들이 있어서 그 애들이랑 잘 지내는 것처럼 보였다.

그런데 중학교 3학년이 되자 변화가 생겼다.

반 배정이 새로 되었다. 나와 타쿠야는 처음으로 다른 반이 되었다. 그것은 아쉬운 일이기는 했지만 학교 바깥에서 워낙 자주 만났기 때문에 반이 달라졌다는 정도로 우리 관계에 변화가 일어나지는 않았다. 나는 워낙 금방 친해지는 성격이어서 새로운 반 아이들하고도 금세 어울리게 되었고, 타쿠야는 그 나름대로 언제 나처럼 옆 반의 중심인물이 되어갔다.

사유리는 나와 같은 반이 되었다. 나는 그렇게 된 것이 내심 기뻤지만 한편으로는 살짝 켕기기도 했다. 뭔가 새치기를 하는 것 같은…….

그리고 내가 보기에 그해 봄 무렵부터 사유리는 반 여자애들 속에서 고립되기 시작했던 것 같다. 이유는 알 수 없었다. 본인에게 물어볼 수도 없었다.

학교 안의 인간관계는 정말 가차 없다. 새로운 반이 편성된 뒤로 1, 2주 사이에 관계를 만드는 데 실패하면 그해 내내 그것을 만회하지 못하기도 한다. 사유리도 그런 늪에 빠져버렸던 것인지 모른다.

사유리는 예쁜 아이였고, 아마 본인은 그 점을 자각하지 못하고 있었을 것이다. 그 점이 다른 여자애들의 반감을 샀을 수도 있다. 본인이 자각하지 못하는 매력은 동성의 반감을 사는 경우가 있다.

사유리는 꿈에서 본 내용을 오래도록 기억할 수 있는 타입이어서 가끔씩 나나 타쿠야에게 꿈꾼 내용을 이야기해줄 때가 있었다. 그녀는 그런 이야기를 좋아했다. 그렇지만 그런 식의 허황되고 앞

뒤 없는 이야기를 싫어하는 사람도 있다. 그런 점 때문에 애들이 피했을 수도 있다. 상상은 얼마든지 할 수 있었다. 무엇이 진짜인지는 알 수 없었다. 어쨌든 중2 때는 항상 친구들하고 통학 전철을 타고 다니던 사유리가 중3 여름 무렵에는 혼자서 귀가하는 것이 일상이 되어 있었다.

내가 알아차렸을 정도니까 반이 다르다고는 해도 타쿠야도 그 점을 당연히 알고 있었을 것이다. 녀석이 사유리를 우리의 비밀 안으로 억지로 끌고 들어온 데에는 그런 점이 작용했을지도 모른다.

7월이 막 시작되어 아주 쨍하니 맑게 갠 더운 날이었다. 1년 반 동안 계속 매달려 있던 비행기 만들기는 착실하게 진척되어서 프레임에 외장 나노네트를 설치하고 있던 참이었다. 외관이 단번에 비행기답게 변해가는 제일 재미있는 작업이었다. 나와 타쿠야는 매일같이 학교가 끝나자마자 곧바로 폐역으로 달려가서 외장 만들기에 몰두했다.

그날도 그렇게 할 예정이었다. 6교시가 끝나자 반 아이들 대부분이 고교 입시 대비 보충 학습에 들어가는 것을 보면서 나는 서둘러 교실을 떠났다. 막 나오려는데, 사유리의 목소리가 들렸다.

"히로키, 나도 갈래."

그렇게 나를 불러 세우는 바람에 여러 가지 의미로 깜짝 놀라며 그 자리에 얼어붙었다.

"너도 가다니……?"

"맞아. 히로키가 매일 가는 곳 말이야. 어제 타쿠야한테 들었어. 좋은 것을 보여주겠다고 오라던데."

"좋은 거라니……."

당황해서 말을 어물거렸다.

타쿠야가 나에게 물어보지도 않고 사유리에게 폐역 이야기를 한 것은 기습 공격이나 다름없었다.

우리가 하고 있던 일은 주변 사람들에게 공개되었을 경우 상당히 문제가 될 소지가 있는 일이었다. 설마 사유리가 누군가에게 고자질을 하리라고는 생각지 않았지만 비밀이란 어떤 일을 계기로 어떻게 드러나게 될지 모른다. 둘이서만 만들어온 것이나 소중하게 지켜온 장소를 아무렇지도 않게 여자애한테 털어놓았다는 것도 석연치 않은 점이었다.

'뭐야, 어쩌자는 거야?'

솔직히 말하자면, 이런 기분이었다.

그러나 일이 이렇게 된 이상 나 혼자서만 부인하면서 그녀를 오지 못하게 하면 사태가 더 복잡해질 것 같았다.

"빨리 가자."

사유리는 나의 미묘한 기분을 아는지 모르는지, 동그랗고 맑은 눈동자로 나를 재촉했다. 나는 어쩔 수 없이 그녀를 데리고 학교에서 나왔다.

미나미요모기타 역에 도착한 다음 사유리가 쓰가루하마나 역까지 승차 거리를 연장하는 티켓 사는 것을 기다렸다가 하행선 플랫폼으로 갔다. 얼마 후에 타쿠야가 조금 늦게 개찰구에 나타났다. 사유리는 녀석의 이름을 부르며 손을 흔들었다. 나는 사유리가 보지 못하는 위치에서 녀석에게 한껏 험악한 표정을 지어 보였다.

'미안!'

타쿠야는 은근한 손짓과 표정으로 그런 느낌을 전했다. 몇 년 동안 워낙 가깝게 지냈기 때문에 그런 몸짓만으로도 충분히 이심전심이 되었다. 이 사태가 아무래도 타쿠야로서도 생각지 못했던 긴급사태였다는 점을 막연하게나마 눈치 챌 수 있었다.

전철에서는 당연히 박스 좌석 하나에 셋이 같이 앉았다. 우리는 쓰가루하마나까지 가는 몇 십 분 동안 지극히 평범하고 흔한 이야기를 했다. 예능프로 중에 뭐가 재미있다거나, 연예인이 어떻다거나. 사유리는 즐거움을 제일 마지막으로 간직해두고 싶은 타입이었는지 앞으로 어디 가서 무엇을 보는지에 대한 질문을 한마디도 하지 않았다. 우리로서는 참으로 고마운 일이었다. 나는 그런 쓸데없는 이야기를 하고 있는 내내 어째서 지금 여기 사유리가 있는 거냐고 타쿠야를 다그치고 싶어서 몸살이 날 지경이었지만, 사유리가 함께 있는 이상 당연히 그런 말은 꺼낼 수 없었다.

쓰가루하마나에서 내릴 때 주머니 속에 티켓이 걸려서 나오지 않는다고 사유리가 말했다. 기회다 싶어서 나는 타쿠야를 재촉해서 먼저 플랫폼에 내렸다. 그러고는 낮은 목소리로 말했다.

“너 뭐야, 이거? 왜 네 마음대로 얘기해?”

“그럼 어떡하냐? 얘기하다 보니 그렇게 흘러갔는데.”

“뭐가 그렇게 흘러갔다는 건데?”

“나도 설명하지 못하겠지만 어쨌든 그럴 수밖에 없었어. 좀 봐주라.”

‘그런 말만 가지고 어떻게 알아들으라는 거냐?’

나는 계속해서 다그치고 싶었지만 마침 사유리가 전철에서 내리는 바람에 입을 다물 수밖에 없었다.

사유리는 우리가 일하는 공장에 먼저 들른다는 사실을 알고 있었는지 역 앞에 있는 가게에 들어가 선물로 들고 갈 아이스크림을 샀다. 나와 타쿠야는 가게 밖에서 기다리면서 몰래 이야기를 계속했다.

“그걸 보여주면 꼬치꼬치 물어볼 거 아냐? 왜 만드느냐는 둥.”

내가 작게 속삭였다.

“그렇겠지…….”

타쿠야도 작은 목소리로 대답했다.

“어떻게 대답하려고?”

“탑에 가고 싶어서 그런다고 말해버릴까?”

“그건 안 되지…….”

“그치? 그런데 그럼 어디 갈 거냐고 물으면 뭐라고 대답해?”

“바보야, 네가 생각해야지.”

“누구 보고 바보래, 이 바보가!”

"저기……."

"네!"

사유리의 목소리가 바로 옆에서 들려서 우리는 동시에 대답을 했다. 어느 새 눈앞에 사유리가 비닐봉지를 들고 서 있었다. 구부정하던 등을 나도 모르게 쭉 폈다. 그렇게 차렷 자세를 한 채 우리는 얼어버렸다. 잠시 말도 못 하고 있던 우리는 서로 짠 것처럼 웃으면서 얼버무렸다. 사유리도 덩달아서 후후후, 하고 웃었다.

"히로키랑 타쿠야는 정말 이상한 사람들 같아."

살짝 부끄러운 듯 아주 부드러운 말투여서 나는 이런 어감으로 '이상하다'는 말을 할 수도 있구나 하고 생각했다.

셔츠 속으로 진땀이 흐르는 것을 느끼면서 에미시 제작소에 도착해보니 오카베 씨는 호스로 정원에 물을 뿌리고 있었다. 이 더위를 도저히 감당하지 못하겠는지 일체형으로 된 작업복의 양쪽 어깨를 빼고서 상반신을 드러내놓고 있었고, 발치에는 맥주 캔이 있었다. 멀리서 인사를 했더니 "어. 많이 덥지?"하면서 이쪽을 보다가 사유리를 발견하고는 깜짝 놀랐다.

사유리는 천천히 정성스럽게 인사를 했다.

"안녕하세요. 실례합니다."

"아니, 그게, 죄송합니다……."

오카베 씨는 전에 없이 허둥거리며 작업복 소매에 팔을 찔러 넣고는 지퍼를 올렸다.

"어어, 그러니까, 우리 회사 바보들이 신세를 많이 지고 있네요……."

나는 오카베 씨의 얼굴이 흐물흐물 녹으면서 살짝 붉어지는 것이 보였다.

'이 아저씨, 왜 이래?'

속으로 옆구리를 푹 찔렀다.

사유리가 선물로 들고 온 막대 아이스크림을 하나씩 가지고 나와 타쿠야는 뜰 한가운데 있는 커다란 나무에 기대섰다. 나무 그늘에 들어갔더니 금방 시원해졌다. 거기에는 먼저 온 손님이 있었다. 공장 처마 밑에 살고 있는 작은 길고양이가 풀숲에 등을 비비고 있었다. 고양이는 우리가 다가가자 살짝 움찔하더니 금방 안심을 했는지 등 비비기를 계속했다.

우리는 아이스크림을 깨물어 먹으면서 멀리 있는 오카베 씨의 움직임을 관찰했다. 오카베 씨는 여전히 입꼬리가 귀에 걸린 얼굴로 사유리랑 열심히 이야기하고 있었다.

"오카베 씨 말이야……."

내가 멍하니 타쿠야에게 물었다.

"응?"

"독신이었던가?"

"아니, 이혼했다는 소문을 들었는데."

"왠지 알 것 같다……."

오카베 씨는 안절부절못해서인지, 어린 여자애 때문에 긴장해서인지 걸핏하면 한 손으로 뒷머리를 긁적이고 있었다. 사유리는 키득키득 웃고 있었는데 오카베 씨가 하는 말이 재미있어서 그런지, 오카베 씨 본인이 재미있어서 그런지는 알 수 없었다.

"참 이상한 아저씨야……."

불쑥 그렇게 말한 다음에 내 말투에 친근함이 모자라다는 생각을 했다.

그것은 좀 옳지 못한 일처럼 느껴졌다.

타쿠야가 아이스크림을 한 입 떼어서 고양이에게 던져주었다. 고양이는 또 한 번 움찔한 다음 살금살금 다가와서 그것을 먹기 시작했다.

"우와, 이 녀석 아이스크림도 먹네."

자기가 줘놓고서도 타쿠야가 놀라며 말했다.

"이상한 고양이야."

나는 다시 그렇게 중얼거려보았는데, 이번에도 다정함이 한참 모자란 것 같은 느낌이 들었다.

폐역에 있는 격납고의 큰 문을 열어주자, 어두컴컴한 격납고 안에 웅크리고 있는 그것을 발견한 사유리가 안으로 뛰어 들어갔다. 그러고는 고개를 뒤로 돌려 안 그래도 큰 눈을 더욱 동그랗게 뜨면서 우리를 쳐다보았다.

"멋지다……. 비행기지?"

"맞아."

타쿠야가 차분한 목소리로 대답했다.

"이걸 둘이서 만들고 있었던 거야?"

사유리가 내 쪽을 보면서 물었다.

"응. 2학년 여름부터 조금씩 하고 있어. 아까 그 공장에서 아르바이트하면서 부품 사 모으고, 오카베 씨한테 의논하기도 하면서. 그치?"

"응."

타쿠야가 끄덕였다.

"아직 완성되려면 멀었지만."

나는 그냥 보면 뻔히 알 수 있는 사실을 중얼거렸다.

사유리는 아직 외장 붙이는 작업이 끝나지 않은 상태의 비행기로 다가가서 천천히 손을 뻗었다. 그러고는 갑자기 생각이 났는지 손을 오므리면서, 말했다.

"만져 봐도 돼?"

"어지간한 힘이 아니면 두드리건 때리건 망가질 일은 없어."

타쿠야가 대답했다.

사유리는 가운뎃손가락 끝으로 나노네트 외장을 살짝 만졌다.

나는 그 모습을 가만히 지켜보고 있었다. 무슨 일이 일어났다. 그 한 가지만은 분명히 알 수 있었다. 기체에 손가락이 닿은 순간 사유리의 온몸이 부르르 떨렸다. 감전당한 사람처럼. 사유리는 깜짝 놀라서 곧바로 손가락을 떼었다.

"야……."

야, 괜찮아? 그렇게 물으려다가 입을 다물었다. 사유리는 두 손바닥을 비행기 동체에 찰싹 붙이고서 차가운 감촉을 느끼고 있었다. 그러고는 끌어안으려는 듯이 몸을 가까이 가져가더니 눈을 감고 볼을 댔다. 한숨 소리가 들렸다.

새하얀 날개에 하얀 세일러복 차림의 사유리가 뺨을 부비고 있었다.

그 순간 하얀 비행기와 사유리가 하나가 된 것처럼 보였다. 혹은 서로 생이별했던 쌍둥이가 바로 이 순간 서로를 다시 찾은 것 같은 착각이 들었다. 그 둘은 소리를 내지 않고 은밀히 이야기를 주고받는 것 같았다. 무기물인 비행기가 마치 살아 있는 생물처럼 느껴졌다.

그리고 나는 지금껏 고생해서 이것을 만들어온 이유가 그녀를 위해서였다는 생각이 번뜩 들어 아연실색했다. 신의 계시나 뭐 그런 운명적인 무언가가 우리로 하여금 그녀를 위한 비행기를 만들게 했다는 그런 망상에 가까운 생각이 불쑥 떠올랐던 것이다.

나는 왠지 좀 으스스해져서 타쿠야 쪽을 돌아보았다. 그는 모뎀 스위치를 켜고 노트북하고 연결해서 작동시키고 있는 참이었다. 녀석의 반소매를 잡고서 말없이 잡아당겼다. 그는 뭐야, 하는 표정으로 나를 쳐다보려다가 사유리의 모습을 보고는 눈이 휘둥그레졌다.

사유리는 살포시 눈을 떴다.

"대단하다……."

비밀 이야기를 속삭이는 것처럼 작은 목소리로 말했다.

"정말로…… 진짜로 대단하다."

속삭이는 목소리인데도 마치 귀에 대고 말하는 것처럼 들렸다. 온몸의 땀구멍이 확 수축되는 느낌이었다.

나는 그녀의 말에 대해 고마워, 라고 더듬거리며 간신히 대답했다.

사유리가 있는 상태에서 작업하고 싶은 마음이 들지 않아서 그날은 기체에 손을 대지 않았다. 나와 타쿠야와 사유리는 폐역 플랫폼에 앉아서 호수에 돌을 던지기도 하고, 멀리서 피어오르는 뭉게구름을 바라보기도 하면서 멍하니 더위를 피했다. 사유리가 낚시를 해보고 싶다고 해서 격납고에서 낚싯대랑 루어를 가지고 나와 어떻게 던지는지 가르쳐주었다. 하지만 결국 한 마리도 잡지 못했다.

"던지고 싶은 곳에 던질 수 있게 되었어."

그렇게 말하면서 그녀는 만족스러워했다.

나는 플랫폼 그늘에 누워서 하늘을 올려다보고 있었다. 해가 조금씩 기울어지면서 하늘이 붉은 기운을 띠기 시작했다. 비행기구름이 두 줄기 동남쪽을 향해 뻗어 있었다. 타쿠야는 내 바로 옆에서 책을 읽고 있었다. 사유리는 맨발로 콘크리트 가장자리에 앉아서 바로 밑에 있는 물을 발로 헤젓고 있었다.

"여기 참 넓다……."

사유리가 말했다.

"아~무도 없네. 너네는 여기를 어떻게 알게 됐어?"

"얘기하자면 좀 길어지는데."

내가 말했다.

"한마디로는 설명할 수 없는 거야?"

"한마디로 하자면 우연이지."

"여기는 왠지 동화 속에 나오는 장소 같지 않니?"

"동화……?"

타쿠야가 읽던 책에서 얼굴을 들었다.

"응. 영국이나 북유럽이나 그런 데의 동화 말이야. 숲 속을 걷고 있다가 길을 잃고서 신비한 장소에 가게 되는 거야. 아무도 모르는 장소. 옛날에는 그곳에 요정이 살고 있었지만 지금은 없지."

"흐음."

타쿠야가 애매하게 맞장구를 쳤다.

"그렇게 신비한 장소에 이르면 그다음에는 어떻게 돼?"

내가 물었다.

"물론 다시는 나오지 못하지."

사유리가 태연하게 대답했다.

"그 사람은 행방불명이 되는 거야. 마녀가 숨겨버린 것처럼. 그러고는 요정이 사라진 요정 나라에서 낚시도 하고 나무 열매를 따서 먹으면서 평생 사는 거지."

"……별로 좋은 얘기가 아니네."

내가 말했다.

"그런가?"

"신비한 느낌은 드는 얘기지만."

타쿠야가 말했다.

"그런가~?"

사유리는 살짝 불만스러워 보였다.

"난 그런 식으로 어딘가 신비한 곳에 갈 수 있으면 정말 좋겠다는 생각이 드는데."

"여기서 나갈 수 없게 되면 큰일이잖아."

타쿠야가 말했다.

"지금은 상관없지만 겨울이 되면 눈이 잔뜩 쌓인단 말이야. 어디 가지도 못하고, 저 격납고 안은 벽 틈새로 칼바람이 엄청나게 불어 들어오거든. 도저히 사람 살 곳이 못 돼."

사유리는 작은 입술을 오므렸다.

"그렇게 리얼하게 생각하지 않아도 돼. 어차피 그냥 한 얘기인데 뭐."

"뭐, 그럴 수도 있지."

타쿠야가 고개를 주억거렸다.

"그리고 비행기를 타고 언제든지 날아갈 수 있잖아."

사유리는 방금 생각났다는 듯이 눈을 크게 떴다.

"이 비행기 언제 완성하는 거야?"

나는 콘크리트 위에서 양반다리를 하고 앉아서 등을 쭉 폈다.

"사실은 이번 여름방학 안에 완성시키고 싶거든. 그런데……."

그다음은 타쿠야가 이어받았다.

"아마 어려울 거야. 아직 시간이 한참 더 걸릴 것 같아. 일단 올해 안에 끝내는 것을 목표로 하고 있어."

"그렇구나……. 아직 한참 멀었네……."

멀리서 희미하게 천둥이 우르릉 울리는 소리가 들렸다. 나는 주위의 하늘을 둘러보았다. 북쪽 하늘에서 크림처럼 뭉게뭉게 피어오르던 구름이 어느새 짙은 회색으로 변해 있었다.

그 구름은 마침 탑과 겹쳐져서 떠 있었다. 탑 아래쪽에 엉겨 붙으면서 천천히 동쪽으로 이동해갔다. 만약 저기에 사람이 있다면 지금 소나기랑 천둥 때문에 힘들겠다 싶었다.

"그럼 저 비행기로 어디까지 갈 거야?"

사유리가 물었다.

"저 탑까지 갈 거야."

내가 대답했다.

뒤에서 내 어깨를 꾹꾹 찌르는 게 느껴졌다. 돌아보니 타쿠야가 화난 얼굴을 하고 있어서 방금 내가 엉겁결에 엄청난 말실수를 했음을 깨달았다. 탑을 바라보고 있는데 옆에서 너무 자연스럽게 물어보는 바람에 나도 아무 생각 없이 대답해버린 것이다. 큰일 났다 싶어서 어떻게든 얼버무리려 했지만 이미 엎질러진 물이었다.

"탑이면, 유니언의 탑?"

사유리가 갑자기 몸을 앞으로 내밀면서 물었다.

나와 타쿠야는 몇 분의 1초 정도 눈을 마주쳤다. 그것은 어떤 것에 대한 확인이었다. 그런 다음 우리는 사유리 쪽을 바라보며 동시에 "응."하며 끄덕였다.

타쿠야가 말했다.

"여기서 탑까지는 아마 40분 정도면 날아갈 수 있을 것 같아."

나도 말했다.

"국경을 어떻게 넘느냐가 문제이기는 하지만. 물론 그것도 나름 생각해둔 방법이 있어."

"대단하다……. 정말이야?"

사유리는 우리 계획을 듣고서도 이상하게 걱정하거나 설교 같은 것을 늘어놓거나 하지 않았다. 그저 어린아이처럼 "대단하다, 대단해!"하면서 신난 모습이었다. 그래서 우리는 안심하고 사유리에게 마음을 열 수가 있었다.

"대단하다……. 좋겠다, 홋카이도……."

나는 이런 경우에 당연히 해야 할 말을 했다.

"너도 같이 갈래?"

"어, 정말?"

나는 곧바로 고개를 끄덕였다. 타쿠야도 완전히 똑같은 타이밍으로 "응."이라고 말했다.

"정말이야? 응, 갈래. 꼭 갈래."

사유리는 무릎으로 걸어서 내 바로 눈앞까지 다가와 다리 사이로 풀썩 앉았다.

"우와~, 고마워!!"

"하지만 중간에 떨어질지도 몰라."

타쿠야가 말했다.

"괜찮아. 절대 떨어지지 않아."

"어떻게 알아?"

"난 알아."

사유리가 천진하게 그렇게 말하니까 왠지 그 말이 확실한 예언처럼 느껴졌다. 우리 비행기는 떨어지지 않는다. 왜냐하면 그녀가 그렇게 믿고 있으니까…….

"약속해줄래?"

사유리가 물었다.

"약속?"

내가 되물었다.

"그래. 나를 꼭 홋카이도로 데려다 준다고. 부탁이야."

"그래."

내가 끄덕였다.

"알았어. 약속할게."

타쿠야가 말했다.

"정말이지? 꼭이야, 꼭!"

사유리가 재차 다짐을 받았다.

그 정도로 열정을 보이니까 순수하게 기쁘기도 하고 약속을 지켜야겠다는 생각도 들었다. 그래서 나는 한 가지를 더 서비스하고 싶어졌다.

"그 정도 열정이면 약속을 기념하는 무언가가 있는 게 좋겠다."

"기념?"

"이 비행기는 아직 이름이 없어. 타쿠야, 괜찮지?"

"응."

녀석이 끄덕였다.

"네가 생각해줘, 사유리."

"아이, 그래도 그런 거는…… 너희 둘이 만드는 비행기인데……."

"그 정도 하지 않으면 우리가 약속을 잊어버릴지도 모른다."

타쿠야가 협박 같은 말을 농담조로 말했다.

"어, 그건 싫어."

사유리가 그 즉시 대답했다.

"하지만 갑자기 이름이라니……."

"지금이 아니어도 괜찮아."

"아냐, 잠깐만 기다려봐. 생각해볼 거니까. 으음……."

사유리는 한참 동안 궁리하고 있었다. 이런저런 말들을 입으로 중얼거리며 어감을 실험해보기도 했다. 이윽고 들어보지 못한 울림을 가진 단어를 불쑥 중얼거렸다.

"전에 읽은 책에 나온 말이야. 하얀 날개라는 의미래."

'베라실러'라고 그녀는 말했다.

그것이 약속의 이름이 되었다.

그 후에 우리 셋은 검붉은 노을이 지는 들판을 나란히 걸었다.

산길을 따라 이따금씩 꼬꾸라지면서 내려와서 에미시 제작소에 돌아왔을 때에는 해가 저물어 어둑어둑해져 있었다. 그래서 공장과 사무실 창문으로 흘러나오는 형광등 불빛을 보고 안도의 한숨을 쉬었다.

오카베 씨한테 인사를 한 다음 오카와다이 상점가를 지나 쓰가루하마나 역에서 나카오구니로 가는 상행선을 타고 집으로 돌아가는 사유리를 플랫폼에서 배웅했다. 그녀는 전철을 타고 박스좌석에 앉은 다음에도 창문 너머로 우리를 향해 손을 계속 흔들었다.

전철이 가버리자 나와 타쿠야는 옆에 있는 플랫폼으로 건너가서 조금 뒤에 들어온 민마야행 전철에 올라탔다.

"데려가기를 잘했다, 그치?"

내가 말했다. 타쿠야는 내 말에 동의한다는 듯이 고개를 크게 끄덕였다.

천장에 설치된 선풍기가 빙글빙글 돌고 있었다. 나와 타쿠야는 그냥 말없이 있었다. 타쿠야는 거울처럼 되어버린 창문을 멍하니 쳐다보고 있었다. 나는 별다른 생각 없이 빙글빙글 돌아가는 선풍기를 바라보았다. 나는 마음속에 무언가가 꽉 찬 뿌듯한 기분으로 깊은 숨을 쉬고 있었다.

사유리가 말한 동화 나라는 아니지만 그 폐역의 한가롭게 흘러가는 시간이나 이 전철의 부드러운 침묵이 언제까지나 계속될 것 같은 기분이었다. 내일도, 모레도, 내년도, 그 후에도.

그냥 개인적으로 동경하고 있었을 뿐인 저 구름 너머의 탑은 그날을 기점으로 해서 나에게 다시없이 소중한 약속의 장소가 되었다.

'약속해줘.'

그렇게 말한 사유리에게 아무런 망설임 없이 고개를 끄덕인 그 순간에 우리는 두려울 것이 하나도 없었던 것 같다.

사실은 아주 가까운 곳에서 세계와 역사가 움직이려 하고 있었지만, 그때의 나는 열차 안에 풍기는 밤의 냄새와 친구에 대한 믿음, 공기를 떨리게 하는 사유리의 기척만이 세상의 전부인 것처럼 느끼고 있었다. 아니, 그런 것만이 세상의 전부이기를 진심으로 바라고 있었다.

9.

쓰가루 앞바다에서 미·유 무력 충돌

쓰가루 해협 앞바다 42.1도선 사이에 걸친 완충지대에서 15일 새벽,

미일 연합군과 유니언군의 무력 충돌이 발생했다.

미군 보도관의 발표에 따르면 충돌은 매우 소규모이며 우발적인 사건이었다. 미일 연합 측 사상자는 발생하지 않았다고 한다. 유니언 측의 사상자는 알려지지 않았다.

유니언 대사관에 3,300명 경계 태세.

경시청은 미일 연합군과 유니언군의 무력 충돌이 발생함에 따라 국내 테러 조직에 의한 테러 행위를 미연에 방지하기 위해 유니언 대사관에 3,300명의 경비 요원을 배치하겠다고 발표했다.

국내의 반(反)유니언 테러 조직인 윌터 해방 전선은 올해 2월에 발생한 유니언 해상 순찰선에 의한 영해 침입에 항의하는 목적으로 유니언 대사관을 표적으로 한 폭탄 테러를 예고했었다. 이번 무력 충돌을 계기로 비슷한 범행이 계획될 우려가 있어 경시청은 경계를 강화하고 있다.

나는 그 뉴스를 신문사 뉴스 사이트를 보고 알았다. 쓰가루 해협 앞바다는 내가 어제 폐역에서 바라보았던 그 바다다. 우리가 돌아온 다음 거기에서 전투가 발생했다는 뜻이다. 우리는 국제적인 쟁점이 되는 곳에서 아주 가까운 위치에 있었던 셈이다. 그 점을 모르고 있다가 나중에야 뉴스로 알게 되었다는 것도 좀 묘한 기분이었다. 정말로 우리 바로 옆에서 세계와 역사가 현실적으로 움직이고 있었던 것이다. 하지만 (적어도 당시의) 나에게 세계란 훨씬 작고 한정되어 있고 손에 잡히는 크기로밖에 인식이 되지 않았다.

학교를 마치고 나와 타쿠야는 에미시 제작소로 출근했다. 작업복으로 갈아입기 위해 사물함이 있는 방으로 들어갔더니 사토 씨가 다가와서 갑자기 문제가 좀 생겨서 오늘은 우리가 할 일이 없다는 말을 해주었다.

"커피 타는 일이건 심부름이건 거들 일이 있으면 다 할게요."

그렇게 나름 눈치 있게 말했는데 어린애들은 들으면 안 되는 이야기도 있으니까 잔말 말고 빨리 나가라면서 우리를 내쫓아 버렸다.

"자기들 편할 때만 우리를 애 취급하고 말이야. 일하러 온 사람한테 저게 뭐야. 안 그래?"

내가 불만을 내뱉었다.

타쿠야는 무언가 골똘히 생각하고 있었다.

"……아, 미안. 못 들었어."

"사토 씨가 말한 문제라는 게 도대체 뭘까?"

내가 말했다.

"몰래 사무실 안을 살짝 들여다볼까?"

"절대 안 돼! 생각도 하지 마."

타쿠야가 단칼에, 그것도 상당히 강한 어조로 말하는 바람에 나는 압도당했다.

"왜 그러는 거야, 너까지?"

"이 공장 말이야. 전부터 그런 생각이 들었는데 아무래도 겉으로 보이는 것처럼 평범한 데가 아닌 것 같아."

타쿠야가 심각한 표정으로 말했다.

"너무 깊이 관여하지 않는 편이 좋겠어."

10.

타쿠야가 우리 반으로 나를 찾아온 것은 그다음다음 날이었다.

서로의 반에는 특별한 볼일이 없는 한 찾아가지 않는다는 것이 3학년이 된 이후로 나와 타쿠야가 암묵적으로 지키고 있는 규칙이었다. 어차피 학교 끝나면 바깥에서 얼굴을 보게 되는데 학교 안에서까지 우리 둘이서 찰싹 붙어 있으면 다른 사람하고의 관계가 소홀해지지 않겠느냐는 판단 때문이었다.

그래서 점심시간에 타쿠야가 찾아온 것이 상당히 보기 드문 일이기는 했다.

녀석은 잠깐 나 좀 보자면서 나를 데리고 사유리의 자리로 가서 그녀에게 부탁이 있다고 말했다.

"부탁? 뭔데?"

"오늘은 음악 동아리 활동이 없다면서?"

"응. 현역 부원들은 시 체육관으로 합동 연습을 하러 간대. 발표회가 얼마 안 남아서."

"그럼 음악실은 비겠네. 사유리, 너 바이올린 항상 가지고 다니지?"

"어? 응."

이야기의 흐름을 듣고 사유리는 용건을 알아차렸다.

"설마, 타쿠야……."

"들어보고 싶어, 네 바이올린 연주."

"뭐어~!"

사유리는 큰 소리를 지르려다가 주변의 시선 때문에 볼륨을 낮췄다.

"싫어……."

"왜?"

"창피하잖아."

"창피할 거 없어."

타쿠야가 자기 멋대로 결론을 지었다.

"왜 꼭 들으려고 그래? 일부러 들을 정도의 수준도 아닌데."

사유리가 말했다.

"듣고 싶다는데 꼭 이유가 필요해? 그리고 들어보지도 않았는데 들을 가치가 있는지 없는지 어떻게 알아?"

나는 끝까지 밀어붙이는 타쿠야의 협상 실력에 내심 혀를 내둘렀다. 이런 식의 말은 내가 하면 전혀 폼이 나지 않겠구나 하는 생각이 들었다. 녀석은 이런 식으로 담담하면서도 힘 있는 목소리로 여러 사람들을 움직이게 하겠구나 싶었다.

하지만 너무 강요하는 것 같은 느낌도 조금 들어서 나도 끼어들기로 했다.

"제일 잘할 수 있는 곡으로 하나만 하면 돼. 항상 연습하던 시간에 우리가 우연히 보러 왔다 정도로 생각하면 되잖아."

그러고는 덧붙였다.

"네가 진짜로 너무 싫다면 억지로 하라고 하지는 않을게."

"진짜 내가 정말 싫다고 하면 억지로 안 시킬 거야?"

사유리가 나에게 물었다.

나는 타쿠야의 안색을 살폈다. 알아서 해, 라고 그의 표정이 말하고 있어서 잠시 생각한 다음에 이렇게 말했다.

"……너 삐치면 안 돼."

"그래도 하라고……?"

사유리는 힘없이 책상에 얼굴을 묻고서 '내가 졌다'는 포즈를 취했다.

타쿠야가 '좋아, 해냈어!'하는 표정을 살짝 보였다.

"응. 그럼 학교 끝나고 음악실로 갈게."

그는 돌아가는 길에 내 팔을 팔꿈치로 툭툭 치더니 작은 목소리로 "나이스 플레이."라고 말했다.

음악실의 두꺼운 나무 미닫이문을 열고 들어가자 사유리는 벌써 와서 고개를 숙인 채 그랜드피아노에 기대어 앉아 있었다.

창문은 활짝 열려 있었고, 그곳으로 불어 들어오는 바람에 하얀 커튼이 흔들리고 있었다. 워낙 부끄러워했기 때문에 문이란 문은 다 꽉 닫아놓은 밀폐 공간에서 더위를 참으면서 있어야 하겠구나, 각오하고 있었는데 그렇지 않아서 좀 안심이 되었다. 누가 연주하는지 모르는 것이면 바깥에서 들려도 상관이 없는 모양이었다. 합동 연습을 하러 가기 전에 음악 동아리 사람들이 가볍게 연습을 했는지 책상과 의자가 방 한쪽으로 다 밀쳐져 있었다. 나와 타쿠야는 벽 옆에 놓여 있던 쇠와 나무로 된 의자를 들고 와서 적당한 위치에 놓고 앉았다.

"말해두는데, 나, 정말 실력 엉망이야."

사유리가 말했다.

"괜찮아. 나 이런 거 눈앞에서 직접 본 적이 없거든. 그러니까 잘하는지 못하는지 들어도 모를 거야."

타쿠야가 묘한 느낌을 풍기는 말로 위로했다.

"실력이 좋아서 연주를 듣고 싶은 게 아니야."

내가 말했다.

"빨리 들어봤으면 좋겠다."

"아이, 긴장되네."

숨으려는 듯이 피아노 뒤에 있던 사유리가 바이올린을 들고 주저하면서 걸어 나왔다. 그리고 방 한가운데 서더니 악보 받침대에 악보를 올려놓았다. 창문으로 불어오는 바람에 악보가 펄럭여서 클립으로 고정시켜놓았다. 기울어가는 여름 햇살이 던지는 황금빛이 창문으로 비쳐 들고 있었다. 우리 위치에서는 그 후광효과로 사유리가 반짝이는 것처럼 보였다. 그녀가 얼굴에 흘러내린 머리카락을 귀 뒤로 쓸어 넘기는 몸짓도 저녁노을 속에 그림자로 떠올랐다.

"곡 이름이 뭐야?"

타쿠야가 물었다.

"「멀리서 부르는 소리」."

그녀가 대답했다.

"괜히 나 놀리려고 휘파람을 분다거나 소리를 지른다거나 하지 마. 너무 긴장해버리니까. 박수도 치지 말고. 아, 그리고 될 수 있으면 내 쪽을 안 봐줬으면 좋겠어."

타쿠야는 뭔가 농담을 하려다가 그만둔 모양이었다.

"알았어."

사유리는 한숨을 한 번 내쉬었다.

그리고 연주를 시작했다.

본인이 말했던 대로 그 연주는 그다지 잘하는 편은 아니었던 것 같다. 그래도 그녀는 아주 정성스럽게 그 곡을 연주했다. 신경 쓰지 않고 대충 넘어가는 부분이 하나도 없었다. 나도 타쿠야처럼 음악에 대해서는 거의 문외한이었지만 성실한 연주라는 느낌은 충분히 받았다. 멜로디 하나하나에, 쉼표 하나하나에 그녀는 한결

같이 세심하게 신경을 썼다. 그렇게 느꼈다.

사유리가 연주한 곡은 아주 심플한 바이올린 솔로였다. 어쩌면 원래는 피아노나 다른 악기의 반주가 있어야 했는지도 모르지만 그날은 물론 바이올린 하나뿐이었다. 나는 그녀가 내는 소리만 듣고 싶었으니까 그것이 오히려 좋았다.

부드러운 곡이었다. 부드러우면서 여유로운 목소리로 노래를 부르는 듯한 곡이었다. 어딘지 모르게 하늘의 색깔을 연상시키는 멜로디였다. 마침 그 계절 무렵의 하늘처럼 파랗고, 조각구름이 낮게 떠 있고, 무언가 투명한 것이 내려올 것 같은 하늘의 이미지였다.

곡이 후반으로 가면서 여유로운 느낌은 그대로 있되 멜로디가 약간 애잔해졌다. 그 부분은 기울어지는 해를 연상시켰다. 투명하던 햇빛이 따뜻한 색을 띠기 시작하면서 보이는 잔잔한 불안 같은 느낌이 나를 사로잡았다.

그 부분에서 그녀의 바이올린이 박자를 의식적으로 살짝 늦추며 더욱 크게 소리를 냈다. 창문을 통해 흘러 들어오는 황금색 석양빛이 시각화된 멜로디처럼 느껴졌다. 나는 그것이 내 안으로 흘러 들어오는 것을 느꼈다. 나는 그녀에 대해 친근감을 가지게 되었다. 그녀와의 심리적인 거리가 급속도로 가까워졌음을 실감했다. 물론 그런 느낌은 착각에 지나지 않았다. 그래도 나는 소리가 되고 시각화된 그녀의 마음을 빨아들이면서 마음이 붕 떴다.

그러다가 곡이 묘하게 끝나버렸다. 땅바닥에 내려앉는 느낌도 없이 갑자기 뚝 끊기는 것처럼 끝난 것이다. 여운은 남아 있었지만 어딘지 모르게 마음이 불편했다. 하지만 갑자기 이해가 되었다. 이 착지감 없는 느낌은 사유리라는 여자애의 존재감과 비슷하다는 생각이 들었다. 사유리는 어딘지 모르게 현실감이 없는 느낌을 주는 아이였다. 꿈속에 나오는 존재 같기도 하고, 환상 속에 있는 존재 같기도 한…….

그 후에 나와 타쿠야와 사유리는 셋이서 같이 학교에서 나왔다. 음악실을 잠그고, 인적이 없는 복도를 걸어 교무실에 있는 열쇠 보관함에 열쇠를 돌려놓았다. 계단 옆 신발장에서 신발을 갈아 신고, 운동장을 가로질러, 역 플랫폼에서 하행선 열차를 탔다.

전철에 올라타기 직전에 나는 평소처럼 탑을 쳐다보았다. 유니언의 탑이 가끔씩 아주 가까워 보이는 날이 있었다. 그날이 그런 날이었다. 당장이라도 내 머리 위로 쓰러져 내려올 것처럼 보였다.

집으로 돌아가는 길 내내, 사유리가 나카오구니에서 내리고 난 다음에도 내 안에는 그녀가 연주한 곡의 여운이 남아 있었다. 나는 그녀를 떠올렸다. 쉴 새 없이 자꾸만 뒤를 돌아보면서 우리 앞을 걷던 모습과, 전철 박스 좌석에 마주 앉았을 때 본 그녀의 작은 무릎과, 바이올린을 연주할 때 고개를 살짝 기울이는 모습 등을 몇 번이고 머릿속에 떠올렸다. 그날 밤은 상당히 찌는 열대야였는데도 행복한 기분으로 푹 잠들 수 있었다.

11.

도호쿠 지방의 여름방학은 짧다. 그 대신 겨울방학이 그만큼 기니까 충분히 앞뒤가 맞기는 하지만 그래도 어딘지 손해를 보는 기분이 든다.

그 짧은 여름방학의 시작을 알리는 1학기 종업식이 끝난 다음, 나와 타쿠야와 사유리는 교복 차림 그대로 폐역으로 갔다. 덥고, 바람이 불고, 정말 쨍하게 맑은 날씨였다.

가끔씩 풀 내음 때문에 숨이 막힐 것 같았지만 금방 산들바람이 불어와서 더위를 씻어주었다.

실눈을 뜨면 아지랑이가 피어오르고 공기가 렌즈처럼 되어 있는 것이 보였다.

사유리는 어느새 하교 후 나와 타쿠야가 만날 때 자연스럽게 같이 있게 되었다. 그리고 폐역에도 자주 놀러 오게 되었다. 나는 그것을 자연스러운 일로 받아들이기 시작했다.

비행기 만들기는 생각보다 순조롭게 진척되고 있었다. 미야가와 씨가 어디에선가 중고 초전도 모터를 저렴한 가격에 들여와 준 덕분에 필요한 부품들이 거의 다 갖춰졌다. 그렇게 되니까 우리도 기운이 나서 매일 늦게까지 정신없이 작업에 몰두하게 되었다. 변형 날개를 깎아내는 작업도 마치고 나니 비행기가 외관상으로는 거의 완성된 것처럼 보였다. 이제는 제어 계통의 세밀한 작업만 남겨두고 있었다. 그리고 살짝 이른 감은 있었지만 비행 계획을 세워야 했다. 잘만 하면 여름방학이 끝날 무렵에는 실제로 날 수 있을지도 몰랐다.

"나노네트는 레이더에 잡히지 않잖아. 그럼 그렇게 신경을 곤두세울 필요가 없는 거 아냐?"

나는 타쿠야가 무릎에 얹고 작업하는 노트북을 들여다보았다.

B5 크기의 그 노트북 컴퓨터에는 인터넷에서 다운받은 홋카이도 남부의 지도가 화면에 나와 있었다. 이런 것을 도대체 어디서 찾아오는지 모르지만 상당히 상세하게 나와 있는 지도였다. 지도 위를 클릭하면 3D로 모델링된 산악 지형이 표시된다.

"그야 그렇지만, 그래도 스텔스기는 아니잖아. 게다가 완충지대를 비행해야 하는데 아무리 나노네트로 외장을 덮었어도 발각이 될 거야. 유니언군에……, 아니 잘못 날다가는 유니언보다 먼저 미군한테 들킬지도 몰라."

사유리는 햇살 바른 곳에서 격납고 벽에 기대어 책을 읽고 있었다. 처음에는 타쿠야와 내가 이러쿵저러쿵 이야기하는 것을 옆에서 듣고 있었는데 무슨 소리를 하는지 알아들을 수 없었는지 일찌감치 포기하고 저쪽으로 가버렸다.

나와 타쿠야는 큰 문을 활짝 열어놓고서 격납고 안에 있었다. 이렇게 하면 바람이 잘 통해서 아주 쾌적했다.

"아무래도 될 수 있는 대로 낮게 날 수밖에 없겠다. 파도랑 지형에 섞여 들어갈 수 있게 말이야. 아침 일찍 출발해서 새벽안개 속에 숨으면 눈으로 보기도 힘들 테고. 에조에 들어가면 이 지도를 따라서 산 사이로 날면 돼."

나는 산봉우리의 3D 영상을 가리켰다.

"그렇기는 하지만 이 데이터를 토대로 나는 건 좀 불안해. 오래된 지도니까 실제 지형은 아무래도 직접 가보지 않으면 알 수가 없을 거야. 상륙 후에는 위험을 감수하고 고도를 높이는 수밖에 없다고 생각해."

"상륙만 할 수 있으면 유니언 레이더에는 잡히지 않을 것 같은데. 그쪽에서 집중적으로 살피는 곳은 완충지대잖아. 베라실러는 덩치가 작아서 고도를 최대한으로 잡으면 지상에 떨어지는 그림자는 새보다도 작아지니까."

"응, 아마 그렇겠지. 그렇다면 역시 상륙과 동시에 동력 체인지가 되어야겠네. 바다는 고속으로 단숨에 건너고 육지에서는 조용히 나는 거야."

"응."

그러고서 우리는 다시 작업에 들어갔다. 타쿠야는 노트북을 가지고 항공 제어 프로그램을 짰고, 나는 기판에다 부지런히 납땜을 했다. 딸깍딸깍, 하는 작은 키보드 소리가 실내에 울렸다. 내 손이 있는 곳에서는 아주 희미하게 흰 연기가 나고 납 선이 녹는 냄새가 피어올랐다. 이렇게 복잡한 작업은 정신을 쏟아서 몰두하지 않으면 힘들게 느껴진다. 그래서 내가 손밖에 없는 존재가 되도록 의식을 집중시켰다. 이윽고 시간 감각이 없어졌다. 정신을 차려보니 놀랄 정도로 작업이 진척되어 있었다.

그러다 문득 뭔가 기척을 느꼈다. 의식 위로 떠오르지 않았을 뿐 무의식에서 어떤 소리를 들었는지도 모른다.

'바깥인가?'

나는 납땜용 인두를 내려놓고 허리를 펴면서 일어서서 바깥으로 나갔다.

여전히 좋은 날씨였다. 양지 쪽으로 나가니 피부가 따끔거릴 정도였다. 풀의 녹색이 진하디 진한데 거기에 강한 햇빛이 비쳐서 눈이 부셨다. 구름이 천천히 흘러가고 호수의 수면은 바람 때문에 일렁이고…….

그러다가 눈에 들어온 광경에 온몸이 얼어붙는 것 같았다. 오싹하니 온몸에 소름이 돋은 다음에야 내 눈에 들어온 광경이 의식 위로 올라왔다.

격납고 바로 앞에는 플랫폼이 세 개 있었다. 그리고 그것들을 이어주기 위한 목조로 된 구름다리가 있었다. 만들다 만 상태로 방치되어 있던 까닭에 바닥에 구멍이 나 있기도 하고, 벽 한쪽 부분이 없기도 했다.

그 벽이 없는 곳에 사유리가 한 손으로 매달려 있었다. 당장이라도 아래로 떨어질 것 같았다.

그녀 바로 밑에는 호수가 있었다. 철길 부분이 호수와 이어져서 수몰되어 있었다.

"사유리!"

나는 바로 뛰어갔다.

점프해서 수로를 건너뛰고 역 안으로 달려 들어갔다. 그렇게 달려가면서도 시선은 사유리에게 고정되어 있었다.

사유리는 한 손으로 바닥 부분의 판자 끄트머리에 매달려 있었다. 가끔씩 눈을 꽉 감기도 하고 체중을 지탱하고 있는 손이 파들파들 떨리기도 했다. 무슨 일이 벌어졌는지 금방 알 수 있었다. 그 부분의 바닥은 비를 맞고 침식되어 엉망인 상태였다. 아마 사유리는 구름다리로 올라가 벽이 무너진 곳에서 먼 경치를 바라보고 있다가 그녀가 서 있던 바닥이 밑으로 빠져버린 모양이었다.

"기다려!"

나는 구름다리의 계단을 뛰어 올라갔다. 내가 디딘 곳이 당장이라도 부서질 것 같은 소리를 냈다. 계단을 다 오른 다음 사유리가 있는 반대편 끄트머리로 단숨에 뛰어갔다.

"괜찮아……. 아주 높지는 않으니까."

사유리가 아래쪽을 보면서 불안해하는 말투로 그 말을 하는 순간, 그녀의 손이 붙잡고 있던 뾰족 튀어나온 판자가 소리를 내면서 부서져버렸다.

나는 그 판자가 부서지는 순간을 바로 위에서 봤다.

'떨어진다!'

잡을 곳을 잃고 떨어지는 그녀의 손. 그 손목…….

그 손목을 잡았다!

머리부터 다이빙하는 기세로 달려들었다.

망설이면 안 된다는 직감이 들어서 쥐어서 으스러뜨릴 작정으로 잡았다. 묵직한 무게와 충격이 갑작스럽게 덮쳐오며 손과 어깨가 빠질 것 같았다. 사유리는 상당히 마른 체형이어서 40kg대가 틀림없을 텐데도 한 손으로 지탱하기에 상당히 무거웠다. 눈앞에는 하늘을 비추고 있는 호수가 있었다. 수영장 다이빙대에 선 것처럼 상체를 공중에 내밀고 있기 때문이었다. 그 하늘을 비추는 호수보다 가까이에 내 얼굴을 똑바로 올려다보는 사유리의 얼굴이 있었다. 새파랗게 질려 있었다. 당연했다.

'해냈다!'

그때가 되어서야 간신히, 실감이 났다. 팔에서 온몸으로 오싹하는 느낌이 번져나갔다. 갑자기 땀이 뿜어져 나왔다.

나에게 손목을 잡힌 채 공중에 매달려 있던 사유리가 몇 분의 1초인가 나를 바라보았다.

그 얼굴이 갑자기 풀렸다. 멍한 표정이 되었다.

"우리…… 전에도……."

그녀는 틀림없이 그렇게 말했지만 나는 그 말을 듣고 있지 않았다. 안도감으로 머리가 꽉 차서 다른 소리가 귀에 들어오지 않았다. 한숨이 흘러나왔다.

"다행이야……, 제때 잡아서. 지금……."

올려줄게, 라는 말을 하려는 순간 내 발치의 판자가 부서지면서 밑으로 빠졌다. 평형감각이 이상해졌다. 눈앞에 반짝이는 수면이 있었고, 그 직후에 온몸에 물을 느꼈다. 호수에 빠진 것이다. 바닥에 있던 모래가 뿜어져 올라서 물속이 보이지 않았다. 순간적으로 패닉 상태가 되었다가 발이 바닥에 닿으면서 머리를 물 밖으로 내밀 수 있었다. 그와 거의 동시에 사유리도 물 위로 머리를 내밀었다. 똑바로 서 봤더니 수면은 허리 정도밖에 안 되었다.

사태를 겨우 알아차린 듯 타쿠야가 달려왔다. 종종걸음으로 뛰어오더니 물가의 바위 옆에 섰다. 주위를 둘러보니 타쿠야가 서 있는 바위 쪽으로 해서 밖으로 나가는 방법이 제일 쉬울 것 같았다. 나랑 사유리는 그쪽을 향해 물속을 첨벙거리며 걸었다.

"괜찮아?"

타쿠야가 물었다.

"다친 데는 없고?"

"응. 그냥 젖기만 했어."

사유리가 대답했다. 그러더니 나를 향해 웃으면서 말했다.

"나 때문에 미안해. 그리고 고마워."

"그나마 아래가 물이라 다행이었네."

타쿠야는 사유리를 끌어주기 위해 오른손을 내밀었다. 사유리가 그 손을 잡으려 했다.

갑자기 장난치고 싶은 마음이 생겼다. 아니, 사실은 어디 함부로 사유리의 손을 잡으려고 하냐, 는 마음도 좀 있었다. 나는 사유리보다 먼저 타쿠야의 손을 잡고서 있는 힘껏 내 쪽으로 잡아당겼다.

"으악, 야, 뭐야!"

타쿠야는 무너진 균형을 도로 잡으려고 물가에서 애를 써봤지만 결국 커다란 물보라를 일으키면서 물속으로 가라앉고 말았다.

나는 배를 잡고 웃었다.

“너 혼자만 안 젖으면 친구 사이에 의리가 없잖아!”

“뭐 하는 짓이야!”

타쿠야가 물속에서 튀어나와 위에서 나를 덮쳤다. 나는 다시 머리까지 물속에 잠겼다. 몸을 세워서 수면 위로 머리를 내밀자 기다리고 있었다는 듯이 타쿠야가 얼굴에 물을 뿌렸다.

“다 젖었잖아.”

“이제 다 똑같아졌네.”

“닥쳐라!”

나는 아까부터 계속 웃어대고 있었다.

“미안, 미안! 너 혼자 새침한 얼굴로 있으니까 가만히 못 두겠더라고.”

“뭐라고?”

“너무 화내지 마.”

“그럼 안 나냐?”

타쿠야가 다시 나를 첨벙, 하고 물속에 빠뜨렸다. 나는 부력을 이용해서 뛰어올라 타쿠야의 머리에 달려들어 물속에 처박았다. 그러자 물속에서 타쿠야가 내 다리를 들어올렸다. 나는 성대하게 넘어져서 물 위에 둥둥 떴다.

“너 인마, 넌 올라오지 마. 가자, 사유리.”

타쿠야는 기슭 쪽으로 걸어갔다. 사유리는 어느새 키득키득 웃고 있었다.

"야, 타쿠야. 좀 기다려봐. 사유리, 저놈한테 삐치지 말라고 해줘."

"미안해, 타쿠야. ……음."

사유리는 다문 입에 아직도 웃음기를 머금고 있었다.

"왜 그래?"

타쿠야가 물었다.

"두 사람을 보고 있으면 왠지 부럽다는 생각이 들어서."

"아니, 뭐가?"

나와 타쿠야는 어처구니없다는 표정으로 이구동성으로 그렇게 물었다.

다행히 날씨가 좋아서 한여름의 찌는 햇볕이 난로처럼 땅바닥을 달구고 있었다. 우리 세 사람은 옷을 입은 채로 폐역의 플랫폼에 누워서 몸을 말렸다. 가끔씩 몸을 뒤집기도 하고, 잠깐씩 졸기도 하면서 두 시간가량 보냈더니 옷이 거의 원래대로 말라 있었다.

이윽고 저녁이 되었다. 폐역에서 본 저녁노을은 언제나 새빨갰다. 햇볕에 말리기 위해 기둥에 걸어두었던 사유리의 가죽 신발이 빨간빛을 반사하고 있었다.

"네가 매달려 있는 것을 봤을 때는 정말 깜짝 놀랐어."

내가 말했다.

"바닥이 썩어서 위험한 건 알고 있었는데…… 잠깐 산책을 하면서 기분 전환을 하고 싶어서……."

"너무 심심했나 보다."

타쿠야가 미안해하면서 말했다.

"우리가 작업에만 매달려서 너를 내버려 두는 바람에……."

"아니, 그런 뜻에서 말한 게 아니야. 난 괜찮아."

사유리가 당황하면서 고개를 저었다.

"높은 곳에서 경치를 보고 싶었어. 그리고 탑이 잘 보이는 데에서 바라보고 싶어서……."

"아아."

타쿠야가 끄덕였다.

"여기에서는 탑이 정말 잘 보이는 것 같아. 그냥 잘 보이는 게 아니라 예쁘게 보이더라. 너무 예뻐서 그걸 보느라 구름다리 가장자리에 앉아서 넋을 놓고 있었어. 한자리에 계속 앉아 있어서 바닥이 지탱을 못했던 건지도 몰라."

사유리의 말은 중립적이었지만 어쩌면 자기가 무거워서 떨어진 게 아니라는, 아주 여자애다운 뜻을 담고 있었는지도 모른다.

그렇지만 무겁다는 생각을 아무도 할 수 없을 만큼 사유리는 마른 아이였다. 조금 더 살이 붙어야 하지 않을까 걱정이 될 정도로 말이다. 손목을 잡았을 때 당장이라도 부러질 것만 같았던 가냘픈 느낌을 잊을 수가 없었다.

나는 배에 힘을 주고 일어서서 곁눈으로 사유리를 봤다.

사유리는 다리를 쭉 뻗고 무릎에 손을 얹은 자세로 앉아 있었다. 신발과 양말을 벗은 맨발을 햇볕에 내놓고 있었다. 길고 가느다란 다리였다. 그 곡선의 아름다움을 갑자기 깨달은 심장이 쿵 소리를 냈다. 한동안 그녀의 다리와 짧은 치마 밑으로 나와 있는 허벅지를 몰래 엿보고 있었다.

사유리는 멍하니 자기 발끝을 쳐다보고 있었다. 그러고는 별다른 의미 없이 집게손가락으로 엄지발가락을 만졌다. 사유리 근처에서 아까부터 무당벌레 한 마리가 날아다니고 있었는데 그것이 그녀의 손가락 끝에 앉았다. 무당벌레는 사유리의 손가락을 조금씩 타고 오르기 시작했다. 사유리는 벌레가 놀라지 않게 움직이지 않고 가만히 있었다.

"나 말이야, 아까, 아주 잠깐 동안 꿈을 꾸고 있었어."

"꿈?"

내가 물었다.

"무슨 꿈인데?"

"음~ 에이, 잊어버렸네. 하지만 아마 저 탑의 꿈이었을 거야."

"저건 정말 거짓말 같은 광경이니까."

타쿠야가 감탄 어린 한숨을 섞어 말했다.

"유니언은 진짜 대단해."

나는 탑으로 눈길을 돌려 아래쪽에서 위쪽으로 그 직선을 시선으로 어루만졌다.

"저 탑 꼭대기는 다른 세상으로 연결되어 있을 것 같다."

탑의 위쪽은 희미해서 보이지 않았다. 아무리 날씨가 좋은 날이어도 탑의 꼭대기가 보인 적은 없었다. 너무 높아서 끝이 보이지 않는 것이다.

하늘에서 비행기 소리가 들렸다.

사유리의 손가락에는 무당벌레가 아직도 앉아 있었다.

무당벌레는 그녀의 검지 아래쪽에 가만히 웅크리고 앉아 있었다. 나는 그 벌레가 반지에 달린 붉은 보석처럼 보였다.

그러다가 날아가 버렸다.

벌레가 놀라지 않게 숨죽이며 가만히 있던 사유리가 한숨을 내쉬었다. 몸을 돌려 콘크리트를 손으로 짚더니 하늘을 올려다보았다.

"해가 잘 안 지네……."

'정말 그렇네.'하고 생각했다.

주변의 빛이 붉은색을 띤 지 한참 되었는데도 태양은 아직까지 수평선 위에 있었다.

저녁노을이 지는 시간은 보통 한순간에 지나가 버리기 마련인데, 그때는 마치 영원히 이어지는 것처럼 느껴졌다.

"이상하게 하루 종일 노을이 지고 있었던 것 같다."

내가 말했다.

사유리가 나를 보았다.

나는 노을의 붉은빛 속에서 사유리의 눈동자를 바라보았다.

그 순간, 시간이 멈췄다—.

—나는 백일몽을 꾸었다.

그 한순간의 꿈속에서 나는 사유리였다. 그리고 사유리는 벽이 갈라진 구름다리 가장자리에 앉아 탑을 바라보고 있었다. 탑이 있는 방향에서 바람이 불어와 호수 수면이 일렁였다.

이윽고 시야 전체의 색채가 큰 붓으로 칠한 것처럼 한순간에 변했다. 하늘 색깔이 오래된 사진처럼 빛바랜 색으로 물들었다. 이상한 쇳소리가 들렸다. 불길한 비행기구름이 몇 갈래나 생기면서 온 하늘을 덮었다.

그리고 세계가 뒤집혔다.

위가 아래로, 왼쪽이 오른쪽으로, 앞이 뒤가 되었다. 뒤집힌 것은 세계가 아니라 나인지도 몰랐다.

탑 주변에서 불꽃을 닮은 작은 빛들이 여러 개 터지는 것이 보였다. 사유리는 저게 뭐지, 하고 신기하게 생각했다.

나는 알고 있다. 그것은 전투의 빛이다.

전쟁.

저곳에서 전쟁이 일어나고 있다.

나는 그것을 별다른 감흥 없이 바라보고 있었다. 꿈속이어서 생각을 잘할 수가 없었다.

그리고 '그 일'이 일어났다.

탑 밑동 부근에서 섬광이 일어났다.

카메라 플래시를 몇 십 배나 강력하게 해놓은 것 같은 빛이었다.

한 박자 늦게……

탑에,

대폭발이 일어났다.

섬광을 중심으로 너무도 불길한 빨간색이 방사선 모양으로 퍼졌다. 온 하늘이 새빨갛게 물들었다. 새빨갛게 물든 위로 그 이상의 빨간색이 하늘에 덧칠해졌다. 그 위로 더욱 어두운 붉은색이 세상을 물들였다.

탑이 산산조각 나면서 부서져갔다. 부서진 채로 천천히 하늘에서 떨어졌다. 떨어지면서 탑이 불타올랐다.

'모든 것이 파괴되고 사라지고 없어져버리는구나.'

나는 그렇게 생각했다. 이 세상의 종말을 보고 있다는 것을 깨달았다.

'세상의 종말은 페인트처럼 빨갛구나.'

나는 조용히 감동을 받았다.

대기가 진동했다.

그리고 폭풍이 불어 닥쳤다.

맹렬한 열이 온몸을 휘감았다. 머리카락이 휘날렸다. 바람에 날려갈 것 같았다. 구름다리가 휘어지고 삐걱거리고 흔들렸다.

공중에 튀어나와 있었던 나무판자가 부러졌다.

그곳에 앉아 있던 나는 갑자기 평형감각을 잃었다. 떨어진다.

나는 떨어지고 있었다. 사유리는 떨어지고 있었다. 그렇구나. 하늘을 지탱하고 있던 탑이 없어져버려서 하늘이 떨어져 내렸구나. 당연한 것 아닌가.

나는 끝도 없이, 끝도 없이 떨어지고 있었다…….

자고 있을 때 가끔씩 느끼는 어딘가로 떨어지는 착각을 일으키면서 몸이 움찔했다. 나는 주위를 둘러보았다. 나는 폐역의 플랫폼에서 타쿠야와 사유리와 함께 석양을 바라보고 있었다.

한순간 꿈을 꾸었던 것 같았다.

그것은 아주 소중한 일이었다는 느낌이 들었다.

"나, 아주 순간적으로 꿈을 꾸고 있었어."

내가 말했다.

"어떤 꿈?"

사유리가 물었다.

기억이 나지 않았다.

"잊어버렸네……."

"해가 정말 안 진다……." 그녀가 말했다.

그때 꾸었던 꿈의 내용을 기억한 것은 그로부터 몇 년이나 지난 후였다. 모든 것이 끝나고 많은 것들이 없어지고 망가지고 나서 한참 뒤였다. 나는 언제나 타이밍을 놓치고 난 다음에야 소중한 것이 기억나는 것 같다.

우리 세 사람은 옷과 신발이 완전히 마른 다음에도 좀처럼 사라지지 않는 석양을 지치지도 않고 바라보고 있었다. 그 저녁노을이 영원히 계속될 것만 같았다. 계속되어주기를 바랐다.

하지만 커다란 태양은 천천히, 그러나 확실하게 서쪽으로 기울었고, 수평선에 머물렀고, 나중에는 완전히 자취를 감추고서 낮은 하늘에 애매하게 물든 반짝임만 남겨놓았다.

완전히 어두컴컴해진 주변을 둘러보고서 나와 타쿠야는 누가 먼저랄 것도 없이 자리에서 일어났다. 그렇지만 사유리는 무릎에 손을 올린 자세 그대로 계속 앉아 있었다.

"돌아가고 싶지 않다."

그녀가 말했다.

"이제 여름방학이잖아."

타쿠야가 사유리에게 말했다.

"여름이 끝날 때까지 여기는 계속 우리 거야. 내일 다시 오면 되지, 뭐. 모레도 괜찮고. 언제든 오고 싶을 때 와. 앞으로 매일 오늘 같은 날이 얼마든지 계속될 테니까."

사유리는 고개를 들고 마치 구름이 모양을 바꾸듯이 점점 웃는 얼굴이 되었다.

정말이지 그것은 특별한 여름이었다.

나는 지금도 그날의 기억에서 자유롭지 못하다.

그리고 그날을 마지막으로 사유리는 사라져버리고 말았다.

12.

여름방학이 시작되었다. 나와 타쿠야는 매일같이 아침부터 점심시간 지나서까지 에미시 제작소에서 일했고, 그다음에 폐역으로 가서 밤까지 베라실러를 만들었다.

종업식 날 폐역으로 놀러 왔다가 돌아갈 때 내일부터 매일 놀러 오겠다고 하던 사유리는 한 번도 모습을 보이지 않았다. 그것은 살짝 아쉬운 일이었고, 어떻게 된 거지 하며 고개를 갸웃거릴 때도 있었지만, 얼마 후면 날 수 있게 되는 진짜 비행기가 눈앞에 있었기 때문에 우리는 거기에 푹 빠져 있었다.

'조금만 있으면 돼.'

나는 마음속으로 몇 번이나 그 말을 되뇌고 있었다. 조금 있으면 날 수 있다. 그리고 그곳에 갈 수 있다.

약속의 장소에.

사유리는 유니언의 탑에 가고 싶다고 했다. 데리고 가겠다고 했더니 동그란 눈을 더 동그랗게 뜨면서 놀랐다. 꼭 데리고 가달라고, 약속해달라고 강하게 말했다. 그 말이 아주 절실해 보였다. 그럼, 데리고 가야지. 조금만 있으면 그렇게 해줄 수 있다. 그런 생각을 하면 약간의 아쉬움이나 궁금함은 어느새 자연히 뒤로 밀려나게 되었다.

타쿠야는 2주 정도를 제어 프로그램 만드는 데에만 달라붙어 있었다. 중간에 몇 군데 복잡한 처리가 필요한 부분이 있어서 그것을 해결하느라 애를 먹었던 것이다. 프로그램은 둘이서 나눠서 개발해왔는데 그런 부분은 내 능력으로는 도저히 어찌할 수가 없었다. 그래서 나는 소프트웨어 쪽 개발에서는 손을 떼고 하드웨어를 전문적으로 담당하게 되었다.

8월 6일은 학교 등교 일이었다. 그날 사유리는 학교에 오지 않았다.

“어디 몸이 아픈 것 아닌가?”

타쿠야가 말했다. 그러고 보니 그녀가 몸이 약한 편이었다는 사실이 생각났다.

“풍덩, 하고 물속에 빠졌으니…….”

나는 종업식 날 있었던 일을 떠올렸다.

“그것 때문에 몸이 안 좋아졌는지도 모르지.”

“그럴 수 있어…….”

타쿠야는 담배 연기를 빨아들이더니 맛이 고약하다는 듯이 얼굴을 찌푸렸다.

그 후로 일주일 동안 우리는 다시 비행기 만들기에 몰두했다. 착실하게 완성에 다가가고 있었지만 여름방학 안에 완성시킨다는 목표는 불가능해 보였다. 사유리는 여전히 모습을 보이지 않았다.

8월 13일에 신학기가 시작되었다. 개학식을 할 때도 사유리는 없었다. 학급 조회가 시작될 시간이 되어도 사유리의 자리에 사유리의 모습은 없었다. 그때서야 불안한 예감이 들었다.

우리 담임은 사사키라는 이름의 젊은 여선생이었는데 그녀가 교단에 서서 오랜만이라는 둥 그런 인사치레도 하기 전에 우선 중요한 소식이 있다고 말했다.

"사와타리 사유리 학생은 집안 사정으로 여름방학 중간에 전학을 갔습니다."

선생님은 약간 공식적인 발표를 하는 말투로 말했다. 익숙하지 않은 연락 사항을 알려줄 때처럼 마음이 편치가 않은 모양이었다.

교실 안이 술렁였다.

나는 선생님이 무슨 말을 했는지 잠시 이해가 가지 않았다. 이윽고 그 내용이 머릿속에 스며들자, 그와 동시에 머릿속에 회오리처럼 혼란이 일어났다. 나는 책상 위에 있는 내 필통을 바라보았다. 거기 놓인 필통이 훅하니 멀어졌다. 아니, 다시 갑자기 눈앞에 다가왔다. 원근감이 완전히 이상해져 있었다. 눈앞이 핑글핑글 돌았다.

나는 눈을 감고 미간을 잡았다가 다시 관자놀이를 가운뎃손가락으로 꾹꾹 눌렀다. 야, 정신 차려. 내 자신에게 외쳤다. 무슨 정신을 차리라는 거야, 이 멍청한 놈아. 나는 짜증을 내면서 내 자신에게 반박했다.

"전학?"

나는 입 안에서 작게 그 말을 중얼거려보았다. 그것은 지독하게 비현실적인 단어처럼 느껴졌다.

'말도 안 돼.'

그날은 이런저런 연락 사항 전달과 숙제 제출만 하고 학교가 끝났다. 나는 곧바로 타쿠야 반으로 가서 그를 붙잡았다.

"말도 안 돼."

그가 말했다.

"집안 사정이라니, 그게 뭐야?"

"모르겠어."

"전학은 어느 학교로 갔대?"

"그것도 모르겠어. 학급 조회 시간에는 말 안 해줬어."

"물어보러 가자."

타쿠야는 교무실을 향해 성큼성큼 걸어갔다.

교무실 나무 미닫이문을 여는 타쿠야의 손에 힘이 들어가 있었다. 아무래도 화가 잔뜩 난 모양이었다. 나는 그가 진심으로 화를 내는 모습을 처음 본 것 같았다. 타쿠야는 곧바로 사사키 선생님의 자리로 가더니 거두절미하고 물었다.

"사유리가 전학 간 이유를 말해주세요."

"타쿠야……."

선생님은 타쿠야의 굳은 표정에 놀라더니 우리 반에서 그 얘기를 했을 때와 똑같이 망설이는 기색을 보이면서 말했다.

"그쪽 부모님께는 집안에 사정이 생겼다는 말씀만 들었는데……."

"무슨 사정이요?"

타쿠야가 거듭 물었다.

"본인이 인사도 하지 않고 갑자기 전학이라니 너무 이상하잖아요."

"학교 측에서는 무슨 일인지 자세한 사정까지 듣지는 못했어. 저기, 타쿠야……."

"그럼 어디로 전학 갔는지 학교 이름을 말해주세요."

선생님은 약간 당황하기 시작했다.

"그건…… 우리도 잘 몰라."

"모른다고요? 그럴 리가 없잖아요. 절차라는 것이 있는데, 어디로 가는지도 알리지 않고 어떻게 전학을 가요?"

"그래, 맞아."

사사키 선생님이 말했다.

"원래는 그렇지. 하지만 어찌 된 일인지 그렇게 되어버렸어. 그래서 선생님들도 난처해하고 있고. 어쨌든 학교 측에서는 어디로 전학을 갔는지 전혀 파악을 못 하고 있는 실정이야."

"무슨……."

내가 중얼거렸다.

"무슨 그런 황당한 얘기가 있어요?"

타쿠야가 말했다.

교무실을 나간 다음 타쿠야는 다시 한 번 나지막이 외쳤다.

"그런 황당한 소리가 어디 있어?"

그때까지 넋을 놓고 있던 나도 말이 안 된다는 생각이 들기 시작했다. 그러다 생각난 것이 있었다. 1학기 초에 나눠줬던 우리 반 연락처를 가방에 넣어둔 채 들고 다녀서 지금도 가지고 있다는 사실이었다. 거기에는 물론 사유리의 주소도 나와 있다.

나는 가방 안쪽에서 구깃구깃해진 연락처 종이를 꺼냈다.

"타쿠야, 직접 물어보러 가자."

우리는 전철을 타고 나카오구니 역에서 내렸다.

타쿠야의 노트북으로 주소 검색 서비스를 열어 사유리의 집 주소를 입력했더니 지도에 집이 표시되었다. 그녀의 집은 역 근처에 있는 지방 도로 길가에 있어서 찾아가기 쉬워 보였다.

실제로도 찾기 쉬웠다. 넓은 정원이 있는 커다란 집이었다. 땅 넓이가 맞은편이나 양옆에 있는 집들의 두 배는 되어 보였다. 높은 담장이 있었고 그 위로 소나무 가지가 튀어나와 있었다. 집은 단층으로 된 일본 전통 가옥으로 상당히 오래됐지만 그만큼 튼튼하게 제대로 지어진 멋진 건물이었다. 우리는 정원 안쪽으로 들어가 현관에 있는 초인종을 눌렀다. 집 안에서 사람이 나오는 기척이 나더니 조금 후에 사유리의 어머니로 보이는 여성이 현관에 나타났다. 집 현관도 넓었다. 어머니는 사유리와 별로 닮아 보이지 않았다.

"사유리의 친구입니다."

우리가 그렇게 말하자 그녀는 놀라는 듯했다.

"사유리한테 친구가 있었어?"

그녀는 뜻밖이라는 식으로 말했다. 나는 왠지 모르게 그 말투에 반감을 느꼈다. 그래도 내색하지는 않았다. 아마 표가 나지는 않았을 것이다.

"네."

내가 예의 바르게 대답했다.

"사유리한테 인사하러 왔어요."

타쿠야가 말을 이어받았다.

사유리의 어머니는 사사키 선생님하고 똑같이 당혹스러운 표정을 지었다. 그러더니 사유리가 벌써 다른 곳으로 이사하고 없다고 말했다.

"갑자기 정해진 일이어서……."

사유리의 어머니가 말했다.

"여름방학 때 이미 그쪽으로 옮기는 바람에……. 인사도 못 하고 가서 미안하게 되었구나."

사유리의 어머니의 태도는 서먹서먹했다. 물론 사내 녀석 둘이서 갑자기 외동딸을 찾아왔을 때 부모님이 당연히 보일 수 있는 난처한 반응일지 모르지만, 왠지 그런 것이 아닌 것 같았다.

어디로 이사를 갔는지 주소를 알려달라고 우리가 말했다. 아니면 전학을 간 학교 이름이라도.

사유리의 어머니는 잠시 말이 없었다.

그러고는 사정이 있어서 그건 가르쳐주지 못하겠다고 말했다.

사정…….

'뭐야, 그게?'

나는 순간 화가 치밀어서 사유리의 어머니에게 반박하고 싶은 충동이 일어났다. 하지만 간신히 참고는 달리 어떻게 할 수가 없어서 "무슨 사정이요?"하고 바보 같은 질문을 했다.

물론 대답은 듣지 못했다.

"사유리는 새로운 환경에서 새로운 생활을 처음부터 시작해야 해."

좀 미안한 감이 들었는지 사유리의 어머니는 살짝 부드러워진 말투로 설명해주었다.

"너무 복잡해서 한마디로 설명하기 어려운 사정이 있거든. 그래서 한동안 지금까지 있었던 환경이나 친구들로부터 완전히 떨어질 필요가 생긴 거야. 그러니까 미안하지만 그 애를 가만히 내버려 뒀으면 좋겠구나."

"사유리가 그렇게 하고 싶다고 말했나요?"

타쿠야가 날카롭게 물었다.

"그렇지는 않지만……. 아니, 맞아. 그 아이도 그러기를 바라고 있어."

명백하게 수상한 대답이었다. 나와 타쿠야는 도대체 어느 쪽이란 말이야, 라는 물음을 목구멍 안쪽에 잡아놓은 채 입을 다물었다. 공격적인 침묵이었다. 그런 식으로 침묵하는 방식은 나도 타쿠야도 잘하는 편이었다.

"저기, 너희들……."

사유리의 어머니가 못 견디겠는 모양이었다.

"이름 좀 가르쳐줄래? 다음에 사유리한테 너희가 만나러 왔더라고 전해줄게."

영 불만스러웠지만 더 이상 버텨봐야 뾰족한 수가 없을 것 같아서 우리는 인사를 꾸벅, 하고 사유리의 집에서 나왔다. 역까지 가는 길을 나와 타쿠야는 입을 꾹 다물고 묵묵히 걸어갔다. 문득 머릿속에 뭔가 걸리는 게 있었다. 왠지 그 걸리는 것의 정체를 확인하고 싶었다. 생각해보니 사유리의 어머니는 다음에 사유리한테 전해준다고 말했다.

그냥 말을 그렇게 했을 뿐인지도 모른다. 하지만 그 말투만 보면 사유리의 어머니도 사유리를 자주 만나지 못하고 지낸다는 식으로 들렸다.

다음에?

사유리는 도대체 어디로 가버렸다는 말인가?

도망쳐 들어가듯 폐역의 격납고에 당도한 우리는 한동안 말이 없었다. 그러다가 느릿느릿 베라실러의 마무리 작업을 시작했다.

그러나 타쿠야가 키보드를 두드리는 소리는 드문드문 전에 없이 느렸고, 나도 벨트에 고정한 공구 홀더가 자꾸 무겁게만 느껴졌다. 그러다가 일할 마음이 완전히 사라져서 비 오는 날의 빨래처럼 축 늘어진 몸을 기체에 기댔다.

"도대체 무슨 사정이 있단 말이야……?"

나는 무의식중에 그렇게 중얼거리고 있었다.

중얼거린 다음 진짜로 그 사정이 뭐지, 하는 의문이 들었다. 잠시 생각해보았지만 말도 안 되는 막장 드라마의 내용처럼 허황된 것만 떠오를 뿐이었다.

기체 맞은편에서 타쿠야의 목소리가 들렸다.

"금전적인 문제는 아닐 거야. 얼핏 봐도 여유는 있어 보였어. 처음에는 그냥 평범하게 이혼인가 싶었는데……."

"그건 어디로 갔는지를 숨겨야 하는 이유가 안 되잖아."

"맞아. 그럼 도대체 뭐지?"

뭐라고 대답할 말이 없어서 가만히 있었다. 타쿠야도 그러고는 말이 없었다.

침묵 속에서 나와 타쿠야는 이리저리 종잡을 수 없는 상상만 하고 있었다. 생각의 재료가 너무 부족해서 아무리 머리를 짜내도 납득할 수 있는 대답이 나올 리 없었다. 그것을 알면서도 자꾸만 고개를 쳐드는 잡생각을 끊을 수가 없었다. 그리고 불길한 느낌만 계속 쌓여갔다.

타쿠야가 불쑥 말했다.

"어떤 이유였건 그건 사유리한테도 아주 갑작스럽게 생긴 일일 거야. 우리한테 아무 말 없이 사라진 건 사유리가 원했던 바가 아니야."

"어떻게 그렇게 단정할 수 있어?"

"그야…… 이걸 보면 알 수 있지."

나는 비행기 기체를 빙 돌아 타쿠야 쪽으로 갔다. 그는 벽의 한쪽 구석을 보고 있었다.

거기에는 사유리의 바이올린 케이스가 세워져 있었다. 여름방학이 시작되던 그날, 이곳에 왔다가 돌아갈 때 무겁기도 하고 너무 힘들다면서 사유리는 그것을 두고 갔다.

"사유리는 여름방학 동안에 여기 다시 올 생각이었던 거야."

타쿠야가 그렇게 중얼거렸다.

'그렇구나…….'

하지만 그것은 좋은 소식이라고 할 수 없는지도 몰랐다. 반대로 말하자면 사유리가 어딘가로 가야만 했던 이유가 그 정도로 절박하고 심각했다는 점을 뒷받침할 수 있는 사실이기 때문이다.

우리는 작업을 제대로 진행시키지 못한 채 우울한 기분을 안고 집으로 돌아갔다.

그런 식으로 우중충하니 석연치 못한 기분이 사흘 정도 계속되었다.

그 정도가 되자 마냥 푹 가라앉아 있는 내 마음 상태가 싫어졌다. 모든 일이 애매하고 분명한 점이 없어서 생각도 제자리를 맴돌고 있는 것이라는 생각이 들었다. 나는 무엇이든 분명히 해두고 싶었다.

"다시 한 번, 사유리 집에 가보자."

타쿠야에게 그렇게 말했다.

“그럴까……? 열심히 찔러보면 뭐라도 새로운 정보를 들을 수 있을지도 모르니까.”

“그럼 가자.”

우리는 전에 갔을 때처럼 나카오구니 역에서 내려서 지방 도로를 따라 걸었다.

그러다가 나와 타쿠야는 동시에 그 자리에 멈춰 서서 1분가량 아무 말도 하지 못하고 그저 한곳만 뚫어지게 바라보았다.

사유리의 집이 있던 그 자리는 완전히 빈터가 되어 있었다.

불도 켜지 않은 채 폐역의 격납고에서 우리는 입을 꾹 다물고 있었다. 그것은 며칠 전의 침묵과 성질이 달랐다.

사유리는 완전히 사라지고 말았다.

그런 생각이 들었다. 어디론가 간 것이 아니라 거대하고 압도적인 무언가가 그녀를 낚아채 가버린 것 같은 느낌을 받았다.

‘이럴 수는 없어.’

나는 속으로 그렇게 되뇌고 있었다. 사유리를 채 간, 모양 없는 가상의 무언가를 향해 나는 분노를 던지고 있었다.

그런 짓을 하고 있어봐야 내 몸과 머리만 새까맣게 타 들어갈 뿐이었다. 너무 지쳐서 이윽고 힘이 빠졌다. 그렇게 힘이 빠져서 축 늘어져 있으면 또다시 발작처럼 화가 치밀어 올라왔다. 이런 과정이 수도 없이 고문처럼 되풀이될 뿐이었다.

그 이유는 감정을 내뿜을 대상이 구체적이지 않았기 때문이다.

분노의 대상이 구체적이지 않다는 것은 상당히 골치 아픈 일이었다. 나쁜 감정을 해소할 길이 없기 때문에 끝도 없이 그 감정을 질질 끌고 가게 된다.

타쿠야는 작업대 앞에 있는 의자에 앉아 벽을 노려보고 있었다. 나는 미완성의 베라실러 주위를 빙빙 돌았다. 발바닥이 아프기 시작해서 그 자리에 섰다. 우연히도 그곳은 사유리가 처음 베라실러를 보았을 때 황홀한 표정으로 볼을 부비고 있던 자리였다.

나는 그때 사유리가 서 있던 자리에 서서 사유리가 만졌던 부분에 손가락을 갖다 댔다.

'사유리.

베라실러는 어떻게 할 거야?

너를 태우고 날겠다고 약속했잖아.

너의 베라실러를 두고 어디로 가버린 거야?'

그렇게 마음속으로 계속 중얼거리다가 문득…… 너의 베라실러라는 말이 나왔다는 사실에 스스로 충격을 받았다. 나는 어느새 나 자신을 위해서가 아니라 사유리를 위해서 비행기를 만들고 있었던 것이다. 그녀와 한 약속을 지키기 위해 베라실러를 만들고 있었다. 그 약속을 지키는 일이 나에게는 너무도 자연스럽고 당연한 일이어서 동기가 바뀌었다는 사실조차 바로 이 순간까지 알아차리지 못했다.

사유리가 사라짐으로써 무언가가 없어져 버렸다. 나는 베라실러에 대한 열정이 대폭 줄어버린 스스로의 마음을 깨달았다. 그러면서 돌이킬 수 없는 무언가를 필사적으로 뒤쫓는데도 결국 따라잡지 못하는 것처럼 속이 타 들어가는 듯한 초조감을 맛보고 있었다.

베라실러는 이제 일주일만 더 작업을 하면 완성될 예정이었다. 이튿날도 나와 타쿠야는 평소처럼 학교가 끝난 다음 쓰가루선을 타고 폐역에 가서 마무리 작업을 했다. 평소와 다른 점은 타쿠야도 나도 착 가라앉은 기분이었다는 점과 도무지 작업이 진전되지 않았다는 점뿐이었다.

그 이튿날, 타쿠야는 폐역에 오지 않았다. 나는 미나미요모기타역 플랫폼에서 그를 기다렸는데, 열차가 왔는데도 모습이 보이지 않아 하는 수 없이 혼자 전철에 올라탔다. 힘든 일도 많았는데 감기라도 걸렸나 싶었다.

나는 혼자서 외롭게 베라실러를 만졌다. 그 단계에는 내가 담당하는 파트와 타쿠야가 담당하는 파트가 완전히 나뉘어져 있었기 때문에 혼자서 일해도 큰 문제는 없었다. 그저 일할 맛이 별로 나지 않아서 작업을 하다가 그만두고 해가 질 때까지 호수에 돌을 던지며 시간을 보냈다.

그리고 그다음 날에는 타쿠야가 미나미요모기타 역 플랫폼에 평소 시간대로 나타났다. 그 전날 '결석'한 이유에 대해 굳이 설명하고 싶은 마음은 없어 보였다.

또 그다음 날, 타쿠야는 또다시 나타나지 않았다.

그리고 그 이튿날은 내가 폐역에 가지 않았다.

폐역에 가지 않았던 것 때문에 마음이 찔려서 그다음 날 학교에서 타쿠야와 마주치지 않으려고 조심했다. 그러면서도 그날 미나미요모기타 역 플랫폼에 타쿠야가 나타나지 않자, 좀 제멋대로이기는 하지만, 꽤 실망했다. 폐역에 가봤더니 타쿠야는 그 전날 그곳을 다녀가지 않은 것 같았다. 진척 상황을 메모해두는 노트가 있었는데 거기에 타쿠야가 적은 기록이 없었다.

휑한 격납고에 내가 내쉰 한숨 소리가 울렸다. 나는 지쳐 있었다. 그 사실을 자각했다. 좀 쉬고 싶다는 생각이 들었다. 그런 생각을 한 것은 몇 년 사이 처음이었다. 어찌 되었건 타쿠야를 만나기 전까지 나는 모든 일을 혼자서 꾸준히 해왔고, 그 점에 의문을 가진 적도 없었으니 말이다. 그러나 이제는 혼자 있다는 사실이 조금은 힘든 일이었다.

이튿날, 그리고 그다음 날, 나는 폐역에 가지 않았다. 플랫폼에서 타쿠야를 만나게 되면 예정을 바꿔서 '출근'하려고 했는데 그럴 일은 없었다.

그로부터 일주일 동안 나는 폐역에 갈 때도 있었고 가지 않을 때도 있었다. 간 날도 멍하니 하늘을 올려보기만 하다가 왔다.

문화제를 준비하는 시즌이 다가오면서 학교가 술렁거리고 있었다. 무슨 이유에서인지 우리 중학교는 문화제를 다른 학교들보다 일찍 치른다. 그러고 보니까 게릴라 이벤트로 모형 제트기를 날린 것도 2년 전 이맘때였다. 그 기억이 떠오르자 그리운 느낌도 들었고 가슴이 좀 아리기도 했다.

그날 나는 궁도 동아리 후배에게 문화제와 관련된 자문을 해주고 귀가 시간이 늦어져서 오랜만에 동아리 팀 열차를 타게 되었다.

시간은 달라졌어도 습관이 있어서 플랫폼의 평소 서는 자리에서 전철을 기다렸다. 그때 옆에서 들어본 적이 있는 발소리와 잘 아는 목소리가 들려와서 나도 모르게 눈길이 갔다.

직접 보기 전에 이미 타쿠야라는 사실을 알고 있었지만 그 옆에 귀엽게 생긴 여자애가 붙어 있어서 나는 살짝 당혹스러웠다. 스케이트 동아리 후배인 마쓰우라 카나였다. 아직 늦더위가 기승을 부리고 있는 날씨에도 마쓰우라 카나는 타쿠야 옆에 찰싹 달라붙어 있었다. 그 모양새는 아무리 보아도 동아리 선후배가 우연히 같이 있는 상황일 수가 없었다.

"너 지금 뭐 하는 거야?"

입을 떼자마자 나는 그렇게 말했다. 스스로는 알아차리지 못했지만 꽤나 험상궂은 얼굴을 하고 있었는지 마쓰우라 카나가 겁에 질린 표정을 지었다.

"뭐 하는 거냐니, 뭐가?"

타쿠야가 내 말을 되풀이하면서 물었다.

"너……."

내 목소리가 약간 떨리고 있었다. 사유리는 어떡할 거냐고, 말하려다가 그 말을 꿀꺽 삼켜버렸다. 그런 말을 카나가 듣게 해서는 안 되었다.

"그건 이제 어쩔 수 없잖아."

타쿠야도 고유명사를 피하면서 말했다.

"답이 없잖아. 언제까지 그 생각만 하고 있을 수도 없고."

"베라실러는 어떻게 하고?"

"그건……."

타쿠야의 목소리가 조금 작아졌다.

"그건…… 이제 난 됐어. 할 마음이 없어졌어. 나머지는 너 혼자서 해."

"너 진심으로 하는 말이야? 그러지 마……. 안 한다는 말 같은 거 하지 말라고. 우리 같이 거기 가기로 했잖아."

"아니, 난 이제 지쳤어……."

그는 정말로 지친 말투였다. 그 피로감은 나도 이해할 수 있었다.

"어차피 그 일은 이렇게 될 운명이었는지도 몰라. 이참에 손을 떼는 게 옳은 일일 수도 있고……."

"야!"

내가 소리 질렀다.

"뭐, 『이솝 우화』처럼 어차피 신 포도였다고 말하려고?"

"그럴 수도 있지. 그래서 뭐?"

"너답지 않아서 하는 소리잖아. 어울리지 않게 왜 이래? 넌 그런 놈이 아니었잖아! 그러니까 그러지 말라고!"

"네가 나에 대해서 뭘 안다고 큰소리야?"

타쿠야는 진부하기 짝이 없는 대사를 내뱉었다. 삼류 드라마보다 더 가관이었다.

"기분 잡쳤다. 너, 이쪽 칸으로 오지 마."

타쿠야는 그렇게 말하더니 카나를 재촉해서 옆 차량이 멈추는 곳으로 가버렸다. 나는 잔뜩 흥분한 상태로 멍하니 그 모습을 바라보았다. 카나는 신경이 쓰이는지 몇 번 내 쪽을 돌아보았지만 타쿠야는 애써 이쪽으로 눈길을 돌리지 않았다.

이윽고 열차가 와서 올라탔지만 옆 칸에 녀석이 있다는 생각이 들자 안절부절못하고 짜증이 나서 다리를 떨었다. 그런 버릇은 나에게 없었는데.

심사가 완전히 뒤틀려 버려서 폐역에 가고 싶은 마음도 생기지 않아 그날은 곧바로 집으로 돌아갔다.

다음 날, 나는 마음을 다시 추스르고 폐역으로 갔다. 그렇게 한 것은 타쿠야에 대한 반감 때문이었는지도 모른다. 원래 나는 모든 일을 혼자서 해왔다. 녀석이 이제 같이하지 않겠다면 혼자서 제대로 끝까지 하면 되지.

그런 마음으로 씩씩하게 가기는 갔는데 휑하니 다른 사람 없이 내가 내는 소리밖에 나지 않는 격납고는 생각보다 훨씬 더 나를 힘 빠지게 했다.

그래도 마음을 다잡고 힘을 내서 공구를 휘두르고 있었는데, 평소에 약간 떨어진 곳에서 들려오던 타쿠야의 금속 키보드의 딸깍딸깍 소리와 하드 디스크가 움직이는 끼리릭, 하는 소리가 들려오지 않는다는 사실이 상상을 초월할 정도의 데미지를 주었다.

갑자기 허무해졌다.

힘이 빠져서 들고 있던 공구를 툭 떨어뜨렸다.

'난 여기서 뭐 하고 있는 거지?

방대한 시간과 수고와 자금을 들여서. 이게 무슨 의미가 있어? 같이 성공을 기뻐할 친구도 없는데. 대단하다, 멋지다, 손뼉을 치면서 칭찬해주는 그녀도 없는데.

나는 알루미늄 사다리에서 한 발짝씩 느릿느릿 내려와 땅바닥에 웅크렸다. 이제 무엇을 하건 나 혼자구나 싶었다. 완성하는 순간에도. 날아오를 때도. 도착할 때도.

무엇 하나 좋은 것이 없었다.

조금씩, 마치 걸레를 짜는 것처럼 몸에서 활력이 빠져나갔다. 어느새 몸에 힘이 하나도 남아 있지 않았다.

'사유리, 네가 없어져서 그렇잖아.'

나는 마음속으로 중얼거렸다.

'네 존재가 너무 컸던 거야. 그래서 우리는 너한테 너무 많은 것을 맡겨버렸어. 그런 네가 사라져버렸는데 어떻게 움직일 수 있겠어.'

도저히 안 되겠다.

더 이상 못 하겠다.

우리를 움직이게 만들고 앞으로, 앞으로 나아가게 만들던 어떤 힘이 어디론가 사라져버렸음을 깨달았다. 허리춤에 달고 있던 공구 홀더를 풀어서 집어 던졌다.

'이제 됐어.'

타쿠야는 그렇게 말했다. 녀석은 언제나 판단이 빠르다.

'그래, 네 말이 맞다. 이제 됐어. 아무래도 상관없다고.'

나는 격납고 밖으로 나가 양쪽으로 열려 있던 대문을 밀어서 닫았다. 그리고 대문이 열리지 않게 쇠사슬로 칭칭 감은 다음 자물통 세 개로 잠가서 완전히 봉인해버렸다.

뒤쪽에 있는 문으로 들어가 가방을 짊어졌다. 내 발소리가 전에 없이 크게 울렸다. 이상하게도 나는 초조감을 느꼈다.

두꺼비집이 있는 곳으로 가서 브레이커를 내렸다. 팍, 하는 소리와 함께 모든 불빛이 죽었다. 죽은 공간에 서 있는 베라실러는 박물관에 있는 골격 모형처럼 낯설게 보였다.

뒷문으로 나왔다. 문을 열쇠로 잠그고 그 열쇠 꾸러미를 땅속에 묻었다. 그리고 내려가는 길을 따라 터벅터벅 걸어갔다. 짐이 무거웠다. 짐이 무겁다는 생각이 든 것은 처음이었다.

'야, 내려가는 길이잖아.'

스스로를 타일렀다. 내가 도대체 왜 이러지?

숲으로 들어가는 초입에 다다랐다. 뒤를 돌아보니 문이 쇠사슬로 칭칭 감긴 격납고가 멀리 엎드려 있었다. 무척이나 초라하게 보였다.

그 너머 멀리에 탑이 보였다. 여전히 일직선으로 아름다웠다. 평소 느끼던 것처럼 나는 탑이 나를 부르고 있는 듯한 착각이 들었다. 그런데 평소하고 다른 느낌도 있었다. 나는 이제 탑에서 등을 돌리려고 하는데 그것을 탑이 책망하고 있는 것 같은 느낌이었다. 탑은 여전히 나를 미혹시키고 끌어들이려 하고 있었다. 나는 거의 눈물이 날 것 같은 자기 연민에 사로잡혔다가 그런 내 자신이 화가 나고 싫어져서 이를 악물었다.

'부르지 마.

가까이 오라고 하지 마.

끌리게 하지 말아달라고…….'

발아래의 땅을 밟아 누르듯이 힘차게 걷기 시작했지만 금방 힘이 빠져버렸다. 고개를 푹 숙인 채 걸었다.

등 뒤에서 그 탑이 둥근 하늘 가장자리를 따라 나를 내리누르는 것 같은 착각에 빠졌다. 나는 마음이 켕기고 찝찝했던 것이다. 그토록 필사적으로 매달리고 있던 것을, 몇 년씩 느끼고 있던 갈증을 해소하는 것을, 그리고 그녀가 말한 '약속'이라는 말의 절실한 울림까지도 전부 없었던 일로 덮어버리려는 내 자신이.

"나를 쳐다보지 마."

탑의 기척을 향해 중얼거렸다.

어딘가 탑이 보이지 않는 곳으로 가고 싶다는 생각이 들었다.

그런 생각이 든 것은 물론 생전 처음이었다. 불쑥 찾아든 생각이었지만 이윽고 그 생각은 내 마음속에서 한도 끝도 없이 점점 부풀어갔다.

탑을 보고 싶지 않았다. 가시방석 같았다. 가까이하고 싶지 않았다. 만들다 말고 내팽개친 불쌍한 비행기의 흔적이나, 가끔씩 뜬금없이 생각나는 사유리의 기척이나, 그런 모든 것들로부터 멀어지고 싶었다.

어디론가 떠나버리고 싶다.

사유리가 예전에 비슷한 말을 했던 일이 생각났다.

'그렇구나. 그래서 그 애는 정말로 어디론가 사라져버린 건가?'

그런 생각을 했더니 어디로 멀리 떠나버린다는 생각이 묘하게 현실감을 가지고 다가왔다.

집으로 돌아가 그 일에 대해 찬찬히 생각했다. 내년 봄이 포인트다. 그때를 놓치면 안 된다. 고입 시험 가이드북과 인터넷의 입시 정보를 열심히 검색했다. 명문 입시 고등학교로 유명한 도쿄의 어느 사립 고등학교에 지방에서 올라오는 학생들을 위한 우대 제도가 있다는 것을 알았다. 입학시험은 상당히 어렵지만 지금부터 집중해서 파고들면 못할 것도 없어 보였다.

며칠 동안 계속 부모님을 설득해서 그 고등학교에 가도 좋다는 허락을 받았다. 도쿄에 있는 좋은 대학에 가고 싶은데 그러려면 정보가 적은 시골에서 학원을 다니느니 입시 대책이 잘 갖춰진 도쿄의 명문 고등학교로 가는 편이 효율적이라는 둥, 그럴듯한 이유를 생각해내서 갖다 붙였다.

그런 다음 지금까지 하지 않았던 공부를 따라잡기 위해 '맹렬히'라는 표현을 써도 될 만큼 정신없이 공부에 집중했다. 재미가 하나도 없는 주입식 학습이었지만 목표를 설정하고, 로드맵을 만들고, 거기에 따라 오로지 매진하는 방식은 낯설지 않았다. 책상에 달라붙어서 함수 그래프에 보조선을 그리거나 조동사 활용을 암기하는 동안에는 사유리나 탑에 대한 생각이 나지 않아 오히려 더 좋았다.

타쿠야와는 학교 복도에서 가끔씩 마주치는 일이 있었지만, 서로에 대한 찝찝함과 켕기는 마음이 있어서 인사조차 주고받지 않는 사이가 되었다. 애들끼리 하는 말로 '절교'한 것이다. 얼마 전까지만 해도 매일같이 붙어서 지내던 것을 생각하면 엄청난 변화였다. 그런 생각이 들면 가슴 한구석이 여전히 저렸지만 나는 나대로 새롭게 해야 하는 일들이 산더미 같았고, 그래서 가능하면 더 이상 마음이 흔들리는 사태를 초래하고 싶지 않았다.

그렇게 하루하루를 보내는 사이에 2학기가 끝나고 겨울방학이 시작되었고, 입시 분위기에 잠식된 3학기도 순식간에 지났다.

나는 아슬아슬하게 원하던 고등학교에 합격했다.

타쿠야가 어디로 가게 되었다는 식의 소문은 내 귀에 들려오지 않았고, 나도 굳이 알려고 하지 않았다.

솔직히 말하자면, 타쿠야와 나 사이의 친밀한 느낌이 깨진 것 때문에 나는 아주 살짝 사유리를 원망했다. 불합리하고 말도 안 되는 생각이었지만.

원망은 했지만 그것은 어쩔 수 없는 일이었고, 이제 와서 돌이킬 수도 없고, 사실은 사유리의 잘못이 아니라는 것도 잘 알고 있었다. 그래서 '어쩔 수 없어, 원래 세상은 그런 거야.'라고 생각하며 마음을 접기로 했다.

하지만 결과부터 말하자면 그렇게 하겠다고 해서 마음이 접히는 게 아니었다. 훨씬 나중이 되어서야 그 점을 뼈저리게 깨달았다.

나는 사유리를 좋아했다. 타쿠야도 좋아했다. 두 사람을 잃어버리면서 내 안에 있던 그 무언가가 결정적으로 망가졌다.

나는 그들을 잊어버리려고 했지만 도저히 잊을 수가 없었다. 잊을 수가 없다는 것은 정말 괴로운 일이었다.

어쩔 수 없이 잊히는 것이 있고, 잊고 싶어도 잊지 못하는 것이 있고, 또한 절대로 잊어서는 안 되는 것도 있다.

나는 그 점을 뼈저리게 알게 되었다. 그런 것을 뼈저리게 알고 싶은 생각은 조금도 없었지만.

잠

The place promised in our early days

1.

열여섯이 되던 해 봄에 나는 난생처음으로 도쿄 땅을 밟았다.

도호쿠 신칸센에서 내려 개찰구를 지났을 때 사람들이 얼마나 많은지를 보고 까무러칠 뻔했다. 도쿄 역 구내는 너무 넓었고, 창문도 없었고, 지하 도시 같아서 안내표지가 없었더라면 아마 나는 건물 밖으로도 나오지 못했을 것이다.

지하철 마루노우치(丸ノ内)선을 찾아서 올라탔다. 플랫폼에 섰더니 전철이 금방 와서 순수하게 감탄했다. 여기는 5분에 한 대씩 전철이 다니는 세계구나, 하고 다시금 실감했다. 그때까지 내가 속해 있던 곳하고는 시간의 흐름이 달랐다.

사실 바로 그런 것을 찾아서 나는 도쿄로 왔다.

아침에 민마야에 있는 집을 나설 때가 생각났다. 어머니는 도쿄까지 따라가겠다, 혹은 거기까지는 아니더라도 아오모리나 하치노헤 근처까지라도 배웅을 가고 싶다고 했지만, 나는 그것만은 참아달라고 끝까지 거절했다. 나는 새로운 곳에서 새로운 나를 찾고 싶었다. 따라서 고향의 여운을 이곳까지 끌고 오는 일만은 어떻게든 피하고 싶었다.

니시신주쿠(西新宿)에서 내렸다. 계단을 올라 큰길가로 나서자 바로 눈앞에 머리에 쟁반 같은 구조물을 올려놓은 고층 빌딩이 하늘을 찌르듯 서 있었다. 되게 크네, 하고 보이는 그대로 생각했다.

나루코텐진시타 사거리에서 오른쪽으로 꺾어져 지도를 보면서 5분 정도 걷다가 문득 위를 올려다보았더니 아까랑 비슷한 크기의 고층 빌딩이 사방을 둘러싸고 있었다.

절경이었다.

탑의 무리라고 생각했다.

여기도 탑의 거리구나. 신주쿠 신도심에 있는 탑의 무리는 아무런 감동 없이 나를 내려다보고만 있을 뿐, 특별한 압박감을 주지 않았다. 그래서 나는 무척 마음이 놓였다.

그로부터 다시 10분가량 더 걸어갔더니 갑자기 주변 풍경이 바뀌었다. 위아래 방향으로 공간을 침식하는 고층 빌딩의 무리가 뚝 끊어지고, 땅바닥에 납작 달라붙어서 수평적으로 자리를 차지하는 오래된 주택가가 나오기 시작했다.

그런 경치의 변화가 무척이나 신선했다. 하늘을 향해 아래에서 위쪽으로 끌어 올려지던 의식이 이번에는 가로 방향으로 죽 잡아당겨졌다. 그 주택가는 낮은 곳에 위치해 있어서 언덕 위로 올라갔더니 한눈에 내려다볼 수 있었다. 풍경 차이가 더욱 두드러졌다.

둘러보니 오래된 주택가는 아무런 과장 없이 정말 낡은 곳이었다. 대충 1960년대의 동네가 그대로 보존되어 있는 인상이었다. 집들은 지붕이 대부분 기와로 되어 있었는데, 설국에서 나고 자라서 기와를 거의 본 적이 없던 나는 그 모습에 꽤 감동했다. 사람 사는 냄새가 나는 동네였다. 아무리 도쿄라도 시부야(渋谷)나 하라주쿠(原宿)나 긴자(銀座) 같은 그런 곳만 있는 것이 아니었다.

나는 그 동네로 이어지는 구부러진 돌계단을 천천히 내려갔다. 저 동네 안에 앞으로 3년 동안 살게 될 기숙사가 있었다.

길을 약간 헤매다가 찾아낸 복지사업단의 기숙사는 진짜로 낡아빠진 곳이었다.

기숙사라고는 해도 집단생활을 강요하던 옛날식 기숙사가 아니라, 그냥 부엌 딸린 목조 단칸방이었다. 2층 건물이었고, 내 방은 2층에 있었다. 아버지가 사업 관계로 알게 되어 찾아주신 곳이었다.

실제로 들어가 보니 아무리 적게 잡아도 지어진 지 40년 이상은 되어 보였다. 욕실은 없고, 화장실은 공용이었다. 그 대신 월세가 엄청나게 쌌다. 나름 합리적이라고 생각했다. 아무런 불만도 없었다. 우아한 독립생활을 즐기고 싶은 생각은 별로 없었기 때문에 잠자리만 확보되면 나로서는 다른 점이야 아무래도 상관없었다.

방 안에는 택배로 보내둔 박스들이 대충 쌓여 있었다. 그것들을 피해 방을 가로질러서 창문을 열고 방 안의 공기를 환기시켰다. 알루미늄 새시처럼 세련된 창틀이 아니라 나무로 된 틀이어서 창문을 열 때 덜컹덜컹하는 요란한 소리가 났다.

좋은 날씨였다.

어두침침한 방 안에 창문을 통해 햇빛이 들어오는 느낌이 꽤 괜찮았다.

창문을 열어놓은 채 밖으로 나가 어슬렁어슬렁 산책을 했다. 일단 집 근처라도 지리를 파악해서 새로운 생활에 대비해야겠다고 생각했기 때문이다.

공용 현관을 나가 주위를 둘러보았더니 기숙사 양옆에 동전 세탁소와 목욕탕이 있었다. 조금만 걸어가면 큰길가가 나오는데, 그곳에는 편의점도 있었고, 먹을 곳도 얼마든지 많았다. 길을 사이에 두고 서로 마주 보면서 같은 회사 편의점이 두 개 있는 것을 발견하고 속으로 어처구니없어하기도 했다.

그래도 어쨌든 당장 보기에 사는 데에는 지장이 없을 것 같았다. 아니, 제대로 말하자면 모든 것이 다 있었다.

도쿄 시내라고 해서 차가 다니는 소리나 사람들이 떠들썩한 소란스러운 동네를 상상했는데, 막상 와보니 정말 조용한 곳이었다.

차가 다니지 못하는 어중간한 폭의 길가에는 가로수가 늘어서 있는 것이 공원처럼 보이기도 해서 상당히 느낌이 좋았다.

나는 그 길을 걸어 다른 거리로 나갔다. 그리고 길을 헤매지 않을 정도로만 왼쪽으로 갔다가 오른쪽으로 갔다가 해보았다. 이윽고 오우메 가도(街道)가 나왔다. 별생각 없이 서쪽 방향으로 걸어갔더니 길가 옆에 철조망으로 둘러싸인 곳이 나타났다. 새로운 건물이 세워질 모양이었다.

빈터가 되어버린 사유리의 집이 떠오른 것은 아주 잠깐이었다.

'집이나 빌딩이 바뀌는 일쯤이야 도쿄에서는 다반사겠지.'

그렇게 생각하며 마음의 안정을 되찾았다. 주위가 부산스러워서 추억에 잠길 틈도 없다는 것이 어떤 의미에서는 참 편했다.

나는 아무 생각 없이 하늘을 보았다.

그리고……

아연실색했다.

북쪽 하늘에…… 지붕들 위로 희미하게 샤프심 같은 수직선이 보이는 것 같았다.

눈을 감았다가 다시 떴다.

그리고 온몸의 땀구멍이 한꺼번에 열렸다.

그것은 틀림없이 거기에 있었다.

탑이었다.

아오모리에서 본 모습에 비하면 작았다. 아주 작고 희미했지만 틀림없이 에조에 서 있는 그 탑이었다.

'그럴 리가 없다. 여기서 보일 리가 없다.'

나는 아오모리에서 홋카이도 중앙까지의 거리를 생각하고, 아오모리에서 보이던 탑의 크기를 상상한 다음 머릿속으로 탑 높이의 추정치를 계산했다. 여유 있게 계산해서 그 값의 두 배 높이라고 가정해보았다. 그래도 도쿄에서 그 탑이 보일 리가 없었다. 이론상으로는 틀림없는 사실이었다.

그런데 내 눈에 희미하게 그것이 보이고 있었다.

나는 우연히 내 앞을 지나가던 근처 사람으로 보이는 노인을 불러 세웠다.

"최근에 여기 이사 온 사람인데 저 탑은 항상 여기서 보입니까?"

노인은 자기 시력이 많이 약해져서 보기 힘들지만 후지 산이랑 마찬가지로 날씨가 좋을 때는 보이기도 하는 모양이라고 대답해 주었다.

그럴 리…… 없다.

노인이 가버린 후에도 나는 그 자리에서 움직이지 못했다.

'이건 너무한 일 아닌가. 나는 저것을 보지 않기 위해서 여기까지 온 건데.'

휘청거리다가 철컹하는 소리가 나도록 철조망에 등을 부딪쳤다.

입학식이 있었고 신학기가 시작되었다.

멀리 있는 고등학교에 혼자 입학해서 아는 사람이 아무도 없으니 틀림없이 주눅이 들 것이라고 각오하고 왔는데 생각보다는 괜찮았다. 학생들 대부분은 도쿄 출신이었지만 일본 전국 각지에서 모여든 학생들도 있어서 그런 사람들을 당연하게 받아들이는 분위기가 있었다. 그래서 지방 출신이라고 소외감을 느끼는 일은 거의 없었다.

아무리 그래도 지방에서 일부러 이 학교에 다니기 위해 상경한 나 같은 학생이 아주 없지는 않지만, 나름 귀하기는 해서 나에게 흥미를 보이는 사람들도 많았고, 혼자 생활하는 것을 부러워하는 사람들도 있었다. 나는 어디를 보아도 부러울 데라고는 찾아볼 수 없는 초라한 생활을 소재로 농담을 해서 한차례 사람들을 웃겨주었다.

나는 원래 사람들한테 경계심을 주지 않는 타입이어서(그것이 아주 귀한 자질이었음을 실감한 것은 그런 자질을 완전히 잃어버리고 난 이후였다), 주변 사람들과 사이좋게 잘 지내는 것은 그다지 힘든 일이 아니었다. 같이 어울려 노는 친구들이 금방 여러 명 생겼다. 혼자 사는 것을 외롭다고 느끼는 일도 별로 없었다. 적어도 의식상으로는 그랬다.

우리 학교는 니시신주쿠의 멋진 아파트 무리들 한가운데 있었다. 도심에 있는 학교인데도 아스팔트가 아니라 제대로 흙이 깔린 운동장이 있었다.

3층에 있는 교실 창문으로는 신도심의 고층 건축물이 잘 보였다.

탑을 목격한 이후로는 니시신주쿠의 빌딩들도 탑과 한패거리로 보였다. 위쪽을 향해 자랑스럽게 서 있는 빌딩들을 보고 있으면 이상하게 불안했다. 왜 저런 것을 만드나 하는 생각을 했다.

'무엇을 위해 저렇게 크고 높아야 하는 거지?'

'도대체 저 빌딩 안에서는 무슨 일들이 일어나고 있을까?'

나는 가끔씩 고개를 갸웃거렸다. 딱히 그 안에 들어가고 싶은 것은 아니었는데도 이유 없이 왠지 부당하게 소외당하고 있는 기분이 들었다.

고등학교 공부는 상당히 열심히 했다.

어찌 되었건 대학 입시를 명목으로 상경한 셈이니까 열심히 하지 않으면 안 되었다.

'일단 왔으니까 끝난 거지…….'

그런 생각을 안 한 것은 아니었지만, 그래도 내가 뱉은 말에 대해 그 정도 책임은 져야 할 것 같았다. 게다가 달리 특별히 하고 싶은 것도 없었다.

그런 이유로 중학교 시절 같으면 상상도 하지 못했을 정도로 예습 복습을 부지런히 했다. 유쾌한 작업은 절대 아니었다. 그래도 그렇게 하고 있으면 시간이 잘 갔고, 쓸데없는 생각도 덜 났다. 워낙에 대학 진학을 목표로 하는 고등학교여서 '책만 파는 공부벌레'라는 식의 쓸데없는 눈치를 주는 사람은 주위에 아무도 없었다. 이 학교에서는 공부를 잘한다는 것이 올바른 일이었고, 존경받는 일이기도 했다. 그래서 새로운 환경 속에서 나는 괜찮은 위치를 확보할 수 있었다. 반 친구들은 대개 나에게 경의를 나타냈고, 친해지기 쉬운 사람으로 알고 있었다. 도무지 맞지 않는 사람들도 약간은 있었지만 문제가 되지 않을 정도였다. 어디를 가도 내 자리를 확보할 수 있었다. 아마 그 점은 객관적으로 봤을 때 상당히 운이 좋고 행복한 일이었다고 생각한다.

그런데 이유가 무엇이었을까? 내가 있어야 마땅한 제자리에 제대로 있는 것이 아니라는 막연한 불안감이 사라지지 않았다.

될 수 있으면 기숙사에 전화를 두고 싶지는 않았지만 아무래도 그것은 안 될 말이었다. 아직 사용하지 않은 전화 가입권을 아버지가 하나 가지고 있어서 그것으로 방 안에 전화를 놓기로 했다.

1학기 중간고사가 한창일 때 간토(関東) 지역에 작은 지진이 있었다. 그런 일이 있었다는 것을 나는 전혀 알아차리지 못했다. 그 정도로 소규모의 지진이었다. 걱정이 많은 어머니한테서 전화가 왔다.

"지진이 일어났었어?"

오히려 내가 되레 물었더니 어처구니없어했다.

이틀 후, 어머니한테서 현금이 든 봉투가 우송되어 왔다. 그 안에는 재해 정보라도 알아두라며 TV를 사라는 메모가 들어 있었다.

그 돈을 봉투째로 바지 주머니에 찔러 넣고 대형 가전 양판점 요도바시카메라에 갔다. TV 코너로 갔더니 크고 작은 TV들이 온 사방을 가득 메우고 있었다. 예전부터 신기하게 생각하던 점이 있다.

'가전제품을 파는 곳에서 보는 TV 프로그램들은 왜 하나같이 다 어설퍼 보일까?'

아마 죽 늘어선 똑같은 화면들이 보는 이를 압도하기 때문인 것 같다. TV를 사고 싶은 마음이 완전히 없어져버렸다. 사실 TV 같은 것은 별로 보고 싶지도 않았다.

어디서 밥이나 먹고 들어가자 싶어서 그 층을 가로지르던 차에 어떤 물건이 눈에 들어왔다.

그 물건은 뼈만 남아 있는 커다란 물고기를 연상시켰다. 자세히 보니 뼈대만 있는 바이올린이었다.

YAMAHA의 사일런트 바이올린이었다. 음향 구조가 완전히 생략되어 있어서 그대로 켜면 소리가 거의 울리지 않는 바이올린이었다. 헤드폰을 플러그에 꽂으면 그 헤드폰을 쓴 사람만 본래의 소리를 들을 수 있게 되어 있었다. 소음이 없도록 만들어진 연습용 바이올린이다.

엉겁결에 그것을 사고 말았다. 그 물건을 사니 포인트 카드에 점수가 많이 쌓여서 그 포인트로 휴대용 라디오도 사두었다.

점원에게 이 근처에 악기 책을 살 수 있는 곳이 없는지 묻자, 점원은 친절하게 알려주었다. 그렇게 알려준 악기점에 가서 바이올린 교본을 몇 권 구입했다.

그날부터 나는 바이올린 연습을 시작했다. 책에 나와 있는 대로 처음부터 차근차근 순서에 따라 연습해서 책 속 연습곡들을 독학으로 하나씩 연주할 수 있게 되었다.

오랫동안 책상에 붙어 앉아 공부를 해야 할 때 기분 전환으로 악기를 만질 수 있다는 것은 상당히 괜찮은 일이었다. 몇 달을 그렇게 했더니 잘하는 수준은 아니어도 초보자치고는 그럭저럭 들어줄 만한 실력을 갖출 수 있었다. 문득 정신을 차려보니 나는 그 여름날에 사유리가 연주해준 곡을 기억해내려 하고 있었다.

희미한 기억의 끈을 붙잡고서 한 음씩 켜보면서 그 곡의 멜로디를 찾아나갔다. 그럴 때마다 사유리의 살포시 감긴 눈이나, 약간 서툴렀던 활의 움직임이나, 머리카락 흔들리는 모습이 떠올라 스스로도 알 수 없는 묘한 기분이 들었다.

그러나 물론 완전히 기억해낼 수 있을 리는 없었다.

「멀리서 부르는 소리」.

다행히 곡명을 기억하고 있었다. 나는 악보가 많이 소장되어 있는 것으로 유명한 어떤 큰 도서관에 가서 그 곡의 악보를 찾아내어 복사를 했다.

그렇게 하루하루가 지났다. 나는 아침 일찍 일어나 학교에 가서 나름 기분 좋게 지내다가 도서관에서 공부하고 간단히 장을 본 다음 기숙사로 돌아왔다. 매일 그 일과의 반복이었다. 가끔씩, 정말 아주 가끔씩이기는 했지만, 내 방에 돌아와 문을 닫고 나면 끈적거리고 축 늘어지는 묵직한 피로감을 실감할 때가 있었다.

그럴 때면 나는 사유리의 그 곡을 연주했다.

그렇게 1년이 다 가려 하고 있었다.

반 아이들 몇 명과 많이 친해졌다. 모두 좋은 가정에서 자라난 친절한 아이들이었다. 노는 방법도 잘 알고 있었다. 대개 도쿄에서 자란 아이들이어서 다양한 장소로 나를 데리고 가주었다. 시부야와 하라주쿠와 오다이바(お台場)처럼 전형적인 핫플레이스에 갈 때도 있었고, 기치조지(吉祥寺)나 시모키타자와(下北☒)로 갈 때도 있었다. 그래도 역시 가까운 신주쿠 근처로 놀러 갈 때가 제일 많았다. 가끔씩은 클럽에 가서 밤중에 술을 마실 때도 있었다.

지금은 어떤지 모르지만 당시만 해도 클럽 문화가 아직 존재하던 시절이어서 교복 차림만 아니면 고등학생이라도 눈감아 주는 가게들이 있었다.

그런 식으로 놀러 다니는 것은 역시 즐거웠다. 친구가 있고, 내 자리가 있고, 순수하게 서로 좋은 감정을 주고받는 관계가 참 좋았다.

그런데도 가끔씩 무슨 이유에서인지 그렇게 보고 듣고 경험하는 것들이 모조리 허황된 공상 속의 일들처럼 느껴질 때가 있었다.

그럴 때면 여기가 도대체 어디지, 하는 생각이 들었다. 주위의 모든 것들이 연극 소품에 불과한 작은 무대 위에 나 혼자 서 있는 듯한 긴장감과 곤혹스러움을 느꼈다. 연극이 끝나면 무대배경을 확 들고 나가 버리는 것처럼 내가 눈을 감으면 주변의 모든 것들이 사라져버리지 않을까 하는 생각이 들 때가 있었다.

어느 날 해 질 무렵에 기숙사로 돌아가면서 문득 신주쿠의 빌딩들을 올려다보았다.

너무나 비현실적이었다.

나는 가만히 눈을 감고서 그 풍경이 무대배경처럼 한순간에 사라져버리는 모습을 상상했다.

그러나 그런 일은 실제로 일어나지 않았다. 이것이 바로 현실이었다. 바다 너머에 있는 신기루를 보는 듯한 기분이었지만 그래도 이것이 진짜였다. 여기 보이는 빌딩들은 내가 선 이 땅바닥에 진짜로 존재하는 것이었다.

'환영은 바로 너다.'

고층 빌딩이 나에게 그렇게 말하고 있었다.

아니, 그런 느낌이 들었을 뿐이다.

'너라는 존재는 실체가 없는 하나의 유령일 뿐이다.'

또 다른 빌딩이 말했다.

그런지도 몰랐다.

나는 어설픈 발걸음으로 걸어가면서 내가 창백한 유령이 되어 거리를 헤매고 있는 것 같은 감각에 사로잡혔다.

'비현실적인 존재는 이 도시가 아니라 내가 아닐까? 틀림없이 그럴 것이다.'

나는 하늘을 찌르고 서 있는 수많은 고층 빌딩들을 올려다보면서 생각했다.

'도대체 저기에는 어떤 사람들이 있고, 어떤 일들이 벌어지고 있는 걸까?'

'무엇이 어찌 되건 너는 이 속에 들어올 수 없다.'

'너는 이 안에 포함되지 못한다.'

그런 거대한 상념이 머리 위에서 나를 내리누르고 납작하게 찌그러뜨렸다.

'나는 소외됐다.'

'나는 이 도시에 포함되지 않는다.'

내 자신의 목소리가 내 안에서 이리저리 반사되어 나를 못살게

굴었다.

'하지만, 그래도 나는 이곳에서 살아갈 수밖에 없다. 여기에 포함될 수밖에 없다. 무슨 수를 쓰더라도.'

그렇게 1년이 지나 나는 2학년이 되었다. 백중맞이에도 설날에도 부모님한테는 가지 않았다.

2.

어느 날 나는 길을 잃었다.

봄이 한창 무르익었을 무렵인 1학기 중간고사가 끝난 날이었다. 내가 방향치라는 생각을 해본 적이 없었는데, 도쿄에 온 이후로 나는 길을 잃고 헤매는 일이 많았다. 유기적으로 증식한 것처럼 보이는 신주쿠 역에서도 헤매고, 바둑판 모양으로 질서 정연하게 만들어져 있는 이케부쿠로(池袋) 역에서도 헤맸다.

친구들과 몇 명이서 중간고사를 끝낸 기념으로 밤에 놀자고 해서 나가던 길이었다. 주위는 벌써 어둑어둑했다. 일단 집에 돌아가 옷을 갈아입고 만나기로 한 가게에서 모이자는 약속이었다. 나는 누가 그렇게 놀러 가자고 할 때 도저히 시간이 안 되는 경우가 아니면 거절하는 일이 없었다.

나는 그렇게 할 필요가 있었다. 이 도시와 사람들에게 익숙해져서 그 일부가 되어야 했다. 그래서 딱히 내키지 않는 경우에도 친구들과 어울렸고, 따분해하는 기색을 절대 보이지 않았다.

우리가 가기로 했던 곳은 니시신주쿠의 반지하에 있는 록 계열 클럽이었는데, 번화가에서 약간 벗어나 주택가 초입에 있었다. 나도 몇 번 가본 적이 있었는데 시끄럽고 좁아 터졌지만 신나게 소리 지르며 발산하기에는 딱 좋은 곳이었다.

그런데 그날따라 어찌 된 일인지 아무리 돌아다녀도 그곳을 찾을 수가 없었다. 돌아가야 할 코너에서 돌고 들어서야 할 골목으로 들어섰는데도 목적지가 보이지 않았다. 나는 핸드폰을 가지고 있지 않아서 만나기로 한 친구들과 연락할 방법도 없었다.

이 근처에 있었는데…… 싶은 장소를 몇 번씩 왔다 갔다 하고 있는데 내 뒤에서 걸어오던 비슷한 나이 또래 여자애가 나에게 말을 걸었다.

"왜 그래?"

나는 흠칫했다.

'갈피를 못 잡고 우왕좌왕하고 있어서 수상한 사람이라고 생각했나?'

처음에는 이런 생각이 떠올랐지만, 다행히 그것은 아닌 모양이었다.

여자애는 꽤나 친근한 표정을 짓고 있었다. 어깨를 드러낸 얇은 상의에 스키니 진을 입은 차림이었고, 한쪽 다리에 대부분의 체중을 실은 짝다리 자세로 내 눈앞에 있었다.

나는 속으로 당황하면서 대답했다.

"아니……, 길을 못 찾아서……."

"어디 가는데?"

"어어……."

영문도 모른 채 나는 가게 이름을 기억해내서 말했다. 이런 돌발적인 상황에 맞닥뜨리면(모르는 여자애가 나한테 이유도 없이 말을 거는 일은 최상급의 돌발 상황이었다) 나는 그저 상황을 따라가는데 급급해서 바보처럼 있는 그대로 묻는 말에 대답해버린다.

"아아, 거기 알아. 거기 가는 거면 골목을 잘못 들어왔어."

여자애가 말했다.

"여기로 나가서 두 번째 골목으로 들어가면 돼."

"정말……."

고마워, 라고 말하려는데 여자애가 말을 이어갔다.

"방향 감각이 없는 편이니?"

"좀 그런 것 같아."

'왜 이렇게 아는 척하지?'

방향치가 아니라고 하고 싶었지만, 실제로 이렇게 마구 헤매고 있었으니 영 설득력이 없을 것 같았다.

"그런데 의외네. 히로키도 그런 데를 가는구나."

나는 그녀의 얼굴을 뚫어져라 쳐다보았다.

'내 이름을 어떻게 알지?'

그녀의 얼굴은 낯설었다. 아니, 무엇보다도 나는 여자애들하고의 접점이 거의 없었다. 곤혹스러워하는 내 표정을 본 그녀가 먼저 말해주었다.

“나, 너 알아. 올해 너랑 같은 반이잖아.”

“엉……?”

“나 본 적 없어?”

“글쎄…….”

그녀는 어깨 아래까지 내려오는 머리카락을 양손으로 나누어 잡고 두 갈래로 땋은 머리 모양을 보여주었다.

“평소에는 이런 머리 모양인데.”

“아아!”

나는 그제야 생각이 났다. 그러고 보니 그런 애가 있었던 것 같다.

“미안. 이제 생각났어.”

“다행이네. 이래도 모르겠다고 하면 난 완전히 수상한 사람이 되어버리잖아.”

“미안해.”

‘왜 내가 사과해야 하지?’

말하고 나서, 문득 그런 생각이 들었다.

“그런데 교복 차림도 아니고 머리 모양도 달라서.”

“하긴 그래.”

그러더니 그녀가 꽤 날카로운 지적을 했다.

“하지만 사실은 머리 모양 때문이 아니잖아. 넌 학년이 끝날 때까지 같은 반 여자애들 얼굴이랑 이름이랑 매칭을 못 시키는 타입 아냐?"

정곡을 찌르는 말이었지만 그대로 인정하는 게 좀 못마땅해서 긍정인지 부정인지 알 수 없는 애매한 신음 소리로 대답을 대신했다.

"사실 난 말이야, 예전부터 너랑 얘기해보고 싶었어."

"왜?"

나는 순수하게 궁금해서 물었다. 사실 나에게는 여자애들이 흥미를 느낄 만한 점이 하나도 없었다.

"그냥."

그녀가 말했다.

"그런데 너는 항상 뭔가 멍하니 생각하고 있는 것 같아서 방해가 될까 봐 학교에서는 말을 걸기가 힘들더라고."

"으음, 그래?"

"그렇다니까. 자각 증상이 없는 거야? 멍한 표정으로 허공의 한 군데를 계속 쳐다볼 때가 있거든. 그럴 때는 뭘 보는 거야?"

"아니, 딱히 뭘 보고 있는 건 아닌데. 눈의 초점도 맞지 않을 거고."

"그럼 그럴 때는 무슨 생각을 하는 건데?"

"아무 생각 안 해. 그냥 멍때리고 있는 거지."

"되게 이상하다. 웬만하면 그러지 마. 가끔씩 무슨 물건이 된 것처럼 꼼짝도 안 하고 숨도 안 쉬는 것처럼 보이더라."

"아니, 그러니까……."

'얘는 도대체 뭘 어쩌겠다는 거지?'

속으로 고개를 갸웃거렸다. 그보다도 나는 친구들하고 만나기로 한 약속이 있었다. 장소도 알았으니 당장 가는 게 맞았다.

"너 거기 꼭 가고 싶어?"

그녀가 물었다.

"그게 무슨 뜻이야?"

"어차피 시험도 끝났으니 한판 놀자고 만나는 거잖아. 그거 땡땡이치면 안 돼?"

"땡땡이야 그렇다 치고, 그런 다음에는?"

"나랑 다른 데 가면 되지. 담배 냄새 안 나는 데로."

'일이 좀 이상하게 돌아가네.'

거의 초면에 가까운 여자애가 길에서 나에게 말을 걸고, 끌려오다시피 억지로 카페에 들어와 마주 보고 앉아 있다니……. 나는 솔직히 스스로에 대해 전혀 자신이 없었기 때문에 묘한 착각 따위는 하지 않았다. 그러니까 이 여자애가 나한테 관심이 있구나 하는 식의 착각 말이다.

다만 그녀의 이름이 생각나지 않는다는 것이 좀 난처했다. 왠지 이제 와서 새삼 물어보기가 힘든 분위기였기 때문이다. 길을 걸으면서 필사적으로 기억해내려고 했다. 잊어버린 이름을 기억하는 요령은 자음과 시각적 이미지다. 추운 색깔 쪽의 어감이 있었던 것 같았다. 소리는……. 나는 마음속으로 k, s, t, n…… 하고 순서

대로 검토했다.

그녀가 나를 안내해준 곳은 큰길가에 있는 빌딩 2층의 세련된 카페였다. 큰길 쪽을 바라보는 창문이 대형 유리로 되어 있어, 거리와 지나가는 사람들을 내려다볼 수 있게 되어 있었다. 우리는 창가 자리에 앉았다.

웨이터가 주문을 받으러 왔을 때 그녀의 이름이 겨우 생각났다. 커피와 홍차를 주문하고 종업원이 가고 난 다음, 물어보았다.

"너 성이 미즈노 맞지?"

"네, 아주 잘했습니다."

그녀는 팔꿈치를 괴고서 싱긋 웃었다.

"그럼 이름은 뭐게~요?"

내가 말문이 막히는 것을 보더니 그녀가 재미있다는 듯이 웃었다.

"리카."

"리카?"

"그래. 난 리카야. 잊어버리지 마."

"알았어, 알았어. 그 정도로 말했으면 잊어버리고 싶어도 못 잊겠다."

"좋았어."

미즈노 리카가 흡족한 표정으로 끄덕였다.

나는 겨우 정신을 차리고 제대로 생각할 수 있게 되었다. 이름은 알았다. 하지만 여전히 알 수 없는 점은 그녀의 의도였다.

"리카, 너는 뭐 하고 있었어? 사복으로 갈아입은 것을 보니 뭔가 볼일이 있어서 거기 있었던 거 아냐?"

"음음, 뭐 그렇지."

미즈노 리카는 잠깐 창밖을 내다보다가 다시 이쪽으로 시선을 돌렸다.

"친구랑 만나기로 했었어. 그런데 갑자기 펑크를 내더라고. 일껏 옷도 갈아입고 나름 얼굴까지 만지고 나왔는데 그대로 돌아가는 건 좀 아니잖아."

"그랬는데 거기서 나를 보고 마침 잘됐다 싶었던 거야?"

"그렇지."

미즈노 리카는 머뭇거리는 기색도 없이 끄덕였다.

"걸어오면서 점점 화가 나기 시작하던 차에 네가 멍하니 걸어가는 게 보이더라고. 가만히 두었다간 넘어질 것 같아서 말을 걸었지."

뭔가 나를 엄청 까는 말이었는데도 가볍게 말하는 바람에 그냥 고개가 끄덕여졌다. 멍하니 있다는 말은 그녀의 머릿속에서 나를 단적으로 나타내는 키워드인 모양이었다.

"내가 그렇게 항상 멍하게 있는 것처럼 보여?"

"응. 그래. 아까도 그랬어."

미즈노 리카는 힘주어 단언했다.

"가만히 보면 넌 항상 그러고 있는 것 같더라. 멍하게 있다고 할까, 넋을 놓고 있다고 할까, 아무튼 마음이 여기 없는 사람 같아.

내가 왜 여기 있지, 하는 표정을 지을 때가 가끔씩 있거든. 뭐랄까, 내가 지금 전혀 엉뚱한 자리에 있는 게 아닌가 하는 생각을 하는 사람처럼."

그 말은 핵심을 찌르는 지적이어서 나는 말문이 막혔다. 가능하면 다른 사람들이 이런 느낌을 알아차리지 못하게 나름 조심하면서 지냈는데.

내 안색이 많이 바뀐 모양이었다.

"아, 혹시 내 말 때문에 화났어? 미안해. 내가 그런 거에 좀 민감한 편이라."

미즈노 리카는 그렇게 직설적으로 나를 감쌌다. 뒤끝 없는 깔끔한 성격 같았다.

그녀는 나에 대해 이런저런 질문을 했다.

"너는 어떤 사람이야?"

"뭐라고 대답해야 할지 모르겠다. 질문이 너무 막연해서."

"그럼…… 지금 어디 살고 있어?"

"신주쿠 근처. 학교에서 걸어서 15분 거리."

"우와, 좋겠다! 혹시 집에서 가까워서 우리 학교를 고른 거야?"

"아니, 그런 건 아냐. 집이 아니라 기숙사에 있고."

부모님은 아오모리에 계시고, 지금은 혼자 살고 있다고 말했더니 그녀가 상당히 놀랐다.

"왜 학교를 이쪽으로 왔어?"

"눈 치우는 게 지겨워서."

나는 웃으며 말했는데 미즈노 리카는 납득하지 않았다. 그래서 지난 1년 동안 몇 번이나 대답했던 대로 거침없이 설명했다. 그러니까 우리 집에서 완행열차를 갈아타면서 근방 큰 도시의 학원을 다니느니 차라리 도쿄로 와서 제대로 된 입시 고등학교에 다니는 편이 시간 낭비가 적다는 점, 비용도 큰 차이가 안 난다는 점, 뭐 대충 그런 내용이었다.

"그렇구나."

"그리고 또 한 가지는 어딘가 내가 모르던 곳에 가보고 싶었던 것도 있어."

"아, 그건 나도 잘 알 것 같아."

"어떻게?"

"난 부모님이 다 도쿄 사람이거든."

미즈노 리카는 자기를 가리켰다.

"친척들도 지방에 사는 사람이 없어. 그래서 정말 도쿄 말고는 아는 데가 없어. 그러니까 순수하게 시골에 대한 동경심 같은 게 있지."

"도쿄 어디?"

"우리 집? 우리 집은 조시가야에 있어. 아오모리는 어떤 데야?"

"설국이지. 명물은 사과랑 성게 알이랑 오징어랑 네부타 마쓰리랑 다자이 오사무."

"뭐야, 누가 너더러 관광협회처럼 광고하래? 내 말은 좀 더 일반적인 생활이라든지 느낌 같은 거 말이야."

"글쎄, 나도 뭘 어떻게 얘기해줘야 할지 모르겠는데."

솔직히 나는 별로 내 고향 일을 떠올리고 싶지 않았다.

"혹시 내가 너무 사적인 질문을 많이 한 건가?"

"아니."

나는 고개를 저었다.

"오히려 재미있는 얘기를 해주지 못해서 미안하다는 생각이 들어서. 여자애한테 인터뷰를 받는 것도 기분이 썩 나쁘지 않고."

"그런데 이런 말을 하기가 좀 뭐하기는 한데, 딴 뜻으로 받아들이지는 말고. 그러니까 뭐랄까, 그런 쪽으로 흥미가 있는 게 아니랄까."

미즈노 리카는 정색을 하더니 자세를 고쳐 앉았다.

"나 지금 사귀는 사람 있어."

"그렇겠지."

미즈노 리카는 기분이 약간 상한 모양이었다. 왜 그런지는 도무지 알 수 없었다.

"어째서 '그렇겠지'인 거야?"

어째서고 뭐고 그냥 얼핏 보기에 귀엽다 싶은 여자애한테는 대개 이미 사귀는 사람이 있다고 간주하면 틀림없다는 것이 지난 1, 2년 사이에 내가 실감하면서 이해한 점 중의 하나였다.

"보면 알 수 있지. 남자친구는 어떤 사람이야? 우리 학교 다녀?"

"응."

그녀가 아주 가볍게 끄덕였다.

"1학년 때 같은 반이었어. 지금은 반이 달라졌지만."

그녀가 남자친구 이름을 말했다. 나는 그 아이를 알고 있었다. 키가 꽤 크고 얼굴이 상당히 잘생긴 녀석이었다. 한두 번 뭔가 볼 일이 있어서 말을 주고받은 적이 있었다. 그때를 떠올려봤다. 느낌은 나쁘지 않았다. 잘은 모르지만 아마 평범하게 괜찮은 사람 같았다.

"어떻게 사귀게 되었어? 어느 한쪽이 고백을 해서 그렇게 된 거야?"

내가 물었다.

"아니, 그렇다기보다는 어쩌다 보니 그런 느낌이 된 거지. 그냥 그대로 지내는 것도 괜찮겠다 싶었는데 생각이 바뀌어서 내가 말을 꺼냈어."

"왜 생각이 바뀌었는데?"

"얼굴이 잘생겨서."

숨 쉴 틈도 없이 곧바로 그렇게 대답하는 바람에 나도 모르게 웃어버렸다. 이 아이는 정말이지 다른 사람이 하면 아니꼬울 것 같은 말들을 기분 좋게 들을 수 있게 하는 신기한 기술을 가지고 있는 것 같았다.

얼굴이 잘생겨서 좋아한다는 것은 내 관점에서 볼 때 지극히 정상적이라고 생각했다. 심플하니 알기 쉽고, 흔들림이 없는 기준이었다. 딱 한 가지 문제가 있다고 한다면 일반적으로 봤을 때 나는 얼굴이 잘생긴 부류에 들어갈 일이 절대 없다는 점이었지만…….

"그럼 나 같은 얼굴은 별로겠네?"

"응. 얼굴은 전혀 내 타입 아니야."

미즈노 리카는 웃으면서도 분명하게 말했다. 아무래도 약간은 실망했지만 화가 나지는 않았다.

"하지만 너는 이상한 오해나 착각 같은 건 안 할 것 같아서 그런 점에서 안심이 돼. 그래서 말인데, 가끔씩 나랑 같이 놀지 않을래?"

나는 상당히 황당했다.

"왜?"

곧바로 질문을 던졌다. 정해진 남자친구가 있다고 말한 직후에 이런 제의를 한다는 것이 이해가 안 되었다.

"남자들 중에 말할 상대가 남자친구밖에 없다는 건 너무 재미없잖아. 오늘처럼 친구가 약속을 펑크 낸다거나 할 때가 있으면 시간 좀 내줘. 멍하니 있는 것보다 낫잖아."

어떻게 그런 식으로 생각하지 싶어 감탄하면서도 솔직한 심정으로는 이해가 되기도 했다.

그런 의미에서는 나를 발견한 미즈노 리카는 상당히 안목이 있는 아이였다. 나를 보고 '얘는 안전하겠구나.'라고 느꼈다는 점이 말이다. 왜냐하면 맞는 말이었기 때문이다. 솔직히 말해서 나는 굳이 여자애랑 사귀고 싶다는 생각이 별로 들지 않았다. 사춘기 남자로서는 좀 이상한 일이었지만…….

"알았어."

내가 말했다.

"묘한 착각은 빼고."

"그래, 착각은 빼고."

그녀도 말했다.

가게 앞에서 헤어지고 역 방향으로 걸어가는 그녀의 뒷모습을 잠시 지켜본 다음, 기숙사를 향해 걸어가면서 나는 그녀와 주고받은 두서없는 이야기들을 생각해보았다.

'독특한 애야.'

생각이나 느끼는 방식이나 말하는 투가 평범하지 않았다.

다소 따라갈 수 없는 부분도 있었다. 그러나 그거야 사람 나름이었고, 재미없는 일상을 멍하니 보내고 있던 나로서는 그녀와의 만남이 약간의 변화이기도 했다. 말하자면 상당히 신선하고 재미있었다는 뜻이다.

그날 밤, 사유리의 꿈을 꾸었다.

:: :: :: ::

꿈속에서 사유리는 어딘지 모르는 신기한 장소에 있었다. 낡은 사진처럼 빛바랜 색의 하늘이 있는 곳이었다. 어디선가 본 적이 있는 하늘의 색이었지만 기억이 나지 않았다.

그 하늘 아래 뒤틀린 첨탑이 여러 개 서 있었다. 그야말로 무수하게 많이 서 있었다. 유니언의 탑과는 분명하게 모양이 달랐다. 유니언의 탑은 근대적인 디자인인데 그곳에 있는 탑들은 원시적이고 민속적이고 유기적이었다.

질그릇처럼 따뜻한 색깔이었다. 그리고 소라를 엿가락처럼 주욱 늘여서 창처럼 길게 만들어놓은 것 같은 모양을 하고 있었다.

꼭대기 부분은 죽창 끝처럼 뾰족하게 절단되어 있었다. 내부는 나선형의 빈 공간으로 되어 있었고, 그런 내부가 밖으로 드러나면서 전망대처럼 하늘을 올려다볼 수 있는 곳이 꼭대기 부분이었다.

그 꼭대기 부분에서 볼 수 있는 것은 하늘밖에 없었다. 위를 올려다보면 물론 하늘이 있었다. 그런데 아래를 내려다보아도 그곳에는 끝없이 하늘만 펼쳐져 있을 뿐이었다. 그곳에는 대지가 존재하지 않았다.

그리고 그곳에 사유리가 있었다.

그녀는 내가 알던 모습보다 약간 더 어른스러웠다. 아마 한 살이나 두 살 정도…….

사유리는 무릎을 끌어안고 고개를 숙이고 있었다. 사유리의 모습은 무서울 정도로 희미해서 마치 유령처럼 맞은편이 비쳐 보였다. 그녀는 흐느끼고 있었다. 가끔씩 어깨를 떠는 것 외에는 아무런 움직임도 없었다. 그저 흐느껴 울기만 하고 있는 사유리의 꿈.

바람 소리가 났다.

흐느끼는 소리가 들렸다.

그 두 가지 소리가 화음을 이루면서 끝없는 하늘에 슬프게 울려 퍼졌다.

:: :: :: ::

잠에서 깨고는 주체할 수 없는 기분에 사로잡혔다. 마치 가슴속을 무슨 벌레가 스멀스멀 기어 다니는 것처럼 속이 타고 안타까워 미칠 지경이었다. 어째서 내 옆에는 사유리가 없는 것일까? 어째서 사유리는 사라져버린 것일까? 무언가가 잘못되어 있다는 느낌이 들었다. 옳지 않은 일이 진행되고 있었다. 길을 잃고 딴 세상으로 잘못 들어간 것 같은 위화감이 들었다.

어째서 사유리는 그토록 황량한 경치 속에 있었던 것일까?

그 꿈의 공간에는 살아 있는 존재의 냄새가 없었다.

그 순간 혹시 사유리가 이미 죽어서 이 세상에 없는 것이 아닐까 라는 생각이 번개처럼 뇌리를 스치면서 눈앞이 캄캄해졌다. 지난 1년 반 동안 단 한 번도 생각해본 적이 없는 일이었다. 아니, 무의식적으로 나는 그 생각을 하지 않으려 했었는지도 모른다.

학교에 가서 교실에 있는 내 책상에 가방을 올려놓는데 누군가가 내 등을 툭 쳤다. 뒤를 돌아보니 미즈노 리카였다. 그녀는 내 눈을 보며 슬며시 뭔가 의미심장한 미소를 지었다. 하지만 나랑 수다를 떨 생각은 없었는지 여자애들이 모여 있는 쪽으로 그냥 쓰윽 가버렸다.

나는 그녀의 뒷모습을 바라보면서 아주 잠깐이지만 그녀가 사유리였다면 얼마나 좋을까 하고 상상했다. 그러다가 그런 생각이 얼마나 잘못되고 비뚤어지고 실례인지 깨닫고는 자기혐오를 느꼈다.

3.

그다음 주 토요일에 학교 복도를 걷고 있는데 미즈노 리카가 나를 불러 세웠다. 우리 학교는 공식적으로는 토요일에 수업이 없는 것으로 되어 있었다. 하지만 매주 토요일 오전에는 입시 대책 문제 풀이 시간이 있었고, 암묵적으로 전교생이 수강하게 되어 있었다. 그 시간이 끝나서 기숙사로 돌아가려던 참이었다.

"오늘 바빠?"

"아니, 일 없는데. 집에 들어가서 밥 먹고, 그다음에 뭐 할지는 그때 가서 생각하려고."

"토요일인데 어떻게 약속 잡힌 것도 없니? 바쁜 현대인 맞아?"

"무슨 상관이야?"

"그야 상관은 없지. 기본적으로는 남의 일이니까."

"그런데 왜? 용건이 뭔데?"

"괜찮으면 같이 밥 먹지 않을래? 그리고 그다음에도 시간 좀 내주고."

"그러지, 뭐."

내가 대답했다.

"나야 워낙 현대인답지 않게 한가한 인간이니까."

나랑 미즈노 리카는 학교에서 나와 신주쿠 역까지 걸었다.

"그래서 어디로 가려고?"

내가 물었다.

"야마노테(山の手)선 타고 이케부쿠로로 나가자."

그렇게 리카와 나는 이케부쿠로 역에서 내려서 그녀가 이끄는 대로 좌석이 있는 도시락 가게에 들어갔다. 무농약으로 재배한 식재료를 사용하는 가게로, 반찬을 세 종류 고르면 밥과 된장국과 밑반찬이 나오고 앉을 자리를 주는 시스템이었다. 생각보다 훨씬 맛이 있었고, 더구나 꽤 저렴한 편이었다.

"여기 괜찮네. 신주쿠에도 있으면 매일 올 텐데."

"그러게 말이야. 나카노(中野)까지 가면 지점이 있긴 하지만 학교 끝나고 가기에는 좀 먼 거리잖아."

"그런데 이제 우리 뭐 하는 거야?

"음……."

미즈노 리카가 시계를 봤다.

"한 20분만 더 있자. 그런 다음에 여기 나가서 무대를 보러 가는 거야."

"무대?"

"그래. 소위 말하는 연극이라는 거지. 연극은 자주 보니?"

"아니……. 자발적으로 본 적은 한 번도 없어."

"마지막으로 본 게 언젠데?"

"으음~."

나는 기억을 떠올려 보았다.

"초등학교 때 할아버지랑 오사카로 여행 가서 신희극(新喜劇)을 봤을 때였나……?"

"너 할아버지가 있어?"

미즈노 리카가 물었다.

"좋겠다……."

"그런가? 그런데 왜 하필 연극이야?"

"나 소극장 좋아하거든. 아마추어 연극 같은 것도. 그런데 같이 보러 가줄 사람이 아무도 없는 거야. 한번 데려가면 그다음에는 싫다고 하더라고. 대놓고 말하지는 않지만 다들 재미가 없나 봐."

"그렇구나……."

"아는 사람이 하는 극단인데 다섯 명 정도로 구성되어 있어. 난 꽤 좋아하는데 좀 특색이 있어서 좋고 싫고가 심하게 갈리는 것 같아. 너는 좀 이상한 애니까 의외로 좋아할지도 모르겠다."

"나 이상한 사람 아니다."

공연히 그 말에 항의하고 싶어서 그렇게 말해보았다.

"이상한 데는 하나도 없어. 지금까지 남한테 이상하다는 소리를 들은 적도 없고."

"그래, 뭐, 그렇게 믿고 싶다면 그러든지."

미즈노 리카는 내 말을 가볍게 흘려버렸다.

"아무튼 조금만 더 같이 놀자."

소극장이라고 하는 곳에는 생전 처음 갔는데 농담이 아니라 진짜로 작았다. 상가 빌딩 3층을 간신히 개조해서 대여 공간으로 만든 곳이었다.

나와 미즈노 리카가 그곳에 도착한 시각은 연극 시작 10분 전쯤이었다. 좁은 계단을 올라 입장해보니 객석 공간에는 나무 상자가 줄지어 놓여 있었고, 그 위로 100엔 숍에서 산 것 같은 방석이 깔려 있었다.

빈틈없이 관객들이 꽉 들어차도 기껏해야 50명 남짓밖에 못 들어갈 것 같은 크기였는데, 그중 반 정도만 차 있었다. 관객은 대학생처럼 보이는 사람들이나 이쪽 관계자라고 해야 할지, 아무튼 연극 쪽 일을 할 법하게 생긴 자유분방한 복장의 사람들이 대부분이었다. 고등학교 교복 차림으로 온 사람은 나랑 미즈노 리카 말고는 여자애들 두 명으로 된 다른 한 팀뿐이었다.

영화관처럼 좌석이 규격대로 만들어져 있는 극장밖에 모르던 나로서는 이렇게 싼 티가 나는 극장도 세상에 존재하고, 이런 곳에도 관객이 찾아온다는 사실을 알았다는 것 자체가 신선했다.

얼마 지나자 싸구려 버저 소리가 두 번 들리더니 갑자기 팍, 하고 객석의 조명이 꺼졌다. 무대에서 덜그럭덜그럭하고 작업하는 소리가 들린 다음 무대조명이 슬그머니 켜졌다.

최소한의 가구로 원룸 아파트 같은 공간이 만들어져 있었다. 철제로 된 문에서 딸깍하고 열리는 효과음이 나면서 젊은 여자가 무대에 등장했다. 여자는 피곤한 모습으로 웃옷을 벗고는 고양이에게 말을 걸고, 고양이를 쓰다듬고, 고양이에게 밥을 주었다. 하지만 무대에 고양이는 없었다. 없지만 고양이가 있다는 전제 아래 이야기가 진행되고 있었다. 그런 설정이었다.

여자는 회사원이고, 혼자 살고, 혼자 사는 여성에게 흔히 있을 법한 이런저런 일들로 지쳐 있었다. 그녀는 고양이에게 다양한 이야기를 들려주고, 그것을 기점으로 다양한 배경 이야기가 전개되었다.

고양이는 대사도 없고, 실체도 없지만, 그래도 고양이는 여자에게 다정하게 대하고 애정을 가지고 있다. 여자의 연기를 통해 그것을 알 수 있었다. 고양이는 가끔씩 여자친구 고양이랑 가출을 하기도 하고, 사고 때문에 돌아오지 못하기도 하는데 그럴 때마다 여자는 안절부절못했다. 하지만 이윽고 여자는 고양이 덕분에 다시 활기를 찾고 새롭게 인생의 한 걸음을 내딛는다. 그런 이야기였다.

"생각했던 것보다 훨씬 더 좋았어."

무대가 끝나고 출구로 나가기 위해 약간 혼잡스러운 사람들 틈에 줄을 서면서 그녀에게 말했다.

"객석이 너무 좁아서 힘들지 않았어?"

"좁아서 힘들었어."

나는 솔직하게 대답했다.

"그래도 내용이 좋았어. 전체적으로 직접 만든 느낌이 있어서 더 괜찮던데. 무대 도구들 같은 건 전부 연기자들이 직접 만든 거야?"

"아마 그럴걸. 기본적으로 돈이 없는 사람들이니까. 자기 집에서 쓰던 물건이라든지, 뭐 그런 것을 활용해서 만들었을 거야."

"그런 부분도 마음에 든다."

"이야기는?"

"공을 많이 들인 짜임새던데. 시간축도 왔다 갔다 하고, 좀 복잡해서 헷갈릴 뻔했지만 그래도 재미있었어."

"얼마 없는 연기자들로 연극을 꾸려야 하니까 그렇게 되나 봐."

빌딩을 나서는데 입구 밖에 방금 무대에서 연기를 하던 사람들이 죽 늘어서서 관객들에게 인사하고 있었다. 조연으로 나온 안경 낀 남자가 미즈노 리카를 발견하더니 말을 걸었다. 나중에 물어보니 이 극단 단장이라고 했다.

"리카, 와줘서 고마워. 어땠어?"

"입맛 까다로운 애가 아주 좋았다고 하던데요."

그녀가 나를 가리키며 말했다.

"어, 전에 온 사람이랑 다르네? 새 남자친구야?"

"그런 건 아니지만, 뭐, 비슷하다고 해두죠."

미즈노 리카가 농담 투로 대답했다.

"둘이 잘 어울리는데? 전의 그 친구보다 더 자연스러워 보여."

단장이 말했다.

그러고서 나랑 그녀는 역을 향해 걸어갔다.

걷다가 문득 떠오른 바가 있어서 물어봤다.

"혹시 너도 전에 무대에 섰던 거 아냐?"

"왜?"

"그냥, 느낌상."

"맞아."

미즈노 리카가 끄덕였다.

"중3 때부터 작년 여름까지 저런 느낌의 아마추어 연극 그룹에 있었어. 그렇지만 그만뒀어."

"왜?"

"이런저런 일들이 많았지. 연극을 하다 보면 인간관계가 정말 진해지거든. 그러다 보면 정말 이런저런 일들이 많이 생기게 되어 있어. 그래서 해산하게 됐고, 단원들은 여기저기 자기가 잘 알던 소극단이라든지 그런 데에 흡수되었어. 그런데 나는 좀 지치더라고. 그래서 오라는 데는 좀 있었는데 안 갔어. 그래도 예전에 알고 지내던 게 있어서 오늘처럼 공연에 얼굴을 비추거나 그러기는 하지."

"흐응, 그랬구나."

내가 맞장구를 쳤다.

잘은 모르겠지만 연극은 인간관계가 너무 밀접해서 그만큼 힘들기도 한 모양이었다. 관계가 너무 가까우면 그만큼 힘들다는 점은 나도 뼈저리게 잘 알고 있었다.

이케부쿠로 역에 도착했다. 미즈노 리카는 피곤해서 히가시이케부쿠로(東池袋)까지 지하철을 타고 가겠다고 했다. 그럼 잘 가라고 하고 야마노테선 신주쿠 방면 플랫폼으로 가려고 하는데, 내 소매를 잡더니 개찰구 들어가는 데까지만이라도 눈으로 배웅해 달라고 했다. 하는 수 없이 그렇게 했더니 그녀는 교통 카드로 개찰구를 통과하고는 뒤도 돌아보지 않고 그대로 플랫폼으로 향하는 계단을 올라가 버렸다.

'이상한 사람은 내가 아니라 너잖아.'

가던 사람을 일부러 붙잡아서 눈으로라도 배웅해달라고 해놓고서 자기는 돌아보지도 않고 손 한 번 흔들어주지 않고 쌩하니 가버리는 것은 무슨 심사인지 모르겠다고 생각했다.

나는 어중간하게 붕 뜬 기분을 안은 채 전철을 타고 니시신주쿠에 있는 기숙사로 돌아왔다.

그 뒤로도 한 달에 두 번 꼴로 나는 미즈노 리카와 몇 차례 데이트를 했다. 데이트라는 것도 내가 꺼낸 말이 아니라 '데이트하자'라는 말로 그녀가 먼저 불러내면서 쓰게 되었다.

차 한 잔 마시고 끝날 때도 있었고, 점심때부터 그날 내내 쇼핑이네 뭐네 하며 끌려다닐 때도 있었다. 다른 친구들하고 놀지 못할 때 나를 불러내는 것일 테니 그렇게 따지면 그녀는 허구한 날 다양한 사람들과 여기저기 놀러 다니고 있다는 뜻이 된다. 체력

한번 대단하다는 생각이 들었다.

그런데 나를 불러낼 때 그녀는 항상 어딘지 모르게 지쳐 보였다. 가끔씩은 갑자기 말을 끊고서 파도처럼 밀려오는 정신적인 피로감을 눌러 삼키는 것처럼 보이기도 했다. 아마 그녀는 무작정 돌아다니는 방법으로 정신적인 피로감에서 자유로워지려 하는 것인지도 몰랐다. 그런 방법에 호감이 갔고, 공감도 되었다. 그래서 나는 될 수 있는 대로 그녀에게 맞춰줬다.

"그런데 오해를 사지는 않을까?"

셀프서비스식 커피 가게에서 나는 마음에 걸리는 점을 물었다.

"누구한테? 어떻게?"

"○○한테 말이야."

나는 미즈노 리카가 사귀고 있다는 동급생 이름을 댔다.

"쉬는 날까지 이런 식으로 만나고 있는 거 말이야."

"뭐야? 그런 얘기를 하고 싶은 거야?"

"하고 싶지는 않지. 그래도 신경은 쓰이잖아, 아무래도."

"그야 만약 알았다면 기분이 좀 나쁘겠지."

미즈노 리카는 대수롭지 않게 말했다.

"그래도 뭐 어때? 알아서 생각하라지. 그냥 내버려 두면 돼."

"그래도 돼?"

"괜찮아. 한동안 방치하기로 했어."

어디까지 참견해도 될지 몰라서 적당히 맞장구만 쳤다.

한동안 두서없이 다른 잡담을 하다가 그녀가 불쑥 말했다.

"그러니까 말이야, 걔는 내 몸에 관심이 아주 많은 거야."

느닷없이 튀어나온 말이라 이것이 어디에서 연결되어 나온 이야기인지 몰라 잠시 당황하다가, 곧 그녀의 남자친구 얘기라는 것을 알아차렸다.

"그야 당연하지."

내가 말했다.

"당연한 거야?"

"보통은 그렇다고 생각하는데."

"그래……, 뭐 그렇기는 하겠네."

그리고 잠시 뜸을 들이더니 그녀가 말했다.

"그래도 난 그게 싫어."

나는 이상한 어감이 들어가지 않도록 세심하게 신경 쓰면서 말해보았다.

"그 사람을 그 정도로 좋아하지는 않는다는 거야?"

미즈노 리카는 갑자기 자세를 바로잡더니 내 쪽을 똑바로 쳐다보았다.

"그런 식으로 말하지 마."

나는 순간 가슴이 철렁해서 "미안."하고 중얼거렸다.

"그 녀석, 느낌이 괜찮은 것 같던데. 난 그런 뜻으로 말한 거야."

"알고 있어."

"응."

"난 그 애를 좋아해. 정말이야. 하지만 그거랑 이거랑은 별개 문제잖아. 넌 이게 무슨 뜻인지 이해하지? 걔는 이걸 이해를 못 해."

"흐응."

나는 그런 소리로 대답하면서 그와 그녀 양쪽 모두에 대해 마음 속으로 동정심을 느끼고 있었다.

'세상일이 참 마음대로 안 되지.'

"그런 마음 충분히 이해는 가는데……."

"어느 쪽 마음?"

"남자 쪽이지, 당연히."

"어엉? 진짜로?"

그녀는 정말 뜻밖이라는 식으로 놀랐다.

"너도 그런 야한 생각 같은 것을 한단 말이야?"

"야야, 그게 무슨 소리야? 넌 나를 뭐라고 생각하는 건데?"

"싫어, 절대 안 돼!"

미즈노 리카가 상체를 앞으로 내밀면서 말했다.

"넌 그런 거에 손대지 마. 그런 생각도 하지 마. 난 네가 그런 거에 빠지지 않았으면 좋겠어. 차라리 예전처럼 그냥 멍하니 있어줘."

"무슨 말도 안 되는 소리를……."

'이 아이는 도대체 나를 어떻게 생각하고 있는 것일까? 하기야 어떻게 생각하건 별 상관은 없지만…….'

어쩌면 일반적인 보통 남자라면 이럴 때 남자 취급도 하지 않는다면서 화를 내거나 당황하거나 할지 모르지만, 그런 쓸데없는 부분에 연연해하지 않는다는 것이 내 장점이었다.

별생각 없이 아이스티 잔을 잡고 있는 미즈노 리카의 가느다란 손가락을 보다가 문득 사유리가 떠올랐다. 사유리를 마지막으로 만난 날 그 폐역에서 추락할 뻔한 사유리의 손을 붙잡았을 때가 떠올랐다.

그러고 보니 사유리의 몸에 접촉한 것은 그때가 처음이자 마지막이었다.

내 손을 보았다. 이제 거기에는 감촉이 거의 남아 있지 않았다. 그래도 그때는 깜짝 놀라기도 했고, 가슴이 두근거렸다. 아슬아슬하게 사유리의 손을 잡았던 내 자신에게도 놀랐고, 그 손목이 얼마나 가늘고 체온이 얼마나 서늘하고 감촉이 얼마나 부드러운지에 대해서도 놀랐다.

그것은 스스로가 생각해도 기적적인 행동이었다. 무슨 할리우드 영화 같았다. 그런 일은 아마 다시는 없을 것이다.

아니……, 그렇지 않다.

그 당시의, 중3 여름 무렵의 나라면 틀림없이 같은 일을 몇 번이고 할 수 있었을 것이다. 적어도 몇 번이고 할 수 있다는 스스로에 대한 확신만큼은 가지고 있었을 것이다. 그 시절의 넘쳐흐를 것 같던 힘은 도대체 어디로 가버린 것일까?

그래……, 아마도 모조리 사유리에게 넘겨줘 버린 것이다. 그 여름날에.

나는 혼신의 힘을 다해 사유리를 붙잡으려 했던 그날의 기억에 사로잡혀 있는 것일까? 소중하게 간직하고 싶은 것일까?

바보 같은 생각이다. 사유리는 이제 없고, 만날 가능성도 거의 없다.

그래도 나는 공구 때문에 생겼던 굳은살이 다 없어져서 깔끔해진 내 손바닥에서 한참 동안 눈을 떼지 못했다.

4.

여름의 잔재가 흔적도 없이 날아가 버리고 가을이 찾아왔다.

그날 미즈노 리카는 전에 없이 안절부절못하면서 착 가라앉은 얼굴을 하고 있었다.

그녀는 자신의 컨디션이나 기분을 내가 일일이 확인하는 것을 별로 좋아하지 않는 것 같아서 처음에는 모른 척하고 있었다. 그렇지만 손가락으로 테이블을 탁탁 치기도 하고 의미도 없이 주위를 두리번거리는 모습을 보고는 신경이 쓰여서 더 이상 가만히 있을 수가 없었다.

"왜 그래?"

학교 끝나고 곧바로 간 이케부쿠로 거리에서 나는 발걸음을 멈추고 가능한 한 부드럽게 들리도록 조심하면서 물었다.

"응."

그녀는 대답이 안 되는 말과 고개 끄덕임으로 그냥 넘어갔다.

말하기 싫다는 뜻인 모양이었다.

'그러면 그런 대로 어쩔 수 없지. 그런 일은 누구에게나 있으니까.'

그러나 이윽고 그녀는 자꾸만 한숨을 쉬기 시작했다. 기분이 우울해서 자기도 모르게 새어 나오는 한숨이 아니라 마치 무슨 호흡법처럼 거친 숨에 가까운 한숨이었다. 뭔가를 필사적으로 꾹꾹 참고 누르려는 숨소리였다. 안색도 좋지 않았다.

나는 그녀 얼굴을 들여다보면서 물었다.

"기분이 안 좋은 거지?"

그녀가 말없이 끄덕였다.

"오늘은 그냥 들어가는 게 낫겠다. 집에 데려다줄게."

"싫어."

그녀가 고개를 좌우로 절레절레 흔들었다.

"집에 아무도 없단 말이야. 오늘은 혼자 있고 싶지 않아."

"너 무슨 일 있었지?"

그녀가 작게 끄덕였다. 솔직해졌다기보다는 부정을 하려면 힘을 써야 하는데 그것이 너무 힘들어서 어쩔 수 없이 고개를 끄덕이는 느낌이었다.

나는 그녀에게 눈앞에 있던 피자 가게의 벽돌로 된 외벽에 기대라고 했다. 그리고 나도 옆에 나란히 기대서 그녀의 마음이 진정되기를 기다렸다.

"친구가……."

“응?”

“친구가 말이야…… 있었거든.”

미즈노 리카는 작은 목소리로 주저주저 이야기를 꺼냈다.

적당히 장단을 맞춰주는 편이 이야기하기 쉬울 것 같다는 생각이 들었다.

“여자애야?”

“응.”

“내가 아는 사람인가?”

“아마 모를 거야.”

“그래.”

“암튼 내가 걔랑 싸웠거든. 싸우는 거야 한두 번이 아니었지만 이렇게 심한 건 처음이었어. 그래서 지난 몇 달 동안 완전히 절교 상태였고. 학교에서 마주쳐도 서로 인사도 안 해. 얼굴만 봐도 속에서 부글부글 끓어오르니까.”

“이유가 뭔데?”

“……말하기 싫어.”

그녀는 타일이 깔린 바닥을 신발 뒤축으로 문질렀다.

“하지만 내가 나쁜 게 아니야. 아무리 생각해도 걔가 이상한 거지. 그때 생각만 하면 속이 뒤집힐 것 같아. 계속 화가 나. 걔가 먼저 미안하다고 하지 않으면 절대 용서 못 해.”

그녀는 거기서 말을 끊었다.

‘그런데 옳고 그른 건 그렇다 치고 그 일 때문에 마음이 아프고

가끔씩 못 견디게 슬퍼지는 거지?'

그런 말을 꺼내면서 이야기를 계속하게 할까도 싶었지만 그만 두었다.

"얘기하는 느낌을 보니까 그 애랑은 되게 오래된 친구 같다?"

그녀는 숨소리만으로 "응."하고 대답했다.

"중학교 들어와서 알았으니까 4, 5년 됐지."

나는 내 중학교 시절을 떠올리지 않기 위해 약간의 노력을 기울여야 했다. 그래도 진심으로 그 마음에 공감하면서 말했다.

"……참 힘들겠다."

"네덜란드래."

갑자기 이야기가 튀었다.

"튤립이니 풍차니 그런 나라잖아. 바보같이."

"그 나라가 왜?"

"가버린대. 비행기 타고. 걔 말이야. 집안 사정이라나."

한마디, 한마디 끊으면서 그녀가 기계적으로 말했다.

"언제?"

"그게 오늘이래."

"배웅은?"

"안 가지. 당연한 거 아냐? 난 가기 싫어. 어차피 가봐야 얘 뭐야, 하고 생각할 게 뻔한데. ……그야 신경은 쓰이지. 그쪽 연락처도 모르고. 하지만 인간관계는 어차피 이런 식이 아닌가 하는 생각도 들어. 할 수 없지, 뭐. 그래도 괜히 자꾸 불안하고 안절부절

못하겠고 해서 누군가하고 같이 있으면서 생각을 딴 데로 돌리고 싶었어. 그러니까 너는 밤이 될 때까지 내 옆에 붙어 있어주면 되는 거야. 알았어?"

그 긴 대사를 듣고 있는 사이에 점점 속이 부글부글 끓어오르기 시작했다. 분노의 액체가 아래쪽에서 위쪽으로, 목구멍이 있는 곳까지 점점 차오르는 것이 느껴질 정도였다. 그녀가 말을 마칠 때까지 참을 수 있었던 것이 나로서는 대단한 일이었다. 말이 끝나자마자 나는 소리를 질렀다.

"야, 이 바보야! 너 뭐 하는 거야!"

미즈노 리카가 흠칫하며 몸을 움츠렸다.

"비행기 몇 시야?"

"몰라……."

"모르긴 뭘 몰라?!"

"그게, 아마 7시인가? 그쯤이라고 했는데……. 야!"

나는 그녀의 손목을 잡고 막무가내로 걷기 시작했다. 걸어가면서 머릿속에서 도쿄 도내의 철도 노선도를 펼쳤다. 도쿄에 올라오고 나서 처음 한 달 동안 이 도시에 적응하기 위해 지도를 노려보면서 환승하는 방법을 머릿속에 새겨 넣었다. 이케부쿠로에서 가는 것이면 야마노테선으로 닛포리(日暮里)까지 가서 게이세이(京成)선의 특급열차로 갈아타고 가면 한 시간 걸린다. 다 합해서 한 시간 반이면 도착할 수 있었다. 이륙 시간에 충분히 맞출 수 있었다. 나는 화가 머리끝까지 나 있었다.

"아프다니까. 야! 어디 가는 거야?"

"나리타공항이지 어디야!"

"싫어! 나 안 가!"

"그건 내가 용납 못 해."

내 입에서 나온 목소리는 쥐어짜는 것 같은 낮은 소리여서 스스로 듣기에도 살벌했다. 나는 손을 놓지 않았다. 여기서 도망치게 할 수는 없었다. 그녀를 거의 질질 끌다시피 하면서 역을 향해 잰걸음으로 걸었다.

이케부쿠로 역 구내로 들어섰을 때, 그녀의 목소리가 들렸다.

"잠깐만 기다려봐! 도망 안 칠 테니까 손 좀 놓으라고."

진지한 목소리여서 나는 그제야 손을 놓았다.

"일단 얘기 좀 하자. 너 화난 거야? 왜 네가 화를 내?"

"화났어, 아주 많이."

내가 말했다.

"난 그런 걸 도저히 용서할 수가 없어."

"그런 거라니?"

"중요한 순간에 중요한 일을 하지 않고 그냥 지나치는 거 말이야."

"무슨 소리인지 하나도 모르겠다."

그녀가 말했다.

"그냥 배웅을 가느냐 안 가느냐 그뿐이잖아. 걔도 외국에 계속 있을 것도 아니고. 이쪽 주소나 전화번호도 다 알고 있고. 네가 너무 거창하게 생각하는 거 아냐?"

"하나도 거창하지 않아. 네가 모르는 거지."

그녀의 말을 자르면서 반박했다.

"이게 평생의 이별이 될 수도 있어. 그럴 가능성은 틀림없이 있어. 넌 그게 뭔지 전혀 모르는 거야. 연락처 같은 건 언제 어떻게 없어질지 몰라. 명단이나 주소록도 어디서 잃어버릴지 모르고. 기억도 희미해질 수 있어. 그 정도 일로 다시는 못 만나게 될 수도 있다고. 오늘 안 가면 넌 반드시 후회한다. 오늘이 결정적인 기로가 되어서 나중에 만나고 싶어도 다시는 만나지 못하게 될 수도 있으니까. 쓸데없는 일에 연연하고 있을 때가 아니야."

"쓸데없는 일이……."

"그래, 알았어. 쓸데없지 않아. 그래도 그 일에 연연할 때가 아니라고."

나는 물러서지 않고 철벽처럼 굳건히 버텼다.

"……잠깐만 생각해볼게."

"그래. 전철 안에서 천천히 생각해."

내가 양보할 마음이 전혀 없다는 것을 깨닫고 그녀의 표정이 굳어졌다.

"표 사 올게."

표를 두 장 사가지고 돌아와 보니 그녀는 도망치지 않고 얌전히 기다리고 있었다. 한 장을 건네주면서 가자고 했더니 힘없이 개찰구로 들어갔다. 내 말에 설득을 당했다기보다는 마음이 약해져서 거스를 힘도 없다는 느낌이었다.

야마노테선을 타고 닛포리에서 내렸다. 게이세이선으로 갈아탄 다음 겨우 앉을 수가 있었다. 전철 안에서 우리는 말이 없었다. 그녀는 무릎에 얹은 손을 폈다가 오므렸다가 하고 있었다.

특급열차가 나리타공항에 도착해서 멈췄다.

"다 왔어."

그녀는 앉은 채로 꼼짝하지 않았다.

"그러네."

나는 일어서려다가 다시 주저앉았다.

"좀 더 같이 생각해볼래?"

"아니, 됐어. 가자."

공기만 있는 목소리로 그녀가 말했다.

안 그래도 마음이 힘든 상황일 텐데 내가 너무 심하게 말했나 싶어 갑자기 걱정이 되었다.

천천히 일어서는 그녀의 모습이 너무 약해 보여서 별다른 흑심 없이 그녀의 손을 잡았다. 살짝 맞잡는 감촉을 느꼈다.

우리는 손을 잡고 로비로 갔다.

그녀가 정확한 편명이나 시간을 몰라서 내가 가까운 카운터에 가서 알아보고 게이트를 확인했다. 그리고 호출 방송을 요청하는 방법에 대해서도 직원에게 문의했다. 그런 다음 그녀를 공항 안내도 앞으로 데리고 갔다. 지도를 가리키면서 아마 이 미팅 포인트에서 이 카운터로 갈 테니까 이 근처를 찾아보라고 했다. 만약 도저히 못 찾겠으면 이런 구실로 관내 방송을 부탁하면 된다는 것도 알려주었다. 그녀는 얌전히 고개를 끄덕였다.

"그럼 다녀와. 힘내고!"

더 이상 내가 끼어들면 분위기만 망칠 것 같았다. 손을 흔들어주고 나는 뒤돌아섰다.

"잠깐만. 기다려봐."

셔츠 등판을 그녀가 붙잡는 바람에 다시 섰다.

"왜 그래?"

"부탁이니까 여기서 기다려줘."

"하지만……."

"알았으니까 제발 여기서 기다려줘."

그렇게 말하더니 내 대답도 듣지 않고 가버렸다. 나는 벽에 기대서서 그녀가 돌아오기를 기다리기로 했다. 학교 운동장보다 넓어 보이는 홀 안에서는 짐 가방을 굴리면서 많은 사람들이 오가고 있었다.

나는 눈을 감고 모든 소리를 의식으로부터 차단해버렸다.

미즈노 리카는 운이 좋은 아이라고 생각했다. 나는 그녀가 부러웠다.

신뢰하는 사람과 관계를 이어갈 수 있다는 것은 정말 행복한 일이다. 원하기만 하면 전화로 언제든 이야기할 수 있다는 것은 당연한 일처럼 생각되지만, 사실은 더할 나위 없이 값진 일이다.

사유리 생각이 나서 가슴이 저려왔다. 나는 그녀와 연결될 수 있는 방법을 단 한 가지도 가지고 있지 않았다.

'미즈노 리카는 친구를 잘 찾았을까?'

사람을 호출하는 방송이 들리지 않는 것을 보니 만난 모양이었다. 그것이 내 자신의 일처럼 기뻤다.

아마 지금 당장이라도 시라카와 타쿠야에게 전화를 하는 것이 맞겠지. 그 점은 알고 있었다. 그런데 할 수 없었다. 하고 싶지 않았다. 나는 내 자신의 일에 대해서는 완전히 젬병이었다. 미즈노 리카한테 그럴듯하게 설교할 만한 인간이 전혀 아니었다.

얼마나 시간이 지났는지 모른다.

고개를 들어보니 미즈노 리카가 서 있었다.

퉁퉁 붓도록 운 얼굴은 엉망이었고, 눈은 새빨갛게 충혈되어 있었다.

그녀는 눈과 코밑을 어린아이처럼 문지르면서 몇 번씩, 몇 번씩 나에게 고맙다고 말했다.

"고마워……. 고마워……."

나는 그녀의 가냘픈 어깨를 만졌는데…… 그렇게 한 다음에야 내가 그녀에 대해 돌이킬 수 없는 책임이 생겼다는 사실을 깨달았다.

돌아가는 전철에서 미즈노 리카는 피곤한 모습으로 내 어깨에 머리를 기댔다.

"난 사실 네가 훨씬 더 냉정한 사람인 줄 알았어."

"그래?"

"응. 누구에게나 일반적으로 친절하게 대하기는 하지만, 사실은 누가 어떻게 되건 전혀 흥미가 없는 사람일 것 같다고 생각했거든. 아무에게도 흥미가 없고, 뭐가 어떻게 되어도 상관이 없으니까 오히려 어떤 사람한테도 맞춰줄 수가 있고, 요령이 좋아서 아무도 그 사실을 눈치 채지 못하는 거려니 했어."

"그 말, 맞는 것 같은데……?"

"아니야. 내 생각이 틀렸어."

어깨에 얹혀 있던 무게가 살짝 허공에 뜨더니 옆으로 도리질을 한 다음 다시 내 어깨 위에 올려졌다. 머리를 기댄다기보다는 밑으로 강하게 내리누르는 느낌이었다.

"나 말이야, 아버지랑 어머니가 있기는 한데……."

그런 말로 그녀가 자기 이야기를 하기 시작했다. 아버지와 어머니가 '있다'는 점에서 이야기를 시작한다는 것 자체가 이미 무언가를 나타내고 있었다.

"흔한 일이기는 하지만, 둘 다 되게 바쁜 사람들이거든. 일도 그렇고, 각자 개인적인 부분에서도 이런저런 일들이 많아서 그걸 감당하기에도 벅찬 모양이야. 그래서 그런지 모르지만 나에 대해서는 별로 관심들이 없어. 옛날부터 그랬지. 워낙 어렸을 때부터 그래 왔으니까 나도 완전히 익숙해져서 그게 당연한 일이 되어버렸어. 하지만 익숙해졌다고 해서 힘들지 않은 건 아니더라고."

"응."

나는 그녀가 흔들리지 않게 목소리로만 끄덕였다.

"그거하고는 상관이 없는 일인데……."

그녀는 말을 이었다.

"나 말이야, 친구 사이에서 유대감이라든지, 신뢰 같은 게 사실 별로 믿어지지가 않아. 내 속에 그런 내가 있는 거야."

"응."

"어렸을 때는 학교에서 반이 바뀌는 게 정말 싫었어. 그 전까지 같은 반에서 사이좋게 지내던 친구가 반이 바뀐 다음에는 갑자기 서먹서먹해지기도 하고 멀어지기도 하잖아. 난 그런 걸 너무 심각하게 받아들이는 거야. 그런 일이 몇 번씩 있었고, 그때마다 상처를 많이 받았어. 상대방 아이가 나랑은 다르게 별로 힘들어하지 않는다는 점이 나를 더 힘들게 했고."

나는 그저 계속해서 고개만 끄덕여주었다.

"그런데 왜 다른 아이들은 나처럼 힘들지 않나 하고 항상 신기했어. 그러다가 어느 날 알게 된 거야. 아무도 제대로 받아들이지 않는구나 하고 말이야. 그게 요령이었던 거야. 많이 놀라기는 했는데 아주 잘하는 거라고 생각했지. 힘들지 않게 살아가려면 인간관계를 심각하게 받아들이지 않고 그저 흘러가는 대로 내버려 두는 게 중요하구나. 그걸 알게 된 거야. 그렇게 알고 난 다음에는 모든 게 정말 편해졌어. 이제야 나도 다른 애들하고 똑같이 되었구나 하는 그런 느낌이 들었지. 네가 눈에 띈 것도 그 점 때문이었어. 나랑 똑같은 방법을 아주 잘 쓰는 애가 있네. 아마 쟤도 나처럼 의식적으로 저러는 거겠구나 생각했지. 그래서 말을 걸어보고 싶었어. 얘랑 같이 있으면 아마 서로 아무것도 없어서 편하겠다 싶었어. 어떻게 생각해?"

"생각하는 방식이 되게 재미있다."

"그런데 아니었어. 너는 사람들 사이의 관계를 진심으로 믿는 사람이더라. 나도 깜짝 놀랐어."

"그런가?"

"오늘 배웅하고 온 그 애 말이야, 걔는 여태까지 서로 흘려보내지 않았던 유일한 예외였어. 중학교 때부터 작년까지 계속 같은 반이었거든. 난 걔를 정말 좋아했고, 진짜로 소중한 친구였어. 그런데 사이가 틀어졌고, 걔는 외국으로 가게 된 거야. 그래서 그럼 그렇지, 어차피 이런 거였지. 그냥 반이 계속 같아서 내가 착각했던 거였구나. 세상 일이 다 그렇지 뭐, 하면서 포기하고…… 나 이번에도 그냥 흘려보낼 뻔했던 거야……."

그녀는 거기까지 말하더니 다시 조용히 흐느끼기 시작했다.

나는 움직이지 않고 가만히 그 이야기를 계속 들어줬다.

미즈노 리카는 나를 통해서 자기를 올바른 위치에 다시 돌려놓으려 하고 있었다. 그런 생각이 들었다.

그녀에게는 내가 필요한 것 같았다.

미즈노 리카는 아마 내게 도움을 청하고 있는 것 같다……. 예전에 사유리가 우리에게 무언가를 전하려 했을 때처럼.

그런데 지금 나에게 그런 힘이 있을까? 그녀가 나에 대해서 한 말은 정확했다. 나는 지금 모든 일들을 그저 흘러가는 대로 내버려 두면서 살아가고 있는데 말이다. 중학교 3학년의 그 더웠던 여름에 내 안에서 넘쳐흐르던 그 힘은 이제 어디서도 느껴지지 않았다.

나는 베라실러를 날게 하지 못했다.

그 시절 나와 시라카와 타쿠야가 가지고 있던 힘, 베라실러를 날게 할 수 있는 힘은 이제 없었다.

그 힘은 사유리와 함께 사라져버리고 말았다. 내게는 스스로를 구할 힘조차 이제 남아 있지 않았다.

그런데 현실적으로 나는 미즈노 리카에 대해 돌이킬 수 없을 정도로 깊이 관여하고 말았다. 나는 이미 그녀에 대한 책임을 갖게 되었다.

아무래도 오늘 나는 그녀를 조금은 좋은 방향으로 이끌 수 있었던 모양이다. 그나마 그 정도는 아직 할 수 있는 모양이었다.

그렇다면 거기서부터 시작하는 수밖에 없었다.

그녀의 머리에 손을 얹었다.

체온이 옮겨져서 머리카락에 온기가 살짝 있었다.

그녀는 눈을 감고 보다 깊숙이 몸의 무게를 내게 맡겼다.

나는 어딘지도 모르는 탑의 무리들 속에서 끝도 없이 흐느끼고 있던 사유리의 꿈의 이미지를 머릿속에서 떨쳐냈다. 아니, 되도록 떨쳐내려고 했다.

5.

질그릇 같은 소재로 만들어진, 죽순처럼 생긴 거대한 탑의 무리. 그중 하나의 꼭대기에 사유리가 있다.

사유리밖에 없다. 혼자다.

그녀 말고는 바람 소리만 있을 뿐이다.

탑 가장자리에 불안하게 서 있다. 올려다보니 세피아색 하늘이 있다. 내려다보아도 똑같은 색의 하늘이 있을 뿐이다. 탑은 끝도 없이 뻗어 있다. 멀리 갈수록 가늘어지고 나중에는 희미해져서 보이지 않게 되지만 아마 그 너머로도 계속 뻗어 있을 것이다.

쭈그리고 앉은 그녀가 자기 무릎을 끌어안는다.

바람 소리만 들린다.

외롭고 겁이 나서 어쩔 줄을 모른다.

"누가……."

소리가 되지 않는 목소리.

"너무 외로워……. 외로운 건 너무 싫어……. 혼자 있기 싫어……. 누가 좀……."

숨으로 된 목소리가 바람에 녹는다.

"누가 옆에 있어줘."

소원을 들어주는 사람은 없다.

"히로키, 타쿠야, 여긴 너무 외로워. 아무도 없어. 난 왜 이런 데에 혼자 있는 거야?"

사유리는 혼자서 계속 말한다.

"난 이런 데에 있고 싶지 않아. 하지만 왜 그런지 모르는데 아주 오래전부터 계속 여기 있었던 것 같아. 제발……."

사유리는 마음속에 있는 친구들에게, 받을 수 있을지 없을지도 모르는 편지를 써나가듯이 계속 말을 건다.

"제발 도와줘……."

나는 꿈속에서 그것을 듣고 있다.

:: :: :: ::

오카베 씨가 보낸 편지를 받았다.

어느 날 밤, 기숙사로 돌아와 우편함을 열어보았더니 하얗고 쌀쌀맞은 봉투가 들어 있었다. 방으로 들어가 짐을 내려놓은 다음, 일단 개봉해서 읽었는데 솔직히 말하자면 별로 읽고 싶지는 않았다.

편지에는 그쪽 지방의 근황이 적혀 있었다. 미일과 유니언의 관계는 몇 년 전과는 비교할 수 없을 정도로 긴박해졌고, 그에 따라 에미시 제작소도 아주 바쁜 모양이었다. 타쿠야가 아르바이트를 그만두는 바람에 일손이 부족하다는 불평도 덧붙여져 있었다. 타쿠야는 학업에 매진하고 있는 모양이라고 했다. 그런데 타쿠야는 학교 공부 정도는 열심히 매진하지 않더라고 충분히 잘할 테니까, 보나마나 학교 공부가 아닌 뭔가 독자적인 공부를 하고 있겠구나 하는 생각이 들었다. 얼마든지 일을 시켜줄 테니까 언제든 돌아와도 된다는 말도 적혀 있었다. 사유리나 베라실러에 대한 언급이 없어서 나는 진심으로 안도를 했다.

답장을 하라는 글이 있었다.

그럴 마음이 생기지 않았다.

편지를 들고 있던 손을 축 늘어뜨렸다. 한숨을 내쉬었다. 편지지 두 장 분량의 내용을 끝까지 읽는데 상당한 노력이 필요했다.

의식이 내 고향 쪽으로 흔들릴 때마다 몸이 무거워지고 속이 안 좋아졌다. 제발 생각나지 않게 해주었으면 싶었다. 잃어버린 것을 떠올리는 것은 너무 괴로운 일이었다.

아무것도 두려워하지 않는 힘을 가지고 있던 시절의 나에게 보낸 편지였다. 그것은 그 무엇보다도 안 해주었으면 하는 일이었다. 몇 년 전에 내 안에 있던 반짝임과 강한 힘은 일찌감치 사라지고 없었다. 그것이 있던 곳을 지금은 누름돌로 억지로 꾹 눌러놓고 있었다. 그렇게 느껴졌다.

나는 벽에 등을 대고 그대로 주르륵 미끄러져서 웅크렸다.

눈물을 흘리고 싶었다. 울고 싶었다. 그렇게 모든 것을 토해내버리고 싶었다. 하지만 눈물이 나지 않았다. 쇠로 된 묵직한 누름돌이 여전히 내 안에 있었다.

사유리의 실종이 나에게 준 타격의 크기를 다시금 실감했다. 끝내 비행기를 날게 하지 않았던 일이……. 결국 그 탑에 가지 않았던 나의 덜떨어짐이 내 자신을 얼마나 손상시켰는지 알게 되었다.

오카베 씨가 보낸 편지는 내가 잊으려 했던 그런 일들을 모조리 환기시키고 각성시켰다.

나는 다시 한 번 확신했다.

'이제 그곳에 다시는 돌아갈 수 없구나. 깨져버린 꿈이나 예전에 있었던 가능성의 잔재를 바라보면서 살아갈 수는 없겠구나.'

나는 편지를 던져버리고 집에서 나와 문을 걸어 잠갔다. 편지를 그곳에 가둬버리고 싶었다.

밤중에 오래된 주택가를 정처 없이 어슬렁어슬렁 걸어 다녔다. 조금만 큰 지진이 일어나면 틀림없이 납작하게 무너져버리게 생긴 목조 주택가들이 죽 늘어서 있었다. 일반 주택들도 대개는 빛이 바랜 시멘트로 칠해져 있었다. 자판기에서 나오는 불빛이 가끔씩 길을 비추고 있었다. 골목 안을 들여다보니 다 썩은 포장마차가 방치되어 있기도 했다. 밤공기로 몸을 식혔더니 조금씩 마음이 놓였다.

흙냄새가 나서 그쪽으로 눈을 돌렸다.

길가에 공사를 위한 철조망이 쳐져서 출입을 막고 있었다. 그 너머에 굴착기가 있었고, 흙이 약간 파여 있었다.

공사 현장 너머로 눈길을 주었더니 저 멀리, 한참 떨어진 곳에 니시신주쿠의 번쩍번쩍하는 미래적인 고층 건축물들이 빛을 발하고 있었다. 대부분의 창문에 불이 켜져 있고, 거울처럼 반사하거나 값비싼 타일로 코팅된 벽면이 아래쪽에서 쏘는 조명을 받고 있었다.

'정말 저 안에서는 누가 어떤 일을 하고 있을까?'

상상이 되지 않았다. 전혀 현실 같지가 않았다.

'저 수많은 고층 빌딩들이 정말 나랑 같은 세상 속에 존재하고 있는 것일까?'

어딘가 다른 세상에 있는, 인류가 아닌 존재가 만든 도시가 신기루가 되어 공중에 떠 있는 것처럼 보였다.

전혀 현실적이지 않았다.

어딘가에서 홀로그램으로 하늘에 비추고 있을 뿐인 가짜처럼 느껴졌다.

나는 하늘을 찌르고 우뚝 서 있는 그 무기질의 탑들을 실눈을 뜨기도 하고 얼굴을 찌푸리기도 하면서 한참 동안 쳐다보고 있었다.

'나는 이곳에 있을 수밖에 없다. 어떻게 하면 이 풍경에 적응할 수 있을까?'

목이 뻐근해질 때까지 계속 그러고 있었다.

눈을 돌렸을 때 사유리가 나온 꿈에서 본 죽순처럼 생긴 탑들의 이미지가 빌딩들과 겹쳐졌다.

그것은 아주 순간적인 착시였지만 의외로 강하게 내 마음을 사로잡았다.

아아.

리얼이다.

6.

한두 달 시간을 들여서 리카는 남자친구와 헤어졌다. 나는 그녀가 다른 사람과 사귀고 있다 해도 별 상관이 없었지만 그녀는 그런 일은 깔끔하게 해두고 싶다고 했다.

"다른 사람하고의 관계를 어중간하게 끌고 가지 않기로 했어."

"멋있네."

"그치?"

평범하지 않은 대답을 하고서 그녀가 웃었다.

"그런데 어쩌다가 이렇게 됐지? 나 처음에는 너를 쉽게 봤었는데."

"쉽게?"

"응. 넌 쉽게 다룰 수 있어서 나 좋을 때 적당히 끌고 다녀도 된다고, 그렇게 생각했었는데 말이야. 진짜 이상하다. 아마 네가 아주 남다른 사람이어서 그런가 보다."

"남다르다니, 뭐가? 난 내세울 게 아무것도 없어서 오히려 곤란할 정도인데."

"모르는 척하긴."

리카는 입을 다물고 나를 나무라는 듯한 표정으로 웃었다.

"난 그런 거에 예민하단 말이야. 넌 자기가 특별하다는 것을 알고 있어. 아마 실제로 남들하고는 뭔가 다를 거야. 나도 내가 좀 그런 편이라고 생각하기 때문에 보면 안단 말이야."

나는 아무 대꾸도 하지 않았다.

나와 리카가 사귀는 방법은 질적으로 봤을 때 그전과 거의 변함이 없었다. 차이라고 해봐야 가끔씩 점심을 둘이서 먹고, 학교 끝난 다음에 같이 시간을 보내게 되었다는 정도였다.

며칠씩 계속되던 장맛비가 그친 날, 리카가 가자고 해서 점심시간에 학교에서 빠져나와 근처 빌딩 2층에 있는 패밀리 레스토랑으로 밥을 먹으러 갔다. 그녀는 그라탱을 시켰고, 나는 닭고기 채소 죽 세트라는 것을 시켰다. 편의점 음식을 계속 먹어서 파스타나 튀김 같은 것에 신물이 나 있었기 때문에 외식을 하러 음식점에 들어가면 자꾸 그런 음식을 주문하고는 했다.

"할아버지야?"

그녀가 웃었다.

"넌 혼자 살면서 평소에 어떻게 먹는 거야?"

"아침엔 커피, 점심엔 빵, 저녁은 편의점."

"우와, 전형적인 최악의 식생활이네. 너, 그렇게 먹다가는 몸이 맛이 가겠다."

"응."

"응, 이 아니잖아."

"그래도 종합비타민 약은 챙겨 먹고 있어. 그리고 난 먹는 거에 별로 흥미가 없어."

"넌 정말 이상한 애야. 먹는 거에 흥미가 없다니."

리카는 곤란해 하는 것도 같고, 무언가 망설이는 것도 같은 미묘한 표성을 지었다.

"왜 그래?"

내가 물었다.

"아니, 딱 이 장면에서 "내가 도시락 싸다 줄게."라고 말하면 그림이 끝내줄 텐데 하는 생각이 들어서."

내가 웃으면서 말했다.

"괜찮아, 그런 거 안 해줘도."

"응. 안 할 거야. 너 그렇게 찰싹 달라붙는 거 싫어하잖아."

"뭐, 그렇지. 어떤 얼굴로 그런 것을 받아야 할지도 모르겠고."

"나, 아침이 완전히 꽝인 사람이거든. 그러니까 혹시 마음이 바뀌더라도 절대 기대하지 마."

"걱정 마. 안 그럴 테니까."

"근데 또 그렇게 딱 잘라서 기대를 안 한다니까 그것도 기분이 왠지 나쁘네."

리카는 또 그렇게 내가 반응을 어떻게 보여야 할지 알 수 없는 말을 했다. 한참 생각을 하더니 그녀가 말했다.

"있잖아, 꽤 오래전부터 내 밥은 내가 해 먹거든. 그러니까 요리는 꽤 하는 편이야. 그렇게 안 보이겠지만. 그래도 그렇게 알고는 있어줘."

"알았어. 그렇게 알고 있을게."

전에 잠깐 들었던 그녀의 집안 이야기가 생각났다.

"그러니까 혹시 원한다면 밥해주러 갈 수는 있어. 나 이거 진지하게 물어보는 건데, 어때?"

"엉……?"

갑작스러운 제안에 당혹스러워하면서 잠시 생각해보고는 대답했다.

"아니, 됐어. 너무 미안하잖아."

그러고 보니 그때까지 나는 내 방에 친구를 데려간 적이 없었다.

"너무 지저분해서 창피하기도 하고."

"난 그런 거 상관없는데."

"아마 네가 상상하는 정도를 훨씬 초월한 차원의 지저분함일걸."

나는 내가 사는 곳이 얼마나 낡았고, 어두컴컴하고, 눅눅한지를 과장을 섞어가며 들려주었다. 리카가 깔깔거리며 웃었다.

"흥미가 생기는데. 집에서는 보통 뭐 하고 지내?"

"특별히 하는 거 없어. 숙제하고, 예습 복습도 하고, 음악을 듣거나 책을 읽기도 하고……. 가끔씩 바이올린을 만질 때도 있고."

"바이올린? 켤 수 있어?"

아주 의외인 모양이었다.

"뭐, 그럭저럭."

"뭐어? 어떻게?!"

"어떻게는 무슨, 연습을 했으니 할 수 있는 거지."

"나 듣고 싶어!"

리카는 테이블 위로 상체를 들이밀었다. 만화였으면 눈에서 별이 반짝이고 있었을 것 같은 표정이었다.

"아니, 그건 안 돼."

내가 고개를 크게 좌우로 흔들었다.

"너무 엉망이야."

"그딴 게 무슨 상관이야? 잘하든 못하든. 당장 음악실로 가자."

"아니, 제발 참아줘. 그건 진짜로 아니야."

"뭐야! 치사하게."

나는 기시감을 느끼면서 내가 나의 바이올린 연주를 절대 아무에게도 들려줄 생각이 없음을 깨달았다.

리카와 함께 있는 것은 즐거웠고 그녀와 함께 있으면 마음이 편안해졌다. 그러나 어찌 된 영문인지 내가 악기를 연주하는 모습을 보여주고 싶은 생각은 없었다. 물론, 그것이 이상하고 잘못된 일이라는 생각은 들었지만…….

그렇게 계절은 바뀌어 겨울이 오고, 봄이 와서 나는 고등학교 3학년이 되었다.

학년이 바뀌면서 리카와는 반이 달라졌지만 우리 사이는 거의 변함이 없었다. 가능한 한 같은 보충수업을 선택해서 옆자리에 앉았다. 그리고 이것은 딱히 약속을 한 것이 아니었지만 학교가 끝나면 교대로 서로의 반으로 데리러 가서 같이 걸어갔다.

바뀐 점은 내가 사유리의 꿈을 자주 꾸게 되었다는 것이다.

며칠에 한 번씩 그녀의 꿈을 꾸었다. 사유리가 있는 빛바랜 사진 같은 기묘한 공간이 어째서인지 몰라도 아주 친근하게 느껴졌다.

반대로 깨어 있을 때 보이는 풍경에서 현실감각이 점점 사라졌다. 하늘이나 가로수나 거리의 색깔들이 내 눈에는 페인트를 칠한 그림처럼 보였다. 실눈을 뜨고 그런 경치를 바라볼 때마다 자꾸만 마음이 불안해졌다. 리카와 함께 있을 때에만 아주 잠깐 그런 불안을 잊어버릴 수 있었지만, 현실과 내 감각이 어긋나 있는 느낌은 여전히 내 안에 있었다.

가끔씩 한밤중에 근처에 있는 역으로 가보고는 했다. 계단을 내려가서 마루노우치선의 니시신주쿠 역이나 오에도(大江戸)선의 신주쿠니시구치(新宿西口) 역 개찰구 앞에 서서 한 시간 정도 누군가를 기다리는 사람처럼 멀뚱히 서 있었다. 그렇게 모르는 사람들 틈에 끼어 있으면 주변 경치에 조금씩 녹아들 수 있지 않을까 싶어서였다.

하지만 그렇게 되지 않았다. 현실과 어긋나 있는 나 자신은 그대로인 채 그저 다리만 아플 뿐이었다.

거기서 기다리고 있어봐야 누군가 오는 것도 아니었다. 당연했다. 그곳은 학교가 끝나고 역에서 참을성 있게 기다리기만 하면 아는 사람을 반드시 만나게 되는 시골 역이 아니었다.

개찰구가 토해내기도 하고 빨아들이기도 하는 사람들의 얼굴이 모두 똑같아 보였다. 익명의 사람들이 익명의 집합체가 되어 흘러 다니고 있었다. 저예산 영화의 군중 장면처럼 전혀 리얼리티가 없었다. 나는 거의 무의식중에 거기 있는 수많은 익명의 얼굴들 속에서 알아볼 수 있는 특정한 얼굴을 찾아서 합류하고 싶다는 소망을 갖기 시작했다. 그러나 찾아야 할 '특정한 얼굴'을 구체적으로 떠올릴 수가 없었다. 사람들은 개찰구를 통해 들어가기도 하고 나오기도 했다. 나는 어디에도 가지 못한 채 서 있었다. 나는 얼굴이 없는 익명의 사람이 되고 싶었다. 군중의 한 사람이 되고 싶었다. 유령처럼 되고 싶었다.

그러나 물론 그렇게 되지 못했다. 나는 이 도시에 포함되어 있지 않았다.

7.

이 시점에서 모든 일이 끝나고 한참 후의 이야기를 조금만 해두려고 한다.

편지에 대해서다.

내가 대학을 마치고 대학원에 들어가서 졸업한 해였으니까 내 나이 스물여섯 때였다. 그해 봄에 타쿠야로부터 딱 한 번 편지가 왔었다.

아니, 편지라기보다 정확하게 말하자면 소포였다.

일반적인 인사라든지 옛날을 회상하면서 덧붙이는 글 따위는 일체 없었다.

뿐만 아니라 발신자 주소나 연락처도 적혀 있지 않았다. 8년 만에 온 소식이었다. 타쿠야는 그 기간 동안 계속 행방불명이었다. 연락처가 적혀 있지 않은 이유는 알려주고 싶은 생각이 없어서다. 실수로 적지 않는 일 따위는 시라카와 타쿠야에게 있을 수 없는 일이었다.

소포의 내용물은 일기장이었다. 나는 타쿠야가 매일 일기를 쓰고 있었다는 사실을 처음 알았다. 나에게 보내준 일기는 정확하게 고등학교 시절 3년 치 분량이었다.

나는 그것을 읽었다. 나와 타쿠야가 만나지 않았던 3년 동안에 그에게 어떤 일들이 일어났는지, 그가 어떤 생각을 했는지, 그런 것들이 적혀 있었다.

나는 그가 왜 일기를 내게 보냈는지, 그 의도를 분명하게 이해했다. 타쿠야는 내게 잊지 말라고 말하고 싶은 것이다. 그 자신을. 사유리를. 중학교 3학년의 너무도 특별했던 여름을, 그 후에 찾아온 빙하기 같은 3년의 일들을. 짧았던 그 몇 년 동안에 타쿠야와 내가 나아갈 방향을 결정지어 버렸던 모든 일들을. 너무도 특별했던 우리들 자신을.

'기억에서 지우지 마.'

'흘려버리지 마.'

'없었던 일로 하지 마.'

그는 그렇게 경고하고 있었다.

물론 잊어버릴 생각 따위는 없다. 이미 멀어진 그 예전에 잊히고 싶지 않다고 중얼거렸던 사유리의 말을 나는 지금도 잊지 못한다.

그것이 내가 이 글을 쓰고 있는 이유다.

8.

그날은 아침부터 가랑비가 내리고 있었다. 군(軍) 대학 건물 안은 온도와 습도가 완벽하게 조절되고 있었지만, 그래도 타쿠야에게는 비의 기척이 콘크리트를 통해 스며드는 것처럼 느껴졌다.

고등학교 3학년이 되던 해 시라카와 타쿠야는 아오모리 시내에 있는 미군 아미 칼리지(Army College)에 외부 연구원으로 출입하고 있었다. 전시 특수전략 정보처리 연구실, 통칭 '토미자와 연구실'이 그의 소속 부서였다. 그해 봄에 그에게 헤드헌터가 찾아왔다. 그 전 해에 타쿠야는 양자물리학 학술 잡지의 현상 논문에 몇 번 응모해서 상금을 받았다. 그것이 계기라고 했다. 발이 넓은 오카베가 뒤에서 그를 추천했다는 사실을 알게 된 것은 훨씬 나중의 일이었다.

그 스카우트 제의에는 당연히 고등학교 졸업 후의 추천 입학과 학비 면제라는 특전이 같이 있었기 때문에 타쿠야는 망설임 없이 승낙했다. 그리고 꼭 필요한 점수를 따기 위해서가 아니면 등교하지 않게 되었다. 그에게는 고등학교 수업이나 생활이 거의 아무런 가치도 없었다.

연구실에 들어간 타쿠야는 연구원생들과 함께 학술 연구 모임에 참가하게 되었다. 논문도 자주 제출했고, 대규모 실험이 있을 때는 스태프가 되어 기계 조작을 담당했다. 실질적으로 학교 수업을 들을 틈이 없었다. 토미자와 연구실에서는 컴퓨터를 사용해서 양자물리를 연구하고 있었기 때문에 고도의 프로그래밍 스킬이 필수였는데, 그것은 타쿠야가 가장 잘하는 분야였다. 그는 태어나서 처음으로 지겹지 않은 공부를 할 수 있는 자리를 찾았다.

그날은 대규모 실험이 있어서 아침부터 그 준비로 정신없이 일에 쫓기고 있었다. 2년 전에 갓 만들어진 연구소 건물은 창문이 일체 없는 콘크리트 건물로 실험실은 8층에 있었다.

타쿠야는 두 명의 연구원과 함께 콘솔 앞에 앉아 있었다. 각자 앞에는 액정 모니터와 키보드가 있었다. 타쿠야는 자기 소유의 키보드를 가지고 와서 접속해놓았다. 일반적으로 제공되는 키보드로는 치는 속도가 느려서 스트레스가 쌓이기 때문이었다.

모니터 뒤쪽으로는 전면이 유리로 되어 있었다. 그 안쪽이 실험실의 핵심이었다. 약 10평 정도 크기의 공간은 완전히 밀폐되어 공기도 드나들지 못했다. 한가운데에 어른 세 명이 손을 잡아야 겨우 한 바퀴가 될 정도로 굵은 기둥이 서 있었다. 기둥은 복잡하게 꼬여 있었다. 현대미술의 오브제라고 해도 충분히 통할 만한 디자인이었다.

그 기둥은 평행세계(平行世界)를 수신하기 위한 안테나였다.

타쿠야 뒤쪽도 전면이 유리로 되어 있었다. 한 단 높게 되어 있는 유리 뒤편이 중앙 모니터석이었고, 그곳에 토미자와 교수와 아리사카 조교가 있었다. 그날은 그 뒤에서 제복 차림의 미군 장교와 양복을 입은 남자가 참관하고 있었다.

"손님이 오시긴 했지만 평소처럼 신경 쓰지 말고 해."

토미자와 교수의 목소리가 스피커를 통해 타쿠야 일행이 있는 모니터링 스페이스에 들렸다.

"제1 단계 종료. 다음으로 가자."

"네."

타쿠야와 연구원들이 응답했다. 일제히 키보드를 두드리기 시작했다.

"다음, 여과 스테이지. 제2 단계 시작합니다."

마이크를 향해 타쿠야가 말했다.

"지향성 해상도, 전회보다 25퍼센트 올라갔습니다."

연구원이 이어서 말했다.

토미자와는 만족스러워 보였다.

"아주 좋아. 오늘은 잘하면 되겠어. 알고리즘 잘 골라서 해봐."

타쿠야의 담당 파트를 뒤에서 체크하고 있던 아리사카가 말했다.

"타쿠야, 그 알고리즘은 뭐지?"

"그룹 추출 필터링을 살짝 다듬었습니다. 엑슨 쓰키노에 논문을 토대로 해서……."

"뭐야……?"

"추출 효율이 올라갔을 겁니다."

"잘했다, 타쿠야."

토미자와가 기분 좋게 말했다.

제복 차림의 군인이 영어로 물었다.

"엑슨 쓰키노에가 누구인가?"

토미자와가 영어로 대답했다.

"처음으로 평행세계의 존재를 증명한 유니언의 연구자입니다. 에조에 있는 탑의 설계자로 알려져 있습니다."

"저 나선이……."

제복 군인이 실험실 안테나를 가리켰다.

"탑의 모델인가?"

"그렇습니다. 이제부터 기둥의 중심에 있는 사방 수 인치의 공간을 다른 우주와 치환합니다."

알람이 울렸다. 모두가 긴장했다.

"잡았습니다!"

타쿠야가 날카롭게 외쳤다. 그 자리에 있던 모두가 모니터를 주시했다.

"XA, YC, ZC 방향에 노출 반응 확인. 분기우주가 다섯……, 아니 여섯 있습니다."

모니터 위에 있는 그래프에 여섯 개의 곡선이 꿈틀거리고 있었다.

"여섯 개라. 많이 발견했군."

토미자와가 손가락 깍지를 다시 꼈다.

"동조 스테이지 개시. 제발 연결돼라……."

아리사카가 그 말에 따라 지시를 내렸다.

"제3 단계 시작합니다. 제일 가까운 평행우주에 각자 접속 시도해."

타쿠야와 두 명의 연구원들이 키보드를 두드려서 발견한 분기우주에 시스템을 접속해나갔다. 건조한 키보드 소리만 울렸다. 타쿠야의 오른쪽에 앉아 있던 연구원이 타쿠야의 손놀림을 보더니 자기도 모르게 한마디 했다.

"우와, 빠르다!"

"타쿠야가 제일 가깝군."

아리사카가 중얼거렸다.

"접속 가능 영역까지 앞으로 12엑서. 11, 10, 9.4, 9.2……."

알람이 다시 울렸다.

제복 군인이 상체를 내밀었다.

"연결됐습니다!"

타쿠야가 빠른 말로 보고했다.

"인접한 하나의 분기우주에 접속 성공했습니다. 노출 반응도 안정되어 있습니다."

자기도 모르게 일어섰던 토미자와가 다시 앉았다.

"좋아, 이대로 변환 스테이지로 들어가자."

그런 다음 제복 군인에게 설명했다.

"이제부터 분기우주와 공간 치환을 시작합니다."

"제4 단계. 평행세계와 공간 치환 시작."

아리사카가 지시했다.

붉은 그래프에는 곡선 하나가 표시되어 있었다.

알람 소리의 높이가 바뀌었다.

"반경 60나노 공간의 위상 변환을 확인했습니다. 급속도로 확대 중. 곧 육안으로 확인 가능합니다."

모니터 하나가 카메라 영상으로 바뀌었다. 중앙에 희미하게 거무스름한 부분이 있었다.

"저 부분만 다른 우주로 구성된 전혀 다른 공간입니다."

토미자와가 영어로 말했다.

"에조의 탑도 같은 일을 할 수 있는가?"

"그렇습니다. 원리적으로는 완전히 동일합니다. 다만 그쪽은 훨씬 대규모이면서 정밀도가 높습니다. 우리는 몇 회에 한 번씩만 성공, 그것도 모래알 정도 크기의 치환에 불과합니다."

타쿠야를 포함한 세 명의 연구원이 쉴 새 없이 복잡한 명령어를 계속 입력했다.

그러다가 손이 멈췄다.

"안 돼……."

타쿠야의 입에서 그런 말이 흘러나왔다.

"안 되겠습니다. 노출 반응 감소. 평행세계와의 접속을 더 이상 유지할 수 없습니다."

아리사카가 보고하는 목소리에 초조함이 느껴졌다.

그래프에 나타나는 곡선의 진폭이 작아져갔다. 이윽고 버저가 울렸다. 모든 모니터 화면상에 'DISCONNECTED'이라는 빨간 글자가 표시되었다.

카메라 영상 속의 검은 점도 사라졌다.

타쿠야는 긴장을 풀고 한숨을 쉬었다. 의자 등받이에 체중을 실었다.

거의 동시에 뒤에 있는 모니터실에서 토미자와가 한숨을 쉬고 있었는데 그 한숨에는 만족스러운 느낌이 담겨 있었다.

"파동함수 수렴. 분기우주 완전 소실. 반경 1.3mm의 위상 치환에 1분 18초 성공했습니다."

침묵 속에 아리사카의 무덤덤한 보고가 울려 퍼졌다.

"마키 씨."

자료들을 모아서 실험실에서 나가보니 카사하라 마키가 토미자와 교수와 서서 이야기하고 있었다.

카사하라 마키는 타쿠야의 지도를 담당하는 박사 과정 연구원이었다. 전문은 뇌화학이었다. 전문 분야가 달라서 직접적으로 그녀의 지도를 받는 일은 없었지만, 시설 사용이나 제출 과제의 진척 상황에 대해 타쿠야는 그녀에게 상세히 보고하게 되어 있었다.

"수고했어."

살짝 미소를 지은 다음, 카사하라 마키가 토미자와에게 물었다.

"교수님, 제가 타쿠야를 데리고 가도 될까요?"

"어어, 오늘은 끝났어. 그런데 뭐야, 자네들은 항상 붙어 있군, 그래."

"교수님께서 올 한 해는 옆에 붙어서 잘 지도하라고 하셨잖아요."

"그랬나? 아 참, 난 내일부터 도쿄로 출장 가니까 여기 일 좀 부탁해."

"보고회죠?"

"그것도 있긴 한데 그 애가 발견된 모양이야. 자네들 뇌화학 팀이 바빠질지도 모르겠네……."

내용을 알지 못하는 이야기여서 타쿠야는 가만히 듣고만 있었다.

바닥도 벽도 광택이 나는 재질로 코팅된 무기질의 복도를 타쿠야는 마키와 나란히 걸었다. 카사하라 마키는 언제나 비교적 빠른 걸음으로 걷는 사람이었다. 빠른 걸음걸이는 스스로에 대해 자신을 가지고 있는 사람에게서 흔히 볼 수 있는 경향이라고 타쿠야는 생각했다. 많은 연구원들이 그랬고, 타쿠야 자신도 그랬다. 연구소 건물이 워낙 넓어서 빠른 걸음으로 걸어야 딱 알맞기도 했다. 제복 차림의 군인과 양복 차림의 남자를 복도에서 지나쳤다.

아까 실험을 참관하던 그 두 사람이었다.

"요즘에는 군인들이 자주 오네."

카사하라 마키가 말했다.

"양복 쪽은 아마 NSA일 거예요."

타쿠야가 대답했다.

"NSA?"

"국가 안전보장국."

"공안 같은 거야?"

"군의 스파이지요."

"흐응."

마키는 아무런 감흥이 없는 모양이었다.

"하긴 테러리스트가 여기저기 움직인다는 소문이 자주 들리니까."

타쿠야가 고개를 숙였다. 그는 마음의 동요를 숨기는 것이 점점 더 서툴러지고 있었다. 다행히 마키는 눈치 채지 못했다.

엘리베이터 앞에서 층수를 나타내는 숫자가 올라가는 것을 두 사람은 가만히 바라보았다.

"오늘 실험은 잘됐어?"

"데이터는 추출할 수 있었지만 아직 멀었어요. 간신히 육안으로 볼 수 있는 크기를 치환하는 정도니까 유니언의 탑하고는 비교도 안 되지요."

"그건 어쩔 수 없지. 원래 기초 물리부터 그쪽이 훨씬 앞서 나가 있는데. 에조의 그 항공사진……, 나도 봤어."

타쿠야는 그 사진을 처음 봤을 때의 전율이 다시 떠올랐다.

미군 무인정찰기가 촬영해서 전송한 것으로 유니언의 탑을 상공에서 찍은 사진이었다.

이변은 탑 자체가 아니라 그 주변에 있었다.

탑을 중심으로 그 주변이 동심원상으로 새까맣게 변색되어 있었다.

지면이 검게 칠해진 것처럼 보였지만 그렇지가 않았다.

그곳에는 아무것도 없었다.

혹은 허공이 있었다.

어쩌면 블랙홀이 그렇게 생겼을지도 모른다고 타쿠야는 생각했다. 그것은 오로지 빛을 빨아들이기만 하는 암흑의 테두리였다. 그 어둠의 느낌은 실험실 안에서 만들어내는 검은 점과 아주 닮아 있었다.

세계의 반전이었다.

탑 주변은 세계가 뒤집혀 있었다. 그곳에 있었던 원래 공간은 어디론가 사라져버리고 다른 세계가 침식하고 있었다.

벨이 울리면서 엘리베이터 문이 열렸다.

"도무지 알 수 없는 것은, 위상 변환이 어째서 탑의 주변 반경 2km로 멈춰 있는가 하는 거지요."

쇠로 된 상자 안에서 층수 표시가 내려가는 모습을 노려보면서 타쿠야가 말했다. 그게 그의 버릇 중의 하나였다. 컴퓨터에 나타나는 남은 시간 표시나 조각모음 화면 같은 것도 어느새 정신없이 쳐다보고 있곤 했다.

"미군은 탑이 공간을 반전시키는 강력한 무기라고 생각하고 있어요. 하지만 공격이 목적이라면 그건 전혀 쓸모가 없지요. 그냥 무작정 자기 영토 안에 구멍을 내기만 한 거니까요."

"뭔가 사고가 나서 기능이 정지되어버렸든가, 아니면 단순히 그냥 실험 시설 아닐까?"

"아니면 위상 변환 자체가 설계자도 의도하지 않았던 기능의 폭주일수도 있죠. 토미자와 교수님은 탑의 기능을 억제하고 있는 외부적 요인이 뭔가 있지 않겠느냐고 하셨죠?"

연구소 건물을 나왔더니 어두컴컴한 하늘에서 비가 내리고 있었다.

타쿠야는 우산을 강의실 건물에 있는 사물함에 비치해두고 있었다. 마키가 접이식 우산을 가지고 있어서 둘이서 같이 쓰고 아미 칼리지 바깥뜰을 걸었다.

"타쿠야, 내일은 뭐 해? 고등학교도 방학이지?"

다음 날은 토요일이었다.

"좀 알아보고 싶은 게 있어서요……."

마키의 어깨가 자기 어깨에 닿는 것을 의식하면서 타쿠야가 말했다.

"도서관에 가려고?"

"아니요, 아는 사람이 하는 공장에요."

"공장?"

카사하라 마키가 혹시 방해가 안 된다면 같이 가고 싶다고 했다.

"멀기도 하고 아무것도 없는 곳인데요."

타쿠야가 완곡하게 거절했는데도 마키는 전혀 상관없다고 했다. 마키를 잠시 기다리게 하고 타쿠야는 공중전화 박스에 들어가 손에 익은 번호를 눌렀다.

―보고 싶다고? 야, 우리 회사는 견학 사절이야.

오카베가 전화 너머로 퉁명스럽게 말했다. 그러다가 카사하라 마키에 대해 가볍게 언급했더니 갑자기 태도가 돌변했다.

―뭐라고? 여자야? 나이는?

"몰라요. 그래도 상당히 예쁜 편이에요. 아마……."

전화 박스 유리 바깥쪽에 멍하니 기다리면서 딴 곳을 바라보고 있는 마키가 있었다. 그 옆얼굴이 평균보다 두세 배 정도는 반듯해 보였다.

―알았어. 그럼 기다리고 있을게!

오카베가 신이 나서 말했다.

이튿날, 타쿠야와 마키는 차를 타고 오카와다이로 갔다. 어두운 색의 승용차를 운전한 사람은 타쿠야였다. 그는 열여덟 살이 되자마자 운전 학원에 다녀 면허를 땄다. 아오모리 시내에서 카사하라 마키를 태우고 해변을 따라 나 있는 280호선 도로를 달려 한 시간 반 만에 에미시 제작소에 도착했다.

날씨가 좋았다. 솔개가 울었고, 미군 전투기 편대가 굉음을 토해내면서 하늘에 비행기구름을 낙서하고 있었다. 뜰에 서 있는 큰 나무 곁에 차를 세웠다. 차에서 내린 카사하라 마키는 부지 안에 설치된 철탑에 흥미가 생긴 모양이었다.

"와아……, 대단한 안테나네요."

"약간은 불법적인 것도 섞여 있기는 하지만요."

바지 주머니에 손을 찔러 넣고 담배를 입에 문 오카베가 설명했다. 약간은커녕 대부분이 불법이라는 사실을 타쿠야는 알고 있었지만 가만히 있었다.

"이놈 덕분에 꽤 재미있는 데까지 연결이 되지요."

"네에. 취미신가요? 아니면 일 때문에?"

"반반이라고 봐야죠."

오카베는 카사하라 마키가 타쿠야의 말대로 미인이어서 만족스러워 보였다. 공장에 터를 잡고 있는 길고양이가 모습을 보였다. 타쿠야가 다가가서 귀 뒤쪽을 긁어주었다.

한쪽 벽을 전부 차지하는 셔터를 올렸더니 에미시 제작소가 거대한 차고 같은 모습이 되었다. 공장 안에도 가을의 산들바람이 불어 들었다. 그날은 공장이 쉬는 날이었고 오카베 사장 말고는 사원은 사토가 대기하고 있을 뿐이었다. 카사하라 마키가 선물로 케이크를 들고 와서 타쿠야는 탕비실에 가서 차를 끓였다. 건물 그늘막 아래 펴놓은 알루미늄 테이블에 넷이 같이 앉았다.

"그럼 마키 씨는 뇌에 대한 연구를 전문으로 하고 계신가요?"

오카베가 물었다.

"네. 기억이라든지 수면이나 꿈이라든지. 그런 연구를 하고 있어요."

이번에는 사토가 질문했다.

"그런데 타쿠야랑 같은 연구실에 계신다고요? 타쿠야, 넌 탑에 대해서 연구하고 있다고 하지 않았나?"

"네. 저는 탑 연구 쪽이지요……."

잠시 생각한 다음에 덧붙였다.

"그래도 근본적인 목적은 같아요. 이걸 어떻게 말해야 되지? 둘 다 평행세계를 다루는 연구거든요."

"평행세계?"

사토가 같은 말로 되물었다.

마키가 케이크를 포크로 자르며 말했다.

"그게, 사람이 밤에 자면서 꿈을 꾸듯이 이 우주도 꿈을 꾸고 있다는 거죠."

"우주가요……?"

사토가 물었다.

"세계라고 하는 편이 이해하기 쉬울 수도 있겠네요."

마키가 막힘없이 설명했다.

"어쩌면 이 세계는 이런 역사를 거쳤을지도 모른다, 이렇게 되었을지도 모른다는 다양한 가능성을 세계는 꿈속에 숨겨가지고 있어요. 그런 것을 우리는 평행세계라고 하거나 분기우주라고 부르고 있어요."

"공상 과학 같네요."

사토가 말했다.

"그런 얘기를 예전에 소설에서 읽은 적이 있어요. 패럴렐 월드(parallel world)라고 했죠……."

"그게 진짜로 있어요."

마키가 말했다.

"50년 전쯤부터 그 사실을 알게 되었어요."

"진짜로 있다고요?"

오카베가 물었다.

"예. 이건 아주 유명한 예화인데……."

마키가 엄지로 동전을 튕기는 동작을 했다.

"동전을 튕겨서 앞면인지 뒷면인지 맞히는 놀이가 있잖아요. 튕기기 전에는 뒷면이 나올 가능성과 앞면이 나올 가능성이 반반씩 있는 셈이죠. 그래서 실제로 튕겨봤더니 앞면이 나왔다고 가정을 해봅시다. 그러면 튕기기 전에 존재했던 뒷면이 나올 가능성 50%는 도대체 어디로 가버렸을까요?"

오카베도 사토도 진지한 얼굴로 듣고 있었다. 사토가 말했다.

"사실은 앞면의 가능성이 100%였는데 사람들이 그 사실을 모르고 있었던 게 아닐까요?"

"파도의 수축이죠."

마키는 말했다.

"맞아요, 오랫동안 그렇게 생각해왔죠. 그래도 50%는 역시 50%예요. 처음부터 한쪽이 100%였던 게 아니라 동전을 튕긴 시점에서 앞면이 나온 세계와 뒷면이 나온 세계가 두 갈래로 갈라졌다고 생각하는 편이 자연스러운 거죠. 이 세계는 지금 이 순간에도 토너먼트 대진표를 위에서 아래로 거꾸로 내려가는 것처럼 무수하게 가지치기를 하고 있어요."

"허어……."

"그리고 제가 하는 연구는 그 평행세계가 사람의 뇌나 꿈에 미치는 영향을 조사하는 일이죠."

그렇게 이야기가 원점으로 돌아왔다.

"유니언의 저 탑도 평행세계를 관측하고 있다는 설이 유력합니다. 타쿠야가 하고 있는 연구는 그런 기술적인 면에서의 접근이죠. 제가 하는 것은 뇌화학 면에서의 접근이고요. 생물의 뇌는 태고부터 무의식적으로 평행세계의 정보를 감지해오고 있지 않았을까, 뇌 속을 오가는 분기우주의 정보가 어쩌면 사람의 예감이나 예지와 같은 현상의 원천이 아닐까……, 그런 연구를 하고 있어요. 그런데 너무 오컬트처럼 들리기는 하죠, 이런 얘기는."

"아니 아니, 전혀 안 그렇습니다."

오카베가 담뱃갑을 흔들어 한 개비 빼어 물면서 허풍스럽게 말했다.

"우주가 꾸는 꿈을 인간도 꾸고 있다는 말씀이잖아요. 얼마나 낭만적이에요."

"낭만적?"

타쿠야와 사토가 이구동성으로 그 말을 따라했다. 그 단어가 이렇게 안 어울리는 남자도 찾아보기 힘든데 말이다.

"뭐?"

"아니에요."

"아니요."

사토와 타쿠야가 제각기 얼버무렸다.

"예감이나 예지라고 했는데, 그럼 마키 씨가 하는 연구가 발전하면 인공적으로 예언 같은 것을 할 수 있게 되나요?"

사토가 물었다.

"아니요……, 그건 아닐 거예요. 적어도 초능력적인 이미지로 그런 일이 실현될 가능성은 없다고 생각해요."

"왜죠?"

"사람한테는 안테나가 없으니까요."

타쿠야가 대신 대답했다.

"사람은 일종의 전자파를 수신해서 대상의 형태나 색채를 인식하는 안테나를 가지고 있어요. 그게 눈이에요. 공기의 떨림을 수신하는 귀라는 안테나도 있고……. 하지만 다른 세계의 정보를 수신하는 기관은 없어요. 그런 현상이 있다고 해도 입력 장치가 접속되어 있지 않은 스피커에 아주 뜸하게 한순간 라디오 음파가 섞여 들어오는 것처럼 일종의 우연일 뿐이죠."

그러고는 뜰에 몇 개씩 늘어서 있는 무선 철탑 쪽으로 슬쩍 눈길을 주었다.

"글쎄요, 인간이 뇌로 감지하려면 인공적으로 만든 안테나랑 뇌를 직접 접속할 필요가 있겠네요……."

"으웩, 무슨 공포 영화 같다."

사토가 살짝 혐오하는 표정을 지었다.

"하고 있는 사람도 있어요, 그런 동물 실험을."

그렇게 말하면서 마키는 아무렇지도 않게 케이크를 열심히 먹고 있었다.

"지금 상태로는 별로 결실이 있는 연구라는 생각이 들지는 않지만."

"그래도 마키 씨는 정말 훌륭하시군요."

오카베가 연기를 내뿜으면서 그렇게 추켜세웠다. 너무 티가 났다.

"아오모리의 아미 칼리지 하면 여느 대학들하고는 차원이 다르잖아요. 정부 자문기관이 아닙니까. 젊은 나이에 그런 기관의 메인 스태프라니……."

"아니에요, 그 정도는……."

마키가 쑥스러워했다.

"그래도 제가 원래 탑에 대한 동경심이 있었기 때문에 보람은 느끼고 있어요."

타쿠야는 자기도 모르게 마키를 쳐다보았다. 처음 듣는 이야기였다.

"정말로 대단한 사람은 오히려 타쿠야죠!"

마키가 갑자기 힘차게 단언했다.

"타쿠야가요?"

사토가 물었다.

"그럼요! 열여덟에 외부 연구원이라니, 전대미문인걸요. 더구나 누구보다도 열심이고, 자기보다 나이 많은 스태프들을 능가할 만큼 우수하니까요. 저도 세상에는 이런 사람도 있구나 싶고 정말 멋있다고 생각하고 있어요."

오카베는 마키 몰래 떨떠름한 표정을 지었고, 사토는 저런 저런, 하는 표정으로 씨익 웃었다.

"아니, 저는 아직 전혀……."

타쿠야가 작은 목소리로 황송해했다. 발치에 고양이가 다가와서 문지르는 것을 보고는 케이크를 떼서 던져주었더니 좋아라, 하고 달려들었다.

"어머, 뭐야?! 이 고양이 웃기네!"

마키가 눈을 동그랗게 뜨며 놀랐다.

저녁에 타쿠야는 아오모리 시내에 있는 마키의 집까지 그녀를 태워주기로 했다. 시내에 볼일이 있다는 오카베도 같이 타고 가겠다고 했다. 오카베가 그런 이야기를 꺼내자 사토는 "네?"하고 놀랐고, 마키는 실망하는 표정을 지었지만, 타쿠야는 아무렇지도 않게 "네, 그러세요."라고 말했다. 그로서는 오카베가 같이 타는 것이 오히려 더 좋았다.

마키의 집 앞에서 그녀를 내려주고 손을 흔들어 집에 들어갈 때까지 배웅했다. 안전벨트를 다시 채우면서 오카베가 말했다.

"역에서 내려줘."

"어디 가시는데요? 하치노헤에 가세요?"

"아니, 신칸센 타러. 내일부터 일 때문에 도쿄로 가야 돼."

"어느 쪽 일이요?"

오카베는 연기만 뿜어 올릴 뿐 대답을 하지 않았다.

타쿠야의 승용차는 주택가의 2차선 도로를 달리고 있었다. 빨간 신호에 걸려서 섰다. 타쿠야가 다시 입을 열었다.

"혹시 제가 부탁했던 일 생각 좀 해보셨어요?"

의자를 뒤로 눕히고 차 천장을 바라보고 있던 오카베는 담배를 입에 문 채 분명하지 않은 말로 물었다.

"뭐였지?"

"윌터에 참여하고 싶다고 부탁드렸던 거요."

그것은 사할린의 원주민 이름이자 일본 국내에서도 가장 활발하게 활동하는 반(反)유니언 무장 테러 조직 이름이기도 했다.

"아아, 그거."

다시 연기를 뿜었다.

"너도 참 끈질기다. 그보다도 연구실에서 잘하고 있는 모양이던데. 탑에 대한 연구를 한다면서? 그럼 이쪽에 가담할 수 없는 거 아니냐."

그런 식으로 요리조리 빠져나가는 것이 오카베의 특기였다.

"그렇지도 않아요. 오히려…… 빨리 해치워 버리고 싶어서 그래요."

그때 타쿠야의 눈에 들어온 것은 차의 앞 유리창 너머로 가늘고 길게 뻗은 하얀 수직선이었다. 타쿠야는 그 선을 노려보면서 말했다.

"빨리 처리해버리고 싶다고요……. 저 탑 말이에요."

9.

제23회 일본 군사 연구 보고회 의사록 (발췌)

보고일 ****년 **월 **일

장소 도쿄대학 야스다 강당

보고자 아오모리 아미 칼리지 전시 특수 정보처리 연구실

토미자와 쓰네오

"……이와 같이 자꾸만 가지치기해 나가는 다원 우주의 편중을 알아내는 것으로 매우 높은 정밀도의 미래 예측이 가능해집니다. 저희 연구실의 최종적인 목표도 그 점입니다. 이는 예전의 이론 모델이나 확률론이 아닌 어디까지나 현실적인—즉 분기우주에서

실제로 발생했다는 의미로—미래의 결과를 토대로 한 정보입니다. 책 페이지를 넘겨서 다음에 어떤 일이 일어날지 미리 알아보는 것과 같습니다. 이것이 정치, 그리고 군사적 의사 결정에 미치는 영향은 헤아릴 수 없이 지대할 것입니다…….

다만 솔직히 말씀드리자면 유니언의 양자중력이론 응용 기술은 우리와는 비교도 안 될 정도로 높은 수준에 이르렀을 것으로 판단하지 않을 수 없습니다. 현 상태로 계속 나간다면 양자학적으로 미래 예측을 실용화하는 것은 유니언이 앞설 것으로 보입니다."

스크린에 사진 네 점 표시.

1974년의 홋카이도 중앙부 항공사진 (생략)

1984년의 홋카이도 중앙부 항공사진 (생략)

1994년의 홋카이도 중앙부 항공사진 (생략)

1997년의 홋카이도 중앙부 항공사진 (생략)

"홋카이도 중앙부……, 에조의 중앙에 선 저 상징적인 탑의 건설이 시작된 것은 남북 분단 직후인 1974년. 가동이 시작된 것은 1996년 무렵으로 추측되고 있습니다. 1997년의 정찰 사진에서는 이미 탑 주변부에 명백한 위상 변환이 보입니다.

설계에서 중심적인 역할을 한 것으로 알려진 엑슨 쓰키노에가 원래는 혼슈 출신이라는 사실은 우리 연합 측으로 봤을 때 참으로 아이러니한 일입니다.

……그러면 이어서 실제로 평행세계의 정보를 감지하기 위한

몇 가지 새로운 기술적 시도에 대해 설명하겠습니다."

10.

며칠이 지났다. 그 사이 일을 많이 할 수 있었다. 집에는 돌아가지 않고 연구원실에 틀어박혀 논문을 두 편 완성시켰다. 피곤해지면 의자를 나란히 놓고 그 위에서 선잠을 잤다.

아침까지 모니터 앞에 앉아 있는 바람에 많이 지쳐 있었다. 토미자와 교수에게 메일로 논문을 보내고 오전에는 잡무만 처리했다. 피곤해져서 주차장으로 나가 차 안에서 잤다. 눈을 떠보니 주변이 어두워져 있었다. 세계나 시간의 흐름에서 혼자만 뒤쳐져 있는 것 같은 찝찝한 기분이 들었다.

핸드폰 전원을 켜보니 카사하라 마키한테서 두 번이나 부재중 전화가 와 있었다. 기분이 약간 나아졌다. 그래도 전화를 걸어볼 생각은 들지 않았다. 대신에 다른 번호를 눌렀다. 자주 누르는 번호였지만 주소록에 등록해두지 않았다. 발신이나 수신 기록도 그 즉시 삭제해버린다.

"타쿠야입니다."

—……어어.

오카베의 대답은 항상 힘든 것처럼 들렸다.

"가까운 시일 내에 봤으면 하는데요."

오카베는 마침 시내에 와 있었다. 좌석을 일으키고 시동을 걸었다.

여든이 다 되어 보이는 노파가 혼자서 꾸려가고 있는 그 낡은 주점은 아오모리 어항 옆에 있었다. 새하얗고 근대적인 아오모리 베이 브리지를 서쪽에서 동쪽으로 건너면서 만약 유니언군이 상륙해 온다면 이 다리가 첫 번째 공격 목표가 되겠군, 하고 타쿠야는 생각했다. 나무로 된 미닫이문을 열고 가게 안으로 들어가 보니 오카베는 혼자서 먼저 한잔하고 있었다. 타쿠야는 카운터에 앉은 오카베 옆자리에 앉았다. 늙은 가게 주인은 카운터 안쪽에서 꾸벅꾸벅 졸고 있었다.

오카베에게 술을 따라주면서 물었다.

"잘됐어요, 도쿄 출장 건은?"

"어엉?"

오카베가 수상쩍어하는 듯한 소리를 냈다.

"요즘 같은 때 출장이라면 윌터 쪽 일이 아닐 리가 없잖아요."

오카베가 흥, 하고 코웃음을 쳤다.

"그게 문제가 아니라 히로키는 어떻게 지내는 거냐? 도쿄에 가는 김에 얼굴이라도 보고 오려고 했는데 결국 연락이 안 되던데."

타쿠야는 자기 인상이 저절로 일그러지는 것을 느꼈다.

"녀석에 대한 건…… 저도 몰라요. 이제 저하고는 상관없어요."

"……흐응."

"탑은 언제 치우는 거예요?"

오카베는 결국 어쩔 수 없이 이야기를 시작했다.

"실은 PL 외각폭탄을 입수할 수 있게 됐다."

"PL……."

"뭔지 아냐?"

"아니요……, 그쪽은 잘……."

"나도 잘 모르지만 팔라듐하고 중수소를 반응시켜서 어쩐다고 그러던데."

"아아, 그렇구나……."

타쿠야는 이해가 되었다.

"대단한데요……."

"뭐가 대단해?"

"위력이요. 스펙을 봐야 알겠지만 초소형 핵무기 정도쯤 될 걸요."

"그래. 끝내주는군."

오카베는 새 담배에 불을 붙였다.

"문제는 그게 탑에 먹히느냐, 인데."

"먹힐 거예요."

타쿠야가 그 자리에서 대답했다.

"저 탑은 생각보다 견고한 구조가 아니에요. 오히려 일종의 유연성이 없으면 저렇게 섬세한 고층 건축물은 서 있지도 못해요. 외장은 한순간에 증발해버릴 거고, 내부에는 나노네트 리본이 가득 차 있을 것 같은데 그것도 불타 버릴 거예요. 아마 잔해도 남지 않고 모조리 소멸해버릴 거라고 생각해요."

"그래?"

타쿠야도 자기 담배에 불을 붙였다. 그리고 말했다.

"하지만 일개 테러 조직이 그런 무기를 가지고 있을 리가 없는데?"

"그렇지."

"미군은 도대체 노리는 게 뭐죠? 그런 무기가 사용되면 뒤에서 미군이 조종하고 있다는 게 그대로 드러나잖아요."

"그거야 모르지. 끝까지 발뺌할 수 있게 주도면밀하게 준비하고 있는 건지, 아니면 내부 파벌 싸움이 영향을 주는 건지……. 혹은 군이 발뺌을 하거나 변명할 필요도 없어지는 다른 시나리오가 존재하는 건지."

"전쟁?"

"그렇겠지."

"오히려 그 흐름을 가속시키는 게 목적인가요?"

"그럴지도 모르고."

"하지만 윌터로서는 어느 쪽이든 상관이 없다. 탑을 파괴하고 그 일을 계기로 남북통일을 앞당길 수만 있으면 된다. 본토 사람들은 미군들까지 포함해서 탑을 두려워하고 있다. 실체가 없는 저 압도적인 이미지 때문에 유니언에 대해 범접할 수 없다고 느낀다. 그래서 탑을 없애버린다. ……맞나요?"

"잘 아는군. 역시 수재는 달라."

"그런 식으로 제발 말하지 마세요."

타쿠야는 재떨이에 담배를 눌러 끈 다음 말했다.

"오카베 씨, 윌터에 제가 들어가는 거, 지금 여기서 승낙해주세요."

"그만둬라."

오카베가 술을 입에 털어 넣었다.

"지금도 사실은 발을 너무 많이 들여놨어. 그나저나 너는 알고나 하는 소리냐? 여기 들어오겠다는 소리는 정상적인 생활을 모조리 포기하겠다는 뜻이야. 자칫하면 평생 동안 남의 눈을 피해서 도망 다녀야 할지도 모른다."

"알고 있습니다. 그래도 꼭 하고 싶어요."

"너를 생각해서 하는 소리다. 지금까지 들었던 건 다 잊어버리고 얌전히 그 연구소에서 학자 선생이나 하고 있어."

"싫어요. 그럴 수는 없어요. 아무리 부탁해도 허락을 안 하면 지금 들었던 이야기를 모조리 공안에 찔러버릴 거예요."

말을 끝까지 마칠 수가 없었다. 그 전에 오카베가 목덜미를 잡고 벽으로 밀어붙인 다음 꽉 조르고 있었다. 나무 의자가 두 개나 넘어졌다. 카운터 안쪽의 늙은 점주는 일어나지 않았다. 그냥 일어나지 않기로 한 것인지도 몰랐다.

"너 지금 네가 무슨 소리를 지껄였는지 아는 거냐?"

그 목소리는 거의 비밀 이야기를 속삭이는 정도로 낮았지만 그

펀치력은 어마어마했다. 오카베의 점퍼 주머니 속에 있는 딱딱한 물건이 타쿠야의 옆구리를 찌르고 있었다. 자신이 얼마나 폭력과는 무관한 세상에서 살아왔는지 타쿠야는 그때서야 실감했다. 완전히 온실 안의 화초였다.

타쿠야는 자신이 떨고 있음을 자각했다. 자기 입에서 나온 말이 웅얼거리는 것을 들었다. 더듬더듬하면서 간신히 말했다.

"그래도 저는 하고 싶어요. 무슨 일이 있어도 내 손으로 하고 싶단 말이에요. 짜증이 나서 미치겠어요. 저런 게 눈 앞에 서 있다는 게. 저 모습이. 저게 저렇게 계속 서 있는 한 이 짜증은 없어지지 않을 거고, 난 어디에도 가지 못할 거고, 아무것도 변하지 않을 거란 말이에요."

"……."

오카베의 손에 반쯤 들어 올려진 채로 한동안 꿈쩍도 하지 않았다. 타쿠야의 귀에는 자신의 거친 숨소리만 들려왔다.

오카베가 타쿠야의 숨통을 조르던 손에서 힘을 뺐다. 타쿠야가 숨을 되찾기도 전에 자기 주머니에서 권총을 빼서 타쿠야의 손에 쥐여줬다.

"가지고 있어."

묵직한 그 무게 때문에 정신이 번쩍 들었다. 오카베는 다른 주머니에서 예비 총알을 한 움큼 쥐어서 타쿠야의 웃옷 주머니 안으로 주르륵 흘려 넣었다.

"어딘가에서 연습해둬. 뭘 맞춰보겠다는 건방진 생각은 하지 말고, 그냥 무게랑 반동만 몸에 익혀둬. 떨어뜨리거나 우리 편을 맞히지 않는 게 제일 중요해."

손바닥에 느껴지는 감촉은 딱딱하고 차갑기만 했다. 타쿠야는 부르르 몸을 떨었다.

그 강가를 발견한 것은 4호선 도로를 달리고 있을 때였다. 차를 세우고 하천 부지로 내려갔다. 머리 위로 도호쿠 철도 본선의 철교가 있었다. 철교 밑으로 들어가 보았다. 위를 올려다보니 선로 틈새로 하늘이 보였다. 열차가 달리면 무너져 내릴 것 같은 다리였다.

하천 부지를 좌우로 둘러보았다. 약간 떨어진 곳에 축구 코트가 있었지만 골대는 없었다. 그쪽으로 사람들이 조금씩 있었다. 그렇다고 숨거나 피할 생각은 없었다. 타쿠야는 철교 아래에서 나와 석양의 빛을 쬐었다.

강 건너 먼 하늘에 탑의 모습이 보였다.

자연스럽게 실눈이 되었다. 눈이 가늘어졌다기보다는 볼살이 밀려 올라간 것인지도 몰랐다.

담배에 불을 붙이고 기다렸다. 흡연양이 해마다 자꾸 늘어만 갔다. 더구나 점점 담배를 피우기가 힘든 환경이 되어갔다. 연구실 안에서 담배를 피울 수 있다면 아마 작업 능률이 지금보다 20% 이상 늘 텐데…….

다섯 개비째가 재가 될 무렵 멀리서 철길 건널목의 신호음이 들렸다.

담배를 버리고 주머니에 손을 넣었다. 딱딱하고 차가운 쇠가 있었다. 두세 걸음 앞으로 나가면서 총을 꺼내서 안전장치를 풀고 슬라이드를 당겼다. 남의 눈은 별로 신경 쓰지 않았다.

탑을 향해 똑바로 총을 겨누었다.

열차가 다가왔다. 소음이 충분히 커졌다고 느낀 순간 방아쇠를 당겼다. 손 안에서 날뛰려고 하는 총을 악력으로 꽉 붙잡았다.

이어서 총을 쐈다. 쏘고, 또 쐈다.

탄피가 튀어나왔다. 화약이 타다 남은 미세한 파편이 볼을 타닥타닥 때리는 것이 느껴졌다. 손에서 쇠가 요동을 쳤다. 메케한 냄새가 났다. 그 냄새에 취했다.

열차가 지나가자 팔을 축 늘어뜨렸다.

아무도 알아차리지 못했다. 알아차렸다 해도 진짜 총일 것이라고 생각하는 사람은 없었을 것이다. 그 사실에 구역질이 났다. 어제까지의 스스로에 대해 구역질이 났다.

총을 집어넣고 뒤로 돌아서자 타쿠야의 얼굴과 마음도 차갑고 딱딱해졌다.

11.

"차갑고 딱딱하고 뒤틀린 이상한 탑 위에 저는 있었습니다."

멸망한 문명의 유적처럼 보이는 탑의 무리가 있었다. 반은 무너지고 풍화되고 천장이 없어진 그 탑 꼭대기에서 사유리는 무릎을 끌어안고 있었다.

"그곳에서는 아주 먼 우주에서 온 것처럼 차갑고 깊은 바람이 불고, 공기에서는 다른 우주의 냄새가 났습니다."

고개를 숙인 채 띄엄띄엄 중얼거리고 있었다. 누군가를 향해서. 자기 마음속에 만들어놓은 가상의 다른 사람을 향해서. 그렇게 하지 않으면 제정신을 붙잡고 있을 수가 없었다.

하늘은 불투명하고 속돌로 비벼놓은 듯 거칠거칠한 느낌이었다. 바람은 불쾌하지 않았지만 위화감을 떨쳐낼 수 없었다.

들리지 않는 소리를 느끼고 있었다. 고주파였던 그 소리가 이윽고 가청 영역 안으로 들어왔다. 하늘에서 들려오는 금속성의 소리. 그것이 멀리서 들리는 제트기 소리라는 것을 깨달은 사유리가 작은 비명을 질렀다. 고개를 들었다.

일어섰다.

그 순간 탑이 소멸했다.

경치가 확 바뀌었다. 지금 사유리가 서 있는 곳은 콘크리트로 된 어느 학교의 운동장 한가운데였다. 학교는 완전히 폐허가 되어 있었다. 땅바닥에는 잡초가 무성했다. 모든 타일이 갈라져 있었다. 학교 건물에도 금이 가 있었다. 폐허가 된 지 적어도 10년 이상은 지난 모습이었다.

사유리는 망연자실해서 주위를 둘러보았다. 멀리 보이는 마을의 모습에서도 살아 있는 기운은 찾을 수 없었고, 모든 것이 무너져 있었다.

시야 한구석에 붉은 빛이 느껴졌다.

불의 색깔 같기도 했고, 노을빛과도 비슷했다. 따뜻한 적색이었다. 그 빛은 학교 건물 3층 교실 안쪽에서 흘러나오고 있었다.

그 붉은 교실 창문에 하얀 비둘기가 몇 마리 모여 있었다.

살아 있는 생물이었다.

모든 것이 죽어 없어진 세계 안에서 유일하게 살아 있는 기적이었다.

따뜻한 것이었다.

갈망하던 그것을 찾아 사유리가 달려갔다.

신발장에는 신발이 하나도 없고 모래 먼지만 쌓여 있었다. 신발을 벗지 않고 그대로 복도로 올라섰다. 그 자리에 서서 둘러보았다.

계단.

계단을 뛰어서 올라갔다. 2층은 그냥 지나치고 3층으로 갔다. 복도가 나왔다. 똑바로 뻗어 있는 복도와 사유리가 대치했다.

따뜻한 빛이 흘러나오고 있었다.

3학년 3반이라는 팻말이 걸린 교실 앞까지 가서 한순간 망설이다가 발걸음을 멈췄다.

용기를 내서 교실 문을 드르륵 열었다.

따뜻한 빛은 창가에 있는 책상에서 나오고 있었다.

그 빛나는 책상 하나만 창가에 있었다. 다른 책상들은 모두 떨어진 곳에 모여 있었다. 빛나는 책상 주변에 아무것도 없는 공간이 있었고, 다른 책상들은 마치 왕따를 시키는 것처럼 그 책상을 피하고 있었다.

그것은 슬픈 광경이었는데 이상하게 친근하기도 했다.

교실 안으로 한 발짝 들어서자 촛불을 불어서 끈 것처럼 한순간에 빛이 사라져버렸다.

마치 누군가가 왕따를 시키는 것처럼.

'따뜻한 것으로부터 왕따를 당하고 있네…….'

얼굴이 일그러지는 게 느껴졌다.

포기할 수가 없어 천천히 앞으로 나아갔다. 창문으로는 폐허가 된 신주쿠의 고층 빌딩들이 보였다. 전쟁이라도 났던 것 같은 모습이었다. 아까까지 빛나고 있던 고독한 책상을 만져보았다. 따뜻한 온기는 없었다. 싸늘하게 식어 있었다.

창가 벽에 등을 기대어 주르륵 아래로 미끄러져 주저앉았다. 고독한 책상이 눈앞에 있었다. 팔을 끌어안았다.

"난 왜 이런 곳에 있는 거야……. 누가……, 제발 누군가……."

얼굴을 감쌌다.

"타쿠야……, 히로키……."

눈을 감았다가 다시 떠보니 그곳은 원래 있던 탑 꼭대기였다. 이제 제트기 소리도 들리지 않았다. 바람 소리뿐이었다.

하늘 저편에 하얗고 무기질적인 유니언의 그 탑이 희미하게 보였다.

가끔씩—바람 상태에 따라서는—이곳에서 구름 저편으로 그 탑이 보일 때가 있었다.

:: :: :: ::

탁탁탁, 하는 분필의 위압적인 소리 때문에 잠에서 깼다. 밀려오는 잠을 이기지 못하고 수업 중에 잠시 의식을 잃고 있었던 모양이다. 조용한 분위기 속에 칠판에 분필로 글씨를 쓰는 소리만 담담히 울리고 있었다.

'또 그 꿈이다…….'

방황하는 사유리의 모습을 나는 잠을 자면서 몇 번이나 보았다. 그녀는 멸망해버린 도쿄의 도시 풍경 속을 헤매고 있을 때가 많았다. 그녀는 무언가를 찾아다니고 있었다.

3학년 3반. 그것은 우리 교실이었다.

나는 창밖으로 눈길을 주었다. 살짝만 시선을 옮겨도 바깥 경치가 시야에 들어왔다.

'그 붉은 책상은 내 책상이었다…….'

날씨는 맑았다. 바람이 불어 들어와 얇은 커튼이 흔들렸다. 이런 날에는 기분이 우울해진다. 3년 동안 이곳에서 살면서 점점 알게 되었다. 이런 바람이 부는 날에는…….

이 창문은 방향이 달라서 그나마 다행이지만.

틀림없이 그것이 보인다.

우편함을 열어보니 또 편지가 와 있었다. 나에게 편지를 보내는 사람은 한 명밖에 없다. 좁은 나무 계단을 올라가 방으로 들어와서 편지를 탁자 위에 집어 던졌다. 바닥에 떨어져 있던 헤드폰을 쓰고 눈을 감고서 바이올린을 켰다. 가능하면 편지 봉투가 눈에 들어오지 않도록 애썼다.

한 시간가량 그렇게 무심해지려고 애쓰다가 포기하고는 편지 봉투를 열었다. 올 때마다 매번 읽지 말아야지 하면서도 결국에 가서는 읽게 되었다. 그렇게 읽고 나면 후회할 것을 뻔히 알면서도 말이다. 어째서 그러는지는 스스로도 슬슬 알기 시작했지만 애써 생각하지 않으려 했다.

주로 근황 보고였다. 여기저기에 미군 병사들과 군용차량들이 모습을 드러내고 있는 아오모리는 분위기가 긴박한 모양이었다. 유니언과의 전쟁이 머지않았다는 사실을 분위기로 느낄 수 있다고 했다. 빠르면 올해 안에, 그렇지 않으면 내년 안에는 전쟁이 시작되지 않을까 싶고, 그래도 남북으로 분단된 일본을 다시 통일하기 위해서라면 그 또한 하는 수 없지 않겠느냐는 것이 오카베 씨의 견해였다. 남북 분단으로 인해 많은 가족들과 친구들이 군사적인 이유로 인해 강제로 이별할 수밖에 없었다. 만나고 싶어도 만날 수 없다는 것은 괴로운 일이고, 그런 일이 강요되는 상황은 잘못된 것이다. 그렇게 적혀 있었다. 오카베 씨가 자발적으로 그렇게 자기 의견을 쓰는 것은 매우 드문 일이었다.

타쿠야가 아오모리 아미 칼리지의 특별 연구원이 되었다고 적혀 있었다. 전문 분야는 양자물리학이라고 했다. 이 소식에는 적잖게 놀랐다. 대학을 건너뛰고 갑자기 연구원이 되어버릴 줄은 몰랐다. 그 정도로 대단한 녀석이었다는 말인가. 그렇게 건너뛰고 들어가는 일이 가능했던 이유는 미군 대학이기 때문이겠구나 하는 생각도 들었다. 환경 변화 때문에 좀 신경질적이 되어 있는 것 같으니 연락해서 이야기 상대라도 해주지 그러냐고 편지에 적혀 있었다. 다 읽고 나서 봉투에 도로 넣고 책에 끼워 정리함 안쪽에 쑤셔 박았다.

그날 밤에도 꿈에 사유리가 나타났다.

그녀는 빛바랜 색채의 거리를 터벅터벅 걷고 있었다. 기타신주쿠(北新宿) 근방 같았다. 좁은 길 양옆으로 상점들과 주택이 뒤섞여서 늘어서 있는 동네였다. 다만 모든 건물들이 무너지고 갈라지고 쓰러져가는 모습이었다. 전신주가 기울어져서 전깃줄이 늘어져 있었다. 그 너머 멀리에는 다 쓰러져가는 고층 빌딩이 무참한 모습을 드러내고 있었다. 폐허가 된 도시였다. 사람은 한 명도 없었다. 아무도 없다는 그 사실이 사유리의 마음에 깊은 상처를 주고 있었다.

사유리는 어설픈 발걸음으로 누군가를 찾아 헤매고 있었다. '누군가'라고는 했지만 아무나 괜찮은 것은 아니었다. 그녀는 구체적인 누군가를 찾고 있었지만 의식에 자물쇠가 채워져 있어서 아무리 애써도 자기 머릿속에 구체적인 모습을 떠올리지 못하고 있었다. 누군지도 모르는 누군가를 찾아 무작정 걸어 다니며 피로감에 시달리고 있었다.

우주 끝에서 불어오는 것 같은 바람의 냄새가 났다. 사유리는 언제나 어디서나 혼자였다.

잠에서 깬 내가 침대에 일어나 앉았다. 너무나 생생한 꿈이라고 느껴졌다. 폐허가 된 신주쿠의 풍경은 내 마음에 아주 설득력 있게 다가왔다. 그런 식으로 느낀다는 것이 무섭다는 생각이 들었다.

'그건 전쟁 후의 풍경인가?'

그렇다면 나는 전쟁을 바라고 있다는 말인가? 그렇지는 않은 것 같다는 생각이 들었지만, 마음 저 밑바닥에서 무엇을 바라고 있는지는 스스로도 모르는 일이다.

꿈속에서 맡았던 바람 냄새가 아직 어딘가에 남아 있었다. 먼지 섞인 낡은 공기였다. 그것은 아주 그리운 마음을 불러일으키는 냄새여서 왠지 마음이 많이 놓였다.

전화가 울렸다.

벨소리를 세 번 듣고서 수화기를 들었다. 전화를 받기 전에 리카라는 것을 이미 알고 있었다. 그 예감은 맞았다. 나에게 전화할 사람은 몇 안 되기 때문에 시간대를 보면 알 수 있었다. 일요일 아침부터 전화할 사람은 그녀밖에 없었다.

—아아, 있었네.

리카가 말했다.

—예전부터 얘기했지만 제발 핸드폰 좀 쓰자. 요즘에 핸드폰도 없는 사람이 어디 있니?

"아니, 됐어."

나는 평소처럼 대답했다.

"딱히 불편한 점도 없고……."

—내가 불편하다니까. 연락이 안 되잖아. 어젯밤에도 전화했는데, 어디 갔었어?

"아니, 집에 있었는데."

어젯밤에 전화벨이 울렸나 싶어 고개를 갸웃거렸다.

"아마 자고 있었을 거야……."

—좋겠다, 혼자 살아서. 아무 때나 자고 아무 때나 일어나고.

그렇게 비꼬는 말을 들으면서 지금 그녀가 어떤 표정을 짓고 있을지 눈에 선했다.

—오늘 볼 수 있어?

그녀가 물었다.

"당연하지. 오늘은 보강도, 선택 강의도 없다는 거 알잖아."

—보강이 없으면 시간이 있는 거야? 넌 다른 일정 같은 건 아예 없어?

"없는데."

나는 생각해보지도 않고 대답했다.

—가끔씩 신기해서 그러는데 넌 도대체 어떻게 사니? 내가 없으면 쉬는 날에는 뭐 하고 지내는 거야?

"글쎄, 생각해본 적 없는데."

내가 웅얼웅얼 대답했다.

"그냥 평범하게 사는 것 아닌가?"

그녀는 들으라는 듯이 한숨을 쉬었다.

—나, 너희 집에 가도 돼?

"청소 끝나면 와. 몇 달 더 걸릴 것 같지만."

—또 그딴 식으로 말 돌린다. 그럼 네가 우리 집에 올래?

"그래도 돼? 근데 부모님은?"

—그 사람들은 집에 박혀 있을 때가 없어. 신경 안 써도 돼.

"한 시간 쯤 뒤에 갈게."

—올 때 뭐 좀 사 와.

그렇게 말하고 리카가 전화를 끊었다. 나는 옷을 갈아입고 신주쿠 역으로 가서 역 앞 제과점에서 과일 젤리 선물 세트를 샀다. 야마노테선을 타고 이케부쿠로에서 내려 그녀의 집으로 걸어갔다. 걸으면서 요즘에는 그 애가 항상 기분이 안 좋은 것 같다는 생각이 들었다. 우리는 고3이었고, 입시를 앞두고 있었다.

리카는 좋은 집안의 아가씨들이 다니는 것으로 유명한 어떤 여대를 가고 싶어 했고, 거의 확실하게 들어갈 수 있을 것으로 보였다(나중에 실제로 별다른 문제없이 합격했다). 하지만 그래도 날카로운 입시 분위기 속에 휩싸여서, 근래 들어 꽤나 신경질적이 되어 있었다. 한밤중, 날짜가 다음 날로 바뀐 시간대에 느닷없이 전화를 걸어오는 일도 한두 번이 아니었다. 나는 그럴 때마다 전화를 걸어온 그녀의 이야기에 아침이 될 때까지 맞장구를 쳐주고는 했다. 그녀가 나에게 바라는 것은 그뿐이었고, 나 또한 그것 말고는 해줄 수 있는 일이 없었다.

누군가가 나를 의지하고 있다는 것은 기분이 썩 괜찮은 일이었다. 그녀의 빨리 말하는 버릇이나 흔하지 않은 감성도 나는 좋았다. 그녀 덕분에 나는 내가 쓸모없는 존재라는 인식을 조금 덜 할 수 있었다. 우리는 서로를 보완해주는 존재라고 할 수 있었다.

그렇지만 나는 요즘 들어 그녀와 이야기하고 있을 때 굉장히 멍해져 있음을 느낄 때가 많아졌다. 그것은 그녀 탓이 아니라 오롯이 내 문제였다. 나는 급속도로 눈앞에 있는 현실에 대한 흥미를 잃어가고 있었다.

리카의 집은 조용한 주택가 가운데 있는 서양식 단독주택이었다. 정원은 거의 없지만 그 대신 집 안이 넓었다. 언덕 위에 서 있는 집이어서 대문에서 현관까지 가는 중간에 작은 돌계단 열 개가 있었다. 예쁘고 좋은 집이었다.

인터폰 버튼을 눌렀더니 "그냥 들어와."라는 목소리가 들렸다. 리카는 거실 소파에 축 늘어져 있었다. 커다란 탁자 위에 노트와 대입 기출 문제집과 교과서 해설집, 그리고 우리 학교 특제의 대입 예상 문제집이 펼쳐져 있었다. 나는 그 위에 선물로 사 온 하얀 상자를 내려놓고 그녀와 마주 보듯이 바닥에 양반다리를 하고 앉았다.

"마실 건 냉장고에 있어."

그녀가 힘없이 나른하게 말했다.

나는 남의 집 부엌에 마음대로 들어가 아이스커피 두 잔을 만들어가지고 왔다.

"영 안 좋아 보이네."

리카가 몸을 일으켰다.

"넌 가만히 보면 그냥 눈에 보이는 그대로 입으로 말할 때가 있더라."

"그럼 안 되나?"

"안 되는 건 아니지만, 너 일부러 그러는 거 아냐?"

"일부러는 아냐. 쓸데없는 말만 하는 건 내가 쓸데없는 인간이라서 그렇겠지."

"아, 그리고 꼭 그런 식으로 말하더라. 아니라는 거 뻔히 알면서."

짐작은 했었지만 어지간히 기분이 안 좋은 모양이었다.

리카가 갑자기 화제를 바꿨다.

"너 『앨저넌에게 꽃을』이라는 책 읽어본 적 있어?"

"응. 왜?"

"차라리 그렇게 되어버렸으면 좋겠다는 생각이 들 때가 있어서."

"그렇게 되다니……?"

"그러니까 입시고 뭐고 따질 수 없는 상황 말이야."

나는 그제야 이해가 되었고, 안 되겠다 싶어서 한마디 했다.

"아무리 그래도 그건 할 소리가 아니지."

"나도 그건 알아. 알고는 있는데 자꾸 그런 생각이 드는 걸 어쩌라고? 그게 내 잘못이야?"

"알았어. 미안해."

"넌 그런 생각 안 들어? 불안해서 미칠 것 같다거나, 몽땅 다 집어치우고 싶다거나 그런 거 말이야."

"그야 남들만큼은 하는 거 같은데."

"하지만 그렇게 안 보이잖아."

"아마 마음속 어딘가에서 어떻게 되건 상관없다고 포기하고 있어서 그럴 거야. 입시도 여기저기 많이 넣다 보면 어딘가에는 합격할 테고. 아무 데도 합격을 못 한다 해도 죽는 건 아니고. 어떻게든 될 거고, 안 되도 상관없고……."

"너, 되게 무섭다. 그런 식으로 생각할 수 있다니. 난 못 해……."

그녀는 다시 소파 등받이에 체중을 실었다.

"이리 와. 여기 앉아."

나는 그 말대로 옆에 앉았다.

"네 에너지 좀 뺏자."

리카가 말했다. 어깨에 그녀의 머리가 얹어졌다. 땋은 머리 한쪽 갈래가 목덜미를 간지럽혔다. 사람의 머리에는 무엇으로도 비유하기 힘든 독특한 질량감이 있다. 한 사람의 기억과 사고와 정서가 그만한 무게가 되어 내 몸에 실리고 있다는 생각이 들어 살짝 긴장했다.

그녀의 볼을 손으로 감싸고 허리에 팔을 두르고 소파에 눕혀 옷을 벗기는 장면을 몇 분의 일 초 정도 상상했다.

아마도 나는 원하기만 하면 언제든 그녀를 품을 수 있을 것이라고 생각했다. 물론 어쩌면 말도 안 되는 교만일지도 모르지만……. 그녀가 그렇게 되어도 괜찮다고 생각한다는 것은 나도 알 수 있었고, 어쩌면 조금 더 적극적으로 그렇게 되기를 바라고 있는지도 몰랐다.

그러나 나는 그러고 싶지 않았다. 너무 소극적이라고 볼 수도 있겠지만……, 지금 이 정신 상태에 있는 그녀에게 그런 짓을 하는 것은 반칙이나 다름없다는 생각이 들었다. 하지만 이유는 그것 하나가 아니었다. 내 눈에는 모든 것이 안개가 낀 것처럼 보였기 때문이다. 나는 리카의 존재조차 리얼하게 느끼지 못하게 되었다. 그런 티를 전혀 내지 않았지만 리얼하게 느끼지 못한다는 사실에 가벼운 공황장애를 앓고 있었다. 잘못된 일이었고, 있어서는 안 되는 느낌이었다…….

그것은 정말 이상한 일이었다. 그녀와 함께 있으면서 팔랑거리는 짧은 치마나 가는 다리나 하얀 가슴에 자극받지 않은 적은 없었다. 그런데도 어찌 된 영문인지 그 충동은 나와 세계 사이에 끼어 있는 불투명 유리 때문에 금방 없어져버리고는 했다.

점심을 먹기로 하고 우리는 집을 나와 야마노테선을 탔다. 약간

멀지만 가보고 싶은 양식집이 간다(神田)에 있다고 리카가 말했기 때문이다. 밖에 나오자 리카의 안색이 눈에 띄게 좋아졌다. 그 넓은 집에서 거의 대부분의 시간을 혼자 보내며 입시 스트레스와 싸우고 있으니 당연히 피폐해지겠지 싶어 그 현상에 납득이 갔다.

우리가 찾아간 음식점에서 그녀는 포르치니 버섯 스파게티를 시켰고 나는 오믈렛과 튀김 세트를 먹었다. 기대대로 맛있는 음식점이었다.

그런 다음 우리는 주오선을 타고 신주쿠로 가기로 했다. 전철은 비어 있어서 옆으로 된 좌석에 둘이서 편하게 앉을 수 있었다. 리카는 내 손금을 보더니 오래 살기는 하는데 부자는 못 될 것 같다고 말했다. 내 생각에도 그럴 것 같았다. 막연한 시야 속에서 나는 막연히 살고 있었다.

그때 무언가를 보았다.

전철 창문으로 보였다. 전철은 오차노미즈(御茶ノ水) 역에 서 있었고, 창문 바깥에는 플랫폼이 있었다. 무언가가 보인 것은 반대편 플랫폼이었다.

세상에 끼었던 희미한 안개가 단숨에 날아갔다. 찰나의 순간 동안 시선이 거기에 고정되더니 그 직후에 반사적으로 일어섰다. 전철 문을 향해 돌진했다.

저것은.

사유리다!

나는 사유리의 모습을 보았던 것이다.

문이 막 닫히던 참이었다.

틈새로 몸을 끼우는 것은 무리일 것 같았다.

나는 망설임 없이 문 사이에 내 무릎을 끼웠다. 그리고 있는 힘껏 문을 벌리려고 했다. 전철 문은 완력으로 열리는 것이 아니었지만, 센서가 작동해서 압력이 풀리는 소리가 나더니 문이 열렸다. 나는 그대로 플랫폼을 향해 튕겨져 나갔다.

선로를 사이에 둔 맞은편 플랫폼 쪽을 뚫어져라 눈으로 찾아보았다.

없었다.

놓쳐버리고 말았다.

역무원이 다가와서 뭐라고 내게 말했지만 듣고 있지 않았다. 계단을 뛰어 내려갔다가 뛰어 올라가서 사유리가 있던 자리까지 가보았다. 엇갈리지 않게 주변을 살피는 것도 잊지 않았다.

플랫폼을 끝에서 끝까지 샅샅이 살피면서 걸었다. 개찰구를 드나드는 사람들의 흐름을 뚫어지게 쳐다보기도 했다. 30분 정도를 그렇게 포기하지도 못한 채 서성거렸다. 사유리는 없었다.

돌아다니는 동안 잠시 낡은 공기 냄새가 살짝 나는 듯했지만 착각일 수도 있었다.

갑자기 리카가 생각났다. 나는 말도 없이 그녀를 버리고 튀어나온 것이다. 플랫폼에 있는 공중전화에 뛰어 들어가 그녀의 핸드폰으로 전화를 걸어서 허둥지둥 변명을 했다. 오랫동안 연락이 되지 않던 옛날 친구의 모습을 본 것 같아 나도 모르게 튀어나와 버렸다고 했다.

—괜찮아.

그녀가 말했다.

—그런 일도 가끔씩 생기더라.

전화를 받으면서 어쩌면 그녀는 울고 있었는지도 모른다.

12.

그리고 다시 겨울이 왔다. 도쿄에 와서 세 번째로 맞는 겨울이었다.

학교는 그 전보다 훨씬 더 입시 분위기에 파묻혔다. 막판 힘내기를 위해서 주위 학생들은 모두가 과외로 하는 특별 강의에 출석하고 있었다. 나는 이공계였기 때문에 실습이 중요했고, 그래서 될 수 있는 대로 많이 강의에 들어갔다. 그래도 하루에 여덟 시간, 아홉 시간씩 수업이 있는 날이면 피로감이 너무 누적되어 가끔씩 필기를 하면서 정신 줄을 놓곤 했다.

집에서도 학교에서도 사유리의 꿈을 자주 꾸었다.

아니, 정확하게 말하자면 사유리를 찾아 헤매는 내 꿈이었다. 나는 폐허가 된 도시를 두리번거리면서 필사적으로 뛰어다녔다. 가끔씩 사유리의 머리카락이나 옷자락이 골목 어귀에 어른거리는 느낌이 들어 그쪽으로 눈길을 돌려보면 아무도 없었다.

이윽고 허물어진 고등학교 건물에 도착했다. 사유리가 여기 있다고 나는 확신했다. 사유리의 기척과 다른 우주의 냄새가 났다. 어딘가 차가운 장소에 사유리가 혼자 있음을 알 수 있었다. 올려다보니 교실 창문에서 저녁노을 색깔의 빛이 흘러나오고 있었다.

나는 우리 반 교실로 뛰어 들어갔다.

내 책상에 붉은빛이 머물러 있었다.

그 빛은 금방 사라져버리고 사유리의 냄새고 뭐고 없어져버렸다. 나는 숨을 헐떡인 채 그 자리에 못 박혀 서 있었다.

그런 꿈이었다.

사유리가 부르고 있었다.

나는 사유리를 찾아다녔고, 사유리도 나를 찾고 있었다. 나는 그렇게 확신했다. 냉정하게 생각해보면 위험한 정신 상태였다. 그러나 나는 이상한 일이라고 생각하지 않았다. 우리가 서로를 원하는 것은 당연한 일이었다. 꿈속에서 사유리의 기척이 끊길 때면 내 자신이 갈가리 찢어지는 것처럼 마음이 아팠다.

마치 깊고 차가운 물속에서 숨을 계속 참고 있는 듯한 날들이 계속되었다. 나 혼자서만 이 세계에 홀로 남겨져 있구나 하는 그런 느낌이 들었다.

머리카락을 헤집는 느낌 때문에 잠에서 깼다.

"수업 끝났어."

다른 교실에서 다른 보강 수업을 받고 있던 리카가 나를 데리러 와 있었다.

"피곤해?"

"응. 요즘 잠을 잘 못 자서."

"흐응, 이상하게 안심이 되네. 너도 그런 일이 있구나."

"당연히 있지. 내가 소도 아닌데."

리카를 집으로 바래다주는 김에 둘이서 이케부쿠로 근처를 좀 걷기로 했다.

이케부쿠로 역 개찰구에서 나와 가드레일에 기대서서 이야기를 했다. 입시 이야기는 둘 다 가능하면 피했다. MD에 녹음한 신곡 타이틀을 이어폰 한쪽씩 나눠 끼고 둘이 같이 들었다. 리카는 눈을 감고 리듬에 맞춰 몸을 가볍게 흔들고 있었다.

맑은 겨울 공기 때문이었을까? 나는 그것을 보고 말았다.

북쪽 방향으로 탑이 보였다.

오늘은 기습적으로 당했다. 평소에는 마음의 준비를 해두기 때문에 심각할 정도의 타격은 받지 않는데 이날은 직격탄이었다. 투명한 총알이 날아와서 박힌 것이나 마찬가지였다. 온몸이 어두운 기분에 지배당했다. 리카에게 절대로 들키지 않도록 정신을 똑바로 차렸다.

도시 전철 아라카와(荒川)선의 철길 건널목을 경쾌한 걸음으로 건너면서 리카가 나에게 물었다.

"넌 대학 이쪽에서 다닐 거지? 대학 졸업하면 고향으로 돌아갈 거야?"

"아니……, 그럴 생각은 없어."

"그래……, 아쉽네."

"뭐가?"

"네가 태어나서 자란 곳이 어떤지 보고 싶기도 하고, 살아보고 싶기도 해서."

그녀가 갑작스럽게, 정말 아무 일 아닌 것처럼 그런 말을 하는 바람에 나는 깜짝 놀랐다.

신중하게 대답했다.

"아무것도 없는 곳이야. 바다랑 산이랑 밭밖에 없어. 차가 없으면 전혀 생활이 안 되고. 대중교통이라고는 노선이 달랑 하나만 있는 시골 전철밖에 없고, 그 하나를 주변에 사는 사람들이 다 타고 다녀. 열차를 타다 보면 이름은 몰라도 얼굴은 익힐 수 있을 정도로 촌구석이야. 너무 불편해서 문화 충격을 받을걸."

"멋지잖아."

"넌 너무 로맨틱한 쪽으로 오해하고 있어."

내가 웃었다.

"시간 흐르는 게 여기보다 두 배는 느려. 아마 2, 3일만 지나면 막 답답해질걸."

"답답한 건 지금도 마찬가지니까 전혀 상관없을 거야. 난 말이야, 도쿄 같은 데에서 계속 살고 싶지 않거든. 바쁘고 시끄러운 주제에 만사가 다 흐리멍덩하잖아. 분명한 게 없다고 할까, 자기 자신이 어중간해지는 곳이랄까……. 그런 느낌 안 받아?"

"글쎄, 잘 모르겠네."

나는 분명한 대답을 피했다.

"사실 난 태어난 곳도 자란 곳도 다 도쿄 한가운데여서 시골이 없거든. 그게 생각보다 꽤 힘들다는 거, 너 알아?"

"모르겠는데. 왜?"

"그야 아무 데도 갈 수 없다는 느낌이니까 그렇지. 정 안 되면 어디론가 가버리면 된다고 생각하고 싶을 때 구체적인 장소가 없으니까. 결국은 여기서 이렇게 살아갈 수밖에 없구나 하는 생각이 들면 가끔씩 완전히 절망할 때가 있어."

리카의 말투는 전혀 심각하지 않았고 농담을 할 때랑 거의 비슷했다. 그래서 오히려 더 마음에 와 닿았다.

"어디론가 가버리고 싶다는 생각, 자주 해?"

"그럼. 몰랐어?"

"그런 줄은 몰랐지."

"네가 살던 고향에 대해서 좀 더 얘기해줘."

"거기는……."

되도록 마음이 흔들리지 않도록 조심하면서 담담히 이야기했다.

"일본의 거의 북쪽 끝이지. 눈이 엄청 많이 와. 이때쯤이면 온 세상이 눈 속에 파묻혀 버려. 바깥으로 나가려면 우선 집 앞에 있는 눈부터 매일 치워야 돼. 물론 춥기도 하고. 그리고 정말 조용해. 소리가 다 눈에 흡수되어버리거든."

"느낌 좋네."

"내가 살던 곳은 민마야라는 동네인데……."

"민마야?"

"그래. 마구간 세 개라는 뜻의 이름이야. 근처에는 기케이지라고 꽤 유명한 절이 있는데, 거기서는 미나모토노 요시쓰네를 모시고 있어. 요리토모의 수하들에게 쫓겨 온 요시쓰네가 도망쳐서 살아남기 위해 하늘에서 세 마리 용마를 받았다는 전설이 있거든. 그래서 세 마구간이라고 한대. 전설에서는 요시쓰네가 그 하늘을 나는 말을 타고 홋카이도로 건너가서 살아남았다고 하는……."

나는 말을 끝까지 마칠 수가 없었다.

"뭐 그런 얘기지."

"멋있는데."

걸어가면서 거기까지 이야기했을 때 국철 건널목에서 신호에 걸려 그 자리에 섰다. 우리 앞을 끝도 없이 길게 연결된 화물열차가 천천히 가로지르며 갔다.

화물열차에 실려 있는 것은 90식 전차였다. 화물칸 열 개 이상의 전차가 눈앞을 지나갔다. 도호쿠 본선을 따라 북쪽을 향해 실려 가는 것 같았다. 정말 전쟁이 코앞에 닥친 모양이었다.

"이 전차들은 네 고향으로 가는 거지?"

"응, 그렇겠지."

내가 간신히 대답했다.

"이런 열차들은 되게 느리게 간다. 그냥 훌쩍 올라타도 될 것 같잖아. 우리 이거 타고 아오모리까지 둘이서 밀항할까?"

웃으려다가 얼굴이 일그러지는 것이 느껴졌다.

나는 더 이상 참을 수가 없었다. 입가를 막으면서 고개를 숙였다. 솟구쳐 오르는 것을 필사적으로 내리누르려고 했다.

침을 삼키고 숨을 참았다. 조금씩 안정을 되찾을 수 있었다. 숨을 고르려고 허리를 쭉 폈다.

그 순간 시야에 탑이 뛰어들었다.

저녁노을의 붉은빛 속에서 믿을 수 없을 정도로 가까이 있는 것처럼 느껴졌다.

탑의 기척이 천천히 내 위로 덮쳐왔다.

갑자기 몸이 안 좋아졌다고 하고 혼자서 니시신주쿠로 돌아왔다. 돌아오는 길목에 있는 철책을 손으로 탕탕 소리 나게 치면서 걸었다. 기숙사로 돌아와 보니 우편함에 오카베 씨가 보낸 편지가 또 와 있었다. 그것을 들고 내 방으로 왔다. 열어볼 수 있을 것 같지는 않았다. 등 뒤로 문을 닫고 어두컴컴한 나만의 공간으로 돌아온 나는 어깨에 메고 있던 짐을 스르륵 밑으로 미끄러져 떨어지게 하고서 문에 등을 기댄 채 천천히 그 자리에 쭈그리고 앉았다.

온몸이 쑤셨다. 마치 온몸의 뼈라는 뼈가 모조리 살을 뚫고 나오는 것 같았다. 정작 아픈 것은 마음인데 어떻게 몸의 아픔으로 느껴질까?

도대체 언제부터 나는 이런 것을 싫어지게 되었을까?

그 자리에서 일어설 만큼의 힘이 돌아온 것은 바깥이 어두워진 후였다. 교복을 벗고 스웨터랑 청바지로 갈아입은 다음 바닥에 앉아 침대 가장자리에 기댔다.

그러고는 헤드폰을 쓰고 눈을 감고서 사일런트 바이올린을 켰다. 내가 연주한 소리가 내 귀에만 돌아온다는 것은 정말 좋은 일이었다. 의식의 대류가 일어나서 내 몸 안에 있는 것들이 회복되는 느낌이 들었다.

정신없이 몰입해서 연주했다. 알고 있는 모든 곡들을 차례차례 연주했다.

어느새 사유리가 나에게 언젠가 들려주었던 그 곡을 계속 반복해서 연주하고 있는 나 자신을 발견했다. 이제 이 곡은 내가 나에게만 들려주는 나만의 곡이었다. 아무하고도 공유할 생각이 없는 곡을 나는 끝도 없이 연주하고 있었다.

상당히 오랜 시간이 흐른 것 같았다. 목과 팔이 뻣뻣해져서 바이올린을 내려놓고 한숨을 돌렸다.

문 바깥에서 인기척이 났다. 여닫이가 좋지 않은 얇은 나무문이 어느새 열려 있었다.

침침하게 켜진 어두운 형광등 불빛 아래 사복으로 갈아입은 리카가 서 있었다.

리카는 자기 입술을 손끝으로 막으면서 서 있었다. 무언가에 놀라서 눈을 한껏 크게 뜨고 있었다. 눈물을 흘리고 있지는 않았지만 우는 듯한 표정이었다.

"저기, 나는, 걱정이 돼서……."

나는 문 앞으로 다가가 아주 부드럽게 말했다.

"왜 그래?"

리카가 더듬더듬 말했다.

"문은 열려 있었고……, 혼자 있는 너를 보는데…… 너무 무서워져서……."

"무섭다고?"

내가 물었다.

"넌 집에 있을 때 얼굴이 항상 그러니……?"

나는 살며시 그녀의 팔꿈치를 향해 손을 뻗었다.

"그런 데 서 있으면 감기 걸려. 들어와."

"싫어."

그녀는 뒷걸음질해서 나와 거리를 두었다.

"넌 내가 안 들어왔으면 하잖아."

나는 아무 말도 못 하고 뻗고 있던 손을 내렸다.

"그렇지 않아."

내가 말했다.

"거짓말."

이게 도대체 뭐지 하는 생각이 들었다. 비약이 너무 심했다. 그런데 문제는 그녀가 하는 말이 모두 옳다는 점이었다.

"넌 왜 그래? 왜 혼자인 거야? 내가 옆에 있는데도……."

"아무튼…… 갈 거면 바래다줄게."

"됐어."

"이 근처는 어둡고 치안도 별로 안 좋아."

"싫다고!"

그녀는 몸을 휙 돌리더니 종종걸음으로 가버렸다. 나는 그녀가 계단을 내려가는 소리를 말없이 듣고 있었다.

한참 동안 가만히 그 자리에 서 있었다.

집에 있고 싶지 않아졌다. 점퍼를 걸치고 문을 잠그고 밖으로 나왔다. 겨울의 냉기가 기분 좋았다. 기숙사 주변의 낡고 지저분한 주택가를 정처도 없이 어슬렁거리며 돌아다녔다.

낡은 목조 주택이 많아서인지 이 근처에는 집을 허물었다가 다시 짓는 공사를 하는 곳이 어딘가는 항상 있었다. 내가 모르는 사이에 또 한 채의 낡은 집이 허물어져서 평지가 되어 있었다. 부서진 건축자재들은 아직 실려 가지 않은 채 그 자리에 높이 쌓여 있었고, 부지 주변은 철조망으로 둘러싸여 있었다.

그 집이 평지가 된 덕분에 길에서 먼 경치를 내다볼 수 있게 되었다. 철조망 너머로 니시신주쿠의 고층 빌딩들이 곧바로 보였다. 녹색 빌딩과 고급 호텔이 에너지 낭비를 하면서 어둠 속에 모습을 드러내고 있었다. 거의 대부분의 창문에 불이 켜져 있었다. 나는 그 풍경이 예쁘다고 생각했다. 근거 없는 반감이 들기도 했지만 그래도 예뻤다.

'그런데 철조망이 거슬리네.'

갑자기 감정이 요동쳤다. 나는 철조망을 움켜잡았다.

'뭐야, 이건.'

'왜 이런 게 있는 거야. 이런 게 있으니까 내가 외톨이로 남아 있는 거잖아. 왜 나는 이렇게 혼자 떨어져 있는 거야? 어째서 나는 그쪽으로 갈 수가 없는 거야?'

나는 철조망을 철컹철컹 소리가 나도록 심하게 흔들었다. 철망이 휘면서 앞뒤로 흔들렸다. 주먹으로 쳤다.

'이런 게 있으니까 나랑 리카가 같이 붙어 있지 못하는 거잖아.'

하지만 사실은 나도 알고 있었다. 나와 세계를 가로막는 철조망은 바깥에서 만들어진 것이 아니었다. 그 철조망은 바깥이 아니라 내 안에 있었다. 세계가 나를 밖으로 쫓아낸 것이 아니라 내가 세계를 밖으로 내쫓고 있는 것이다. 내가 리카를 내쫓고 있는 것이었다. 이 도시는 나를 받아들이려 했고 리카도 나를 받아들이고 싶어 했다.

내가 그것을 거부하고 있을 뿐이었다.

베라실러—.

나는 그 하얀 비행기를 생각했다. 그것은 가로막는 것을 넘기 위한 힘이었다. 철조망을 뛰어넘을 수 있는 힘은 거기 있었다. 나는 내 모든 힘을 거기에 쏟아 부었다. 그것을 날리는 일을 포기했을 때 나는 내 자신을 작은 상자 안에 가둬버리고 말았던 것이다.

내가 치명적인 잘못을 저질렀다는 사실을 알았다. 나는 무슨 일이 있어도 그것을 날게 했어야 했다. 나는 내가 살아가기 위해 필요한 모든 것들을 베라실러 안에 담아놓고서 그것을 내팽개쳐 버렸던 것이다.

눈이 오고 있었다.

13.

바깥에서는 눈이 오고 있을 텐데도, 기밀 유지를 위해 창문이 없는 아오모리 아미 칼리지 토미자와 연구소의 연구원 기숙사에 있는 한, 그런 기척은 느낄 수가 없었다.

방 안에는 타쿠야와 마키밖에 없었다. 타쿠야는 집이 멀다는 이유 때문에라도 대학에서 먹고 자는 일이 많았다. 연구실에는 제대로 갖춰진 수면실과 샤워실이 있어서 몇 달씩 집에 돌아가지 않아도 그다지 불편할 일이 없었다. 마키는 반대로 집이 가까워서 매일 늦게까지 학교 안에 있었다. 마키가 의식적으로 타쿠야의 시간대에 맞추는 듯한 눈치도 있었지만 타쿠야는 예의 바르게 모르는 척 행동했다.

토미자와 교수가 연구실에 나타났을 때 타쿠야는 옆에 딸려 있는 탕비실에서 커피를 내리고 있었다.

"마키, 환자 이송이 정해졌어. 잡다한 일로 힘들겠지만 잘 부탁해."

"아아, 그래요? 축하드립니다."

마키가 밝게 말했다.

"나 원 참, 본국 연구소가 자꾸 걸고넘어지는 바람에 발견하고 이쪽으로 데리고 오기까지 반년이나 걸렸네. 그래서 이렇게 어수선한 때에 이렇게 어수선한 장소로 소중한 피험자를 데리고 오는 타이밍이 되어버렸잖아. 정말 너무한 일이지."

불평을 늘어놓으면서도 토미자와의 말투는 경쾌했다.

"그래도 탑에 대한 연구가 이걸로 단숨에 진척될 수 있지 않을까요?"

타쿠야는 그 말을 듣고는 탕비실에서 얼굴을 내밀었다.

"저, 환자라뇨……?"

타쿠야가 있다는 것을 안 토미자와는 살짝 난처한 표정을 지었는데, 그것이 어떤 의미인지 타쿠야는 알지 못했다.

"아아, 타쿠야……. 잠자는 공주라네."

"잠자는……?"

"특수한 기면증 환자야. 96년 형 변종 나르콜렙시 증상에 대한 이야기를 전에 해준 적 있지?"

마키가 가르쳐주었다.

"굉장한 사례야. 보통 사람은 절대 보일 수 없는 뇌파거든. 그리고 뇌파의 움직임하고 탑의 활동이 우연이라고는 생각할 수 없는 정밀도로 링크되어 있어."

"예에……."

"지난 가을 초에 도쿄에서 발견했지."

토미자와가 말했다.

"발병하고부터 거의 3년 동안 각성하는 일 없이 잠들어 있어. 뇌파 기록과 탑의 활동 기록을 대조해봤을 때는 소름이 끼칠 지경이더군. 우리 실험 시설도 어떤 형태로든 방어막을 칠 필요가 있을지도 모르겠어……."

"대단한 발견인 것 같은데요? 저는 처음 듣는 얘기입니다."

"그야 그렇겠지. 마키 쪽 뇌화학 팀 담당이니까. 수속 문제도 있고 해서 난 앞으로도 한동안 도쿄 쪽에 있어야 돼."

그러더니 마키에게 말했다.

"미안하지만, 특수 병동 준비 좀 부탁해도 될까?"

"알겠습니다."

마키가 대답했다.

타쿠야의 주머니에 있는 핸드폰이 진동했다.

확인해보니 오카베가 보낸 문자였다. 특별한 용건이 아니라 근황을 묻는 글이었지만 그것은 소집을 뜻하는 암호였다.

"오카베 씨구나."

옆에서 상체를 내밀어서 핸드폰 화면을 들여다본 마키가 말했다. 약간 안심하는 듯한 어감이었다.

"타쿠야, 오카베는 요즘 잘 지내나?"

토미자와가 갑자기 질문하는 바람에 타쿠야는 자기도 모르게 고개를 들었다.

"오카베 씨를 아세요?"

"그야 옛날부터 잘 알지. 9월에 도쿄 갔을 때도 우연히 얼굴을 봤고. 연구 보고회를 구경하러 왔더군."

"그렇군요……."

"실은 고등학교 동창이야."

"네? 그렇게 오래전부터?"

"그럼."

토미자와가 의미심장한 미소를 지었다.

"내 나이 정도가 되면 그런 친구는 아주 소중한 존재지. 아니, 나이 문제가 아닌가……?"

날이 새기 전의 바다에서는 온몸에 엉겨드는 추위가 느껴졌다. 3월에 들어섰는데도 쓰가루 지방의 날씨는 풀릴 낌새를 보이지 않았다.

타쿠야는 오카베와 세 명의 에미시 제작소 사원들과 함께 어선을 타고 쓰가루 해협 바다 위에 있었다. 에미시 제작소 사원들은 모두 윌터 멤버들이었다. 다섯 명은 선실에 앉아 연속적인 엔진 소리를 듣고 있었다. 겉으로 드러날 정도로 긴장한 사람은 타쿠야 혼자였다. 쉴 새 없이 손가락으로 깍지를 끼었다가 풀었다가 하고 있었다.

어선은 유니언 영토의 남단인 시라카미 곶에 당도하려는 참이었다.

'에조다.'

'그 홋카이도다…….'

손에서 진땀이 났다.

어선은 곶의 선착장에 정박했다.

“전 언젠가 에조에 와보는 게 꿈이었어요. 그런데 생각보다 너무 쉽게 오네요.”

갑판에 선 타쿠야가 말했다.

바깥 공기에 완전히 식어버린 커피를 한 모금 마신 사토가 말했다.

“에조라고는 해도 여기는 그냥 남쪽 끄트머리지만. 유니언 쪽에 가족이라도 있는 거야?”

“그런 건 아니지만요…….”

“그래. 넌 분단 후에 태어난 세대구나.”

사토는 일어서서 어둠 저편에 있는 혼슈로 시선을 돌렸다.

“유니언은 테크놀로지 국가니까 동경심이 생기는 것도 충분히 이해가 간다. 사장님이야 남북 분단 때문에 가족들이랑 헤어졌으니까 마음이 또 다르겠지만.”

“네? ……그랬어요?”

“그렇다니까. 부인하고는 거의 20년 이상 연락도 못 하고 살았을걸.”

“오카베 씨가…….”

타쿠야는 항구 한쪽 구석에 정차되어 있는 고급 승용차 쪽을 봤다. 떨어진 장소에 세워져 있어서 잘 보이지는 않았지만, 오카베가 지친 사람처럼 뒷자리에 푹 기대서 앉아 있는 모습이 실내등의 작은 불빛 속에 보였다. 그 옆에는 러시아 모자를 쓴 유니언의 제복 군인이 앉아서 밀담을 나누고 있었다. 군인은 첩보 요원으로 윌터와 내통하는 자였다. 회담 내용은 유니언 공격 시의 항공 침입 루트 확보였다.

"그런데 난 정말 의외였다."

사토가 갑자기 말했다.

"뭐가요?"

"사장님이 너를 끌어들일 줄은 몰랐거든."

"제가 억지로 부탁드린 거예요. 안 그러면 공안에 가서 모조리 찔러버릴 거라고 했어요."

"야, 너, 죽으려고……."

사토가 깜짝 놀랐다. 죽을 수도 있던 사람은 물론 타쿠야였다.

그때.

건조한 파열음이 연달아 세 번 울렸다.

등에 소름이 쫙 돋은 다음에야 총성이었음을 알아차렸다.

타쿠야와 사토는 동시에 반응했다. 조타실에 있던 사원이 출항 준비를 시작했다.

승용차 앞 유리에 거미줄 같은 금이 나 있었다. 그 정도로 그친 것은 창이 방탄유리였기 때문이었다. 운전수는 차를 빠르게 후진시켜 사격에 대비했다. 차가 창고 그늘에 들어가자마자 뒷자리에서 오카베가 튀어나왔다. 그는 배를 향해 일직선으로 달려왔다.

뒤쪽에서 총소리가 쫓아왔다.

"이게 뭐야."

총알 한 발이 오카베의 팔을 스치면서 살을 깎았지만 그는 상관않고 뛰었다. 다른 방향으로 도주해가는 첩보원의 차량을 대형차가 뒤쫓아 가고 있었다. 총탄을 발사하는 소리가 들렸다. 창고 거리 한가운데가 폭발했다. 휘발유가 탈 때 나오는 특유의 연기에 섞인 검붉은 불꽃이 일어남과 동시에 오카베는 어선 안으로 뛰어들어왔다.

"얼빠진 공무원 같으니라고. 내통이 들통 났어……. 출발하자!"

어선은 오카베의 명령에 반응하여 즉각 출항했다. 승용차를 처리한 습격자의 차가 이쪽으로 돌아왔다. 선체에 기관총 총알들이 쉴 새 없이 와서 박혔지만, 승무원은 모두 선실로 피난한 뒤였다. 배는 전속력으로 남쪽을 향해 나아갔다. 포기하지 않고 선착장에서 여전히 쏘아대는 반자동 소총의 총소리가 허무하게 해면을 울리며 사라졌다.

"이번에는 좀 위험했네요."

미야가와가 익숙한 솜씨로 오카베에게 붕대를 감아주면서 말했다.

"그래도 덕분에 침공로가 대충 잡혔어."

오카베가 타쿠야에게 말했다.

"여기까지 온 보람은 있었던 셈이지. 안 그래?"

타쿠야가 하려고 했던 대답은 조타실에서 내는 경고에 파묻혀 버렸다.

"사장님! 배가 있습니다! 순시선입니다!"

"뭐야?!"

오카베가 쿵쾅거리며 조타실로 들어가 해상을 봤다. 오카베 일행이 타고 있는 어선과 평행을 이루면서 순시선이 쫓아오고 있었다. 경보를 울리고 러시아어로 경고를 하고 있었다. 러시아어를 몰라도 내용은 뻔했다. 하얗게 칠해진 순시선은 어선의 몇 배나 되는 크기였다. 어른과 아이보다도 체격의 차이가 컸고, 게다가 속도도 빨랐다.

오카베가 혀를 찼다.

"어차피 전쟁은 결정이 나 있는데, 뭘 그리 열심히 일하는지. 골치네……. 일단 어떻게든 떨치고 가보자!"

"네!"

조타 담당 사원이 스스로를 고무하듯이 큰 소리로 대답했다.

"국경까지 앞으로 3분만 버텨. ……사토! 미야가와! 사격대로 나가!"

사토와 미야가와가 공격 준비를 다 갖추기도 전에 순시선의 단장포가 불을 뿜었다.

소리만으로도 어선이 기울어질 것 같은 중저음이었다. 포탄은 어선 옆구리에 구멍을 뻥 뚫었다. 위협사격 따위가 아니었다. 이어서 기관총 일제사격이 시작되었다. 빗발처럼 쏟아지는 총알이 목조선 벽을 종이처럼 뚫었다.

옆으로 날아 들어온 총알이 선실에서 난반사했다. 타쿠야는 비명을 지르며 몸을 숙였다. 작은 죽음 덩어리가 보이지 않는 속도로 타쿠야 주변을 날아다니고 있었다.

눈앞이 갑자기 캄캄해졌다.

조명이 꺼졌나 했더니 그것이 아니었다. 몸이 저리더니 추위로 바뀌고 그다음에 통증이 되었다. 왼팔이 날아가 버린 느낌이었는데 어두운 시야 속에서도 왼손이 아직 제자리에 붙어 있는 것을 확인할 수 있었다. 유탄이나 부서진 선체 일부가 팔 위쪽을 관통해버린 모양이었다. 등과 벽 사이가 액체로 미끌미끌했다. 피에 흠뻑 젖은 옷이 너무 찝찝하고 불쾌했다……. 밖에서는 여전히 기관총 소리가 공사 현장처럼 울려 퍼지고 있었다. 다른 세상에서 울리는 소리처럼 들렸다.

누군가가 이름을 불렀다.

괜찮냐고 소리 지르고 있었다.

'누구야?'

오카베의 굵은 목소리인가 싶었는데 그렇지 않은 것 같기도 했다.

몸이 점점 미끄러져 쓰러지는 것을 느꼈다. 포격으로 어선은 지붕이 거의 날아가 버린 상태였다. 완전히 좁아진 시야 한가운데 여명이 있었다. 어둠 속의 하늘이 살짝 붉었다. 아직 태양은 수평선 위로 나와 있지 않았다.

높은 하늘에 작게, 정말 모래알처럼 작게, 하얀 바닷새가 날고 있었다.

"너만 날아가냐……."

의식이 거기서 끊어졌다.

14.

처음에는 새인 줄 알았다.

구름 한 점 없는데도 음울하게 빛이 바랜 하늘에 새하얀 새가 날고 있었다. 생명의 기척이었다. 사유리는 일어섰다. 잘 보니 그것은 새가 아니었다.

비행기였다.

하얀 비행기.

"저 날개……, 나 알아."

사유리가 뛰기 시작했다.

뛰기 시작한 그 순간, 주변의 경치가 변했다. 폐허가 된 도시를 그녀는 뛰고 있었다. 사람의 모습은 어디에도 없고 모든 건물들이 무너진 도쿄를 그녀는 달렸다.

"기다려! 베라실러!"

사유리의 눈은 비행기만을 좇고 있었다. 그러나 동시 체험을 하고 있는 내 눈에 들어온 것은 거리의 풍경이었다. 아주 익숙한 곳이었다. 폐허가 된 모습이었지만 내가 3년 동안 자주 걸어 다니던 장소였다.

아무리 뛰어도 사유리는 숨차는 일이 없었다. 그러나 몸은 조금씩 무거워져갔다. 몸의 말단 부위부터 야금야금 금속으로 변해가는 것 같은 감각이 있었다. 얼굴만은 끝까지 하늘을 올려다보며 몸을 질질 끌다시피 앞으로 나아갔다. 나는 그 감각을 그녀와 공유했다.

베라실러가 선회를 시작했다.

사유리가 다가오기를 기다리고 있는 것 같았다.

그녀는 그 자리에 섰다.

또다시 풍경이 바뀌었다.

바람이 없어졌다. 정신을 차려보니 크림색 벽과 바닥으로 둘러싸여 있었다. 그곳은 생명의 기척이 없는 딱딱하고 차가운 병실이었다.

넓은 병실이었다. 여섯 명이라도 넉넉히 입원할 수 있는 크기였는데 거의 아무것도 없이 텅 비어 있었다. 창가에 침대가 딱 하나 있었다. 침대 옆에 바이털사인 모니터를 비롯한 몇 가지 의료 기기가 설치되어 있었다. 그 기계들이 정기적으로 맥박 소리를 울리고 있었다.

침대에 누워 있는 사람을 보고 사유리가 경악했다.

그것은.

사유리 자신이었다.

심하게 마르고 머리카락이 많이 자라 있었다. 하지만 그것은 틀림없는 사유리 자신의 육체였다.

사유리의 몸은 잠들어 있었다.

사유리는 손으로 입을 막은 채 멈칫거리며 다가갔다.

호흡을 하고 있는지 어떤지 알 수 없었다. 숨소리도 들리지 않았고, 가슴이 오르내리는 움직임도 거의 없었다. 생명을 나타내는 것이라고는 바이털사인 모니터에서 흘러나오는 맥박 소리뿐이었다.

'얼굴이…….'

사유리는 생각했다. 스스로 인식하고 있던 자기 얼굴보다 살짝 어른스러워 보였다.

침대 곁에서 사유리는 잠들어 있는 자신의 육체를 물끄러미 내려다보았다. 얼마나 오랫동안 그러고 있었는지 스스로도 알지 못했다. 사유리는 시간 감각을 상실한 상태였다. 한순간이있는지도 모르고 몇 년 동안이었는지도 모른다.

복도로 연결되는 크고 무거운 슬라이딩 도어가 열리는 소리가 들렸다.

열린 문으로 침입해 들어온 것은 이동 침대였다. 이어서 그 이동 침대를 미는 검은 옷의 사내가 세 명 들어왔다. 남자들은 사유리의 존재를 알아차리지 못했다.

남자들은 사유리의 육체에서 의료 기기를 제거하고 조심스레 이동 침대로 옮겼다.

도중에 회색 양복을 입은 남자가 들어왔다. 나이를 알 수 없었지만 젊지는 않았다. 심하게 마른 사람이었다. 남자는 약간 떨어진 자리에서 작업을 지켜보고 있었다. 그 남자가 토미자와 교수라는 사실을 알게 된 것은 아주 한참 뒤의 일이었다.

사유리의 육체가 실려 나갔다. 침대 바퀴가 끼릭거리는 소리를 냈다. 사유리는 이런 일련의 작업들을 그저 손 놓고 바라볼 수밖에 없었다.

병실에서 나가기 직전에 토미자와가 이쪽으로 고개를 돌리더니 가만히 쳐다보았다.

사유리는 긴장했다.

한동안 시간이 멎었다.

토미자와가 방에서 나갔다.

무거운 문이 비정한 소리를 내며 닫혔다. 복도에서 들어오는 조명의 빛과 소리가 차단되었다.

차가운 벽과 바닥과 천장.

이번에야말로 진짜로 살아 있는 생물의 모습이 없는, 움직임이 없는 네모난 상자 안이었다.

그녀는 또다시 고독해졌다.

:: :: :: ::

"뭐지……, 이 꿈은……?"

몸을 벌떡 일으키면서 나는 중얼거렸다. 너무 높은 온도로 맞춰 놓은 가스난로에서 찌릭찌릭 소리가 났다. 입시 공부를 하다가 어느새 좌탁에 엎드려서 잠이 든 모양이었다. 바깥은 벌써 날이 밝아 있었다.

베라실러.

병원.

그 어느 때보다 그녀와 가까웠던 나. 나는 꿈속에서 사유리였다. 아니……, 그것은 정확한 표현이 아니다. 그곳에서 나는 사유리의 시선에 한없이 가까운 어떤 형체 없는 감각이었다. 마치 내가 사유리인 양 모든 것을 느낄 수 있는 하나의 관점이었다.

나는 이것이 단순한 꿈이라는 생각이 들지 않았다.

꿈의 해몽이니 꿈의 계시성이니, 그런 것에는 거의 흥미가 없었지만 무언가 마음에 걸렸다. 이제 막 잠에서 깨어난 머리가 제대로 돌아가지 않는 것 같아 산소를 보충하기 위해 창문을 열었다. 아침의 차갑고 신선한 공기가 들어왔다.

시야 한구석에 움직이는 것이 있어서 흠칫 놀랐다. 하얀 무언가여서 한순간 베라실러를 연상해버리고 말았다. 그것은 뜯어보지도 않고 구겨서 던져놓았던 오카베 씨의 편지였다. 방으로 흘러드는 공기 때문에 움직였던 것이다. 나는 그것을 집어 들었다.

손으로 집어서 좌탁 위에 놓고는 한동안 쳐다보고만 있었다.

그 편지를 뜯어볼 생각이 든 것은 꿈 때문이었다. 하지만 막상 편지를 개봉하려고 칼을 들었더니 걷잡을 수 없이 기분이 가라앉았다. 일어서서 주전자에 물을 끓이고 커피를 만들어 마음을 안정시켰다.

봉투를 칼로 개봉했더니 그보다 약간 작은 봉투와 메모가 나왔다. 메모는 평소의 편지지와는 달리 노트에 자를 대고 찢은 것 같은 종이였다. 글은 짧았다.

[아는 사람한테서 억지로 빼앗아 왔다. 꽤 힘들었다. 고맙다는 인사를 하러 와라.]

그렇게 적혀 있었다.

그 밑에 '입원한 곳'이라고 되어 있었고, 주소와 병원 이름이 나와 있었다. 시부야의 국철 종합병원. 뇌신경과.

'입원한 곳?'

안에 들어 있던 다른 봉투를 확인했다. 우표가 붙어 있었는데 소인은 없었다. 부친 것이 아니라는 뜻이었다. 받는 사람은 아오모리 현 쓰가루 군 오카와다이, 오카베 님…… 후지사와 히로키 님, 시라카와 타쿠야 님…….

어떤 예감 때문에 온몸이 싸해졌다.

봉투를 뒤집어서 보낸 사람 이름을 보았다.

땀이 한순간에 확 뿜어져 나왔다.

[히로키. 타쿠야. 두 사람에게 말도 없이 떠나버려서 미안해.]

편지는 그렇게 시작되었다.

[여름방학을 같이 보내고 싶었는데 너무 아쉽다. 잠에서 깼을 때 나는 도쿄의 병원에 있었고, 그 뒤로 계속 입원해 있어. 병원에

있는 사람들은 나한테 지금까지 있었던 인간관계를 모두 끊고 치료에 전념해야 한다고, 그렇게 해야 마음도 편하고 빨리 낫는다고 했어. 그래도 꼭 보내고 싶다고 부탁해서 이 편지를 쓸 수 있게 되었어. 의사 선생님 말씀이 옳을지도 모르지만, 너희 둘에게 제대로 설명을 하는 건 나로서도 정말 중요한 일이라는 생각이 들어.

두 사람이 같이 읽을 수 있도록 오카베 아저씨 편으로 보낼 생각이야.

그런데 무슨 말을 써야 할지 모르겠다.

나도 뭐가 뭔지 잘 모르겠어.

의사 선생님한테서는 내가 병에 걸렸다는 말을 들었어. 그런데 나는 그 사실이 너무 낯설게 느껴져. 병실에 있으면서 잠에서 깨면 기계가 알려주는지 의사 선생님이 달려와서 검사를 해. 내 병은 잠이 망가져버리는 병이래. 그래서 내가 깨면 다들 깜짝 놀라는 것 같아. 나는 한번 잠이 들면 몇 주씩, 아니면 몇 달씩 계속 잠을 자는 모양이야.

몇 번이나 똑같은 꿈을 꾸고 있어.

아무도 없는 텅 빈 우주에 나 혼자만 있는 꿈이야. 꿈속에서는 나의 전부, 손가락과 뺨과 손톱과 발꿈치, 머리카락 끝까지도 외로움 때문에 아파하고 있어.

우리 셋이서 같이 지냈던 그곳이 벌써부터 그리워진다.

따뜻함이 가득했던 그곳이, 셋이 함께 보낸 시간이 마치 꿈만 같다는 생각이 들어.

이미 나는 어디까지가 꿈이고 무엇이 그렇지 않은지 분간하기 힘들어지고 있어. 병실의 벽 색깔이나 창문으로 보이는 정원의 모습이 이상하게 막연하게 느껴지곤 해. 나 자신조차도 꿈이 아닌가 싶을 때도 있어. 나라는 인간이 정말로 있는지 없는지 잘 모르겠다는 생각이 들어.

그럴 때는 산 위에 있던 그 역을 머릿속에 떠올리곤 해.

나는 이제 기억하고 싶은 추억이 그것밖에 없는 것 같아. 아마 난 지금껏 살아오면서 정말로 행복했던 순간이 딱 그때밖에 없었나 봐.

내가 잠들어 있는 기간이 점점 길어지고 있는 것 같아. 다음에는 언제 잠에서 깰 수 있을지 모르겠어. 어쩌면 다시는 깨어나지 못할지도 몰라.

하지만 셋이서 함께 지냈던 그 시간, 그 기억만 잃어버리지 않고 잡고 있으면, 어쩌면 앞으로도 아주 살짝이라도 이 현실과 연결되어 있을 수 있을지 모르겠다는 그런 생각이 들어. 무엇이 현실인지조차 이제 나로서는 너무 불확실하지만 내가 현실이라고 부르는 건 바로 너희들이야.

히로키, 타쿠야. 하얗고 아름다운 비행기는,]

그 부분에서 눈을 감았다. 더 이상 읽고 싶지 않았다. 하지만 그럴 수가 없었다.

[바다 건너 그 탑까지 무사히 잘 날아갔니?]

날짜는 3년 전 겨울이었다. 다 읽고 나서 커피를 마셨다. 그리고 다시 한 번 처음부터 읽어보았다. 그러고도 너무 흥분된 상태여서 문장을 이해하기까지 또다시 통독을 해야만 했다.

편지에 적혀 있는 내용이 겨우 머릿속에 들어왔다. 나는 옷을 갈아입고, 점퍼를 입고, 집에서 나왔다. 철조망이 있는 수로 옆 언덕을 한 발짝, 한 발짝씩 의식해서 걷고 커브를 그리는 돌계단을 올랐다. 신주쿠 역에서 야마노테선을 탔다. 자리에 앉아 편지를 꺼내서 다시 한 번 읽었다.

[나의 전부, 손가락과 뺨과 손톱과 발꿈치, 머리카락 끝까지도 외로움 때문에 아파하고 있어.]

그 한 문장이 내 눈길을 강하게 끌어당겨서 거기서 눈을 뗄 수가 없었다. 마치 내 기분을 그녀가 대변하고 있는 것 같았다. 그렇다. 나는 외로웠다. 3천만 명 이상이 사는 이 도시에서 나는 어찌할 바를 모를 정도로 외로웠던 것이다.

시부야 역에 금방 도착했다. 버스를 타고 15분 정도 갔더니 국철 종합병원이 나왔다. 넓은 앞뜰을 지나 건물로 들어가서 원내 안내도를 발견하고는 열심히 들여다보았다. 뇌신경과는 6층에 있었다. 엘리베이터를 탔다.

면회 시간은 오후부터였지만 상관 않고 안내 창구에 물었다.

"사와타리 사유리 씨는 다른 병원으로 가셨는데요."

간호사는 서류를 찾아보지도 않고 바로 대답했다.

"다른 병원요?"

너무 급한 나머지 카운터에 매달리다시피 달려들어 곧바로 되물었다.

"네. 일주일쯤 전에요. 자세한 내용은 이송된 병원 쪽에 물어보세요. 그게……."

나는 수첩도 필기도구도 가지고 있지 않아서 메모지에 써달라고 했다. 고맙다고 인사하고 그 메모지를 받은 다음 문득 생각나는 바가 있어서 다시 물었다.

"저기, 혹시 사와타리 사유리 씨가 입원해 있던 병실을…… 좀 봐도 되나요?"

뇌신경과 입원실 복도는 어두컴컴하고 이상하게 발끝이 시린 곳이었다. 병원 특유의 잔뜩 곤두선 분위기를 압축시켜놓은 것 같았다. 뇌나 신경에 그런 어두움이나 차가움이 필요해서 그런가 싶었다. 나는 회진이 시작되기 전의 복도를 걸어 간호사가 가르쳐준 병실 앞에 섰다.

벽에 명패는 없었다. 눈앞에 벽과 똑같은 색의 묵직해 보이는 문이 있었다. 방을 완전히 밀폐시킬 수 있는 슬라이딩 도어였다. 막대기 모양의 손잡이를 잡고 힘을 주어 문을 옆으로 밀었다.

방 안으로 들어갔다. 문은 자기 무게로 다시 스르륵 닫혔고, 병실은 네모난 상자가 되었다. 조명이 달려 있지 않아서 빛은 창문으로 들어오는 것이 다였다. 창문으로 들어오는 빛이 하나밖에 없는 빈 침대를 비추고 있었다.

틀림없이 꿈에서 본 사유리의 병실이었다.

나는 천천히 주위를 둘러보면서 방 한가운데로 나아갔다.

밀폐된 상자 안인데도 바람이 느껴졌다. 꿈속에서 느낀 것과 똑같은 바람이었다. 다른 세계에서 불어오는 것처럼 낡은 공기 냄새가 났다.

기척이 느껴졌다…….

하얗고 아름다운 비행기는.

"사유리."

나는 그렇게 중얼거려보았다. 꿈속에서 사유리는 여기 있었다.

바다 건너 그 탑까지.

"사유리, 여기 있니?"

나는 아무것도 없는 허공에 손을 뻗었다.

그 순간—

시야의 모든 것이 증발했다.

사방의 벽은 순식간에 불타 없어졌다. 그곳은 이제 병원이 아니었다. 주위가 전혀 다른 세계로 바뀌어 있었다.

드넓은 공간에 나는 서 있었다.

초원.

그곳은 폐역이 있는 그 초원이었다.

모든 것이 기억하던 그대로였다. 비바람 때문에 엉망으로 썩은 구름다리, 콘크리트가 그대로 드러나 있는 플랫폼, 넓은 하늘, 낮은 수평선…….

가벼운 충격파가 온몸을 불사르고는 관통했다. 바다 건너에 있는 유니언의 탑이 시뻘겋게 불타고 있었다. 그 불타는 화염으로 주변이 저녁노을처럼 물들어 있었다. 바람이 불어 들풀이 파도쳤다. 눈은 없었고, 지면은 푸르렀다. 여름 경치였다. 살아 있는 바람이 불고 있었다.

그리고 눈앞에는,

내가 찾고 있던,

그녀가 있었다.

긴 머리카락을 나부끼면서,

앞으로 뻗은 내 손가락을 잡고 있었다.

사유리가 서 있었다. 손가락 끝에 그녀의 손가락 감촉을 느꼈다. 평소의 불확실한 꿈이 아니었다. 아니, 꿈은 꿈이었다. 그런데 마치 현실처럼 분명하게, 나는 그녀를 느낄 수가 있었다. 바람이 불고, 풀이 촉촉하고, 하늘 저편에서 노을이 타는 냄새가 났다. 그리고 사유리는 내 손가락에서 약간 떨어진 곳에 틀림없이 존재하고 있었다.

"찾고 있었어……."

사유리가 말했다. 아니, 그것은 내가 한 말인지도 몰랐다.

"나 혼자였어……. 너무 추웠어……, 히로키……."

"알아."

내가 말했다.

그녀는 손으로 얼굴을 감쌌다.

소리도 내지 않고 그녀는 울고 있었다.

나는 그녀의 가냘픈 어깨와 가는 머리카락 한 올 한 올과 자그마한 손을 가만히 지켜보고 있었다.

하늘은 나와 사유리가 마지막으로 만난 날처럼 따뜻한 붉은색이었다.

쓰르라미 우는 소리가 어디에선가 들려왔다.

내 눈앞에는 사유리가 있었다.

숨이 막혀서 자꾸만 심호흡을 했다.

'그렇구나, 가슴이 벅차다는 게 바로 이런 거구나…….'

그러나 나는 이것이 현실이 아니라는 사실도 잘 알고 있었다. 이것은 꿈이다. 혹은 꿈과 비슷한 것이다. 여기는 나와 그녀의 의식의 끄트머리가 기적적으로 겹쳐진 접점일 뿐이다. 나와 그녀가 우연히 공유한 환상일 뿐이다.

그것을 알고는 있었지만 나는 그 한순간에 취했다. 이 세상 끝에서라도 사유리와 영원히 함께 있고 싶었다. 그것이 불가능한 일이 아니라는 느낌이 들었다.

하지만…….

내가 선택해야 하는 것은 다른 방법이었다. 마음이 몹시 아팠다.

나는 천천히 눈을 감았다.

그리고 떴다.

그러자 나와 사유리는 나란히 구름다리 위에 서 있었다. 사유리와 내가 물속으로 떨어진 그 장소였다.

바다를 내려다볼 수 있었다.

해면에는 안개가 끼어 있어서 운해처럼 보였다. 탑이 내뿜는 붉은빛으로 운해도 붉게 물들어 있었다.

탑은 중간 부분부터 빨갛고 흰 섬광을 내뿜으면서 불타고 있었다. 불타면서도 탑은 태연히 아름답게 똑바로 서 있었다. 나와 사유리는 둘이서 그 모습을 바라보고 있었다.

"데리러 갈게."

내가 말했다.

"너하고는 다시 한 번 제대로 만나고 싶어. 여기가 아니라 좀 더 분명한 장소에서. 너를 만지고 싶어. 네가 나를 만졌으면 좋겠어. 네가 존재한다는 것을 내 손으로 확인하고 싶어. 그러니까……."

사유리가 불안한 얼굴로 나를 보았다.

"나는 이제 갈게."

사유리는 말이 없었다.

나는 이 꿈에서 깬다. 그리고 무엇을 해야 하는지 잘 알고 있었다.

"어디로?"

사유리가 작은 목소리로 물었다.

"어디로 와줄 거야?"

"네가 있는 곳으로."

그리고 나는 탑을 똑바로 가리켰다.

"저기야."

나와 사유리는 약속으로 이어져 있었다.

약속으로만 연결되어 있었다.

"사유리. 난 이번에야말로 약속을 지키고 싶어. 너를 태우고 베라실러를 탑까지 날게 할 거야. 그렇게 하면 우리는 다시 만날 수 있어. 이렇게 꿈속이 아니라 더 분명하게 서로를 확인할 수 있어."

사유리는 대답하지 않았다.

"약속할게."

나도 모르게 아플 정도로 주먹을 꽉 쥐고 있었다.

사유리는 가만히 올려다보듯이 나를 바라보고 있더니 갑자기 고개를 숙이고 얼굴을 감쌌다. 소리를 내면서 어깨를 떨면서 어린아이처럼 울기 시작했다. 양손의 검지로 몇 번씩이나 눈을 비비고 눈물을 문지르고 있었다. 떨리는 목소리로, 더듬거리면서 "응."이라고 대답했다.

"응……. 약속……."

"같이 탑까지 날아가자."

하늘은 언제까지나 붉었다. 사유리의 세계는 항상 붉은 것이다. 나는 붉은 하늘에 점처럼 작게 하얀 베라실러가 나는 모습을 환상으로 보았다. 마치 길을 잃은 갈매기 같았다. 나는 꿈속에 있는 길 잃은 새가 무리 속으로 무사히 돌아가기를 진심으로 바랐다.

텅 빈 병실에 나는 홀로 서 있었다.

그냥 한낮에 꿈을 꾸고 있었던 것인지도 몰랐다. 그래도 손끝에 느껴졌던 사유리의 온기는 아직도 내 손 안에 있었다. 그 작은 온기가 내 몸을 계속 데워주고 있었다. 나는 소매로 얼굴을 세게 문질렀다.

이제는 멀리 떠나가버린 그날, 우리는 이루어질 수 없는 약속을 했다. 폐역이 있는 초원에서 본 하얀 탑은 지금도 내 영혼 속에서 찬란한 빛을 내뿜고 있었다.

탑

The place promised in our early days

1.

꿈속인데도 이마에 땀이 났다. 여름 같았다. 주위가 희끄무레했다.

'이건 꿈이구나.'하고 바로 알아차리는 것은 타쿠야에게 자주 있는 일이었다. 반드시 알아차린다고 해도 될 정도였다. 그런데 그것도 항상 처음뿐이었다. 금방 끈적끈적한 무의식의 구렁텅이에 깊이 빠져들어 객관성을 잃고는 했다. 꿈이 움직이기 시작하면 그것이 꿈이라는 사실을 알 수 없게 되었다.

서점에 서 있었다.

역 앞 플라자 빌딩 4층의 반을 차지하는 대형 서점이었다. 그는 물리 관계 전문 서적을 들고 있었다. 지금 그에게 필요한 서적이나 잡지는 모두 연구실로 들어오고, 일반 서점에서 다루고 있는 수준의 책은 거의 볼 일이 없었다. 그러니까 이런 행동은 있을 수 없었다. 그런데도 모순을 깨닫지 못했다.

아니, 모순이 아니었다. 타쿠야는 지금 자신이 중학교 3학년이라는 사실을 깨달았다. 순식간에 열다섯 살 때의 자신과 동화했다. 열다섯 살의 세계에 들어갔다. 그리고 다시 객관성을 잃었다.

천천히 걸었다.

책꽂이 사이를 이동했다.

문고판 서적들이 꽂힌 책꽂이 사이의 통로를 걷고 있었다.

눈앞에 가녀린 소녀를 발견했다.

그녀는 가느다란 손가락으로 책꽂이에서 책을 꺼내고 있었다.
타쿠야는 약간 놀라서 이름을 불렀다.
"사유리?"
사유리가 돌아보았다.
"……타쿠야."

서점을 나와서 아오모리 역의 쓰가루선 플랫폼에 둘이 함께 섰다. 전철이 올 때까지 15분이 남아 있었다.
대화가 없어 어색하고 불편했다. 타쿠야는 자꾸만 도착 알림판을 확인하고, 플랫폼 밑의 선로 상태를 내려다보고, 의미 없이 자기 신발을 보기도 했다.
"저기."
"저기."
두 사람은 침묵을 견디지 못하고 동시에 서로에게 말을 걸었다.
"미안, 왜?"
"아니야……."
사유리가 불편한 기색으로 말꼬리를 흐렸다.
침묵.
'왜 그러지?'
타쿠야는 생각했다. 누군가와 함께 있으면서 이야깃거리가 없다는 것이 왜 이리 어색하고 힘들까? 히로키와 함께 있을 때는 오랫동안 아무 말을 하지 않아도 전혀 불편하지 않았는데…….

"히로키 말이야."

"히로키가."

또 둘이서 동시에 말을 했다.

왜 이렇게 자꾸 겹치지? 물론 공통 화제가 그 정도밖에 없으니까 그렇지만…….

작게 웃는 소리가 났다.

"우리 둘이서만 얘기해본 적이 없었잖아."

사유리가 웃음기를 머금은 얼굴로 말했다. 그 덕분에 두 사람 사이의 긴장이 풀렸다.

"그럴지도 모르겠다."

타쿠야가 끄덕였다.

"그런데 넌 물리 좋아해?"

"응?"

"물리학 책 샀잖아."

"아아, 좀 관심이 있어서."

"대단하다……."

"뭐가?"

"물리는 무슨 마법 같잖아. 아 참, 우리 할아버지도 물리학자셨대."

"그래……."

꽤 진지하게 감탄했다.

"그게 더 대단하다."

"그런데 나는 그런 재능을 하나도 물려받지 못했나 봐. 할아버지를 만난 적도 없고."

"남북 분단 때문에?"

"맞아. 홋카이도에 계셨어."

분단으로 생이별을 경험한 가족은 '에조'라는 이름을 쓰고 싶어 하지 않는 경향이 있었다.

"아직도 살아 계실지 모르겠네……."

"그렇구나……."

"그나저나 너네는 아직도 아르바이트하고 있지? 재미있니?"

"잘 모르겠어."

자기 손을 움직여서 돈을 버는 일은 즐거웠지만 일부러 조심스럽게 부정적으로 대답했다.

"험상궂은 아저씨가 하는 공장이거든. 툭하면 소리 지르지, 사람을 마구 부려먹지……."

"그렇게 무서운 분이야?"

"네부타 마쓰리에 나오는 도깨비처럼 생겼거든. 맨얼굴인데도 붉으락푸르락한 게 도깨비 분장한 것 같아."

"뭐야."

사유리가 피식 웃었다.

"진짜로?"

"다음에 보러 올래?"

타쿠야는 아주 자연스럽게 와보라는 말을 꺼냈다.

"어, 그래도 돼?"

사유리의 표정이 확 밝아졌다.

"그런데 방해가 되지 않을까?"

"히로키도 틀림없이 좋아할 거야."

히로키가 반가워하지 않을지도 모르겠다는 생각을 마음 한구석으로 했다가 바로 그 생각을 내몰아 버렸다. 사유리의 솔직한 감정 표현을 보고 있으면 자꾸만 그녀의 웃는 얼굴을 계속 보고 싶다는 생각이 들었다.

"응! 나 갈래!"

민마야 방면으로 가는 하행 열차가 도착한다는 안내 방송이 나왔다. 타쿠야는 평소의 버릇대로 몸을 앞으로 내밀어서 열차가 들어오는 방향을 내다보았다.

"타쿠야. 좀 이상한 얘기일지도 모르는데 웃지 않고 들어줄래?"

사유리가 갑자기 그런 말을 꺼냈다. 타쿠야는 사유리 쪽으로 고개를 돌렸다.

"뭔데? 안 웃을게."

"응."

사유리가 목소리만으로 끄덕였다.

"그럼 얘기할게. 있잖아……."

열차가 플랫폼으로 미끄러져 들어왔다.

"높은 탑? 유니언의 탑처럼?"

쓰가루선 열차의 박스 좌석에 앉으면서 타쿠야가 되물었다. 치마를 손으로 잡으면서 사유리가 얌전하게 맞은편 자리에 앉았다.

"아니."

그녀가 고개를 저었다.

"훨씬 더 일그러졌고 이상한 모양이야. 내가 있는 탑 말고도 그런 게 주변에 많이 서 있어."

"얼마나?"

사유리가 잠시 생각에 잠겼다.

"열 개……? 스무 개……? 아니, 셀 수 없을 정도로 많은 것 같아. 나도 모르겠어. 그런데 이상하게 나는 알 수 있는데, 그 하나하나가 다 다른 세계야. 그 탑들은 다 이 우주가 꾸고 있는 꿈인 거야."

타쿠야는 창틀에 팔꿈치를 얹고서 사유리의 이야기를 주의 깊게 들었다. 사유리는 창밖의 풍경을 바라보면서 이야기하고 있었다. 아니면 창문에 비친 자기 모습을 보고 있었는지도 모른다.

"쩍, 하니 갈라져서 뒤틀려 있는 탑 꼭대기에서 나는 주변을 둘러보는데 거기에는 빛이 바랜 하늘하고 숲 속의 나무들처럼 똑바로 뻗어 있는 탑들만 많이 있고……."

말을 잠시 멈추고 다음에 어떤 말로 이어갈지 생각하는 것 같았다.

"난 그 장소에서 나오지도 못하고……."

사유리의 작은 무릎 위에 작은 주먹이 얹어져 있었다.

"계속 나 혼자 있어서 너무 외로웠어. 그래서 이대로 계속 있다가는 내 마음이 그냥 사라져버리겠구나 싶었을 때에 말이야……."

아주 살짝 몸을 앞으로 내밀면서 사유리가 타쿠야 쪽을 쳐다보았다.

"하늘에 하얀 비행기가 보이는 거야."

열차가 터널 안으로 들어가 바람의 압력이 창문을 두드렸다. 타쿠야는 튕겨지듯이 몸을 일으켰다.

"하얀 비행기?"

"응."

"그런 다음에는?"

차량 안에 다른 승객은 없었다. 타쿠야와 사유리만 이야기하고 있었다. 하얀 천장에 달려 있는 선풍기도 오늘은 웬일인지 움직이지 않고 있었다.

"꿈은 거기서 끝이야."

타쿠야는 대답을 하지 않았다. 어떻게 받아들여야 할지 몰라서였다. 놀리는 것도 이상했고, 엄숙한 표정을 짓는 것도 맞지 않는 것 같았다.

"외롭고, 힘들고, 아프게 되는 꿈이야. 하지만 그 비행기가 보이면 마음이 놓이는 거야. 따뜻한 느낌이 들거든. 그래서 난 힘든 일이 있으면 하얀 비행기를 떠올려. 요즘에는 내가…… 힘든 일들이 좀 많은데 그래도 버틸 만한 것 같아. 언젠가 하얀 비행기가 날아올 거고, 그러면 모든 일이 다 잘될 거다, 나를 외롭지 않은 곳으로 데려가줄 거다, 그런 느낌이 들거든……."

"있잖아……."

타쿠야는 생각도 하기 전에 먼저 그런 말을 꺼내고 있었다.

"응?"

사유리가 웃는 얼굴로 고개를 살짝 기울였다.

"우리 아르바이트하는 데에 꼭 와라. 거기서 내가…… 너한테 꼭 보여주고 싶은 게 있어."

:: :: :: ::

눈부시다는 생각이 들었다. 빛에 익숙해지면서 처음 보인 것은 천장이었다. 안경이 없어서 제대로 보이지는 않았다. 몸을 움직이려 했다. 순간 왼쪽 팔뚝에 엄청난 고통이 느껴졌다. 눈을 감고 아픔의 파동이 지나가기를 기다렸다. 온몸이 땀으로 끈적거렸다. 공기는 뜨거웠고, 습도도 높았다.

"뭔 꿈이 이래……."

될 수 있는 대로 고통이 오지 않게 고개만 움직였다. 낡은 병실이었다. 바닥은 왁스가 벗겨진 나무판자로 되어 있었다. 베갯머리에 소독약 대야를 놓는 스탠드가 있었다. 앉은뱅이 난로 위에 얹어진 주전자가 소리를 내고 있었다. 간이 의자가 두 개. 그중 하나에는 핸드백이 놓여 있었다. 어디선가 본 적이 있는 가방이었다.

창문에는 이슬이 맺혀 있었다. 바깥은 뿌옇게 흐렸다. 눈이 오는 모양이다. 소리 없이 춤추며 내리는 작고 하얀 것들을 타쿠야는 가만히 쳐다보았다.

문이 열리는 소리가 났다.

바닥을 밟으며 발소리가 다가왔다.

"다행이다……. 타쿠야, 일어났네."

"마키 씨."

카사하라 마키는 안도의 웃음을 지었다. 그녀의 머리카락에 자잘한 눈송이가 달려 있었다. 지금까지 바깥에 있었던 모양이다.

"얼마나 걱정했는데……."

그녀가 말했다.

"어깨는 아직도 많이 아파?"

마키가 코트를 벗어서 의자에 걸쳐놓았다.

"아니…… 네."

"잠깐 실례."

마키는 타쿠야의 침대로 다가오더니 위에서 덮치는 자세로 그의 이마를 손으로 짚었다. 마키의 손은 시원해서 좋았다. 눈앞에 그녀의 봉긋한 가슴이 있었다. 거기에서 눈을 뗄 수가 없었다.

"열이 있네."

그녀가 말했다. 그녀의 차가운 손이 떨어졌다.

"뭐 좀 먹을 수 있겠어?"

마키가 쇼핑 봉지를 들어 올렸다.

"과일 사 왔는데. 케이크도 있고."

"아니……, 아직은요."

"그래?"

살짝 아쉬운 기색이었다.

"뭐 부탁할 거는 없고?"

자기도 모르게 마키의 하얀 손을 주시했지만, 결국 타쿠야는 아무 소리도 하지 않고 고개를 저었다. 그리고 다른 것을 물었다.

"연구실은 별일 없었어요?"

"아, 맞아 맞아! 난리가 났었어."

갑자기 생각이 났는지 그녀의 말이 빨라졌다.

"탑의 활동 수준이 갑자기 팍 뛴 거야. 지금 스태프들이 그걸 풀어내느라 정신없이 일하고 있어."

"네? 그건……."

"탑 주변의, 그…… 위상 변환이 된 검은 원이 눈 깜짝할 사이에 넓어졌어. 나도 모니터링하고 있었는데 겁이 날 정도더라……."

마키가 잠시 입을 다물었다.

"그렇게 심했어요?"

"탑을 중심으로 해서 반경 26km 안쪽으로는 전부 평행세계로 바뀌어버렸어."

"예전의 세 배네요. 어쩌다가 갑자기 그렇게……. 데이터가 보고 싶은데요."

몸을 일으키려고 했다.

"안 돼."

마키가 말렸다. 그녀의 부드러운 손이 타쿠야의 오른쪽 어깨에 닿았다. 타쿠야는 얌전히 다시 침대에 몸을 맡겼다. 그녀의 손을 잡기 위해 오른손이 움직이려는 것을 간신히 참았다. 자기가 무척 약해져 있음을 타쿠야는 자각했다. 약해져 있어서 이렇게 어리광이 생긴 것이었다.

"괜찮아. 해석은 어느 정도 되고 있으니까 좀 괜찮아지면 그때 가서 리포트를 보면 돼."

"지금 알고 있는 것만이라도 가르쳐주세요."

마키는 말을 안 듣는 동생을 바라보는 누나처럼 난처한 표정을 짓더니 이내 가르쳐주었다.

"그 환자야."

"그 환자…… 아아, 토미자와 교수님이 도쿄에서……."

"그래, 데리고 오신 아이. 탑의 활동하고 완전히 같은 타이밍으로 의식 활동 수준이 올라가고 있었어. 그러니까 깨어나려고 한 거지. 그렇게 의식 활동이 올라가는 것하고 같은 시간에 위상 변환도 가속화되었고. 그런데 그 뒤로 의식 수준이 갑자기 뚝 떨어지면서 원래의 깊은 잠으로 돌아갔는데 그와 동시에 탑의 활동도 정지했어."

"그건……."

타쿠야는 그 현상을 이해하는 데 몇 초 걸렸다.

"아무래도 예상했던 대로 환자의 수면하고 탑의 활동이 완전히 링크되어 있다는 거겠지. 나도 내 눈으로 직접 볼 때까지 반신반의했었는데, 실제로 보니까 의심할 여지가 없더라고."

"그럼 그 환자가 탑을 작동시키는 스위치라는 건가요?"

"토미자와 교수님은 스위치라기보다 활동 억제 시스템이라고 하시더라. 탑이 수신하는 평행세계의 정보가 이 세계로 흘러 들어오지 않고 대상의 뇌……, 그러니까 꿈속으로 흘러 들어가는 것 같다고."

"꿈속으로……."

"잠을 자면서 평행세계의 정보를 어떤 식으로 처리하는지 모르겠어. 영상으로 인식할까? 어떤 식이든 그만한 정보를 받아들이는 거면 정상적인 의식을 유지할 만한 여유는 없다고 봐야겠지. 반대로 그녀의 의식이 돌아오게 되면 평행세계는 이쪽 세계에 범람하게 되어서……."

"탑이 폭주한다……."

"그리고 이쪽 세계 전체가 그 검은 공간으로 덧칠이 될 가능성도 있다는 거지."

"그럼…… 그 환자는……?"

"그래. 계속……, 계속 잠들어 있게 하는 수밖에 없다……는 게 대체적인 결론이지……. 사유리 씨는……."

온몸의 땀구멍이 갑자기 닫혔다.

호흡이 멎었다.

'지금 뭐라고 했지?!'

소리 내고 싶었지만 목구멍도 입도 움직이지 않았다.

사고가 너무 압축되어서 몸이 따라가지 못했던 것이다.

단편적인 기억들이 모두 한 점으로 모여들어서 하나의 해답을 만들어냈다. 모든 정보의 벡터가 하나의 결론을 가리키고 있었다. 모든 것을 이해했다.

체온이 올라가는 것이 느껴졌다. 온몸이 아파왔다. 숨을 토해냈다. 숨이 뜨거웠다.

"사유리?"

그 뜨거운 숨으로 타쿠야가 물었다.

"그래, 사와타리 사유리."

마키가 동정 어린 한숨을 내쉬었다.

"아마 나이가 너랑 같을걸. 정말 예쁜 아이인데, 너무 안됐어……."

이틀 후에 퇴원할 수 있었다. 삼각건으로 왼팔을 고정시킨 채 차를 운전하려니 힘이 들었다. 아미 칼리지 주차장에 차를 세워놓고 타쿠야는 곧바로 실험실 건물에 있는 특수 병동으로 갔다.

새로 건축된 실험실 건물은 모든 문이 카드식 자동 잠금 시스템으로 되어 있었다. 가슴 주머니에 꽂혀 있는 ID카드를 빼서 문 옆에 달린 카드리더에 긁었다. 경고를 알리는 작은 버저 소리가 울리면서 LED 등이 녹색에서 빨간색으로 바뀌었다. 문은 열리지 않았다.

다시 한 번 위에서 아래쪽으로 천천히 카드를 긁었다. 버저 소리가 울렸다. 결과는 마찬가지였다.

발소리가 들렸다. 창문도 커튼도 없는 아미 칼리지 실험실 건물은 소리를 흡수하는 것이 없어서 항상 발소리가 냉랭하게 울려 퍼졌다.

"타쿠야, 자네 ID로는 못 들어가."

발소리의 주인이 말했다. 토미자와 교수였다.

"다친 곳은 이제 괜찮나?"

"아, 네. 죄송합니다. 걱정을 끼쳐드려서……. 저……."

"마키가 걱정을 아주 많이 하더군. 나중에라도 고맙다고 따로 인사해."

"네."

"마키한테 들었다면서? 한번 보고 가려고?"

토미자와는 대답을 듣기도 전에 자기 ID카드를 긁고 있었다.

공기 압력이 빠지는 소리가 들리면서 무겁고 두꺼운 자동문이 스르륵 열렸다.

특수 병동의 조명은 살짝 어둡게 맞춰져 있었다. 그림자가 생기지 않도록 면밀하게 배치된 천장의 조명이 푸르스름한 빛을 실내에 채우고 있었다. CT 스캐너처럼 보이는 대형 의료 기기의 침대에 젊은 여자가 누워 있었다. 몸에 얇은 시트 한 장이 덮여 있었는데 그 아래는 알몸으로 보였다.

어떻게 보아도 틀림없이, 그것은…….

사와타리 사유리였다.

"어째서……."

타쿠야가 중얼거렸다.

기억 속의 그녀와는 인상이 많이 달라져 있었다. 3년이라는 시간의 흐름은 잠들어 있는 그녀에게도 그만한 외견상의 변화를 주었다. 키도 약간 컸을지도 몰랐다. 부드럽게 붙어 있던 볼살이 완전히 빠져서 갸름한 인상으로 변해 있었다. 시트 너머로 체형이 명확하게 드러났다. 살이 거의 없었다. 생기가 전혀 느껴지지 않았다.

그럼에도 불구하고 눈앞에 있는 그녀는 아름다웠다. 아니, '그렇기 때문에'라고 하는 편이 맞는지도 모른다. 인간의 모습을 이토록 아름답게 느낀 것은 처음이라고 타쿠야는 생각했다.

완벽했다.

그녀의 얼굴을 바라보았다. 눈을 뜰 기색은 없었다. 처음부터 뜨는 기능이 없도록 미술적으로 조형된 눈이 아닐까 하는 생각조차 들었다.

살결이 하   다. 자세히 보니 볼에 정맥이 비쳐서 보였다. 투명한 소재로 만들어진 것이 빛의 조화로 하얗게 보이는 것 같은 질감이었다.

소름이 돋을 정도로 아름다웠다.

타쿠야는 자기가 거의 울기 직전이라는 것을 깨달았다.

"계속 잠들어 있는 이유는 탑에서 흘러드는 평행세계의 정보를 그녀의 뇌가 견뎌내지 못하기 때문이라고 추측되고 있어……."

강의할 때처럼 아주 가볍고 담백한 말투로 토미자와가 말했다. 그의 말투는 언제나 경쾌했다.

"만약 그녀가 잠에서 깨면 어떤 일이 일어나는가……?"

토미자와는 왼손 손가락을 세워서 탑으로 가정하고, 오른손의 움직임으로 검은 영역이 퍼져가는 모습을 나타냈다.

"아마 탑을 중심으로 해서 이 세계는 순식간에 평행세계에 삼켜지게 될 거야."

"어떻게 하면……."

"응? 뭐라고?"

"어떻게 하면 잠에서 깨게 되나요?"

"그건 모르지. 잠자는 공주가 어떻게 하면 깨어나는지. 우리는 그런 것조차 아직 밝혀내지 못했으니까. 그래도 그건…… 이 세계로 봐선 다행스러운 일일지도 모르지."

타쿠야는 말없이 사유리의 속눈썹에 눈길을 떨어뜨렸다.

"앞으로 1, 2주 사이에 전쟁이 일어날 거야. 그에 대비해서 미국 NSA 본부로 그녀를 이송하기로 결정했어."

토미자와가 말했다.

"사실은 말이야, 타쿠야, 자네한테는 끝까지 이 사실을 숨기고 싶었어. 알아봐야 마음만 아플 테니까……. 우리가 할 수 있는 일은 아무것도 없고……. 힘들겠지만 너무 마음 아프게 생각하지 마."

"어떻게 아셨어요? 저하고 그런……."

"기록을 봐서 같은 학교에 다녔다는 건 금방 알았고, 수면이 아직 단편적일 때 자네한테 연락하려고 한 흔적이 있었어."

"사유리가 저한테요?"

"그래. 오카베를 통해서 자네한테 편지를 보내려고 했던 모양이더라고. 다 쓰기 전에 완전한 수면 상태에 들어가 버려서 결국은 보내지 못한 모양이지만."

"어째서……?"

왜, 어째서, 그런 말들만 타쿠야 안에서 자꾸 요동을 쳤다.

"어째서 사유리일까요?"

"우리가 모르는 일이 더 많겠지만 아마도 우연은 아닐 것이라고 나는 생각해. 신상명세서를 읽고 깜짝 놀랐거든. 탑을 설계한 엑슨 쓰키노에가……."

토미자와가 작게 한숨을 쉬었다. 뭔가 작은 감회를 억누르고 있었다.

"그녀의 할아버지야."

도망치듯이 병실에서 나왔다. 방화 비상문을 열고 비상계단으로 내려왔다. 출입구를 통해 바깥으로 나왔다. 스프링클러에서 뿌린 물로 주차장의 눈은 녹아 있었지만, 화단 안쪽이나 구석에는 하얀 눈이 아직 잔뜩 쌓여 있었다.

차갑게 시린 바깥 공기를 폐 안으로 들이고 안에 있던 탁한 열을 뱉어냈다. 호흡하고, 또 호흡했다. 호흡할 때마다 가슴에 간지러운 것 같은 생각이 자꾸만 더해졌다.

탑, 탑. ……탑.

자꾸만 그 단어가 메아리쳤다.

불길한 냄새를 느꼈다.

……탑이다.

올려다보니 머리 위에 탑이 있었다. 전에 없이 이상할 정도로 분명하게 보였다. 대기의 렌즈가 탑의 모습을 눈앞으로 끌어당겨 놓은 것 같았다.

타쿠야의 얼굴은 엉망으로 일그러져 있었다. 그는 탑을 노려보고 있었다. 그 눈길에는 온몸에서 끌어당긴 증오가 담겨 있었다.

사흘이 지났다.

"미군은 에조 중앙에 서 있는 유니언 양자탑(量子塔)을 무기로 단정했다."

텅 빈 에미시 제작소의 공장 공간에 오카베의 목소리가 울렸다. 오카베의 목소리는 잘 울리는 바리톤이었다.

오카베 앞에는 타쿠야를 포함한 일곱 명의 남자들이 서 있었다. 반유니언 무장 테러 조직인 윌터의 조직원 전원이었다. 모두가 에미시 제작소의 종업원이기도 했다. 원래 에미시 제작소 자체가 윌터의 위장을 위해 오카베가 만든 공장이었다.

타쿠야는 삼각건으로 고정된 왼팔을 안은 자세로 오카베를 주시하고 있었다.

"지난 25년 동안 저 탑은 일본인들의 일상적인 풍경에 동화되었다. 탑은 모든 것의 상징으로 여겨졌다. 국가의 상징, 전쟁의 상징, 민족의 상징. 혹은 절망, 때로는 동경. 무엇을 상징하는지는 세대에 따라 달랐고, 입장에 따라 달랐다. 그러나 공통된 점이 딱 한 가지 있다. 그것은 모든 사람들이 저 탑을 손에 닿지 않는 것, 변하지 않는 것으로 믿는다는 점이다. 어이없게도 신앙의 대상으로 삼는 한심한 작태까지 있는 판이다."

오카베의 목소리가 높은 천장에 반사되어 울렸다.

"많은 사람들이 탑을 범접할 수 없는 것이라고 느끼는 한, 이 나라는 아무것도 변할 수가 없다. 사람들이 탑에 압도당하고 있는 한, 이 나라는 유니언을 필요 이상으로 두려워할 것이고, 그러면 이 세계는 남북통일을 향해 움직이지 못할 것이다. 저 탑이 있는 한, 이 나라는 분단된 채로 있을 것이다. 분단된 가족들은 생이별한 채로 있어야 할 것이다……."

타쿠야의 시선이 오카베 뒤쪽에 웅크리고 있는 장난감 같은 소형 비행기로 향했다. 인간이 탈 수 있는 크기가 아니었다. 기수가 투명한 바람막이로 되어 있고, 그 안쪽에 커다란 가동식 카메라가 탑재되어 있었다.

미군이 제공한 무인정찰기 프레데터(predator)였다. 이미 종업원들이 필요한 개조를 해놓은 상태였다.

"사흘 후 새벽에 미국 정부는 유니언에 선전포고를 한다. 그 전쟁 발발의 혼란을 틈타 탑에 대한 폭파 공격을 감행한다."

사람들 사이에 웅성거림은 없었다. 계획은 모두가 숙지하고 있었다. 이것은 확인하는 의식에 지나지 않았다. 그럼에도 불구하고 타쿠야는 온몸에 소름이 돋았다. 오카베는 오카베 나름대로의 방식으로 이 세계를 다시 쓰려는 남자였다.

"무인 프레데터로 에조에 침공한다. 공격에는 PL 외곽탄을 탑재한 시커 미사일(seeker missile)을 사용한다."

타쿠야는 다시 프레데터 쪽으로 눈길을 돌렸다. 배에 빨간 미사일을 안고 있었다.

'저게 탑을 없애버리는구나.'

사실을 머릿속에서 곱씹어 보았다. 시커 미사일의 항공 프로그램은 타쿠야가 짠 것이었다. 시뮬레이션도 완벽했다. 사정거리 안에서 발사하면 자동적으로 목표를 향하게 되어 있었다. 확실하게 탑에 명중할 수 있다.

'내가 탑을 해치우는 거야.'

흥분으로 온몸이 떨려왔다.

"윌터 해방 전선은 같은 날 해산한다. 이 공장도 오늘로 폐쇄한다."

'드디어.'

타쿠야는 그렇게 생각했다.

'저것을 없애고 이 족쇄에서 자유롭게 풀려나는 거다.'

오른손 주먹을 굳세게 꽉 쥐었다.

2.

눈물은 금세 멎었고, 금방 말랐다. 병원에서 나와 시부야 역까지 가는 길을 버스도 타지 않고 걸어갔다. 자연스레 발걸음이 빨라졌다. 버스 정류장 앞에 서 있고 싶지 않았다. 멈춰 서지 않고 조금이라도 어딘가를 향해 나아가고 있는 자신을 실감하고 싶었다.

이동하면서 살결에 와 닿는 바람이 나를 민감하게 했다. 잠자는 구름이 깨어나는 것 같았다. 심장이 움직이면서 산소를 돌게 했다. 머리가 움직이기 시작했다. 그리고 내 머리는 무엇인가를 알아차리려 하고 있었다.

나는 그 무엇인가에 대해 계속 생각했다. 야마노테선을 타고 신주쿠로 돌아가 기숙사로 향하는 길을 걷고 있을 때, 쇠와 쇠가 부딪쳐서 나는 탕 소리가 머릿속에서 울렸다. 그 소리는 잔뜩 녹슨 선로의 전환기 손잡이를 수동으로 움직이는 소리와 비슷했다.

병원에서 간호사가 써준 메모, 사유리가 옮겨 간 병원 이름이 적힌 메모를 나는 눈에 새겨 넣었다.

기숙사 방으로 돌아와서 수납 상자 안쪽에 봉인해놓았던 오카베 씨의 편지를 모조리 꺼냈다. 그리고 손가락으로 글을 짚으면서 읽었다.

[아오모리 아미 칼리지 전시 특수전략 정보처리 연구실 뇌신경 화학 반 특수 병동]

메모에 그렇게 적혀 있었다. 편지와 대조해보았다.

틀림없었다.

타쿠야의 대학, 타쿠야의 연구실이었다…….

사유리는 그곳에 있는 것이다. 타쿠야가 있는 곳에.

부름을 받고 있었다. 이끌림을 받고 있었다.

물론 우연이기는 했다.

그렇지만 만약 우연이라는 것에 인격이 있다면 그놈은 나에게 일본 북쪽 끝으로 돌아가라고 하고 있었다. 틀림없이…….

그러나 그 전에 나는 딱 한 가지 이 도쿄에서 해두어야 할 일이 있었다. 이 도시에서 소중하게 생각했던 단 한 사람과 나는 이야기를 해야 했다. 이야기를 하는 것은 힘든 일이었다. 가능하면 피하고 싶었다. 그렇지만 그럴 수는 없는 노릇이었다. 나는 여러 가지 일들을 피하고 지나쳐오는 바람에 나 자신을 계속 잃어왔기 때문이다.

리카와는 그 뒤로 연락을 하지 않고 있었다.

아니, 정확하게 말하자면 내 쪽에서는 몇 번 전화를 걸었는데 리카가 받지 않았다. 그녀는 겉과 속이 다른 성격이 아니었다. 리카가 전화를 받지 않는다면 그것은 받고 싶지 않다는 뜻이다. 나도 그런 일을 억지로 밀어붙이는 성격이 아니어서 한동안 나와 그녀 사이에서 감정이나 정보의 교류가 없이 어영부영 시간이 지나갔다. 사립대학 1차 시험과 국공립 대학 전기 시험 일정은 끝나 있었지만, 국공립 대학 후기 일정과 사립대학 2차 시험이 아직 남은 시기이기도 했다. 그리고 우리는 아직도 할 일이 많이 남은 시점이었다.

그러나 이제는 그런 것들을 돌아볼 때가 아니었다.

이 시기에는 학교에 갈 일이 거의 없었지만 하루 지난 그 이튿날에 등교일이 있었다. 그때 그녀를 어떻게든 보는 수밖에 없을 것 같았다. 그저 기다리기만 하는 이틀 동안에는 아무것도 손에 잡히지 않았다.

그날이 되자 나는 평소보다 30분 일찍 등교해서 교실 앞에서 리카를 기다렸다. 그녀는 등교 시간 5분 전에 웨이브 파마를 한 긴 머리의 친구와 함께 왔다. 이름을 불렀더니 그녀가 어깨를 떨었다. 그리고 나를 돌덩이처럼 무시하고 그냥 교실에 들어가려고 했다. 단번에 상황을 알아차린 그녀의 친구가 저리 가라는 뜻의 말을 비교적 점잖게 했다.

"꼭 이야기해두고 싶은 게 있어."

나는 날카롭게, 그러나 작은 목소리로 말했다.

"어?"

숨 쉬듯 가볍게 토해내며 그녀는 살짝 돌아보았다. 뭔가 뜻밖의 말을 들은 사람 같은 반응이었다. 비꼬는 느낌 없이 그저 전혀 생각지 못한 말을 들은 것 같았다.

하지만 그녀는 곧바로 다시 얼굴 표정이 굳어졌다.

"다음에 해."

차가운 한마디만이 돌아왔다.

"오늘 아니면 안 돼."

리카는 친구와 함께 교실로 들어가 버렸다.

교실로 쳐들어가서 억지로 끌고 나올까 하는 생각을 한순간 했다. 그런데 그렇게 하면 아마 나중에 그녀는 상당히 호기심에 찬 시선을 받게 될 것이다. 그런 일은 피하고 싶었다.

몇 초 동안 생각한 다음, 나는 복도를 지나 계단으로 내려갔다. 2층 복도 끄트머리에 이르자, 곧바로 복도 반대편으로 걸어가서 맨 끝에 있는 사무실 앞으로 갔다. 사무실 앞 카운터에는 녹색 공중전화가 있었다. 나는 전화카드를 넣고 손가락이 외우고 있는 리카의 핸드폰 번호를 눌렀다.

신호음이 다섯 번 울리고 나서 전화가 연결되었다. '여보세요'도 '리카입니다'도 없었다. 대신에 교실의 소음과 이야기 소리가 들렸다. 그리고 그녀의 숨소리도 들렸다.

"나 이제 아오모리로 돌아갈 거야."

나는 대뜸 그렇게 말했다.

전화 맞은편에서는 여전히 아무런 대꾸가 없었지만, 그래도 곤혹스러워하는 느낌이 전해졌다.

말을 이어가려고 하자 그 전에 그녀가 말했다.

—하지만…… 아직 후기 시험이 남았잖아?

"맞아. 저쪽에서 하는 일이 빨리 끝나면 돌아와서 시험 볼 거야. 하지만 어떻게 될지 모르겠어. 오래갈 것 같으면 그냥 날리는 거고. 아마 그렇게 될 것 같아."

—왜 굳이 그렇게까지 해서…….

"난 3년이나 지각을 했어. 이제 하루도 더 늦추고 싶지 않아. 리카, 난 고향에 해야 할 일을 남겨놓고 온 거야."

—그래?

그녀가 비꼬듯이 말했다.

—지각하거나 뭘 잊어버리고 오는 건 잘못이지.

"맞아. 절대로 그러면 안 되는 일이었어."

나는 그녀의 비꼬는 말을 되받아치지 않았다.

"나는 소중한 일을 오랫동안 내팽개쳐 뒀어. 아주 중요한 일이었어. 끝을 보지 않으면 살아가지 못할 정도로 말이야. 내가 나로 계속 있을 수 있느냐를 결정짓는 일이었어. 그렇게 중요한 일을 사소한 뭔가가 어긋났다는 이유로 포기하고 내팽개쳐 버렸던 거야. 그래서 나는 지난 3년 동안 계속 내가 누구인지도 모르면서 살아왔어. 내가 누구인지도 모른 채 그저 허공을 떠다니고 있었던 거야. 생각해보면 당연한 일이었는데. 나는 내 속의 제일 중요한 엔진을 거기 두고 온 건데……."

—그래서? 그걸 되찾으러 가겠다는 거야?

"그래, 맞아."

—여자애지?

목소리가 흔들리고 있었다.

―고향에 좋아하는 사람이 있는 거지?

"아니야."

나는 곧바로 대답했다. 그 말은 거짓이 아니었다.

"그야 여자애가 관련되어 있기는 해. 하지만 그런 게 아니야. 내 자신을 되찾으러 간다는 거야. 산 위에 있는 격납고에 나의 반쪽이 잠들어 있어. 그거랑 하나가 되어서 돌아올 거야."

―너 하는 얘기가 너무 막연해서 난 무슨 소린지 도대체 모르겠다.

조금 전부터 전화기 맞은편에서 부스럭부스럭 옷이 쓸리는 소리가 들려오고 있었다. 그녀는 움직이고 있는 모양이었다.

무슨 일인지 알아차렸다. 그리고 돌아보았다.

똑바로 뻗어 있는 복도 저쪽 끝 계단으로 핸드폰을 얼굴에 바짝 댄 리카가 내려오고 있었다.

나와 그녀는 건물 양쪽 끝에 있었다. 복도는 길었고 그녀는 멀었다. 그녀가 내 쪽을 보았다. 우리 둘 사이에 많은 학생들이 오가고 있었고 그때마다 시야가 가로막혔다. 그녀 쪽으로 가려고 했다. 전화기 줄이 끝까지 끌어당겨져서 팽팽하게 되었다. 전화선에 묶여서 나는 더 이상 다가가지 못했다.

전화기를 내려놓을까 하는 생각에 망설이다가 그렇게 하지 못했다. 전화를 끊으면 다시는 리카와 이야기하지 못하게 될 것 같은 예감이 들어서였다.

적어도 지금은 이야기할 수 있었다. 그 점에 만족하기로 했다. 전화기를 꽉 잡은 채로 멀리 작게 보이는 리카의 모습에서 한순간도 눈을 떼지 않았다.

―너, 나 좋아하는 거 아니었지?

귓가에서 리카가 말했다.

―그건 나도 알고 있었어. 알고 있었어도 괜찮다고 생각했어. 난 어릴 때부터 언제나 외로웠거든. 가끔씩 내가 유령처럼 느껴질 때가 있어. 나라는 존재는 사실 없는 거고, 주변에 있는 사람들도 다 유령이고, 다들 아무것도 아니라는 느낌이 들곤 했어. 항상 막연하게 불안했어. 하지만 너랑 같이 있으면 내가 땅바닥에 단단히 발을 내리고 서 있는 것 같았고, 세상 여러 가지하고 연결되어서 살아 있는 것 같았어. 그래서 가까이 있고 싶었어. 너는 그런 좀 특별한 구석이 있거든…….

나는 5초 정도 말을 꺼내지 못했다.

"문제는 지금은 나 자신에게 확실한 게 없다는 거야……."

사람들의 인적이 끊기면서 소실점 직전에 있는 리카와 눈이 마주쳤다.

"리카, 난 계속 잠들어 있었어. 깨어 있는데도 꿈속에 있는 것 같은 기분이었어. 계속 말이야. 3년 동안이나. 누구 잘못도 아니야. 내 잘못이지. 난 지난 3년 동안 무엇을 보아도 마음이 흔들리지 않았어. 텅 비어 있으니까 마음이 흔들릴 수가 없었던 거야. 나에게 특별한 무언가가 있었다고 해도 그건 옛날이야기야. 그 특별한 무언가는 완전히 없어져버렸어. 네가 나한테 무언가 특별한 것을 느꼈다면 그건 내가 확실한 나였을 때 가졌던 냄새가 아직 남아 있어서였을 거야."

—난 그래도 괜찮은데.

그 한마디는 솔직히 내 결심을 꽤나 흔들어놓았다.

"있잖아, 아마 이대로 계속 같이 있으면 내가 유령처럼 텅 빈 존재라는 것을 알고 너도 나에게 환멸을 느낄 거야. 어차피 마찬가지가 된다고. 난 지금 막다른 골목에 있어. 그러니까 다시 살아나려고. 벽을 부수고, 담을 뛰어넘는 힘을 되찾아 올 거야. 정말로 확실한 인간이 되어서 돌아올게."

—하지만 네가 가고 나면 난 산산조각이 나서 없어져버릴 것 같은데.

리카는 책을 읽듯이 감정이 없는 목소리로 말했다.

—난 여태까지 너를 통해서 세상 모든 것과 연결되려고 했단 말이야. 그런데도 갈 거야?

'미안해'라고 반사적으로 말하려다가 부적절한 말이라는 것을 깨달았다.

"갈 거야."

귓가에 리카의 한숨 소리가 들렸다. 멀리서 그녀의 어깨가 들썩이는 것을 나는 보았다. 그녀는 살짝 고개를 숙인 상태여서 표정은 알 수 없었다.

—그래서, 고향에 가서 실제로 뭘 하겠다는 건데?

"비행기를 날릴 거야."

내가 말했다.

"해협을 넘어갈 거야. 탑으로 갈 거야."

—유니언 거?

"응."

—잠깐만.

리카가 고개를 들었다.

—너, 신문도 뉴스도 제대로 안 봤지? 이번 주 안에 전쟁이 일어날지도 모른다고 했단 말이야. 아오모리하고 에조 사이면 딱 전쟁터가 되는 장소 아냐?

"맞아."

그 정도는 알고 있었다.

—그런데도 가겠다고? 왜 지금이어야 돼?

그런 질문을 받고서야 나는 중요한 점을 알아차렸다.

"마지막 기회야. 어쩌면 이번 전쟁으로 탑이 없어져버릴지도 몰라."

—뭘 그렇게…….

그녀가 야유를 하려다가 도중에 그만두었다. 대신 다른 말을 했다.

—내가 전에 둘이서 아오모리에 가자고 한 적 있었지?

"응."

—그 말, 진심이었어.

나는 대답하지 않았다.

—농담인 줄 알았니?

"아니……."

생각해보았다.

"잘 모르겠어."

—넌 가끔씩 아주 먼 나라에서 온 사람처럼 보일 때가 있어.

그녀가 말했다.

—네가 말하는 것도 그런 맥락이지?

"있잖아, 모든 일이 끝나면…… 그게 언제가 되고, 어떻게 되어 있을지 모르지만, 꼭 다시 보고 싶다. 그때가 되면 무슨 일이 있었고, 내가 뭘 어떻게 했는지 전부 다 이야기할게. 꼭 다시 만나줘."

리카는 대답하지 않았다. 미치도록 오랜 침묵이 있었다. 나도 그녀도 꼼짝하지 않았다. 숨을 죽이며 기다렸다. 이윽고 그녀는 핸드폰을 내리고 전화를 끊었다. 뚝 소리가 나더니 내 한쪽 귀가 죽어버렸다.

그녀가 사람들의 흐름과 계단에 가려져서 보이지 않게 된 다음에도 나는 녹색 전화기를 계속 부여잡고 있었다. 그리고 리카와 나눈 대화를 끝없이 곱씹었다. 그녀는 나였다. 나와 똑같이 여리디 여린 또 하나의 나였다. 나는 내가 리카에게 무슨 짓을 저질러 버렸는지 깨달으면서 꽤 오랫동안 돌부처처럼 그 자리에 못 박혀 있었다.

3.

그래도 내 주위에 나타나기 시작한 어떤 흐름을 거스르지는 못했다. 그럴 수 없었다.

기숙사에서 옷을 갈아입고 아주 간단하게 짐을 꾸린 다음, 도쿄역에서 도호쿠 신칸센에 올라탔다.

창가 좌석에 자리를 잡고 앉아 열차가 움직이기 시작하자 점퍼 주머니에 찔러 넣었던 문고판 책을 꺼냈다. 도쿄 역 구내 서점에서 문득 생각이 나서 사둔 『미야자와 겐지 시집』이었다. 그 책을 읽기 시작했다.

깊은 뜻이 있어서 산 책은 아니었지만 뜻밖에도 마음에 와 닿았다. 전에 읽었을 때는 아무 생각이 없었는데 오늘은 마치 내 혈육을 느끼는 것처럼 언어와 감정의 감촉을 느낄 수가 있었다.

당신 쪽에서 보면 참으로 참담한 경치겠지만
제 눈에 보이는 것은
여전히 아름다운 푸른 하늘과
맑고 투명한 바람뿐입니다.

「눈으로 말하다」 중에서

나는 그 문구에서 사유리가 서 있는 꿈의 세계를 떠올렸다. 사유리는 탑들이 서 있는 꿈속 세계에서 많이 외로워하는 것 같았지만, 나는 그 경치가 아름답다는 생각이 계속 들었다. 아니……, 이 문구를 읽으면서 그렇게 생각하고 있던 무의식 속의 내 마음을 깨달았다.

사유리의 꿈에 비하면 내가 있던 도쿄라는 도시는 참담한 경치일지도 모르겠다고 생각했다.

그때 문득 떠오르는 생각이 있었다.

사유리도 잠을 자면서 내가 생활하는 모습을 꿈으로 꾸고 있지 않았을까?

그녀는 나를 둘러싼 세계를 어떤 모습으로 보았을까?

외로움을 많이 타는 사유리의 눈에는 어쩌면 빌딩에 둘러싸여 있고 전깃줄로 뒤덮인 좁은 하늘이 빽빽하니 좋게 보였을지도 모른다. 하늘과 바람밖에 없는 그 장소에서 시끄럽고 좁은 나의 도시를 그래도 예쁘다고 동경했을지도 모른다…….

나는 책을 계속 읽었다. 「새」라는 한 편이 이상하게 마음을 흔들었다. 불쾌한 흔들림이 아니라 마음이 천천히 흘러가는 듯한 느낌이었다.

그러고 보니 한참 전에 문학에 심취한 요시쓰루 선생님이 했던 말이 생각났다. 미야자와 겐지의 작품에 나오는 새는 이세상과 저세상을 이어주는 존재라는 둥 어떻다는 둥. 먼저 떠난 여동생과 마음을 통하려 할 때면 하늘을 나는 새에 그 마음을 실어 보냈다고.

나는 그 시를 몇 번이고 되풀이해서 읽었다. 피곤해져서 책을 무릎 위에 놓고 잠깐 눈을 붙였다. 창문에 기대어 눈을 감기 직전, 바깥으로 유니언의 탑이 보였다. 어찌 된 영문인지 평소의 위압감은 전혀 느껴지지 않았다. 예쁘네, 하는 감정을 느끼면서 나는 잠시 동안 어둠 속으로 떨어졌다.

시골 열차를 몇 번이나 갈아타고 쓰가루하마나 역에서 내렸다. 부모님 집에 들를 생각은 전혀 없었다. 눈을 밟으면서 3년 전처럼 에미시 제작소 부지를 지나 그리운 폐역의 들판에 섰다. 깊게 쌓인 눈이 태양 빛을 반사해 일대가 무척이나 밝았다. 복숭아뼈까지 눈 속에 파묻히면서 격납고를 향해 발자국 하나 없는 설원을 걸어갔다. 그러고 보니 에미시 제작소 뜰에도 발자국이 전혀 없었구나 하는 생각이 들었다. 지나가는 길에 오카베 씨한테 인사를 하려고 했는데, 공장도 사무실도 잠겨 있었고, 사람의 기척이 전혀 없었다.

격납고 뒷문 앞의 눈을 치우고 땅바닥을 파보니 열쇠는 묻어두었던 자리에 그대로 있었다.

열쇠가 잘 돌아가지 않았다. 꼼꼼하게 흙을 떨고 다시 끼워서 돌렸다. 그리고 문을 열었다.

한 발짝 안으로 들어간 나는 그 자리에 얼어붙었다.

눈에 반사된 하얀빛이 활짝 열어놓은 뒷문으로 들어와 그 물체를 한 방향에서 비추고 있었다. 흰색과 은색의 물체가 가만히 웅크리고 있었다. 기억보다 약간 작게 느껴졌다. 좋은 요소만을 모아놓은 것 같은 응축된 느낌이 있었다. 예를 들면 눈의 결정체를 보는 듯한 감동…….

베라실러였다.

나는 바닥에 들러붙은 것 같은 신발을 억지로 떼어내서 가까이 다가갔다. 한 걸음씩 다가갈 때마다 몸이 떨려왔다. 기수가 있는 곳에서 멈춰 서서 머뭇거리면서 오른손 중지 끝으로 만져보았다.

단단하면서도 탄력성이 있는 카본 나노네트의 감촉과 냄새가 너무 반가워서 눈물이 날 지경이었다.

꼼꼼하게 점검했다. 신기하게도 기체에는 열성화(劣性化)가 거의 보이지 않았다. 몇 년이나 방치해두었으니 전체적으로 느슨해지거나 녹슨 부분이 생기는 것이 당연했다. 그래서 다시 날 수 있게 하려면 상당히 손을 많이 봐야겠거니 각오하고 있었는데…….

"시간이 멈춰 있었던 것 같네."

그렇게 중얼거려보았다. 내가 뱉은 그 말도 겨울의 냉기 속에서 얼어붙은 것처럼 한동안 주위에 머물러 있었다.

쇠사슬로 봉인했던 큰 문을 열고 엔진을 점화해서 상태를 보았다. 문제는 거의 없었다. 항공연료가 타는 냄새와 열이 주위에 가득 찼다.

엔진을 끄고 바로 제작에 들어갔다.

자재도 공작 기계도 모두 격납고 안에 남아 있었다. 몸과 손을 움직이는 사이에 시간 감각이 사라졌다. 작업에 오롯이 몰두했다. 오랫동안 맛보지 못한 쾌감이었다.

하드웨어로서의 베라실러는 3년 전 시점에서 거의 완성되어 있었다. 미세하게 조정할 부분은 꽤 남아 있었지만 그것은 어렵지 않은 일이었다.

문제는 비행 제어 프로그램이었다. 그리고 또 한 가지…….

벽에 세워진 바이올린 케이스 쪽으로 다가갔다. 그것 또한 3년 전과 똑같은 자리에 그대로 있었다.

슬픔과도 비슷하지만 조금은 느낌이 다른, 뭐라고 형언하기 힘든 감회가 있었다.

열어볼까 싶은 생각에 손을 뻗었다가 그만두었다. 어느새 밤이 되어 있었다. 나는 산에서 내려와 쓰가루하마나 역 앞으로 가서 잡화점 앞 공중전화로 타쿠야의 집에 전화를 걸었다. 번호는 외우고 있었지만 버튼을 누르는 데에는 약간의 용기 같은 것이 필요했다.

아무도 받지 않았다.

같은 길을 따라 폐역으로 돌아왔다. 아무도 만나지 않았다. 지나가는 길에 본 에미시 제작소에도 여전히 불빛은 없었다. 격납고로 돌아와 할로겐 조명의 푸르스름한 빛 속에 있으려니까, 마치 이 세상에 나 혼자밖에 없는 기분이 들었다.

난로를 벤치 옆으로 옮겨놓고 담요를 몸에 둘둘 말고서 잠을 청했다.

이튿날도 거의 같은 일을 반복했다. 타쿠야와는 여전히 연락이 되지 않았다.

그다음 날, 전화가 연결되었다.

약속 장소는 오카와다이의 상점가 끄트머리였다.

타쿠야는 먼저 와서 전봇대에 기댄 자세로 담배를 피우고 있었다. 그의 뒤에는 철도 육교가 있었고, 탱크를 실은 화물열차가 느릿느릿 그 위를 지나고 있었다. 타쿠야는 가만히 탱크의 줄을 바라보고 있다가 내 발소리를 듣고는 이쪽으로 고개를 돌렸다.

그리고 무표정하게 말했다.

"왔어?"

나는 그때까지 긴장하고 있었는데 그의 얼굴을 보자 멋쩍은 것 같기도 하고, 간지러운 것 같기도 한 기분이 들어서 나도 모르게 가볍게 입꼬리가 올라갔다.

"3년 만이구나, 타쿠야."

오후 3시가 넘은 시각이었는데 둘 다 점심 전이어서 상점가에 있는 식당에 들어가 라멘을 먹었다. 음식점 안에는 우리 말고 미군 병사가 두 팀 정도 있었다. 높은 선반에 놓인 14인치 TV에서 전쟁에 대비해 수도권이 계엄 태세에 들어갔다는 뉴스가 나오고 있었다. 타쿠야는 그 뉴스를 날카로운 눈매로 노려보고 있었다.

"언제 왔어?"

타쿠야가 TV에 시선을 고정시킨 채 물었다.

"그저께. 지금은 폐역에서 지내고 있어."

내가 라멘을 먹으면서 대답했다.

"폐역에서?"

"응."

그리고 나는 아까부터 신경이 쓰이던 점을 물었다.

"너, 그 팔 왜 그래?"

그는 삼각건으로 고정되어 있는 왼팔을 흘깃 본 다음 대답했다.

"아아, 그런 일이 있었어."

"그런 일이 뭔데?"

"나중에 얘기할게."

그렇게 말하고서 타쿠야는 한 손만 가지고 요령 있게 라멘을 먹었다. 아무튼 팔이 하나 부러져도 라멘을 먹을 때조차도 괜히 귀티가 나는 놈이다. 그런 분위기는 여전히 변하지 않았다.

좀 우스워져서 미소를 머금었다.

그러고 보니 나와 타쿠야는 3년 전에 싸우고 헤어졌다. 그런데 그는 그 일을 전혀 언급하지 않을 작정인 것 같았다. 나도 그래 주는 것이 더 고마웠다. 아주 잠깐 동안, 그때 타쿠야가 사귀기 시작했던 후배 여자애하고는 어떻게 되었는지 물어보고 싶어졌다. 하지만 바보 같은 질문이라는 것을 나도 알고 있어서 그만두었다.

"그래서, 용건이 뭔데?"

타쿠야가 물었다. 나는 아직 그에게 아무 말도 하지 않은 상태였다. 좀 복잡한 이야기이기도 해서 어떤 식으로 꺼내야 할지 몰랐기 때문이다.

"여기서는 좀 그런데……."

내가 말했다.

"폐역으로 가지 않을래?"

타쿠야는 입을 일자로 꾹 다문 채 한참 동안 말이 없었다.

그러더니 낮은 목소리로 대답했다.

"알았어."

폐역으로 가는 도중에 에미시 제작소의 사무실 문을 두드려보았지만 여전히 아무도 없었다.

"오늘도 쉬는 날인가……? 넌 혹시 알아?"

타쿠야는 대답이 없었다.

발치에서 고양이 울음소리가 났다. 공장에서 살던 길고양이였다.

"이야, 쵸비! 너 잘 있었냐? 오랜만이다!"

쭈그리고 앉아서 손을 내밀었더니 쵸비는 살갑게 이마를 비벼댔다. 기분이 좋아진 나는 한동안 고양이의 머리를 쓰다듬기도 하고 코앞에서 손가락을 움직이기도 하면서 놀아주었다.

저벅, 하고 땅바닥의 모래 밟는 소리가 나서 그쪽을 보았더니 딱딱한 표정을 한 타쿠야가 마치 기분이 상한 사람처럼 외면을 하면서 걸어가기 시작한 참이었다.

"야, 타쿠야."

나는 마지막으로 한 번 더 쵸비를 쓰다듬어주고는 일어서서 그 뒤를 따라갔다. 타쿠야는 빠른 걸음으로 폐역으로 향하는 산길을 걸었고, 나는 그를 쫓는 사람처럼 뒤에서 걸어갔다.

숲을 지나 폐역이 있는 들판으로 나간 타쿠야는 걱납고가 아니라 플랫폼 쪽으로 걸어갔다. 처음부터 그럴 작정이었던 사람처럼 단호한 걸음걸이였다. 나는 그 뒤를 따라갔다. 그리고 둘이서 플랫폼에 섰다. 호수는 얼어 있었다. 살살 걸으면 얼음 위로 걸어갈 수 있을 것 같았다.

둘이 나란히 서서 얼어붙은 호수를 바라보았다.

"내가 할 얘기라는 게 좀 복잡하기는 한데……."

내가 먼저 말을 꺼냈는데 타쿠야가 중간에 치고 들어왔다.

"잠깐만. 내 얘기가 먼저야. 이쪽도 심각해. 비밀 엄수해야 돼."

"야, 뭔데 그래……?"

그렇게 가벼운 말투로 대꾸했지만 아까부터 타쿠야가 보인 신경질적인 태도 때문에 그에게도 무언가 심각한 문제가 있다는 것을 짐작은 하고 있었다.

"에미시 제작소는 윌터 해방 전선이야."

타쿠야가 느닷없이 핵심을 찔렀다.

"그래서 사람이 없는 거야. 거기는 폐쇄되었어."

나는 꽉 다물었던 입을 열고 질문했다.

"언제 닫았는데?"

"이번 주에."

그러더니 그가 뜻밖이라는 표정으로 나를 보았다.

"별로 안 놀라네. 알고 있었어?"

"아니."

나는 고개를 저었다.

"하지만 그럴 수도 있겠다는 생각이 들어서. 저 회사가 보이는 그대로는 아닐 거라고 전에 네가 나한테 말해줬잖아."

"내가 그런 말을 했어?"

타쿠야가 중얼거렸다.

"뭐, 그렇다면 얘기가 빨라져서 더 좋고. 지금부터 내가 하는 이야기는…… 너한테는 전부 다 말해주는 게 최소한의 의리라고 생각해서 알려주는 거야. 미안하지만 끝날 때까지 그냥 가만히 듣기만 하고 있어."

그리고 그는 긴 이야기를 하기 시작했다. 모든 내용이 놀라운 것들이었다.

월터의 이념에 대한 이야기.

오카베 씨에게 생이별한 부인이 있다는 이야기.

아미 칼리지에서 배운 양자물리학과 탑의 관계.

유니언의 탑은 평행세계를 감지하고 정밀도 높게 미래를 예측하기 위한 시스템이라는 것.

그 시스템이 폭주해서 탑을 중심으로 다른 세계가 점점 더 흘러나오고 있다는 사실.

미군은 탑을 일종의 자폭 무기로 간주하고 있다는 것.

나는 플랫폼에 떨어져 있던 돌을 주워 들어 호수를 향해 있는 힘껏 던졌다.

돌은 얼음 위로 떨어져 미끄러져갔다.

타쿠야가 월터의 일원이 되었고 활동을 하다가 부상당했다는 이야기.

그리고…… 그가 병동에서 만난 잠자는 사유리에 대한 이야기.

사유리의 두뇌가 탑과 밀접하게 링크되어 있다는 것. 사유리의 의식 수준이 상승하면 그와 동시에 탑의 활동이 활성화된다는 사실. 사유리가 각성하면 탑은 완전한 가동 상태로 들어간다는 것. 그렇게 되면 이 세계에 대한 '덧칠하기'가 이루어진다는 점. 아마도 사유리의 각성과 동시에 거의 한순간에 이 세계는 소멸되어버린다는 것.

미군과 윌터는 손을 잡고 탑을 폭파하는 테러 계획을 실행하려 한다는 사실.

타쿠야는 플랫폼에 쭈그리고 앉아 표정도 바꾸지 않고 중립적인 말투로 이 모든 이야기를 해주었다. 그것은 그의 마음속이 중립적이지 않다는 증거였다. 스스로를 지나치게 컨트롤하려는 생각 때문에 그런 태도가 나오는 것이다.

나는 다시 돌을 던졌다.

돌은 또다시 미끄러져갔다.

돌은 얼음이라는 장애물에 가로막혀 절대로 물 속 깊은 곳에 닿을 수가 없었다.

한차례 이야기를 다 했는데도 내가 계속 침묵하고 있어서 타쿠야는 조금 더 전문적인 이야기를 시작했다. 평행세계의 존재가 어떻게 증명되었는지, 그리고 그것이 인간의 뇌에 영향을 미칠 가능성에 대한 이야기였다. 뜬금없이 평행세계가 어떻고 하는 이야기를 해봐야 곧이곧대로 받아들이기는 힘들 것이라고 짐작한 모양이었다.

"너, 이게 무슨 말인지 알겠어?"

타쿠야가 물었다.

"알지. 이제 다 알겠어."

내가 대답했다. 지금의 나는 맑은 물을 마시는 것처럼 아무런 저항 없이 고스란히 그대로 그 이론을 이해할 수 있었다. 왜냐하면 나는 세계가 갈라지는 모습을 구체적인 영상 이미지로 본 적이 있었기 때문이다.

"어떻게 아는데?"

그가 물었다.

"나라는 현상은 가정된 유기 교류 전등의 하나의 푸른 조명입니다(모든 투명한 유령의 복합체)……."

"그게 뭐야?"

"너나 나나 인간은 그저 가정하는 현상에 불과하다는 뜻이지."

내가 말했다.

"세계도 인간도 가설일 뿐이고, 유령 같은 거야. 그리고 사유리는 어느 현상을 활성화시키느냐를 결정하는 교차점에 서 있고."

타쿠야는 몇 초 동안 생각하더니 막연하게나마 알아들은 모양이었다.

"너 말하는 방식이 되게 특이하다."

"질문이 하나 있어."

내가 물었다.

"탑이 폭파되면 사유리는 어떻게 되지?"

"그건 아무도 몰라."

타쿠야는 밀쳐버리듯이 말했다.

"하지만 가능성이 높은 가설은 있어."

"뭔데?"

"지금의 사유리는 엑슨 쓰키노에가 만든 양자탑 시스템의 외부 장치야. 본래 탑이 해야 할 정보처리를 사유리의 뇌가 대행하고 있지. 반대로 사유리의 의식 활동은 부분적으로 탑 시스템에 이관되어 있어. 그러니까 사유리하고 탑은 서로 통신을 주고받는 관계가 아니라 하나의 존재로 동화된 셈이지. 탑은 사유리의 뇌이고, 사유리는 탑 그 자체야."

"설마……."

오싹하면서 소름이 발끝에서 어깨까지 기어 올라왔다.

"아마……."

타쿠야가 말했다.

"탑을 파괴하면 사유리의 의식 활동은 영원히 정지할 거야."

냉랭한 분위기가 타쿠야와 나 사이를 가득 채웠다.

"내 이야기는 끝났어."

그가 말했다. "이제 네 차례야."

"베라실러를 날게 하겠다고?"

타쿠야가 앵무새처럼 되물었다. 나는 걸어가면서 모든 이야기를 했다. 타쿠야의 이야기에 비해 내 이야기는 참 막연하다는 생각이 들었다. 타쿠야와 함께 뒷문으로 격납고에 들어가 두꺼비집을 올렸다. 연동해서 조명이 켜지고 하얀 날개가 빛 속에 떠올랐다.

"사유리를 태우고서?"

그가 거듭 물었다.

"어어."

나는 기체를 쓰다듬었다.

"조립은 이제 하루면 다 끝나. 남은 건 제어 프로그램 문제인데……."

"잠깐만. 너, 내가 한 얘기를 제대로 듣기는 한 거야? 사유리는 계속 잠들어 있고, 탑은……."

"탑은 테러 공격의 표적이 되었다면서. 다 알아들었어."

나는 베라실러를 만지던 손을 떼고 나무 의자에 앉아 있는 타쿠야에게 다가갔다.

"그러니까 네 도움이 필요한 거야. 말했잖아, 계속 생각해봤다고. 탑까지 같이 날아가면 사유리는 눈을 뜰 거야."

타쿠야는 내 쪽을 보지 않고 책상 위에 놓여 있는 모뎀의 LED가 깜박이는 것을 실눈으로 쳐다보고 있었다.

그러더니 그가 말했다.

"너, 겨우 그런 바보 같은 일 때문에 돌아온 거야?"

마치 나를 업신여기는 것 같은 말투였다.

내 몸과 표정이 굳어졌다.

그런 말을 들으리라고는 상상도 하지 못했다. 너무도 뜻밖이었다. 작은 분노가 싹텄다.

"그런 일이라니……?"

무슨 말을 해야 할지 찾다가 그대로 말문이 막혔다. 어째서 나는 꼭 필요할 때 제대로 말을 못할까?

"그때 약속했잖아, 우리."

모뎀의 빨간 불빛은 여전히 깜박이고 있었다. 타쿠야는 질리지도 않는지 그 불빛만 쳐다보고 있었다. 나는 갑자기 그 불빛에 화가 났다. 그래서 천천히 책상으로 다가갔다. 전원을 꺼버릴 작정이었는데 갑자기 허무해져서 그만두었다. 그 대신 책상 모서리를 손끝으로 잡았다.

"사유리가 나오는 꿈을 꿔. 계속 반복해서."

나는 고개를 숙이고 책상의 나뭇결에 시선을 떨어뜨렸다.

"사유리는 아무도 없는 곳에 혼자 있으면서 아무것도 생각나지 않는다고 했어. 그런데도 우리 약속에 대해서는 기억하고 있더라……."

나는 고개만 돌려서 베라실러를 보았다. 조명의 푸른빛 속에 모습을 드러내고 있었다. 그리고 타쿠야의 창백한 옆얼굴을 보았다. 그는 꼼짝도 않고 있었다.

"꿈에서 내가 다시 한 번 약속을 했단 말이야. 이번에야말로 탑으로 데려가겠다고. 그건 단순한 꿈이 절대로 아니었다고!"

큰소리를 치는 바람에 숨이 찼다.

타쿠야는 더플코트 주머니에서 담배를 꺼내 불을 붙였다. 그리고 작게 세 모금 빨았다. 한숨과 함께 연기를 뿜어냈다.

"네 마음대로 떠났다가 네 마음대로 다시 돌아와서 무슨 소리를 하나 했더니, 기껏 꿈 얘기냐? 너를 보고 있으면 짜증이 난다."

그는 검지로 담배를 튕겨서 버렸다. 보기 싫은 것을 보이지 않게 내던져 버리는 것 같은 몸짓이었다. 나는 그 태도에 경악했다. 타쿠야가 오렌지색 불을 밟아버렸다.

그리고 일어섰다.

"어린애 장난에 장단 맞춰주고 있을 정도로 한가하지 않아."

그가 품속에서 꺼낸 물건이 무엇인지 처음에는 제대로 알아보지 못했다.

"언제까지나 이따위 물건에 집착하고 있으니 그렇지."

베라실러 쪽으로 다가간 그는 아주 익숙한 손놀림으로 손잡이에 탄창을 끼워 넣고 슬라이드를 당겼다.

"내가 잊게 해주지……."

그러더니 베라실러를 향해 검게 윤이 나는 권총을 겨누었다.

"안 돼!"

내가 반사적으로 절규했다.

타쿠야의 비정한 눈이 번뜩였다.

그 모습이 제정신으로 본 마지막 광경이었고, 이내 나는 뭐가 뭔지 모르게 되었다. 반쯤 기절한 상태로 내 몸만 자기 멋대로 움직였다. 가끔씩 신기할 때가 있다. 생각하기도 전에 몸이 먼저 움직이는 현상은 도대체 무엇일까? 내 몸이 딴 사람처럼 움직일 때가 있다.

총성이 울렸다.

엄청난 파열음이 내 고막을 때렸다.

밖에서 까마귀가 놀라 푸드덕 날아오르는 소리가 났다.

타쿠야가 바닥에 쓰러져 있었다.

자동 권총이 바닥에 나뒹굴고 있었다.

베라실러가 무사하다는 것은 확인하지 않아도 알고 있었다.

오른쪽 주먹이 심하게 저려왔다. 내가 타쿠야를 때려눕힌 것이었다. 내가 그런 짓을 했다는 것을 알고는 숨이 거칠어졌다. 아무리 숨을 쉬어도 흥분이 가라앉지 않았다. 오히려 숨을 쉬면 쉴수록 머리로 피가 더 솟구쳐 올랐다.

타쿠야가 침을 퉤 뱉고 일어섰다.

흥분으로 반응이 늦어졌다. 타쿠야가 바로 눈앞에 있었다. 충격이 있었고, 얼굴에 뭔가 부딪쳤다는 것을 느꼈고, 그게 타쿠야의 반격이었다는 것을 알았다. 정신이 아득해졌지만 그래도 정신을 놓지 않으려고 애썼다. 나는 바닥에 쓰러졌다. 기침이 나왔다.

"타쿠야!"

내 귀로 들은 내 절규에는 분노와 애원과 곤혹이 같은 비율로 뒤섞여 있었다. 상체를 일으킨 나는 주먹을 쥐고 있었다. 팔의 근육이 딱딱해져 있었다. 아무래도 나는 그것을 휘두르려 하는 모양이었다. 오른발로 땅바닥을 디뎠을 때 눈앞에 총구가 있었다. 검은 구멍이었다. 내 움직임이 멎었다. 위험하다느니 죽는다느니 그런 생각을 하기도 전에 몸을 움직일 수 없게 되었다. 총의 손잡이를 쥐고 있는 앙상한 손을 보았다. 내가 잘 아는 손이었다. 그 뒤에 안경 너머로 타쿠야의 눈이 있었다.

"사유리를 구하느냐 세계를 구하느냐야."

그 목소리는 결코 크지 않았는데도 격납고 안에 왕왕 울려 퍼졌다. 어쩌면 울려 퍼진 곳이 내 머릿속이었는지도 모른다. 나는 꼼짝할 수 없었다. 이미 권총은 아무래도 상관없었다. 그것보다 더 무시무시한 것이 이미 터져버린 상태였다. 눈동자조차 움직이지 못했다. 알고는 있었지만, 그래도 구체적인 말로 듣고 싶지 않았던 이야기가 분명한 말로 선고되었다. 그는 권총을 내렸다. 그러나 다른 것이 여전히 나에게 겨누어져 있었다.

타쿠야는 뒤로 돌더니 바닥 판자를 밟으며 뒷문 쪽으로 걸어갔다.

나는 발소리를 듣고 있었다. 그의 발소리는 정확한 리듬을 가지고 있었다. 그 리듬이 내 안에서 어떤 문구를 재생했다. 「새」…….

(물빛 하늘 아래)

(들판의 눈이 반사하는 가운데)

(바람이 투명하게 불고 있다)

"괴로워서 참을 수가 없어." 내가 말했다.

(까마귀 한 마리가 햇볕에 타오르며)

(그 한 가닥 묘하게 뻗은 마음에 머물어)

"사유리에 대해서 계속 생각하고 있었어."

(무척이나 오래된 물빛 꿈을)

"사유리에 대해서 생각하지 않으려고 하면 너무 힘들고 괴로워서."

(기억해내려고 안달이다)

"우리의 시간이 멈춰 있어. 마음이 얼어붙어 있어. 이대로 있다가는 혼자만 남겨져버릴 거라고……."

(까마귀는 어느 보트처럼)

타쿠야가 갑자기 소리 질렀다.

"그러니까 탑을 없애버리겠다고!"

발소리의 리듬이 멈췄다.

"타쿠야, 너 많이 변했다."

나는 움직이지 못한 채 타쿠야 쪽을 보지도 않고 말했다.

"당연하지." 그가 받아쳤다. "히로키, 넌 아직도 어린애야."

뒷문이 매정한 소리를 냈다.

(그런데도 여기저기 눈의 조각이)

(너무도 고요한 것이다)

4.

잠 속에 있었다.

세계를 구하려는 것인가?

타쿠야에게 세계 따위는 아무래도 괜찮았다. 세계가 어떻게 되건 상관할 바 아니었다. 그렇게라도 말하지 않으면 자기 결심이 무너질 것 같아 그런 말을 했을 뿐이었다. 타쿠야의 바람은 그저 탑을 이 세상에서 없애버리는 것이었다. 자기 자신 안의 어린아이를 죽여버리는 것이었다. 탑을 파괴하면 그에 따른 결과로 사유리를 구하지 못하게 되고, 그것으로 자기는 과거의 자신으로부터 해방되고 다른 존재가 될 수 있을 터였다.

'멋지다……. 비행기야!'

꿈속에서 타쿠야는 폐역의 격납고에 있었다. 사유리가 있었다. 중학교 3학년 때의 어린 사유리였다. 그녀는 베라실러를 향해 뛰어가서 고개를 돌리더니 이쪽을 바라보고 그렇게 말했다.

여름이었다. 폐역 주변은 온통 진한 녹색이었다. 더운 공기가 있었다.

타쿠야는 잠에서 깼다.

침대에 일어나 앉았다. 자기도 모르게 어금니를 꽉 깨물고 있었다. 히로키에게 맞은 뺨이 아팠다.

"젠장!"

5.

잠 속에 있었다.

볼살이 저렸다. 뺨 밑의 뼈가 아팠다. 기분이 엉망이었다. 종소리가 학교에 울렸다. '이제 슬슬 집에 가라'는 뜻을 나타내는 종소리였다.

미적지근한 목욕물 같은 봄 공기가 피부에 들러붙으려 했다. 나는 꿈속에서 지금보다 약간 사이즈가 작은 열다섯 살의 몸을 가지고 중학교 복도를 걷고 있었다. 창밖에서는 옅은 분홍색 벚꽃나무가 바람에 산들거리고 있었다. 벌써 나뭇잎이 제법 돋아나 있었다. 지금도 꽃잎이 바람에 떨어지며 춤추고 있었다.

나는 3학년 3반이라고 새겨진 나무 팻말 아래로 가서 나무로 된 교실 문을 드르륵 열었다. 교실로 들어가니 누가 있는 것이 보였다. 아직도 남아 있는 반 아이가 있었나?

사유리였다.

그녀는 혼자서 자기 자리에 앉아 있었다.

내가 들어오는 것을 본 사유리가 허겁지겁 눈물을 닦았다. 나는 그녀가 울고 있었다는 것을 알아차리지 못한 척했다. 사유리는 체육 시간에 입는 체육복 차림이었고, 체육 동아리도 아닌 그녀가 학교 끝난 시간에 그런 차림새로 있는 것도 이상한 일이었지만, 그 또한 생각하지 않기로 했다.

나는 살짝 어색해져서 변명처럼 말을 늘어놓았다.

"두고 간 게 있어서 가지러 왔어."

"그래?"

사유리는 애써 아무렇지 않은 척했지만 목소리는 떨리고 있었다.

내 발소리 말고는 아무런 소리도 들리지 않았다. 나는 내 자리로 다가가면서 어색한 분위기를 어떻게 해보려는 의도만을 가지고 말했다.

"넌 집에 안 가?"

"으, 응, 가야지……."

사유리는 내 눈을 피하면서 자기 차림새가 신경 쓰였는지 자꾸만 운동복 끝자락을 끌어 내리고 있었다. 책상 위에는 그녀의 바이올린 케이스가 있었다.

나는 다른 쪽을 쳐다보면서 내 책상 서랍 속을 휘적휘적 손으로 헤집어서 잡지를 두 권 꺼냈다. 사유리를 의식하는 바람에 연극을 하는 것처럼 부자연스러운 움직임이 되어버렸다. 사유리의 시선을 느끼고 있었다.

"너, 볼이 왜 그래?"

그녀가 묻는 바람에 가슴이 덜컹했다.

"그냥 타쿠야랑 좀 싸우다가……."

잡지를 가방 안에 집어넣으면서 말했다.

"괜찮니?"

"괜찮아, 괜찮아. 보나마나 금방 또 풀릴 거야, 아마."

나는 가방을 어깨에 걸쳤다.

"그럼 간다, 사유리. 안녕."

"아, 잠깐만, 히로키."

사유리가 불러 세워서 돌아보았다. 그녀는 의자에서 막 일어서고 있었다.

"역으로 가는 거야?"

"응, 그런데?"

"같이 가도 돼? 금방 옷 갈아입을게."

사유리는 여자 탈의실에 들어가 문을 닫았다. 나는 복도 벽에 기대서서 기다렸다. 너무 문 쪽만 보고 있는 것도 이상할 것 같아서 고개를 옆으로 돌려 창밖을 보고 있었다. 기울어진 태양에서 따뜻한 색의 빛이 유리를 통해 안으로 비쳐 들고 있었다.

학교에는 사람이 거의 없어 조용했다. 문 안쪽에서 가볍게 옷감 스치는 소리가 들려오는 바람에 나는 안에서 무슨 일이 일어나고 있는지 상상하기도 하고, 그런 상상을 그만두려고 노력하기도 하면서 있었다. 사유리는 금세 세일러복으로 갈아입고 나왔다. 가슴에 바이올린 케이스를 끌어안은 채.

"자꾸 그런 예감이 들어."

어두컴컴해진 운동장을 나란히 가로지르고 있을 때 사유리가 말했다. 나에게 하는 말이라기보다는 혼잣말을 하는 느낌이었다.

"예감?"

"무언가를 잃어버릴 것만 같은 기분이 들어. 세상은 이렇게 아름다운데……."

학교 부지를 나와 숲 옆을 지나는 좁은 길을 걸었다.

"나 혼자만."

밭과 띄엄띄엄 집들이 서 있는 길을 걸었다.

"거기에서 멀리 떨어져 있는 것 같은 기분이 들어……."

그 아무것도 없는 길 도중에 덩그러니 자판기 하나가 서 있었다. 어두컴컴한 저녁노을 시간에 거기에서 퍼져 나오는 푸르스름한 형광등 불빛은 심한 적막감을 느끼게 했다.

나는 그 앞에 멈춰 서서 주머니에 그대로 넣고 다니던 동전을 꺼내어 따뜻한 캔 커피를 두 개 샀다. 그리고 하나를 사유리의 손에 쥐여줬다. 그녀의 반응은 확인하지 않았다.

3년 전……, 아니 벌써 4년이 되어가는데, 그 당시 나는 내가 왜 그랬는지 잘 몰랐다.

지금 생각해보면 그것은 이런 뜻이었을 것 같다.

'너는 세상 여러 가지로부터 멀리 떨어져서 혼자 외롭게 서 있는지 모르지만, 나는 네가 밝게 빛나는 무언가를 갖고 있다는 사실을 안다. 혼자 있는 그 모습 속에 따뜻한 무언가를 품고 있다는 사실을 알고 있다……'

그런 말을 나는 그때 하고 싶었던 것이다. 하지만 그때는 내가 어떤 마음을 가지고 있는지도 잘 몰랐고, 그런 감정을 누군가에게 말로 전하는 것이 무척 어려운 일이었다.

나는 걷기 시작했는데 사유리는 아직 그대로 서 있었다.

뒤를 돌아보았다.

하늘은 따뜻한 색으로 물들어 있었다.

사유리 바로 뒤에 붉게 물든 탑이 있었다.

저녁노을에 물든 낮고 붉은 하늘 한가운데에 붉은빛을 받아 빛나는 사유리가 서 있었다.

등 뒤로는 탑. 가슴에는 바이올린.

사유리는 살짝 미소 짓고 있었다.

내 눈에는 그때…….

사유리가 반짝이는 세계 중심에 있는 것처럼 보였던 것 같다.

바람이 불어와 사유리의 머리카락이 흩날렸다. 사유리는 나를 보고 있었다.

나는 사유리를 보고 있었다.

"아아, 그렇구나……."

:: :: :: ::

폐역의 격납고에서 눈을 떴다. 난로의 열 때문에 얼굴이 달아올라 있었다. 의식이 깨면서 꿈이 사라졌다. 이마에 손을 대고 일어났다. 나는 베라실러의 격납고에 있는 소파 침대에서 잠들었던 것이다.

"방금 뭔가 중요한 게……."

나는 사라져버린 꿈을 되찾으려고 했다. 기억의 미로 저 안쪽에서 내가 보았을 그 광경을. 돌아와 주지 않았다. 희미하게 남은 감정의 여운만이 나를 안절부절못하게 만들었다.

"뭔가 알 것 같았는데……."

어째서 중요한 일은 꿈속에서만 나타나는 것일까? 어째서 꿈은 눈을 뜨자마자 바로 손에 닿지 않게 사라지는 것일까? 나는 미련을 버리지 못하고 의식의 심연을 향해 자꾸만 손을 뻗고 있었다. 내 손끝에는 아무것도 만져지지 않았다.

나 혼자구나, 하는 실감이 들었다. 도움은 없었다. 혼자서 모든 일을 하는 수밖에 없었다. 나는 혼자서라도 끝까지 해내야 하는 일을 하기 위해 이곳으로 돌아온 것이다.

각오를 다졌다.

난로를 끄고 밖으로 뛰어나갔다. 적극적인 사고로 변해갔다. 기분 좋은 파란 하늘이 펼쳐져 있었다. 주변에는 하얀 눈이 쌓여 있었다. 문을 여는 소리에 놀라서 새들이 푸드덕 날아올랐다.

나는 일단 멈춰 서서 몇 초 동안 경치를 바라본 다음, 내려가는 산길을 향해 달렸다.

달리면서 이제부터 내가 해야 할 일을 생각했다. 구체적인 방법을 제외하면 해야 할 일은 지극히 단순했다. 오카베 씨의 폭파 공격을 중지시키거나 연기시킨다. 사유리를 대학 병원에서 빼낸다. 베라실러를 완성시켜서 사유리를 태우고 탑이 파괴되기 전에 그곳에 당도한다. 해야 할 일이 아주 조금 늘어났을 뿐이었다. 어떻게든 될까? 물론 어떻게든 되게 만들 수밖에 없었다. 중지나 후퇴라는 선택은 존재하지 않았다.

갈라진 담을 지나서 에미시 제작소 부지로 들어갔다.

평소 같으면 뜰을 곧바로 가로질렀겠지만 지금은 눈에 띄지 않게 담을 따라 빙 둘러 갔다. 그리고 공장에 도착했다. 공장은 셔터로 굳게 닫혀 있어서 뚜껑 없는 거대한 상자 같았다. 물론 잠겨 있었다. 한 바퀴 빙 둘러보았지만 몰래 들어갈 만한 곳은 없었다.

조립식으로 된 사무실 건물 쪽으로 가보았다. 공장과 사무실 건물은 안으로 연결되어 있었다. 이쪽도 완전히 잠겨 있었지만 그래도 창문에는 셔터가 없었다. 나는 숨을 죽이고 내부의 기색을 살폈다. 안쪽에 사람의 기척은 없었다.

발소리를 죽이면서 뜰 쪽으로 나 있는 철제 계단을 올라갔다. 사무실로 들어가는 입구는 계단 위쪽 2층 부분에 있었다. 위쪽 반이 반투명 유리로 되어 있는 알루미늄 문에 몸을 찰싹 붙이고 잠시 기색을 살폈다.

괜찮다는 확신이 들자, 빈 캔을 가지고 유리를 깼다.

깨진 틈으로 손을 집어넣어 손잡이의 잠금장치를 풀었다. 문을 열었다. 물론 불은 하나도 켜져 있지 않았다. 어두컴컴했다.

나는 건물 안으로 들어섰다.

테러 공격에 사용할 무인비행기가 공장에 보관되어 있을 가능성은 반반이라고 판단하고 있었다. 간단한 조작이면 되었다. 날릴 때가 되어서야 발견할 수 있는 그런 결함이어야 했다. 가능하면 반나절, 잘하면 하루 정도 계획 실행을 늦추면 되는 것이었다.

나는 두 사람이 겨우 지나칠 수 있을 정도의 좁은 복도를 따라 나아갔다.

방심하고 있었다. 복도 어귀에서 팔을 잡혔다. 잡혔다고 생각하는 순간, 강한 힘이 나를 잡아당기더니 그대로 바닥에 넘어뜨리고 위에서 내리누르고 있었다. 어깨를 반대쪽으로 뒤틀고 있어서 심한 고통이 온몸을 관통했다. 자칫 움직이려고 하다가는 관절이 나가 버리는 방식으로 누르고 있었다.

뒤통수에 딱딱한 것이 닿았다. 아마 어제도 본 그 물건이려니 싶었다. 숨구멍이 벌어지면서 습도가 올라가는 것이 느껴졌다.

"역시 히로키, 너였군. 많이 컸네. ……이게 편지에 대한 인사냐? 은혜를 원수로 갚는다더니."

오카베 씨의 목소리였다. 얼굴은 보이지 않았다. 내 눈에 보이는 것이라고는 바닥 먼지뿐이었다.

"오카베 씨!"

큰 소리로 불렀다.

"탑을 파괴하면 사유리가 죽는단 말이에요!"

"뭐어?"

오카베 씨는 총을 대는 힘도, 어깨를 비트는 힘도 빼지 않았다.

"사유리가 잠들어 있는 건 탑 때문이에요! 연결되어 있다고요, 탑이랑! 제발 중지해주세요! 그게 안 되면 조금만 기다려주세요!

제가 사유리를 데리고 돌아올 거니까, 그때까지만…….”

“뭔 소리를 하는지 모르겠다, 히로키.”

낮은 목소리가 내 목 뒤쪽을 울렸다.

“지금 와서 계획을 바꿀 수는 없어.”

“부탁드립니다! 오카베 씨!”

“그건 안 돼. 이미 정해진 일이야. ……그리고 너를 여기서 나가게 할 수도 없다.”

땀이 한순간에 싸늘하게 식었다. 총구가 내 머리를 누르고 있었고, 얼굴이 바닥에 짓눌려 있었다. 죽는구나……. 나에게 죽음이 찾아온다는 것을 처음으로 실감했다. 다리에는 오카베 씨의 체중이 실려 있어서 몸부림을 치려 해도 꼼짝도 할 수 없었다. 눈을 감았다.

“잠깐만요!”

그 목소리에 나는 경련을 일으켰다. 날카로운 목소리여서 총에 맞은 줄 알았기 때문이다. 이어서 발소리가 다가왔다. 내가 잘 아는 발소리였다.

“뭐야?”

오카베 씨가 말했다.

“탑을 파괴하는 것을 저희가 하게 해주세요.”

타쿠야의 목소리가 말했다.

나는 억지로 고개를 들었다. 총구의 싸늘한 감촉이 목 뒤에 느껴져서 다시 소름이 오싹 돋았다. 왼팔을 고정시킨 타쿠야가 팔짱을 끼는 자세로 복도 끝에 서 있었다.

"그놈하고 제가 탑을 해치우겠습니다. 베라실러로 사유리랑 시커 미사일을 나를 겁니다. 탑까지 가면 사유리는 깨어난다고 하니까, 그 뒤에 미사일을 떨어뜨리겠습니다."

"응……?"

"어차피 사유리 때문에 탑은 없어져야 돼요. 사유리가 잠에서 깨어난 후라면 탑은 어찌 돼도 상관없단 말이에요. 그녀를 위해서…… 아니, 이제는 달라요. 우리는 우리 자신을 위해서 탑에 갈 거예요."

"……."

"부탁드립니다, 오카베 씨."

"타쿠야!"

나는 뱃속에서 우러나오는 목소리로 불렀다.

"그럴 수는 없다."

멈칫하면서 타쿠야의 팔 근육이 딱딱해졌다.

차가운 침묵이 방 안에 가득 찼다.

내 눈에는 타쿠야밖에 보이지 않았지만, 타쿠야와 오카베 씨는 서로 노려보고 있었다. 타쿠야의 어깨가 세차게 몇 번씩 들썩였다.

"……고 하고 싶지만."

오카베 씨의 체중이 내 위에서 떨어졌다.

"난, 사실 이런 얘기에는 사족을 못 쓰는 편이라서. 서로 떨어져

버린 것을 원래대로 붙여놓는 게 윌터의 목적이다. ……반드시 부숴버려."

나는 그제야 숨을 내쉬었다.

"오카베 씨!"

벌써 몇 번째 그의 이름을 불렀는지 모른다. 뒤통수를 가볍게 얻어맞았다.

"시커의 데이터를 주마. 너희들 비행기에 실을 수 있게 조치해둬."

그런 다음 오카베 씨가 타쿠야에게 말했다.

"그 위험한 물건은 빨리 치우고."

타쿠야는 삼각건 안에서 단단히 쥐고 있던 권총을 주머니에 도로 넣었다. 그리고 손바닥의 땀을 청바지에 몇 번이나 문질렀다.

6.

밤거리를 차로 달리면서 타쿠야는 방법을 계속 생각하고 있었다. 복잡한 방법을 시도해볼 만한 시간적인 여유는 없었고, 그렇다면 길은 하나밖에 없었다.

카사하라 마키에게 협력을 구하는 방법이었다. 하지만 타쿠야는 그녀를 끌어들이고 싶지 않았다. 그것만은 어떻게든 피하고 싶었다. 그런데 달리 방법이 없었다. 시간도 없었다…….

결심이 서지 않은 채로 타쿠야는 아미 칼리지에 갔다. 평소에는 쓰지 않는 지하 주차장에 차를 세우고 그의 일터인 토미자와 연구소 연구원실로 들어갔다.

"타쿠야, 이런 시간에 출근한 거야?"

오전 2시가 넘은 시각이었는데도 카사하라 마키는 자기 자리에서 컴퓨터를 보고 있었다. 전화로 불러낼 작정이었던 그녀의 모습을 보고 타쿠야는 살짝 당황했다.

"마키 씨야말로……."

"난 환자가 있잖아. 오늘은 숙직이야."

"아아……."

"미국으로 이송하는 게 결국 시간 안에 안 되어서……."

마키는 사무실 의자를 돌리더니 기지개를 켰다.

"오늘이나 내일 중에는 전쟁이 일어날 참인데."

타쿠야는 마키 옆 책상으로 다가가 거기에 가볍게 체중을 실었다. 책상 위에 『뉴스위크』 최신호가 놓여 있어서 무심결에 집었다.

"어떨지 모르겠네요……. 오히려 전쟁 시작을 코앞에 두고 있어서 그…… 지금 환자를 신경 쓸 경황이 없는 건지도 모르죠. 전쟁이 예정보다 더 커지면 탑에 대한 연구 그 자체가 의미 없어질지도 모르고요."

"무시무시한 말을 하네……. 폭파 테러에 대한 소문이 진짜인가?"

"어디 말이에요?"
"탑이지. 들은 적 없어?"
"없는데. 그런 소문이 돌아요?"
"이 연구소도 표적 아닌가……?"
마키가 과자 하나를 꺼내서 입에 물었다.
"아, 뭐야, 오늘내일이 제일 위험할 것 같잖아."
"괜찮을 거예요."
타쿠야가 담담하게 말했다.
"어째서?"
"여기는 탑에 대한 연구를 하는 데지 분단하고는 상관이 없잖아요. 테러 조직은 이 나라를 둘로 갈라놓은 세력에 저항하고 있는 거예요."
"그래?"
"결국 모든 문제는 분단이에요. 하나였던 것을 억지로 갈라놓은 게 근본적인 잘못이었던 거죠. 마키 씨, 전 요즘 엑슨 쓰키노에 씨도 똑같은 행동을 하려고 했던 게 아닐까 하는 생각이 들어요……."
타쿠야는 잡지를 펼치면서 말했다. 전쟁 발발 위기 특집호였다. 특집 테러리즘의 위협, 마지막 순간까지 초읽기, 전쟁 장기화가 초래하는 악몽의 시나리오……. 긴장감 넘치는 제목들이 나열되어 있었다.
"탑 주변의 반전 현상…… 그게 원인 불명이고, 아마도 기능이 폭주해서 생긴다고 하는데, 어쩌면 그게 혼슈 출신인 엑슨 쓰키노에 씨가 의도적으로 짜 넣은 트랩이 아닐까 하는 생각이 들어요. 남북 분단에 대해 항의하는 뜻으로 말이죠. 너희가 이런 짓을 계속한다면 에조도 혼슈도 유니언 본국도 끌어들여서 한꺼번에 전부 없애버리겠다는 일종의 테러 위협이 아닐까 하는 생각이요……."

마키는 눈이 휘둥그레져서 타쿠야를 보고 있었다. 과자를 들고 있던 손도 꼼짝 않고 있었다.

그러다가 갑자기 타쿠야한테서 시선을 돌렸다.

"어떨 때 보면 타쿠야는 좀 신기한 것 같아. 뭔가 비밀이 많은 사람으로 보여."

"아니……, 그렇지는……."

마키는 의자에서 일어나서 딱딱하게 굳어 있는 분위기를 휘저었다.

"미안. 차 한잔 끓여 올게. 그리고……."

옆을 스치고 지나가면서 그녀는 자기 볼을 가리켰다.

"그 상처에 약도 발라야지."

카사하라 마키는 커피메이커에 2인분의 원두를 넣고 공용 사물함에서 구급상자를 가지고 돌아왔다.

"앉아."

그녀가 말했다. 타쿠야는 시키는 대로 사무용 의자에 앉아서 그녀가 상처 난 곳에 약을 발라주는 동안 얌전히 있었다.

"요즘 상처투성이인 것 같네."

마키가 말했다.

"죄송합니다……."

"뭐, 힘든 문제라도 있는 거야?"

"아니, 그런 건 아니에요……."

마키는 타쿠야 앞에 서서 그의 볼에 반창고를 붙여주었다. 타쿠야 눈앞에 ID카드가 달린 그녀의 가슴이 있었다. 마키가 살갑게 대해주면 마음이 자꾸 허물어진다는 사실을 타쿠야는 자각하고 있었다. 누나가 있다면 이런 느낌일까? 아마 조금 다를 것이다. 어쩌면 거의 비슷할지도 모르겠다.

"죄송합니다……."

타쿠야가 다시 한 번 사과했다.

갑자기 마키가 애처로운 표정을 지었다. 그러나 아주 잠깐이었고 금세 다시 무표정으로 돌아갔다. 그녀는 남은 거즈를 치우기 시작했다.

"제일 친한 친구였어요."

불쑥 중얼거렸다.

"응?"

마키가 돌아보았다.

"저랑 싸운 놈이요. 우리는 같은 것을 동경하고 같은 것을 바라보고 있었어요."

"그래."

마키가 부드럽게 끄덕였다. 마키는 언제나 다정했다.

"하지만 따로따로 다른 곳으로 떨어지고 함께 바라보던 목표가 없어지고……. 뭐랄지, 전 어디를 향해 가야 할지 모르게 됐고, 뭔지 모르는 힘이나 충동은 그래도 자꾸 몸에서 솟아 나오는데, 그걸 어디로 뻗어야 할지 모르겠고, 그래서 어딘가에 갇혀 있는 것처럼 답답했는데……."

"그래."

마키가 맞장구를 쳐주었다.

"그래서 이 연구실에 들어와서 정말 안심할 수 있었어요. 해야 할 일을 찾은 것 같아서요. 그리고 마키 씨를 알게 되어서 참 좋았어요."

마키를 올려다보았다.

마키의 볼이 발그레해졌다.

"그래서."

타쿠야가 일어섰다.

"당신을 끌어들이지 않으려고 했어요. 이러고 싶지는 않았어요."

마키에게 다가갔다. 끌어안을 수 있을 정도로 가까이 다가섰다. 끌어안을까 하는 생각도 들었지만 그만두었다. 그녀가 타쿠야를 올려다보고 있었다. 타쿠야가 손을 뻗었다. 그리고 그녀 가슴에 꽂혀 있던 ID카드를 뺐다.

곤혹스러워하면서 마키는 저항하지 않았다. 물어보는 듯한 표정으로 타쿠야를 올려다보고 있었다.

타쿠야는 그 ID카드를 주머니에 넣고서 그녀를 향해 눈길을 한 번 주고는 문으로 향했다. 얼굴 안쪽이 축축해져 있었다. 자기가 울음을 터뜨리기 직전이라는 것을 알 수 있었다. 마키는 평소와는 다른 분위기를 타쿠야에게서 느낀 모양이었지만, 여전히 그 자리에 꼼짝 않고 서 있었다. 타쿠야는 문 옆의 장치를 조작했다.

"무슨 일이 있어도 반드시 해야 할 일이 있어요. ……모든 게 끝나면."

다시 마키 쪽을 돌아보았다.

"꼭 마키 씨를 다시 만나고 싶어요……."

마키는 정신이 번쩍 들었다. 그때서야 그 말이 작별의 인사라는 것을 깨달았다. 다시는 만나지 못할 가능성까지 포함한 인사라는 것도 알아차린 모양이었다. "타쿠야!" 마키가 타쿠야 쪽으로 뛰어왔다. 타쿠야는 그 전에 문을 열고 재빨리 복도로 나가서 문을 닫았다. 그리고 마키의 ID카드로 문을 잠가버렸다. ID가 없으면 문은 절대 열리지 않는다.

타쿠야는 복도에서 방금 자기가 닫은 문을 바라보았다. 상당히 오랫동안 그러고 있었다. 틀림없이 안쪽에서는 마키가 열리지 않는 문을 있는 힘껏 두드리고 있을 터였다. 압력으로 밀폐된 두꺼운 문은 그런 소리조차도 완벽하게 차단하고 있었다.

이윽고 그는 결의에 찬 표정으로 복도를 걸어갔다.

자기 물건을 정리한 스포츠 가방을 들고 타쿠야는 특수 병동 문 앞에 섰다.

카드리더에 마키의 ID카드를 긁었다. 압축공기 소리가 들리면서 무거운 문이 자동으로 미끄러지며 열렸다.

사유리의 몸은 예전에 본 그대로 그곳에 누워 있었다.

아름다웠다. 복잡하게 꼬여 있는 미로를 정확하게 찾아가서 마음 제일 깊숙한 곳을 직접 만지는 것 같은 아름다움이었다.

그녀를 만질 때 경건하고 경외에 찬 마음이 들었다.

"사유리."

그녀를 안아 일으켰다. 재빨리 미리 준비해 온 옷을 입히고 코트로 감쌌다.

"이번에야말로 약속의 장소로 가자."

사유리를 업고서 인적 없는 복도를 따라 걸었다. 이제 이 아미칼리지와도 완전히 안녕이구나 하는 생각이 들자, 역시 감회가 남달랐다. 무균실 같은 분위기의 매끄러운 복도. 무기질의 푸르스르한 조명. 이지적이고 합리적인 사람들. 싫지 않았다. 전혀 싫지 않았다. 사유리를 업고 걷는 발소리는 평소와 달리 크게 울렸다.

'다시는 이곳으로 돌아오지 못하겠지.'

마음이 쓰라렸다. 하지만 가야 할 곳이 있었다.

지하 주차장으로 이어지는 통로에 사람이 서 있었다.

"지금이라면 돌이킬 수 있다, 타쿠야."

토미자와 교수는 한 번도 보인 적이 없는 엄한 표정이었다.

"무슨 말씀인가요, 교수님?"

"없었던 일로 할 수 있다고. 그 아이를 병실로 돌려놓고 자네는 집에서 일주일 정도 쉬었다 오면 돼. 나는 잊을 거야. 자네도 잊는 거고. 마키도 잊어주겠지. 그렇게 하자고."

"아니요, 교수님. 그러면 더 중요한 일을 놓치고 말아요."

토미자와는 연극하는 사람처럼 크게 한숨을 내쉬었다. 한숨은 그의 버릇이었다.

"타쿠야, 내 말 좀 들어. 그녀는 지금 미일 연합의 제일 중요한 샘플이야. 여기서 데리고 나가면 어떤 일이 벌어질 것 같아? 자네는 연구는커녕 앞으로 평생 이쪽 세계에서는 매장당하게 된단 말이야."

"그렇겠죠."

타쿠야가 경직된 말투로 말했다.

"하지만 그녀는 살겠죠……. 살 수 있을지도 모르지요."

"난 솔직히 자네가 아까워서 그래, 타쿠야. 자넨 재능이 있는 사람이야. 가능하면 이대로 연구를 계속해서 큰 업적을 남기기를 바라고 있어."

"정말 죄송합니다……. 이렇게밖에 말씀드릴 수가 없네요."

"위상 변환도 문제야. 그녀를 깨우면 이 세계가 모조리 사라져 버릴지도 몰라."

"그 점은 어떻게든 해결할 겁니다. 그럴 방안도 있고요."

"윌터인가?"

토미자와는 그것까지 알고 있었다.

"그렇게 생각대로 될 줄 알아? 자네는 이 세계 전부를 도박의 칩으로 삼을 생각인가?"

"네."

타쿠야가 끄덕였다.

"그렇습니다."

타쿠야와 토미자와가 서로 노려보았다.

"그건 자네를 위하는 길이 아니야……."

토미자와가 말했다.

"아니에요, 교수님. 이게 저를 위한 길입니다. 이렇게 하지 않으면 제 영혼이 죽어버려요."

반박을 하기 위해 입에 담은 말이었지만, 그 말을 입 밖에 내는 순간 이것이 바로 진실이라는 것을 타쿠야는 확신할 수 있었다.

"교수님. 교수님은 그런 게 없나요? 무슨 일이 있어도 꼭 해야겠다는 그런 일……. 지금 이게 저에게는 바로 그런 일이에요."

토미자와의 표정이 흔들렸다. 그의 마음속에 있는 핵심 같은 것을 찌르는 말이었던 모양이다.

"실은 아까까지 저도 흔들렸습니다. 하지만 교수님과 이야기하면서 마음이 정해졌어요. 저는 이 길을 가겠습니다. 비켜주세요."

"……."

"비켜주세요."

토미자와는 이윽고 힘없이 길을 내주었다. 타쿠야는 똑바로 걸어서 그 옆을 지나쳤다. 토미자와는 지나치는 타쿠야를 눈으로 좇고 있었다.

"교수님……."

타쿠야가 돌아보지 않은 채 말했다.

"……정말 감사했습니다."

그리고 다시 걸어갔다. 다시는 돌아보지 않았다.

어둠 속으로 차를 몰았다. 대부분의 신호등은 서행을 지시하는 점멸 신호로 되어 있었다. 가끔씩 빨간불에 걸리면 뒷자리에 눕힌 사유리의 상태를 확인했다. 담배는 피우지 않았다.

앞에 달리는 차도 없었고, 마주 오는 차도 만나지 않았다. 한 시간 만에 에미시 제작소에 도착했다. 사무실 건물 2층 베란다 난간에 오카베가 혼자 기대서서 기다리고 있었다. 그는 타쿠야의 차가 들어오는 것을 보더니 계단을 내려와서 뜰로 마중을 나왔다. 타쿠야가 차에서 내렸다.

"정말 그렇게 하면 사유리가 잠에서 깨는 거냐?"

차 안을 들여다보고 담요에 싸인 사유리를 확인한 오카베가 물었다.

"저도 처음에는 반반이었는데……, 지금은 확신하고 있어요."

오카베가 담배에 불을 붙이는 것을 보고 타쿠야도 자기 담배를 입에 물었다.

"아마 그게 사유리를 현실과 이어주는 연결 고리일 거예요. 지금도 꿈속에서 베라실러를 계속 기다리고 있어요. 사유리는 잠에 빠져들기 전에 그것을 예감하고서 우리한테 부탁을 한 겁니다. 꼭 자기를 구해내 달라고……. 저도 히로키도 그것을 어딘가에서 계속 느끼고 있었던 것 같아요."

타쿠야는 피우던 담배를 땅바닥에 버리고 발로 밟았다. 담배 연기를 거의 빨아들이지 않았다. 이상하게도 몸이 담배를 별로 원하지 않았다. 땅바닥에 떨어뜨렸던 시선을 오카베에게로 돌렸다.

"베라실러는 2인승이고, 이 팔 가지고는 조종도 못 하니까 저는 남아서 탑의 행방을 지켜보겠습니다. ……오카베 씨, 뭐 한 가지 물어봐도 될까요?"

"뭐?"

"왜 우리한테 이 일을 허락하신 거죠?"

"아아……."

"그 시점에서 계획을 변경해서 불확실한 요소가 끼어들게 하는 건 솔직히 윌터로서는 있을 수 없는 선택이라고 생각했어요. 그런데 왜죠?"

"왜냐면 말이지……."

오카베는 담배를 입에 문 채 능글능글 웃고 있었다.

"옛날에 비행기를 만들던 어린 두 녀석이 있었거든. ……너희들 말하는 거 아니다. 더 오래된 얘기야."

"네?"

"레시프로 비행정이었어. 여자가 한 명 있었는데 말이야. 둘 다 그 여자한테 잘 보이려고 필사적이었지."

"……."

"그때가 갑자기 떠오르는 바람에 말이야……."

"둘 다 제가 알고 있는 사람들이죠?"

타쿠야가 물었다.

"글쎄다. ……나도 한 가지 물어보자."

"네."

"여자를 살리고 싶다. 그게 이유냐?"

"그것도 있어요. 사유리는 우리에게 부탁했어요. 우리는 그 부탁을 들어준다고 했고. 그러니까 책임이 있죠. 하지만 그것만이 아니라 사실은 저 자신을 위해서예요. 저 자신을 위해 약속을 지키려고 하는 겁니다. 죄책감을 짊어진 채 살아갈 수는 없어요. 약속을 지키는 사람이라는 것을 스스로에게 증명해야 하는 거예요."

오카베는 담배를 입에 물고서 입가만 끌어 올려 웃었다.

"어른 흉내만 내던 꼬마가 조금은 어른이 된 모양이군. ……응?"

오카베가 눈길을 움직여 하늘을 올려다보았다.

"쌀쌀하다 싶더니 또 내리는군."

눈발이 날리기 시작했다. 수직으로 하늘을 올려다보니 한 점에서 방사선 모양으로, 혹은 가끔씩 나선형을 그리면서 수없이 많은 눈가루가 퍼지는 것처럼 보였다.

"더 심해지기 전에 갈게요."

타쿠야가 말했다.

"그래. ……뭐, 일단은."

오카베가 타쿠야에게로 다가가서 등짝을 힘껏 때렸다.

"오랜만에 짝을 맞추는 거니까 사이좋게 지내라."

:: :: :: ::

그것이 타쿠야의 일기에 적혀 있던 마지막 에피소드다.

나는 본 적도 없는 그 광경을 종종 꿈으로 꾸고는 한다.

7.

눈 내리는 밤 특유의 창백한 분위기가 소리 없이 스며들고 있었다. 나는 폐역의 격납고에서 3년 전부터 쓰던 노트북 컴퓨터를 계속 들여다보고 있었다.

베라실러는 플라이 바이 와이어(fly-by-wire) 방식을 채용했다. 말하자면 완전히 컴퓨터로 제어하는 비행이었다. 정확하게, 조금의 오차도 없이 완벽하게 기체의 모든 곳을 움직이기 위해서는 복잡한 프로그램이 필요했다. 인공의 몸에 신경을 통하게 하는 것과 같은 작업이었다. 한마디로 의식과 육체를 연결하는 작업이었다. 3년 전에 타쿠야와 둘이서 만들었던 것을 완성시키기만 하면 되었는데 나는 그새 프로그램에 대한 감이 많이 둔해져 있었다.

BIOS의 리스트를 띄우고 필요한 것을 시선으로 찾았다. 녹색으로 된 글자들이 깜박거려서 눈이 피곤했다.

“어떤 거야……? 이건가?”

파일 이름을 입력했다.

조종석 안에 있는 모니터에서 반응하는 소리가 들렸다.

에러였다. 내 앞에 있는 노트북 화면에도 빨간 문자들이 표시되었다. 에러 메시지는 'BIOS 버전이 다르잖아! 확인 잘해, 이 멍청아!'였다.

순간 화가 벌컥 나서 눈을 감았다. 한숨이 나왔다.

'이게 뭐야.'

뒷문이 열리는 소리가 들려서 깜짝 놀라 눈을 떴다.

타쿠야가 천천히 발걸음을 내딛으며 들어오고 있었다. 등에 사람을 업고 있었다. 나는 자잘한 눈송이가 매달려 있는 검고 긴 머리카락을 보고는 숨도 의식도 멎어버렸다. 그러다가 정신을 차리고 책상 옆에 켜둔 난로를 그대로 들고서 소파 침대 옆으로 옮겼다. 타쿠야는 소파 침대에 사유리를 내려서 눕히고 담요로 다시 잘 감싸주었다.

타쿠야와 나는 잠든 그녀를 말없이 바라보았다.

열여덟 살이 된 사유리의 외모는 3년만큼 변해 있었다. 꿈에서 보았던 그녀의 모습과 한 치도 어김없이 똑같았다. 역시 그 꿈은 보통 꿈이 아니었다…….

사유리는 조용히 숨을 쉬고 있었다. 난로의 열기로 눈이 녹으면서 그녀의 머리카락에서 물방울이 떨어졌다.

'사유리가 여기 있다……. 꿈속이 아니라.'

가슴속에 차오르는 것이 있었다.

가만히 있으면 우리 둘 다 계속 넋을 놓고 바라보고만 있을 것 같았다. 그래서 억지로 소리를 내서 말을 걸었다.

"타쿠야, BIOS는 어느 버전을 써야 되는 거야? 너 지난번에 이거 바꿔놨지? 그 뒤가 없는데."

그 말을 하고 나서 이것이 그저께 여기서 서로 치고받고 싸운 이후로 처음 제대로 나누는 대화라는 것을 알았다. 갑자기 엄청나게 멋쩍어졌다. 타쿠야도 같은 기분이었는지 얼굴이 가볍게 상기되어 있었다. 타쿠야는 주머니에서 케이스에 들어 있는 CD-ROM을 꺼내서 내 쪽으로 던졌다. 그것을 받아서 물끄러미 들여다보았다. 겉에는 아무것도 적혀 있지 않았다.

"그 속에 있어. 시커 미사일 정보도 들어 있고. ……또 뭐가 남았어?"

"초전도 모터 배선이 조금……. 그리고 프로그램이지."

"오카베 씨를 통해서 미군 정보를 들었어."

타쿠야는 자기 가방에서 노트북을 꺼냈다.

"선전포고 예정 시간까지 앞으로 다섯 시간이야. 이제는 전쟁 시작 직후의 혼란을 틈타서 나는 방법밖에는 없으니까. 프로그램은 내가 다 맡을 테니까 너는 배선 쪽을 마무리해."

"알았어."

대답을 한 다음 나는 아까부터 하려던 말을 꺼냈다.

"그나저나 타쿠야, 너 뭐냐, 그 에러 메시지는?"

"어엉?"

"버전 확인 말이야. 사람을 바보로 아나?"

"버전 확인?"

그가 고개를 갸웃거렸다.

"……아아, 거기는 네가 짠 데 아냐? 3년 전에."

"어?"

기세가 확 꺾였다.

"그랬나?"

그러고 보니 그런 것도 같았다.

타쿠야가 한쪽 입술만 올리며 씨익 웃었다.

"넌 원래 그런 놈이야, 멍청이."

타쿠야는 순식간에 프로그램을 완성시켜버렸다. 필요한 부분은 그의 노트북 안에 다 갖춰져 있었던 모양이기는 하지만, 아무리 그래도 몇 시간 안에 마치는 것은 경이로운 일이었다.

"이 정도는 간단해."

그가 말했다.

"뭘 해야 하는지는 다 알고 있고, 그냥 거기에 따라서 손만 움직이면 되니까. 뭘 할지를 정하는 게 어려운 거지."

'그래, 맞다.'

나는 생각했다.

모터를 마무리 짓고 발전기를 들고 와서 배터리를 충전시키고 펌프에 연결시켜 연료 탱크에 항공연료를 채웠다. 생각해보니 이곳에는 대량의 등유가 몇 년씩이나 방치되어 있었던 셈이다. 위험하기 짝이 없는 일이었다……. 발전기와 펌프의 진동이 시끄럽게 울리면서 마음이 조금씩 들뜨기 시작했다. 약동감이 있었다. 생명감이었다.

바깥이 희끄무레하게 밝아지고 있었다. 하지만 동이 트는 시간까지는 아직 더 남아 있었다.

조종실 안으로 들어가 모니터와 스위치를 점검했다. 페달을 밟아 방향키 상태를 확인하고 플랩과 보조날개를 교대로 움직여봤다. 구동 장치에서 좋은 소리가 들렸다.

갈 수 있겠다는 생각이 들었다.

'완성이다…….'

스틱을 쥔 채로 잠시 멍하니 있었다.

밑에서 타쿠야의 목소리가 들렸다.

"히로키, 좀 와봐."

"왜?"

조종석 바깥으로 상체만 내밀어서 물었다.

"쓰가루 만에서의 전투 상황 예측이 나왔어."

나는 기체에서 내려와 타쿠야가 있는 책상으로 다가갔다.

"대략 예상대로야."

노트북에 쓰가루 해협을 중심으로 한 아오모리와 홋카이도 지도가 표시되어 있었다. 타쿠야 뒤에서 그것을 들여다보았다. 전력의 전개 예상도가 퍼센트와 함께 나와 있었다.

"전선은 42도선 근처까지로군……."

미일 연합과 유니언 모두 해상에서 만나는 시나리오를 상정하고 있는 모양이었다.

"에조 내륙부……, 특히 탑 주변은 유니언군의 공백 지대로 나와 있네……."

"지상은 탑의 침식 때문에 상당히 먹혀 있는 상태야. 그래서 그렇겠지……. 어떻게 갈래?"

"그러게……."

잠시 생각한 다음, 손가락으로 화면을 가리키면서 말했다.

"해협을 지날 때까지는 제트엔진으로 초저공비행……. 전쟁터를 빠져나와 42도선을 넘어서 여기 있는 산에 접근할 무렵에 고도를 높일 거야. 순항 비행. 대충 이런 느낌인데, 어때?"

"글쎄. 그런데 그렇게 하면 완전히 공중전 지대를 지나가야 하는데?"

"응."

"지금 와서 해봐야 소용없는 말이지만, 격추당하면 끝이야. 알지?"

"전쟁 시작 전에는 오히려 경계가 심해서 도저히 날 수가 없잖아. 주변에서 싸우고 있는 와중에 혼란한 틈을 타서 지나갈 수밖에 없어. 달리 방법이 없는 거 아냐?"

"없지." 타쿠야가 바로 대답했다. "그래도 용케 그만한 각오를 했네."

"마비되어서 겁이 없어진 건지도 몰라."

타쿠야가 다른 화면을 띄웠다.

"탑에 당도해서 사유리가 깨면 그걸 계기로 해서 지상의 위상 변환이 재개될 거야. 그러면 곧바로 탑에서 한 10km 정도 떨어진 지점에서 시커 미사일을 날리면 돼. 장치에서 풀기만 하면 자율 비행으로 탑까지 알아서 날아가게 해놨어. ……그럼 전부 끝나."

예전 오카베 씨에게 강요받아 억지로 동체 하부에 장치 설계를 덧붙인 게 떠올랐다. 하늘에서 전단을 뿌리고 싶다 했지만, 지금 생각하면 의도는 역력했다.

타쿠야는 의자를 뒤로 빼서 조명을 받고 있는 베라실러를 바라보았다. 그 위치에서 보면 완성된 기체의 모양을 한눈에 볼 수가 있었다.

"전쟁 시작까지 아직 두 시간이나 남았어. 생각보다 빨리 완성됐네." 타쿠야가 말했다.

나도 베라실러의 전신을 바라보았다. 그리고 하나씩 하나씩 각 부분을 쳐다보았다. 모든 파트에 고심한 기억들이 새겨져 있었다. 조금은 늦어졌지만 이제 우리는 스스로와 한 약속을 지키려 하고 있었다. 남은 것은 그녀와 한 약속이었다.

갑자기 웃음이 났다.

"정말 이상하다. 보통 같으면 비행기가 날지 못하면 어떡하나 걱정하는 게 당연하지 않냐? 그런데 난 그런 생각을 한 번도 한 적이 없어."

타쿠야가 거리낌 없이 말했다.

"날 수 있게 설계했고, 날 수 있게 만들었으니까 당연히 날겠지."

"네가 그렇게 말하니까 안심이 된다."

"불안해한 적도 없으면서 무슨 소리를 하는 거야."

날 수 있게 만들어진 것은 난다. 참 좋은 말이었다.

우리가 만든 것이 날 수 없을지도 모른다는 생각은 해본 적도 없었고, 있을 수도 없는 일이었다.

힘이란 그런 것이었다. 두려울 것이 없었다.

"야, 히로키. 뭐 좀 물어보자. 이건 뜬금없는 상상이랄까, 직감 같은 건데……."

"뭔데?"

"너 혹시 바이올린 켤 수 있지 않냐?"

"딱 걸렸네!" 타쿠야가 배를 잡고 웃는 소리를 들으면서 나는 씩씩거리며 사유리의 바이올린을 꺼내서 튜닝을 했다.

믿을 수 없는 일이었지만 소리가 거의 어긋나 있지 않았다. 깨끗한 소리가 났다. 아주 조금 줄을 만지는 것만으로 튜닝이 되었다. 바이올린도 이곳에 머물러 있었다. 멈춰 있었던 것이다.

타쿠야는 바닥에 앉아서 몸 왼쪽 반만 난로를 쬐고 있었다. 나는 베라실러와 타쿠야 사이의 딱 가운데 서서 베라실러 쪽을 보면서 소리를 확인하고 있었다.

"이쪽 보면서 해."

"시끄러."

돌아보았더니 꽤나 홀가분한 표정을 한 타쿠야가 있었다.

"박수 필요하냐?"

"닥치고 들어."

구김살 없이 해맑게 웃는 그의 모습에 한순간 3년 전의 모습이 겹쳐졌다.

숨을 들이쉬고 내쉰 다음, 나는 베라실러를 등지고 서서 연주하기 시작했다.

우선 처음에 디즈니의 『피노키오』 주제곡인 「When you wish upon a star」를 연주했다. 쉽지만 좋은 곡이었다. 내가 좋아하는 곡이었다. 사유리의 바이올린이 가진 특성을 이 곡을 켜면서 파악했다. 사일런트가 아닌 바이올린을 켜는 것은 처음이었다.

그리고 최근의 가요 히트곡을 몇 곡 연주했다. 나는 FM 방송을 많이 들어서 의외로 그런 노래들을 잘 알았다. 이어서 오래된 영국 록 음악도 한 곡 연주했다.

제목으로 골라서 에릭 사티의 「하늘 전주곡」. 이상하게 안절부절묫하게 하는 곡이었다. 지금의 술렁거리는 기분에 딱 맞아떨어졌다.

취미로 하는 곡을 연주하고 싶어져서 재즈 바이올린 곡으로 바꿨다. 분위기가 확 바뀌었다. 복잡한 멜로디. 세차게 움직이는 내 손가락을 실감했다. 기분이 좋았다.

몰입했다.

생음악이 좋았다. 악기 전체에서 소리가 나와서 파도가 되어 공간에 울렸다. 턱으로 소리를 느꼈다.

나는 소리가 되었다.

마지막으로 그 곡을 연주했다.

사유리의 곡이었다. 「멀리서 부르는 소리」…….

몇 번이나 연주한 곡이었다. 이제 완벽하게 켤 수 있었다. 언젠가의 사유리보다도 훨씬 더 잘하게 되어버렸다. 그 점이 아주 살짝 씁쓸했다.

그런데 어째서인지 처음 연주하는 곡처럼 느껴졌다.

'이렇게 아름다운 곡이었던가……?'

지붕과 벽의 틈새, 판자가 서로 맞지 않아 생긴 틈에서 바깥의 빛이 스며 들어왔다. 태양이 얼굴을 보이는 시간은 아직 조금 남았지만 하늘은 벌써 희미하게 밝아오고 있을 터였다.

타쿠야가 갑자기 얼굴을 일그러뜨렸다. 지난 3년 동안 그에게 무슨 일이 있었는지 그때의 나는 알지 못했다.

사유리는 소파에서 계속 잠들어 있었다.

셋이서 들판을 걷던 추억이 의식의 스크린에 재생되었다.

사유리는 바이올린 케이스를 등에 지고 나와 타쿠야의 앞을 가끔씩 뒤돌아보면서 즐겁게 걸어가고 있었다.

항상 무언가를 잃어버릴 것 같은 예감이 든다고, 사유리는 그렇게 말했다.

지금 나도 희미하게 같은 예감을 느끼고 있었다.

나는 연주했다.

눈을 감았다.

바깥에서는 아직도 눈이 흩날리고 있으리라.

눈 내리는 폐역의 플랫폼.

눈 내리는 역 건물.

썩은 벽과 바닥 구멍으로 아침 햇살이 비쳐 드는 구름다리.

나는 바깥에 펼쳐지고 있을 그런 광경들을 상상했다.

아름답다.

아름답다.

사랑한다.

그리고 우리는 선전포고의 첫 소식을 들었다.

8.

사유리를 베라실러 뒷자리에 태우고 안전벨트로 고정했다.

둘이서 같이 베라실러를 밀었다. 우리는 베라실러를 처음부터 바퀴가 달린 트롤리 위에 얹은 상태로 만들었고, 그 트롤리는 격납고 안까지 연결되어 있는 선로 위에 서 있었다. 그래서 이동시키는 것은 비교적 간단했다. 트롤리는 그대로 캐터펄트(catapult) 대용으로 이용할 작정이었다.

격납고의 큰 문을 활짝 열어젖혀서 기체를 새벽 공기에 노출시켰다.

선로를 따라 기체를 이동시키면서 하늘을 보았다. 낮은 하늘은 붉었다. 높은 하늘은 대부분 어두운 회색이었다.

선로 전환기 부근에서 트롤리를 스위치백시켜서 방향을 전환했다. 활주로로 쓰는 직선 선로의 끄트머리까지 베라실러를 이동시킨 다음 바퀴를 고정했다.

조종석에 상체만 집어넣어 시동을 걸었다. 엔진이 생명을 얻었다. 고음과 굉음이 섞인 제트엔진 소리에 공기가 진동했다. 그 소리만으로도 사유리가 깨어나지 않을까 싶을 정도로 컸다.

그 뒤로는 별 이야기를 하지 않았다. 굳이 필요 없는 이야기를 꺼내서 연대감을 확인하는 습관은 타쿠야도 나도 가지고 있지 않았다.

조종석에 올라탔다. 사유리가 있는 뒷자리에는 등받이가 있었지만 앞자리에는 없었다. 본래는 등받이를 달 생각이었는데 뒷자리용 콘솔을 앞부분에 집중시키는 개조를 할 때 작업을 위해 없애버렸다. 발진할 때의 압력 때문에 자세가 약간 불안정해질 가능성이 있었다.

그 대신 뒤를 조금만 돌아보면 바로 사유리의 얼굴을 볼 수가 있었다.

나와 타쿠야는 마지막으로 말없이 사유리를 보았다. 나는 자리에서. 타쿠야는 탑승용 사다리에 올라서서.

타쿠야가 슬라이드식 캐노피를 닫아주었다. 그리고 땅바닥으로 내려가 사다리를 치우고 기체에서 떨어졌다. 그런 다음 지켜보는 자세에 돌입했다. 가라고도 하지 않았고, 신호도 보내지 않았다.

나는 앞을 보았다. 선로가 곧게 뻗어 있었다.

그 직선을 쭉 따라가면 그 앞에 탑이 우뚝 서 있었다.

탑 앞에 있는 바다에서 단속적으로 몇 개의 빛이 반짝이는 것이 보였다. 틀림없는 전투의 빛이었다.

나는 위쪽을 보았다. 둥근 하늘에 전투기 편대가 지나가면서, 마치 할퀸 자국처럼 생긴 비행기구름을 여러 가닥 만들어놓고 있었다.

엔진의 진동과 몸의 떨림을 구별할 수 없었다.

오싹, 하고 몸이 저려오는 것을 느끼면서 스로틀을 밀어 올렸다. 엔진 소리가 커졌다.

"가자."

내 목소리도 비행기가 내는 굉음에 묻혀버렸다.

바퀴의 잠금장치를 해제했다.

제트엔진의 힘이 해방되면서 울부짖는 것 같은 큰 소리가 났다.

롤러코스터하고 비슷한 갑작스러운 출발이었다. 등을 받쳐주는 등받이가 없어서 덜컹하고 몸이 뒤로 젖혀졌다. 앞에 있던 풍경이 순식간에 눈앞으로 다가왔다가 뒤로 사라졌다. 경치가 흘렀다. 속도가 붙었다. 시야가 좁아졌다. 몸이 자꾸만 뒤로 밀렸다.

눈앞에 벼랑…….

오른쪽 옆에 있는 레버를 있는 힘껏 잡았다. 아래쪽에 충격이 있었다. 트롤리와 기체를 분리시키는 폭파 장치가 작동했기 때문이다.

지면이 사라졌음을 직감으로 알았다. 베라실러는 선로에서 벗어나 공기의 투명한 궤도를 따라 나아가기 시작했다. 압도적인 불안감이 육체적인 감각이 되어 나를 덮쳐왔다.

하카마고시다케의 능선이 아래쪽으로 가라앉으면서 구름이 위에서 내려왔다. 앞쪽에서 큰 바람이 캐노피에 불어닥쳤다.

두 번 다시 같은 장소로 돌아올 수 없을지도 모른다는 포기와도 같은 해방감이 나를 감쌌다.

날고 있다…….

제트 비행은 전혀 우아한 것이 아니었다. 나는 오로지 진동을 견디고 있어야만 했다. 온몸이 뒤흔들렸다. 내장을 마구 흔드는 바람에 토할 것 같았다. 머릿속에 있는 뇌가 망가지는 게 아닐까 걱정이 될 정도였다. 특히 더 힘든 것은 안구로 오는 진동이었다. 나는 손의 감각이 없어질 정도로 스틱을 꽉 잡았다. 그렇게 꽉 잡고 있었기 때문에 진동이 더 심하게 몸으로 전달되는 것을 알았지만, 그래도 그렇게 할 수밖에 없었다. 기체가 당장이라도 산산조각 나버릴 것만 같았다. 캐노피의 이음새가 덜컹덜컹 소리를 냈다. 나는 어디 한 군데라도 느슨하게 만들어진 데가 없는지 머릿속으로 다시 한 번 되짚어 보았다. 그 한 군데 때문에 공중분해가 될지도 모른다는 생각 때문이었다. 스로틀을 다시 앞으로 당기고 싶은 충동을 애써 참았다. 베라실러는 전속력으로 계속 날아갔다. 산을 넘었다. 육지가 끊어졌다. 바다가 펼쳐졌다.

'바다네.'

바다 위에 있다는 사실을 인식하는 데 시간이 필요했다. 해상에는 안개가 끼어 있었다.

'이 바다를 건너고 싶었어…….'

천천히 스틱을 앞으로 당겼다. 고도를 내렸다. 수면 아슬아슬한 높이를 날았다. 기체의 복부가 수면을 스치지 않을까 싶을 정도의 고도였다. 뒤를 돌아볼 여유는 없었지만 틀림없이 우리가 지나간 자리에 물보라가 일고 있을 것이다. 수면의 반력이 작용해서 베라실러가 자꾸만 떠오르려고 했다. 나는 속도를 전혀 떨어뜨리지 않고 베라실러의 머리를 억지로 잡아 내리고 있었다. 자연히 몸이 앞으로 기울어졌다.

바다에서 일어나는 수증기로 기체가 젖었다.

앞쪽을 보았다. 멀리 검은 함대의 그림자들이 많이 보였다. 멀어서 작게 보였지만 모두 대형 전투함들이었다. 그 주변으로 불의 궤적이 여기저기 피어오르고 있었다. 하늘을 향해 비스듬히 불꽃놀이처럼 생긴 빛이 몇 줄기나 연달아 날아갔다. 불을 뿜는 회전식 기관포와 고정식 로켓 발사대에서 천천히 쏘아 올리는 미사일을 상상했다. 그러나 멀리서 보면 일반 가정용 작은 불꽃놀이의 불 정도로밖에 안 보였다. 나는 모니터를 들여다보면서 전투 지역을 피하는 루트를 날았다.

불길한 느낌이 들어 상공을 올려다보았다.

그곳은 공중전이 벌어진 전장 한가운데였다.

회색과 네이비블루색의 전투기들이 엉망으로 뒤섞여서 싸우고 있었다. 수도 없이 많아 보이는 전투기들이 한여름의 하루살이들처럼 윙윙 날아다니고 있었다. 나도 모르게 목을 움츠렸다. 외마디 비명을 질렀을지도 모른다.

'베라실러의 스텔스 기능은 상당히 뛰어나다. 직접 보이지만 않으면 괜찮다. 게다가 베라실러 정도에 신경을 쓸 만큼 여유 있는 전투기는 없어 보인다…….'

그런 말로 스스로에게 최면을 걸었다.

하늘 꼭대기에서 바로 밑으로 전투기 두 대가 떨어지듯이 꼬꾸라져 내려왔다. F-23의 꽁무니에 미그가 따라붙고 있었다. F-23

은 내 눈앞에서 휙 돌아서 급상승했다. 미그는 그 뒤를 쫓아갔다. 그리고 공대공 미사일을 쐈다. 그 모양새는 육식 생선이 다른 생선을 노리다가 단박에 덮치는 것과 비슷했다.

미사일에 당하기 직전에 사냥감이 된 생선이 방향키를 팔딱이며 흔들었다. 살아 있는 생물의 단말마 같았다. 우리 비행기 진로 위에서 F-23이 폭발했다. 그것은 끈적거리는 느낌의 폭발이었다. 미세한 실을 뿜어내는 것 같은 연기가 거의 만질 수 있는 고체처럼 보였다. 언젠가 기록영화에서 봤던 스페이스셔틀의 폭발과 비슷했다.

온 사방으로 튀어서 떨어지는 우박 같은 기체 파편을 피하면서 날아갔다. 그런데도 자잘한 잔해들이 타닥타닥하고 기체를 때렸다.

그때 기수로 무언가를 쳤다.

캐노피가 시뻘겋게 칠해지면서 시야가 막혀버렸다. 그렇게 된 다음에야 기수로 물컹한 것을 친 감촉을 인식했다. 이번에야말로 진짜로 비명을 질렀다.

실눈을 뜨고 몸을 잔뜩 웅크리면서도 계속 날아갔다. 어쨌든 날아야 했다. 바람의 압력으로 그 끈적거리는 빨간 액체는 점점 날려갔다. 시야가 회복되었다. 피의 흔적이 바람에 완전히 씻겨 나간 다음에도 나는 여전히 거친 숨을 몰아쉬고 있었다.

의미 없는 소리를 질렀다. 소리의 기세를 빌려서 고개를 들었다.

그리운 느낌의 무언가가 보였다.

"육지다……."

그렇게 중얼거린 순간, 이미 우리 비행기는 해안선을 넘어 홋카이도의 육지를 내려다보고 있었다.

스틱을 세웠다. 세운 상태로 고정시킨 채 멍하니, 그러면서도 경건한 마음으로 공기의 흐름을 지켜보았다.

베라실러는 드높은 상공, 구름 위로 점점 올라갔다.

나는 세상 끝의 저편으로 드디어 온 것이었다.

9.

새파란 세계에 나는 있었다. 파랑은 내가 좋아하는 색이었다. 이 세상을 디자인한 토털 디자이너가 있다고 한다면 파란 하늘에 하얀 구름을 띄울 생각을 한 그자는 천재가 틀림없다. 안개와 연기는 이미 없었다. 완전히 투명한 공기만 내 주위에 있었다.

소리와 진동도 이제 없었다. 스로틀을 오프로 했다.

나는 간발의 차도 주지 않고 초전도 모터의 출력을 제어하는 또 하나의 스로틀 레버를 잡았다. 잠금을 해제하고 천천히 밀어 올렸다.

조종석 대각선 위에 있는 크고 긴 플레이트가 둘로 갈라졌다. 얼핏 보기에 주익(主翼)으로 보이는 그것은 사실 양력 발생에는 관여하지 않았다. 두 개의 플레이트는 철컥하고 엇갈려서 피치각을 만들어 서로 반대 방향으로 회전하기 시작했다.

이중반전 프로펠러였다. 제트 추진에서 레시프로로 전환한 것이다.

'이걸 하고 싶었어…….'

프로펠러는 천천히 교차로 회전하면서 공기를 뒤섞어 뒤쪽으로 내보내고 있었다.

모터 소리는 거의 들리지 않았다. 귀를 기울여야만 들리는 정도였다.

거의 무음이었다.

정신이 아득해질 정도로 파란 상공에 나는 있었다.

시선을 약간만 옆으로 돌리면 아래 세상을 내려다볼 수가 있었다. 아무것도 없었다. 땅바닥에 닿아 있지 않았다. 발밑에는 투명한 공기만 존재했다. 그렇게 당연한 것을 확인하고는 새삼 두려워졌다. 에조의 대지는 한참 아래쪽에 있었고, 항공사진처럼 평평하게 펼쳐져 있었다. 방향키 페달에 올려놓고 있던 두 발이 서늘해졌다. 그 밑으로는 아무것도 없었다. 내가 온몸의 체중을 싣고 있는 이 좌석 밑에도…….

나는 갑자기 안절부절못하게 되어 뒤를 돌아보았다. 사유리의 가슴이 천천히 오르내리고 있었다. 숨소리가 들렸다. 나는 안도의 한숨을 내쉬었다. 어째서일까? 혼자가 아니라는 생각만으로도 안정을 찾을 수 있었다.

모니터에 지도를 띄워서 현재 위치를 확인했다.

청바지에 손바닥을 문질러 땀을 닦고 스틱을 다시 잡았다. 그리고 천천히 오른쪽으로 기울였다. 베라실러도 천천히 오른쪽으로 기울어지고 있었다. 기울어진 채로 기수를 일으켜 방향 전환을 했다.

기체가 향하는 쪽에 탑이 있었다.

나도 모르게 손을 뻗고 싶을 정도로 바로 앞에 탑이 있었다.

탑이었다.

들뜨기 시작한 마음을 스스로 인지할 여유도 없이 탑이 크게 앞으로 다가왔다. 탑은 내가 상상했던 것보다 훨씬 더 컸다. 작은 베라실러는 타쿠야가 보여준 항공사진과 같은 그 새까맣고 둥그런 위상 전환 영역에 이르러 있었다. 나는 더욱 더 탑에 가까이 가기 위해 새까맣게 물든 대지 위를 날아갔다.

나는 탑에 왔다.

크다.

크다.

멀리 있을 때는 알지 못했지만 탑은 사각기둥 모양이었다. 모서리가 깎여 있기 때문에 정확하게 말하자면 팔각기둥이었다. 표면은 유리면 처리가 되어 있었다. 그곳에 하늘의 색과 구름들이 비치고 있었다.

목구멍 안에서 뭔가 쏟아져 나오려 하고 있었다. 코 안쪽이 아파서 고개를 숙였다. 그러자 눈 안에 있던 수분이 이동해서 흘러

나왔다. 그렇게 흘러나오는 것을 막으려고 이를 앙다물었다. 그랬더니 수분이 오히려 더 삐져나왔다.

'뭐지?'

'이건, 뭐지?'

거기에 탑이 있었다.

나는 날고 있었다.

스틱을 왼쪽으로 기울여서 탑 주변을 선회했다. 몇 번이나 몇 번이나. 베라실러가 탑 그늘에 들어가자 주위가 캄캄해졌다. 그 대신 탑은 선명한 거울이 되어 하얀 구름과 하얀 베라실러를 비춰주었다. 햇빛이 있는 곳으로 나왔다. 탑은 새하얗게 되었다. 조종석 안쪽까지 빛으로 가득 차서 새하얗게 되었다. 내 의식도 하얗게 태워졌다. 선회를 계속했다. 탑 주변을 계속 돌았다. 천천히 어둠. 거울. 다시 천천히 빛…… 그리고 어둠.

나선을 그리듯이 조금씩 상승했다. 계속 돌면서 거울에 비친 나의 모습을 보고 있었다. 한계 고도까지 이르렀는데도 탑은 아직 계속되고 있었다. 베라실러는 위쪽 시야가 좋지 않아서 기수를 일으키거나 하는 방법으로 위쪽이 보이도록 해보았다. 탑의 꼭대기는 보이지 않았다. 하늘을 향해 끝도 없이 계속 이어져 있었다. 가늘어지고, 희미해지고, 이윽고 소실점이 되어 사라졌다.

그렇게 계속 탑 주변을 돌고만 싶었다. 영원히 질리지 않을 것 같았다.

타쿠야에게도 보여주고 싶었다.

……사유리에게도.

"사유리."

나는 뒷자리를 돌아보았다.

사유리가 조용히 잠들어 있었다.

잠 속에 있는 사유리는 그 수없이 많은 갈색 탑의 하나에서 이 하얀 날개를 발견했을까?

'여기 왔어. 사유리.'

'너의 장소에 왔어.'

"사유리."

내가 말했다.

"우리가 약속한 장소야."

사유리는 반응이 없었다. 나는 스로틀에서 왼손을 떼어 스틱을 잡고 있던 오른손 위에 가볍게 얹었다. 고개를 숙였다. 눈을 감았다.

그리고 기도했다.

"하느님……."

나는 기도했다. 나는 종교에 공감해본 적이 없었다. 그래도 이 파란 공간과 백악의 비석 앞에서 나는 더할 나위 없이 경건했다. 자연히 하느님이라는 말이 흘러나왔지만, 꼭 하느님이 아니라도 괜찮았다. 나의 힘을 훨씬 뛰어넘는 초월자를 향해 기도했다. 나는 큰 존재를 이미지하고 있었다. 탑보다도 큰 존재였다. 파랗고 둥근 지구를 상상하고, 지구가 덩그러니 떠 있는 암흑의 우주를 상상하고, 수많은 천체의 운행을 냉철하게 지배하는 거대한 톱니바퀴가 끼리릭 소리를 내면서 움직이는 모습을 환시하고, 그 톱니바퀴보다 더 안쪽에 있는 다른 우주로 가상의 시각을 관통시켰다. 그런 모든 것을 향해 나는 기도했다. 내 마음의 눈은 뾰족한 하나의 오벨리스크가 되어 복수의 우주를 꼬치에 꿰듯이 뚫고 지나갔다. 탑.

"사유리를 잠에서 깨어나게 해주세요. ……제발."

베라실러는 거울처럼 된 탑 주변을 계속 선회하고 있었다. 탑에는 하늘이 비치고, 구름이 비치고, 가끔씩 베라실러가 비쳤다. 탑의 면. 탑의 모서리. 탑의 면. 구름. 하늘. 베라실러…….

갑자기 눈앞이 핑 돌았다.

탑에 비친 베라실러가 방향을 바꿔서 이쪽을 향해 날아왔다.

베라실러가 내 시야를 덮었다.

하얗다…….

하얀색 안에 묻혔다.

나는…….

베라실러와 함께 탑 안쪽으로 빨려 들어갔다.

:: :: :: ::

이제부터 쓰는 이야기는 한참 후에서야 기억이 난 것들이다.

몇 년이나 지난 후에 어떤 일을 계기로 해서 녹슨 자물쇠가 우연히 다시 풀린 것처럼 되살아난 기억이다.

체험……이라고 말해도 될지조차 알 수 없는 그것을 경험한 직후에 나는 완전히 망각해버렸다.

나는 빛바랜 하늘 위를 날고 있었다. 햇볕에 그을린 벽지 같은 색깔이었다. 내가 3년 동안 살았던 기숙사 방 벽과 비슷한 색이었다.

탑이 여러 개 서 있었다. 에조의 탑처럼 세련된 디자인이 아니었다. 복잡하게 뒤틀려 있었다. 질그릇이나 볕에 말린 벽돌 같은 소재로 되어 있었다. 그런데 이음새는 없었다. 완전한 일체형이었다. 표면에는 붉은 염료로 복잡한 문양이 그려져 있었다.

공기에서는 완전히 밀폐된 서고 같은 냄새가 났다.

그 탑들은 조금씩 색을 잃어가고 있었다. 홀로그램처럼 반투명이 되었다가 점점 사라지고 있었다. 탑의 무리는 원래부터 환영에 지나지 않았던 것처럼 스스로의 모습을 지워 없애려 하고 있었다.

나는 어느새 조종석에 있지 않았다. 나는 어디에도 없었다. 아니, 지금 이 순간 나는 사유리였다. 나는 나 자신이면서 사유리이기도 했다. 꿈이 뒤섞여 있었다. 탑은 뒤섞여 있었다. 이곳은 수많은 탑들이 만나는 장소였다. 평행세계의 터미널이었다. 모든 세계는 사람의 꿈이었다. 이곳은 사람들의 꿈이 합류하는 특이점이었다. 이 근원의 땅에서 나는 사유리였고, 사유리는 나이기도 했다. 그래서 나는 그녀의 모든 것을 꿰뚫어볼 수 있었다.

사유리는 하나의 탑 위에 서 있었다.

사유리는 바래져가는 색의 하늘에서 이중반전하는 날개를 발견했다.

사유리가 중얼거렸다.

"저 날개, 베라실러……."

깨어날 것 같은 예감이 들었다.

이제 곧.

탑들의 투명화가 가속되었다. 탑들의 색이 점점 없어졌다. 반투명해지고, 투명해지고, 사라졌다.

"꿈이 사라져가……. 아아, 그렇구나……."

알았다.

"내가 이제부터 무엇을 잃어버릴지 알았다……."

그것은.

"이 마음. 지금의 마음……."

그것은.

"……싫어!"

감정이 튀었다. 거부. 거부. 온몸으로 거부. 사라져가던 탑의 색이 돌아오기 시작했다. 흙색. 구운흙의 색이 점차 짙어졌다.

"사유리!"

내가 외쳤다. 막으려는 외침이었다. 그러면 안 돼. 그렇게 생각하지만 나는 동시에 사유리이기도 했다. 거부하고 있는 사람은 나였다. 사유리인 나는 지금의 이 마음을 잃어버리느니 차라리 깨어나고 싶지 않았다. 깨어나고 싶지 않았다. 꿈속에서.

"히로키가 와줬잖아. 난 히로키에 대해 모두 알 수 있어. 그것만 있으면 돼. 그것만은 잃기가 싫어."

사유리가 호소했다.

"여기에는 아무것도 없는 대신 무엇이든 다 있어. 히로키가 같이 있어주기만 한다면 나는 계속 여기 있고 싶어."

젖은 목소리였다. 그것은 내 목소리이기도 했다.

"난 계속 혼자였어. 여기 갇히기 전부터 계속 혼자였단 말이야. 세상은 정말 아름다운데, 그 아름다움이나 행복이나 기쁨에서 나 혼자만 소외된 느낌이었어."

"그래서 이 세계가 뭔가 잘못된 게 아닐까 하는 생각을 한 적이 있었어. 이건 어쩌면 진짜 세계가 아닐지도 모른다고. 어딘가에 올바른 세계가 있고, 거기서는 내가 소외되지 않고 모든 일에 함께 있을 수 있는 거야. 어쩌면 난 세계를 다시 쓰고 싶다는 생각을 하고 있었는지도 몰라……."

"히로키."

사유리가 불렀다.

"여기에는 어떤 꿈이라도 존재해. 나는 원래 그곳으로 돌아가고 싶지 않아. 다른 곳이 좋아. '난, 꿈을, 잊고 싶지 않아'."

모든 탑들이 큰 소리로 노래하기 시작했다.

사유리는 탑을 거느리고 있었다. 탑은 사유리를 모시고 있었다. 사유리는 세계의 존재 방식을 관장하고 있었다. 탑 하나가 더욱 짙은 색깔이 되었다. 그리고 빛나기 시작했다. 눈을 쏘는 듯한 빛이 점점 커져갔다.

하얀빛이 시야를 덮어버렸다.

세계가 다시 칠해졌다.

그 세계는 나와 사유리가 있던 세계와 거의 비슷했다. 다른 말로 하면 조금은 달랐다.

일본은 미국과 유니언으로 분할 통치되지 않았다. 아니, 유니언이라는 초대국은 처음부터 그 세계에 존재하지 않았다. 러시아를 중심으로 한 연방이 존재한 적은 있었지만 이미 와해되어버린 상태였다. 홋카이도는 예전이나 지금이나 일본의 영토였다. 분단으로 생이별한 사람들은 없었다. 오카베 씨는 부인과 함께 살고 있었다. 에미시 제작소로 놀러 갔더니 부인이 차를 대접해주었다. 국철도 존재하지 않았다. 분할 민영화로 JR이니 하는 알 수 없는 이름이 되어 있었다. 채산에 맞지 않는 적자 노선이 전국에서 여러 개 폐선되어버렸지만, 고맙게도 쓰가루선은 존속하고 있었다. 나는 그 열차에서 보이는 쓰가루 반도의 시골 풍경이 좋았다. 나는 차창 밖의 경치를 바라보았다. 물론 탑 같은 것은 없었다. 나는 그런 것에 도발되는 일 없이 소년 시절을 보냈다.

나와 타쿠야와 사유리는 그 아름다운 여름의 폐역에서 비행기를 만들고 있었다.

레시프로 비행정이었다.

조종석 앞자리에 내가, 뒷자리에 타쿠야가 타고 있었다. 프로펠러가 기체를 끌어당겼다. 물에 닿아 있던 다리가 사뿐히 수면 위로 떠올랐다.

사유리가 신나는 표정으로 호숫가를 따라 뛰어서 쫓아왔다.

아무도 소외되어 있지 않았다.

불행의 파편은 어디에도 보이지 않았다.

탑은 없었다.

사유리는 부당한 잠에 지배당하고 있지 않았다.

비행기가 날았다.

우리 세 사람은 언제까지나 우리 자신으로 있을 수 있었다. 나는 도쿄에 가지 않았다. 타쿠야는 아미 칼리지 같은 곳에 들어갈 필요가 없었다.

그래서,

리카를 만나지 않았다.

카사하라 마키와도 만나지 않았다.

"아니야, 사유리."

나는 레시프로 비행정에서 내려 헬멧을 벗었다.

그리고 사유리를 똑바로 쳐다보았다.

나는 사유리 앞에 서 있었다. 흙색 탑의 꼭대기였다. 거칠거칠한 색깔의 하늘이 대리석처럼 얼룩을 만들면서 꿈틀거리고 있었다. 사유리는 작은 손을 잡고서 가슴에 대고 있었다. 공허함을 견딜 때, 힘든 것을 곱씹을 때 사유리는 언제나 그런 몸짓을 했다.

나와 사유리 주변을 베라실러가 소리도 없이 선회하고 있었다. 기울어져 있기 때문에 항상 매끄러운 등을 이쪽으로 내보이고 있었다. 나와 사유리는 베라실러가 그리는 원 중심에 있었다.

"난 너의 괴로움을 알아."

내가 말했다.

"그리고 넌 내 아픔을 알아. 그러니까 이곳에 가치가 있는 거야. 그렇지? 괴로움도 아픔도 모두 우리가 갖고 있는 우리 거잖아. 불행도 슬픔도. 상처받은 것도, 상처를 준 것도 모두 없던 일로 하면 안 되는 거야. 상처받았던 아픔도 잊어버리면 안 되는 거야. 왜냐하면 그런 모든 일들이 나랑 너를 이곳으로 데리고 와주었으니까."

"그래도……."

"잊힌다는 건 슬픈 일이야. ……그렇잖아, 사유리."

"그렇다면!"

사유리가 말했다.

"깨어나면 이 마음을 잊어버리잖아! 난 너에 대해 모든 것을 알고 있고, 넌 나에 대해 모든 것을 알고 있고, 우리 둘이 전부고, 서로에게 포함되어 있고, 그것만 있으면 되고……. 난 그런 것을 원하고 있었단 말이야. 눈을 뜨면 이건 없어지잖아. 너만 있으면 되는 내 마음은 여기서밖에 가질 수가 없단 말이야. 너도 내가 전부라는 그 마음을 잊어버리게 된단 말이야."

"그야 꿈이니까……."

"그건……."

"사유리, 너도 알고 있잖아. 난 너야. 그러니까 넌 꿈에서 깨야 한다고 생각해……."

"하지만……."

"괜찮아."

내가 웃어주었다.

"이제부터 하나씩 하나씩, 전부 다시……. 괜찮아."

사유리 주변에 모여 있던 탑들이 차례차례 소멸했다. 아까처럼 희미해지는 그런 식이 아니었다. 순식간에 빛의 가루가 되어 튕겨져서 사라졌다.

"그래도 제발, 하느님……."

딱 하나 남은 탑 꼭대기에서 사유리가 기도하고 있었다.

"제발, 깨어나서 한순간이라도 좋아요. 지금의 마음을 지우지 말아주세요……."

베라실러가 일단 크게 선회한 다음 이쪽으로 다가왔다.

"히로키에게 알려야 돼. 우리가 꿈속에서 마음이 하나가 되었다는 게 얼마나 특별한 일이었는지……. 아무도 없는 세계에서 내가 얼마나 히로키를 원했고, 히로키가 얼마나 나를 원했는지……. 제발!"

하얀 베라실러에 내가 타고 있었다.

"내가 지금까지 얼마나 히로키를 좋아했는지, 그것만이라도 알게 할 수 있다면 다른 건 아무것도 필요 없어요."

베라실러가 시야 한가득 펼쳐졌다.

"제발 한순간이라도."

하얗다…….

"이 마음을……."

그리고 우리는 탑 안에서 일어났던 일들을 모두 잊어버렸다.

:: :: :: ::

"하느님……"

내가 기도했다.

"사유리를 잠에서 깨어나게 해주세요. ……제발."

베라실러는 거울처럼 된 탑 주변을 계속 선회하고 있었다. 하늘의 푸르름이 탑의 유리면에 비치고 있었다.

순백색 구름에 가려져 있던 아침 해가 모습을 보이면서 강한 빛을 사유리의 얼굴에 비췄다.

나는 두려움에 가까운 작은 징조를 느꼈다.

스틱을 고정시키고 잠금장치를 걸었다. 그리고 몸을 비틀었다. 뒷자리에 있는 사유리를 바라보았다. 사유리만을 보았다.

강한 아침 햇살이 사유리를 녹여갔다.

천천히.

그녀가 눈을 떴다.

나도 눈이 커졌다.

심장이 멎었다. 심장이 움직였다. 심장이 멎었다.

나는 사유리에게 손을 뻗었다.

사유리의 볼을 손가락으로 만졌다. 가운뎃손가락 끝으로만. 아주 살짝.

"사유리."

탑 가운데 부분에 빛이 생겨났다.

쏘는 듯한, 예리한 칼날 같은 은색 빛이었다. 흉폭하고 강한 빛.

"히로키……."

탑 전체가 빛을 내기 시작했다. 반짝임은 더욱 강해졌다. 끝도 없이. 그리고 탑은 온몸에서 충격을 뿜어냈다. 기체에는 전혀 영향이 없었지만 공기의 질이 바뀌었다.

탑도 깨어난 것이었다.

나는 그런 것에 신경을 쓰지 않았다. 나는 사유리를 바라보았다. 사유리의 어떤 작은 움직임도 나는 모두 인식하고 있었다. 떨리는 눈꺼풀. 수축하는 동공. 손끝. 호흡.

지상의 검은 구멍의 농도가 짙어졌다.

탑은 더욱 찬란하게 빛을 냈고, 나선형의 빛의 가루들이 그 주변을 맴돌고 있었다.

지상을 침식하는 암흑의 영역이 급속도로 확대되어가는 것을 피부로 느낄 수 있었다. 탑의 밑바닥에서 다른 우주가 콸렁콸렁 흘러나오고 있었다. 바위를 무너뜨리고 대지를 녹이며 더욱 세력을 키우고 있었다.

홋카이도는 자신의 중심에 나타난 허무에 삼켜져서 없어지려 하고 있었다.

아마도 나중에는 세계 그 자체까지도.

진동하면서 울리는 탑 주변을 우리는 계속 돌고 있었다.

사유리의 볼에 손을 뻗은 자세로 나는 움직임을 멈추고 있었다.

'사유리는 정말 돌아온 것일까?'

불안했다. 3년이라는 잠이 그녀의 의식에 어떤 영향을 미쳤을지 알 수 없었다.

'나를 제대로 알아볼 수 있을까?'

"사유리."

그녀를 불렀다.

그 소리를 계기로 그녀는 딸꾹질을 한 번 했다. 그러고는 마치 펌프로 빨아올린 것처럼 눈물을 뚝뚝 흘리기 시작했다. 온몸에 있는 수분이 모조리 흘러나오는 것이 아닐까 걱정이 될 정도로 그녀는 끝도 없이 눈물로 뺨을 적셨다.

"나……."

그녀가 내 손을 잡았다.

"뭔가 너한테 말해야 되는데…… 아주 중요한……."

그녀는 내 손에 매달렸다. 그렇게 하지 않으면 내가 사라져버릴 것처럼 강하게……. 하지만 몸에 힘이 제대로 들어가지 않는지 손에서 힘이 거의 느껴지지 않았다.

"사라져버렸어……."

가슴과 어깨가 떨렸다. 그녀가 흐느끼기 시작했다. 흐느낌은 멎지 않았고 눈물이 끝없이 흘러나왔다.

"사라져버렸어……."

그녀가 다시 한 번 말했다. 그렇게 말한 자기 말이 스스로를 괴롭히는지 그녀는 더욱 어린아이처럼 울어댔다.

"괜찮아."

내가 말했다.

"깨어났잖아. 이제부터, 전부, 다시……."

사유리가 얼굴을 들었다.

베라실러는 소리 없이 날고 있었다. 나와 그녀는 약속의 날개로 약속의 장소에 있었다.

나는 미소 지으려 했다.

"돌아왔구나, 사유리."

10.

기체의 고도를 내렸다. 발아래의 어둠이 점점 커지고 있었다. 충분히 고도를 내린 시점에서 프로펠러를 정지시키고 제트엔진으로 전환했다. 탑에서 떨어져서 남쪽을 향해 날았다. 올 때처럼 전속력으로 날지는 않았다. 서둘러야 했지만 그래도 가능하면 사유리에게 자극을 주고 싶지 않았다.

비행 보조 프로그램이 그때를 알려주었다. 탑에서 10km 이상 떨어졌음을 알리는 알람이 작게 두 번 울렸다. 버튼 하나. 어이가 없을 정도로 간단한 조작이었다. 기체 복부에 있는 장치가 열리고 빨갛게 칠해진 원통이 떨어졌다.

시커 미사일은 1초가량 대기에 안겨서 자유낙하를 하다가 꼬리에서 팍, 하고 빛을 뿜더니 하얀 연기를 실처럼 늘어뜨리면서 날기 시작했다. 미세하게 방향을 바꾸더니 이윽고 커브를 그리며 우리가 뒤로한 탑을 향해 곧바로 날아가 버렸다.

탑 가운데 부분에 새로운 빛이 생겨났다.

폭발은 적황색이었다. 탑은 한순간에 불타올랐다. 미사일이 명중한 곳을 중심으로 해서 위아래로 불이 번져 나갔다. 탑이 불타는 색깔은 진홍색이었다.

굉음이 울리면서 충격파가 전해졌다. 나는 기체를 제어했다. 이상한 기시감이 있었지만 나는 그보다도 중요한 여러 가지 일들을 계속 생각하고 있었다. 사유리는 내 등 뒤에 볼을 대고서 내 윗도리에 매달려 소리 없이 울고 있었다. 손가락에 힘이 들어가지 않는지 몇 번씩 내 윗도리를 다시 잡고는 했다.

해협에 다다랐다. 전투기들은 아직도 날아다니고 있었다. 배에서 뿜어내는 불의 선은 여전히 하늘에 오렌지색 수를 놓고 있었다. 우리는 그 한가운데를 유유히 날았다. 탑은 상당히 오랫동안 불기둥으로 서 있었는데 이윽고 다 타자, 내부의 부드러운 나선 구조가 밖으로 드러났고, 그것도 금방 바람에 날아갔다.

그 검은 영역의 침식은 아마 멈췄을 것이다. 세계는 허무에 삼켜지지 않을 수 있었던 셈이다. 나에게는 사유리가 다시는 부자연스러운 잠에 사로잡히지 않는다는 점이 더 중요했다.

폐역으로 돌아갔는데, 타쿠야는 자취를 감춘 뒤였다.

11.

이것으로 내 이야기는 끝이다.

적어도 내가 하고 싶었던 이야기는 다 적었다. 처음에 나는 그 후의 이야기는 쓰지 않을 작정이었다. 하지만 그렇게 해서는 안 될 것 같다. 한번 날아올랐으면 어딘가에는 착륙해야만 한다. 비행기도 사람도 글도 다 마찬가지다.

타쿠야가 사라져버렸다는 이야기는 이미 했다. 그로부터 십수 년이 지났지만 나는 그 후로 그를 한 번도 만나지 못했다. 5년 전에 그 일기장이 나에게 우송되어 왔을 뿐이다. 신경질적인 타쿠야답게 고등학교 시절 3년간에 대한 이야기 말고 다른 것이 적혔던 부분은 커터 칼로 깔끔하게 잘라낸 상태로 보냈다. 소포는 유니언에서 발송된 것이었다.

우연한 계기로 카사하라 마키와 딱 한 번 만날 기회가 있었다.

웃는 얼굴이 잘 어울릴 것 같은 귀여운 여성이었지만 나에게는 웃는 얼굴을 보이지 않았다. 그녀와 나는 예의 바르게 인사하고, 예의 바르게 헤어졌다. 그녀도 그 뒤로 타쿠야를 만난 적이 없다고 했다.

미즈노 리카에게는 내가 먼저 연락을 했다. 핸드폰으로 전화를 걸었는데 전원이 꺼져 있어서 집 번호를 눌렀다. 리카 본인이 받았다.

—혼자서 어떻게든 살아보기로 했어.

그녀가 말했다.

—그때부터 계속 생각해봤어. 나도 제대로 착륙할 수 있을 거야. 누군가한테 기대서 세상하고 연결되는 게 아니라 혼자서도 할 수 있게 되어야 한다고 생각해.

그녀는 잠시 입을 다물고 생각하다가 다시 말했다.

—하지만 그렇게 해야겠다는 생각을 하게 된 건 히로키, 네 덕분이야. 너를 보고서 나도 세상을 제대로 마주하면서 살아야겠다고 생각했으니까. 난 그 사실을 앞으로도 절대 잊어버리지 않을 거야.

그녀는 나에게 고맙다는 인사까지 했다. 인사를 해야 할 사람은 내 쪽이었다. 나를 되찾게 해준 사람이 리카였다. 그녀의 존재가 나를 재생으로 이끌어주었다.

전화가 끊어진 다음에도 나는 수화기에서 들려오는 뚜뚜 소리를 5분가량 계속 듣고 있었다. 견딜 수 없이 힘든 마음으로 전화기를 들고 있었다. 아마 그때 나는 결정적으로 전화를 싫어하게 된 것 같다.

'약속의 장소'를 잃어버린 세상에서 사유리와 나는 다시 시작했다.

아오모리로 오기 전에 쳤던 입시 결과가 나왔다. 제1 지망이었던 국립대학에는 떨어졌지만 제2 지망이었던 사립대학에 합격했다. 나는 도쿄로 돌아가서 짐을 정리하고 기숙사 방을 뺐다. 그리고 대학 입학과 동시에 휴학계를 내고 아오모리로 돌아왔다. 그때부터 사유리와 둘이서 살기 시작했다.

사유리는 몸도 마음도 너무 약해져 있었다. 그녀의 가족은 완전히 자취를 감춘 상태였다. 내가 사유리를 지킬 수밖에 없었고, 다른 누구도 사유리를 건드리게 하고 싶지 않았다. 자세히 설명할 수는 없지만 생활비는 어떻게든 마련할 수 있었다. 사유리를 지키고, 사유리를 치유하고, 사유리와 이야기하고, 사유리를 안았다. 그것만이 중요한 일이었다.

사유리는 오랜 잠을 자면서 꾼 꿈을 하나도 기억하지 못했다.

2년 동안 둘이서만 살았다.

아오모리는 추웠지만 그래도 살기에는 마음이 편안한 곳이었다. 그런데도 나는 마땅히 있어야 할 자리에 탑이 보이지 않는다는 점에 상당히 오랫동안 계속 위화감을 느꼈다. 북향이고 경치가 넓게 펼쳐진 장소에 갈 때마다 나는 고개를 갸웃거렸다.

"어째서지?"

가끔씩은 그렇게 중얼거릴 때도 있었다.

3년째 되는 해에 사유리를 데리고 도쿄로 나와서 복학했다.

그 무렵이 되자 사유리는 겉으로 보기에는 완전히 회복되어 있었다. 같이 살기 시작했을 때만 하더라도 그녀는 잠에 빠져드는 것을 극단적으로 무서워하고는 했는데, 그 즈음에는 그런 증상도 없어졌다. 수면이 약간 불안정할 뿐인 아름다운 스물한 살 여성이 되어 있었다. 스물하나…….

나는 그녀가 스물한 살이라는 사실에 이상할 정도로 적응하지 못했다.

내가 스물하나가 되었으니 그녀 또한 스물하나가 되는 것이 당연했다. 이상할 것이 하나도 없었다. 그런데도 그 묘한 위화감은 내 안에 계속 존재했다. 어른의 나이였다. 나는 어른이 되었고, 더 어른이 되려 하고 있었다. 나는 어른으로 불리기에 알맞을 만큼의 힘을 갖기 시작했다. 누구나 그렇다. 부당한 점은 하나도 없다.

그런데 어째서 그랬을까? 그녀에게 스물한 살이라는 나이가 찾아왔다는 점이 너무 부당하게 느껴졌다.

그녀는 나를 사랑해주었다. 내가 돌아올 시간이면 그녀는 어김없이 집에서 기다리고 있었다. 내가 현관으로 들어오면 그녀는 나를 마중 나와서 작은 힘으로 살며시 나에게 안겨서 한동안 가만히 움직이지 않았다. 마치 말로는 형언할 수 없는 무언가를 확인하고 건네주려는 것 같았다. 그럴 때마다 나는 그녀의 어깨에 팔을 얹고서 그녀가 만족할 때까지 그 자리에 머물러 있었다.

매일 살아가는 생활 속에서 그녀는 나만의 사람이었다. 그녀가 나만의 사람이라는 사실이 행복했다. 그리고 나도 그녀만의 사람이었다. 그것은 고요하고 평온하고 잔잔한 바다 같은 행복이었다. 언젠가 한참 전에 전철 속에서 그녀가 나에게 주었던 폭풍과도 같은 감정은 이제 일어나지 않았다. 우리는 아주 조용히 서로를 채워주고 있었다.

가끔씩 나는 그 생활이 너무도 평온해서 두려워질 때가 있었다. 무언가에 이끌려서 휘몰아치듯 움직이는 삶만 살아온 탓이었는지도 모른다. 천천히 조금씩 말라가는 느낌을 자각할 때가 있었다. 혹은 아이스크림이 서서히 녹는 것 같은…….

나는 그런 기분이 들 때마다 그녀를 만지고, 그녀를 품에 안고, 그녀의 머리카락에 얼굴을 묻었다. 나는 많은 것을 잃고서 여기 있었다. 내게 남은 것은 이제 사유리 한 사람뿐이었다. 그녀는 내 손바닥 안에 딱 하나만 남아 있는 작은 눈송이였다. 나는 그것이 부서지지 않도록 소중하게 손바닥 안에서 계속 지켜주었다.

몇 가지 묘한 일들이 일어났다.

하나는 비행기에 관한 것이었다.

일요일에 고엔지(高円寺)에 있는 어떤 공원으로 사유리와 함께 산책을 나갔다. 날씨가 좋아서 공원에는 사람들이 많이 있었다.

우리는 풀밭 길을 천천히 걷기도 하고, 울타리에 기대서 연못의 거북이가 헤엄치는 모습을 바라보기도 했다. 그리고 잔디밭에 앉아서 한가로이 햇볕을 쬈다.

초등학생 정도로 보이는 남자아이들 세 명이 페이퍼 크라프트 비행기를 날리고 있었다. 그런데 그중 한 아이만 제대로 날리지 못하고 있었다. 바람에 실어 날리려 해도 기수가 아래쪽으로 기울어져서 자꾸 꼬꾸라져 추락하고는 했다. 그 비행기가 내 옆에 떨어져서 내가 그것을 주워 들었다.

"히로키, 그거 고칠 수 없어?"

사유리가 물었다.

아마 중심이 잘못 잡혀서 그렇겠거니 했지만 난 더 이상 비행기에 손을 대고 싶지 않았다. 나는 그 전쟁의 날 이후로 비행기에 대한 흥미를 완전히 상실하고 말았다. 날아오르는 때는 지났고, 이제는 머무를 때였다. 나는 고개만 젓고서 비행기를 남자아이에게 돌려주려 했다.

옆에서 사유리가 비행기를 가져갔다. 한동안 이리저리 다양한 각도에서 그것을 바라보더니 자기 머리를 묶고 있던 핀처럼 생긴 헤어클립 하나를 빼서 동체 가운데 부분에 끼웠다. 그러고는 비행기를 잡고서 미풍 속으로 조심스럽게 날려 보냈다. 비행기는 공기의 흐름을 타고 기가 막힐 정도로 부드럽게 똑바로 날아갔다.

"대단하네……."

나는 감탄하면서 말했다.

사유리가 갑자기 흠칫했다. 자기가 한 일이 믿어지지 않는 표정이었다. 그녀는 손톱 끝을 손가락으로 만지면서 심각하게 생각에 잠겼다.

"어떻게 저런 일을 내가 할 수 있었지……?"

그녀가 말했다.

"난 종이비행기도 접어본 적이 없는데."

또 한 가지는 고양이에 관한 일이었다.

우리가 세 들어 살던 집은 5층짜리 빌라의 1층에 있었다. 작은 정원이 딸려 있었다. 화분만 몇 개 갖다 놓으면 금방 꽉 찰 정도로 좁은 뜰이었다.

초가을 무렵 그 뜰에 고양이 한 마리가 들락거리기 시작했다. 흰색과 회색으로 나뉜 얼룩 모양의 꽤 어린 고양이였는데 아마 그해 봄쯤에 태어났을 것으로 보였다.

시험 삼아 밤 깐 것을 던져주었더니 주저주저하면서 다가와 냄새를 맡은 다음 신나게 먹기 시작했다. 그러고는 이틀에 한 번씩 놀러 오게 되었다. 그러다가 우리에게 익숙해져서 고양이는 바닥으로 나 있는 낮은 창문을 통해 집 안으로 들어오기 시작했다.

사유리는 고양이를 많이 예뻐했다. 이윽고 고양이는 우리 집 안에 자리를 잡고 나가지 않게 되었다. 우리가 살던 빌라는 애완동물 금지였지만 상관 않고 키우기로 했다.

고양이는 사유리를 무척이나 따랐다. 이상하게도 나는 별로 좋아하지 않는 것 같았다. 그녀와 고양이 사이에는 무언가 통하는 것이 있는 것처럼 느껴졌다. 고양이가 뜰에 있는 화분에 앉은 작은 벌레를 땅바닥에 엎드려서 유심히 쳐다보다가 틈을 봐서 달려들려고 하는 모습을 사유리는 종종 미소를 담은 얼굴로 바라보고는 했다. 고양이는 대개 벌레를 잡지 못했고, 그때마다 그녀는 방울 구르는 소리로 웃었다.

두 달 정도 지났을 때 고양이가 사라져버렸다.

어느 날 나와 사유리는 근처에 있는 슈퍼로 장을 보러 나갔다. 한 시간 정도면 돌아올 예정이었기 때문에 고양이를 밖으로 내보내지 않고 그대로 집을 잠그고 나갔다. 장을 보고 돌아왔더니 고양이가 보이지 않았다. 창문도 문도 모두 꽉꽉 잠겨 있어서 밖으로 나갈 방법이 없었다. 우리는 온 집 안을 찾아다녔다. 어디 구석에 들어갔다가 못 나오고 있는 것이 아닐까 싶어 모든 가구를 다 들어내면서 확인했다. 옷장 안쪽에 있는 것들까지 모조리 꺼내면서 찾았다. 그런데도 고양이는 없었다.

"이런 일은 있을 수 없어."

나는 그렇게 주장했는데 사유리는 사실을 담담하게 금방 받아들였다.

"그럴 때가 온 거야."

그녀가 말했다. 약간은 쓸쓸해 보였지만 귀여워했던 것치고는 꽤나 냉정하다는 생각이 들었다.

며칠이 지나고서 한밤중에 문득 잠에서 깼을 때 그녀가 소리 죽여 흐느끼고 있음을 알았다. 나는 몸을 돌려서 그녀를 끌어안았다. 떨고 있었다.

"무서워서 그래."

그녀가 말했다.

"뭐가 무섭다고 그래. 괜찮아."

내가 말했다.

그녀는 아무런 대꾸도 하지 않았다.

"히로키."

그해 연말을 앞둔 어느 날 그녀가 불렀다. "나 이제 떠나야 할 것 같아……."

"떠난다고?"

그녀와의 이별은 그런 식으로 무척이나 갑작스럽게 찾아왔다.

"나 너와 이대로 계속 같이 있으면 안 될 것 같아……. 이제는 혼자서 살아야 할 것 같아."

"어째서?"

나는 몹시 놀라며 물었다.

"자꾸만 기대게 되니까. 자꾸만 다 맡겨버리니까. 스스로 걷지 않아도 네가 대신 걸어주니까……."

너무 갑작스러운 말이어서 나는 혼란에 빠졌다.

"혹시 내가 뭘 잘못한 게 있어서 그러는 거라면 내가 고칠게. 그러니까……."

"아니야. 넌 잘못한 거 없어."

그녀는 고개를 저어 긴 머리를 흔들었다.

"난 내가 스스로 결정하면서 스스로 살아보고 싶어졌어."

나는 혼란스러운 가운데 내가 그녀를 잃으려는 참이라는 사실을 가까스로 깨달았다.

"넌 지난 3년 동안 나를 계속 지켜줬어."

그녀는 복잡하게 엉킨 실타래를 찬찬히 풀어가듯이 말했다.

"그렇게 네가 나를 소중하게 지켜주고 있는 건 정말 기분이 좋았지만, 그 대신 지금 나랑 세상을 연결시켜주는 접점은 너 하나뿐이야. 너는 강하고 뭐든 다 할 수 있는 사람인데 나는 아무것도 하지 못하는 사람이고, 그런 건 잘못되었다는 생각이 자꾸 들어. 나는 이제 네 안에 숨어 사는 게 아니라 내가 직접 이 세상과 마주해야 할 것 같아……."

"그래도 내 생각에는……."

내가 말했다.

"네 말이 옳다고 하더라도 굳이 헤어질 필요까지는 없지 않을까? 둘이서 조금씩 천천히 그런 식으로 해나가면……."

"아니, 그렇게 하면 아마 잘 안 될 거야. 나 때문에……."

그녀가 말의 실을 계속 풀어냈다. 가만히, 조용히. 나에게.

"나는 이제 나 자신이 되어야 할 것 같아. 네가 없는 곳에서. 너에게 기대지 않고 내가 선택하고 내가 걸어가야 할 것 같아. 아마 그럴 때가 온 것 같아. 그게 바로 지금이야. 지금 나가지 않으면 나는 이대로 계속 너에게만 기대서 살아갈 거야. 난 내가 되고 싶어.

3년 동안의 잠이……, 아니 6년 동안 계속 미뤄왔던 것을 나는 이제 갚아나가야 돼. 난 지금부터 내 시간을 되찾으려고 해."

나는 침묵했다.

언제였는지 나도 그런 식으로 내 자신을 되찾겠다는 결심을 한 적이 있었다. 그래서 더 이상 사유리에게 아무 말도 할 수가 없었다. 나는 그녀의 마음을 알 수 있었다.

"이해해."

내가 말했다. 목소리가 갈라져 있었다.

이해하고 싶지 않았다.

"지난 3년 동안 꿈을 꾸는 것처럼 행복했어……."

그녀는 울먹이는 표정으로 웃었다.

"난 이제 잠에서 깨어나고 싶어졌어."

그녀는 집에서 나가기 위한 잡다한 일들이나 수속을 나에게 맡기지 않았다. 모두 혼자 알아서 했다. 이전부터 그런 준비를 하고 있었던 모양이다.

"연락처는 알려주지 않을게."

짐을 꾸려서 집에서 나가면서 그녀는 그렇게 말했다.

"왜……?"

"내가 기대지 않으려고. 네 목소리를 듣거나 만나거나 하면 무너져버리니까."

"앞으로 어떻게 할 거야?"

내가 물었다.

사유리는 아주 희미한 불안감과 똑같은 정도로 희미한 미소를 동시에 얼굴에 떠올렸다.

"다시 살아날 거야." 그녀가 말했다.

"부디 내가 너를 사랑하지 않는다는 생각은 하지 말아줘. 난 너를 지금도 사랑해. 힘들 때는 너를 생각할 거야. 먼 하늘 아래서 네가 살고 있고, 걷고 있다는 것을 떠올릴 거야. 그렇게 하면 난 다시 걸을 수 있을 거야. 너도 그렇게 해줘. 네가 네 힘으로 걷지 못하고 한자리에 멈춰 서는 일은 아마 없겠지만, 이 세상 어딘가에서 내가 나 혼자의 힘으로 살아내고 있다는 것을 가끔씩이라도 생각해줘."

나는 가끔씩 하늘을 올려다보며 어딘가에서 지금도 살고 있을 그녀를 떠올린다.

그렇게 나는 혼자가 되었다.

모두 혼자서 걸어간다. 나만 그런 것이 아니다.

몇 번이나 외롭지 않다고 해본들
또다시 외로워질 것이 뻔하다
하지만 지금은 이것으로 족하다
모든 외로움과 상처를 불태우고서

사람은 투명한 궤도를 나아간다

「고이와이(小岩井)농장 파트9」 중에서

마지막으로 오카베 씨의 소식에 대해 적어놓으려 한다.

사유리가 내게서 떠난 이듬해에 딱 한 번, 어쩌다 생각난 것처럼 오카베 씨한테서 편지가 왔다. 다른 주소로 전송되었다는 딱지가 몇 개씩 더덕더덕 붙어 있었다. 이름도 들은 적이 없는 나라의 우표도 붙어 있었다. 아마 그 시점에서 이미 그 나라도 떠났을 것이다.

오카베 씨와 부인이 함께 찍힌 사진이 한 장 동봉되어 있었다. 그것을 보낸 의도는 알 수 없었지만 아마도 애정 과시가 아닐까 싶었다. 참 귀여운 아저씨다. 부인은 오카베 씨와 동연배로 보였다. 그러니까 나름 나이가 있기는 할 텐데 나이가 들어도 계속 미인으로 남는 타입이었다. 아니, 정확하게 말하자면 상당히 놀랄 정도로 미인이었다.

전쟁이 일어나고 탑이 없어진 그 사건이 있고 나서 에조는 일본으로 반환되었다.

그 겨울날 비행기를 몰고서 우리가 한 일은 적어도 이 부부를 다시 만나게 하는 데에는 도움이 되었던 셈이다. 우리가 한 일이 조금은 의미가 있었던 것이다.

그렇게 생각하니 마음에 위안이 되었다.

사진이라고 하니…….

나는 사유리와 함께 살던 집을 나가기 위해 정리를 하고 있었다. 그녀와 함께 살던 기억이 묻어 있는 곳에서 계속 사는 것이 힘들어서였다. 사유리는 방대한 양의 책을 방에 남겨두고 갔다. 업자를 불러서 그것을 치우기로 했다. 나는 남겨야 하는 것과 그렇지 않은 것을 선별하는 작업을 했다. 그 작업을 하다가 그것을 발견했다. 어떤 책에 사진이 끼워져 있었다.

중학교 시절 사진이었다. 나와 타쿠야와 사유리, 우리 셋이 사이좋게 찍혀 있었다. 장소는 폐역이었다. 낡아빠진 역 건물이 배경으로 찍혀 있었다.

그 사진을 보자마자 '탑 안'에서 일어난 일들이 모두 기억 속에 되살아났다.

어째서 그것을 잊고 있었을까? 그렇게 중요한 일을.

그때 나와 사유리는 하나였다. 서로를 가졌고, 서로가 전부였다.

그런 기적은 이제 없다.

아니, 내가 그것을 기억해낸 것이 오히려 기적이었다. 사유리는 지금도 기억하지 못할 것이다. 이 기억은 이쪽 세상에서는 꺼낼 수 없는 것이다. 생각나게 할 필요도 없다. 오히려 그녀를 위해서는 기억나지 않는 편이 낫다.

잊어버린 일은 일어나지 않았던 일이다.

나 혼자서만 일어나지 않았던 일을 기억하고 있다. 그 사실은 역시 나를 많이 힘들게 했다. 잊힌다는 것은 슬픈 일이었다.

그 사진을 바라보다가 문득 마음이 울렁거렸다.

'이런 사진을 언제 찍었지?'

찍은 기억이 전혀 없었다. 그냥 단순히 내가 잊어버린 것일까?

사진에는 우리 셋이 모두 찍혀 있었다. 그렇다면 셔터를 누른 사람은 누구였을까?

셀프타이머? 그랬을지도 모른다.

나는 그 폐역 주변에 있던 모든 것들을 하나씩 곰곰이 떠올려 보았다. 쌓여 있던 선로용 목재들, 버스의 폐타이어, 그런 것들까지도. 카메라를 얹어두고 고정시킬 만한 장소가 있었던가? 도무지 생각나지 않았다…….

그렇지만 어쨌든 사진은 이곳에 존재했다.

나는 사진의 유래에 대해서 그만 생각하기로 했다.

그 대신 거기에 찍혀 있는 세 사람을 가만히 바라보았다.

뭐라 형언할 수 없이 행복해 보이는 그들의 모습에 내 마음이 심하게 흔들렸다. 웃는 얼굴이라고 할 수 없었다. 사유리는 고개를 기울이며 살짝 난처한 표정을 짓고 있었다. 타쿠야는 사진 따위 쓸데없다는 태도로 딴 곳을 바라보고 있었다. 게다가 내 표정은 경련을 일으킨 사람처럼 웃는데도 일그러져 있었다(옛날부터 사진 찍는 것을 싫어했다).

그런데도 거기에는 무언가 가득 찬 느낌이 있었다. 좋은 것만을 모아놓은 다정하고 강한 세계가 거기 있었다. 그들을 위협할 수 있는 것은 아무것도 없었다. 두려울 것이 하나도 없다는 느낌으로 꽉 차 있었다. 나는 그 사진을 손에 꽉 쥐고서 꼼짝도 않은 채 지금은 사라져버린 그 여름의 한순간을 끝도 없이 들여다보고 있었다.

에노모토 마사키

애니메이션 「별의 목소리」로 2002년에 데뷔한 신카이 마코토 감독은 지구와 우주로 갈라져 이별하게 된 소년과 소녀가 영혼으로 교감하는 이야기를 그려냈다. 그런 신카이 마코토 감독이 새롭게 선보인 애니메이션 작품이 「구름의 저편, 약속의 장소」(2004년)다. 전쟁 이후에 남북으로 분단된 또 하나의 일본. 예전에 홋카이도라고 불리던 에조 땅에 미스터리한 탑을 세운 거대한 공산 국가 모임인 유니언과 미일 연합 사이에서 군사적인 긴장이 이어진다.

이 이야기의 주인공은 국경 지역 쓰가루에 사는 중학생들이다. 비행기라는 취미를 통해 친해진 같은 반의 후지사와 히로키와 시라카와 타쿠야는 비행기를 직접 만드는 일에 몰두한다. 두 사람의 꿈은 이 비행기로 유니언의 탑까지 날아가 보는 것이다. 둘 다 마음속으로 몰래 좋아하던 여학생 사와타리 사유리가 이 모임에 합류하면서 그녀가 '베라실러'라고 이름 지어 준 비행기를 타고 구름 저편에 우뚝 솟은 탑으로 함께 날아가기로 셋이 약속한다. 그러나 잠만 계속 자는 원인 모를 병에 걸린 사유리가 어느 날 갑자기 자취를 감춰 버린다. 약속은 이루어지지 않았고 베라실러 제작도 중단된다.

애니 「구름의 저편, 약속의 장소」는 필립 K. 딕의 『높은 성의 사내』나 무라카미 류의 『5분 후의 세계』처럼 존재했을지도 모르는 또 하나의 평행 세계를 그려낸 역사 변환 SF다. 평행 세계의 정보를 관측하고 위상 변환을 하는 장치로 개발되고 세워진 것이 유니언의 탑이었고, 그 탑을 설계한 사람이 바로 사유리의 할아버지였다. 잠에 빠져든 사유리와 탑의 관계가 그렇게 서서히 밝혀진다.

이 책은 신카이 마코토 감독이 제작한 원작 애니메이션의 설정과 스토리라인을 충실히 재현하면서도 소설 작품으로서 독립성을 갖추고 있는 가노 아라타의 작품이다. 신카이 마코토 감독의 애니메이션 그림 콘티에는 본편에 들어가기 전인 프롤로그 이후에 세 사람이 함께 지낸 중학교 시절을 그린 제1부, 히로키와 타쿠야가 제각기 다른 곳에서 고등학교 시절을 보내는 제2부, 그리고 다시 만난 히로키와 타쿠야가 사유리를 구하기 위해 나서는 제3부로 작품이 나뉘어 있다. 이 책에서는 프롤로그가 '서장'으로, 제1부가 '여름'으로, 제2부가 '잠'으로, 제3부가 '탑'으로 각각 배치되었다.

「별의 목소리」에 이어서 SF 판타지로 제작된 「구름의 저편, 약속의 장소」에서 보는 이들을 매료하는 존재는 바로 이야기 중심에 자리한 탑의 모양새다. 유니언 과학의 정수를 모아 만들어진 아름다운 순백색 탑의 이미지는 서브컬처 비평지인 『신겐지츠(新現実)』 Vol. 01(가도카와 무크 156, 角川書店, 2002.9)의 의뢰를 받아 신카이 마코토 감독이 기고한 단편 만화 「탑의 저편」에 나오는 탑의 설정과 묘사를 출발점으로 하고 있다.

총 16페이지, 풀컬러로 구성된 「탑의 저편」은 지금 현재 인쇄 매체로 읽을 수 있는 신카이 감독의 유일한 스토리 만화다.(『신카이 마코토 Walker』에 재수록, KADOKAWA, 2016.8)

이야기의 주인공은 여고생인 '나'다. 고등학교 3학년인 '나'는 '6월 어느 날씨 좋은 아침'에 학교로 가는 열차를 타지 않고 땡땡이를 친다. 그리고 '오늘 하루의 목표'로 '고가 철도선 끝에 언제나 선명하게 보이는', '고층 빌딩보다도 높은 저 탑'까지 걸어가 보기로 한다. 평소와는 다른 장소와 시간으로 한 발짝을 내디딘 주인공은 해방감을 맛보면서 열심히 탑을 향해서 나아간다. 그렇게 걷다 보니 어느새 마음이 서서히 자기 내면으로 향하게 된다. 미래에 대한 불안감을 안고 있는 주인공은

'이렇게 가다 보면 틀림없이 내가 찾는 무언가가 나타날 거야.' 라는 막연한 생각을 갖는다. 간신히 탑 앞까지 도착하지만 안쪽은 출입 금지라 들어가지 못한다. '갑자기 가슴속에서 무언가 알 수 없는 감정이 불끈 솟아나게' 된다. 밤 10시가 넘어 집으로 돌아가

는 열차를 탄 주인공은 터져 나오려는 눈물을 온 힘을 다해 꾹꾹 눌러 삼키다가 끝내 참지 못하고 열차 안에서 울음을 터뜨리고는 아픈 마음을 혼잣말로 늘어놓는다.

이 이야기에 표현된 것은 세계로부터 소외되어 있다고 느끼는 소녀의 절절한 부르짖음이자 마음속의 외침이다. 타인 혹은 세상과의 관계 속에서 외톨이로 남겨진(그렇게 생각하는) 한 소녀의 생생한 목소리를 담은 이 작품은 「탑의 저편」이라는 제목의 유사성까지 고려했을 때 「구름의 저편, 약속의 장소」의 프리퀄이라고 볼 수 있다.

이 작품과 「구름의 저편, 약속의 장소」의 접점으로 두 가지를 꼽을 수 있다. 첫 번째는 '탑'이라는 랜드마크의 설정이다. 탑은 주변 경관을 하나로 묶어 주는 이미지의 집약체이자 지리적인 표식이다. 에조 땅에 솟아 있는 유니언의 탑을 쓰가루 반도에서 바라보는 주인공들의 눈에 그 탑은 '손에 닿을 듯 가까이 보이면서도 갈 수 없는 장소'이다. 유니언의 탑은 동경과 외경과 집착을 일으키는 존재이자 대상이다. 「탑의 저편」에서 탑을 향한 작은 모험은 한때의 자유를 '나'에게 준다. 그런데 목적지인 탑에 도착하자마자 한껏 들떠 있던 마음이 갑자기 착 가라앉더니 '알 수 없는 기분'에 사로잡힌다. 여기서 「구름의 저편, 약속의 장소」와도 이어지는 두 번째 접점이 나타난다.

목적지에 이르게 되자마자 바로 그 순간에 목표가 사라져 버린다. 약속이 이루어졌을 때 약속의 장소가 소멸한다. 그러니까 목적을 달성한 이후에 어떻게 처신하느냐가 문제의 핵심이다. 탑에 도착한 '나'의 감정의 공중분해를 「구름의 저편, 약속의 장소」에 나오는 세 명의 등장인물인 히로키와 타쿠야, 그리고 사유리도 경험한다. 세 사람의 행동을 규정하는 것은 중학교 3학년 7월 초순에 구름다리가 있는 폐역 플랫폼에서 한 약속이다. 그 약속이란 사유리를 베라실러에 태우고 탑까지 비행한다는 것이다. 「구름의 저편, 약속의 장소」는 '약속에 대한 이야기'다. 사유리의 병이 점점 깊어져서 약속은 보류된 채 세 사람의 관계는 일단 깨지지만, 대립과 소통을 막는 갖가지 역경을 뛰어넘어 어떻게든 약속을 실현하겠다는 강한 의지로 그들은 다시금 뭉친다. 세 사람의 일상을 세세하게 다룬 이야기는 그대로 유니언과 미일 연합의 대립을 비롯한 국제 정세와도 밀접하게 연결되어 있다. 이 작품이 가진 이야기로서의 역동성은 최소화된 '개인의 삶'과 최대화된 '역사'와의 자연스런 융합으로 만들어진다.

한 작품의 소설화는 대개 원작인 영화나 만화, 애니메이션, 게임 등과 같은 영상 매체로 된 작품을 소설의 표현 세계로 바꾸어 놓는 미디어 믹스의 일환으로 여겨진다. 어디까지나 원작이 주가 되고 그것을 바탕으로 한 소설은 부차적인 표현물로 간주된다. 가노 아라타의 글로 된 이 책 또한 신카이 마코토 감독의 애니메이션을 소설로 만들어 놓은 작품이기는 하나 단순히 원작의 설정과 스토리를 글로 옮겨 놓은 것이 아니다.

저자가 이 책에서 한 작업은 크게 두 가지로 꼽을 수 있다.

첫 번째는 원작의 스토리를 보완하는 작업이다. 영상 작품은 시간에 의존하는 표현 형식이다. 작품의 길이가 정해져 있으며 관객은 두 시간짜리 영화라면 두 시간 동안 그 작품을 감상한다. 반면에 소설은 독자에게 미디어를 조종할 권리를 주는 매체다. 독자는 한 권의 책을 원하는 때에 원하는 장소에서 원하는 시간만큼 읽을 수 있다. 단위 안에 넣을 수 있는 정보량 또한 소설 쪽이 압도적으로 많다.

소설화된 『구름의 저편, 약속의 장소』에는 원작을 보완하는 디테일이 많이 들어 있다. 예를 들면 하얀 날개라는 뜻을 가진 베라실러라는 이름을 지어 준 사람이 사유리라는 점이다. 혹은 윌터 해방 전선의 비밀 기지에 침입한 히로키에게 오카베가 총을 겨눈 아슬아슬한 위기를 타쿠야 덕분에 벗어나게 되는 장면. 아미 칼리지 시설에서 사유리를 데리고 나오다가 타쿠야가 토미자와 교수와 대치하는 장면 등. 이밖에도 많은 장면에서 원작에는 나오지 않는 이야기의 간극을 메우는 시도를 소설에서 하고 있다.

이 책에서 저자가 한 또 하나의 작업은 원작의 설정과 구성과 이야기 내용을 더욱 크게 만들어 새로운 플롯이나 취향을 덧붙인 일이다. '여름'에는 중학교 같은 반에서 만난 히로키와 타쿠야가 항공 모형을 제작하는 작업을 통해 '최강 콤비'로 서로를 인정하는 관계에 이르게 되기까지의 과정에 많은 지면이 할애되어 있다. '탑'의 '11'에는 애니메이션 판 엔딩 이후에 일

어난 후일담이 나와 있다. 미야자와 겐지의 작품 세계를 은유하

는 문구를 대담하게 인용하는 방법 또한 저자의 발상일 것이다.

그중에서도 중요한 부분은 '잠'에서 히로키와 미즈노 리카가 나오는 여러 장면이다. 신카이 마코토 감독의 소설 『초속 5센티미터』에 사회인이 된 주인공 타카키의 연인으로 '미즈노 리사'라는 이름의 여성이 등장한다. 한 글자 차이인 두 이름은 독자들의 상상력을 크게 자극한다. 원작에는 리카의 등장 장면이 한정되어 있지만(원작 애니메이션에는 그녀의 이름이 나오지 않는다) 소설에서는 리카가 네 번째 주인공이라고 할 수 있을 정도로 큰 역할을 하는 등장인물로 바뀌어 있다.

사유리를 잃고서 인생의 목적을 상실한 히로키는 고향을 떠나 도쿄에 있는 고등학교로 진학한다. 학교와 기숙사를 왕복하며 학업에 힘쓰는 것 말고 딱히 하는 일 없이 하루하루를 보내던 히로키 앞에 나타난 사람이 리카다. 어떤 일을 계기로 두 사람은 급속도로 가까워진다. 그러나 그 관계는 '친구도 애인도 아닌' 사이에 머문다. 꿈속에 나타나는 사유리에게 사로잡힌 히로키는 리카에게 마음을 열지 못한다. 홀로 힘들어하면서도 마음을 닫고 있는 히로키에게 리카는 절망한다. 사유리와 리카는 히로키의 감정을 '비추는 거울'이다. 세 사람의 묘한 삼각관계는 무라카미 하루키의 『노르웨이의 숲』에 나오는 '나'와 나오코와 미도리의 관계를 연상케 한다. 벽으로 둘러싸인 다른 세계에 갇혀 있는 내향적인 성격의 사유리는 나오코이고, 발랄하고 적극적인 태도 속에 외로움을 감추고 있는 리카는 미도리이다. 이 작품은 '16년 전 그해의 특별했던 여름날의 기억'을 회상하는 서른한 살이 된 히로키의 독백으로 시작된다. 예전에 일어났던 사건을 일인칭 시점에서 돌아보는 독백으로 된 이야기 방식 또한 『노르웨이의 숲』과 동일하다.

원작에서는 삼인칭에 일인칭을 섞은 카메라아이가 도입되었지만 이 책에서는 '나', 즉 히로키의 일인칭 시점으로 통일되어 있다. '잠'의 '7'에 '그것이 내가 이 글을 쓰고 있는 이유다.'라는 문장이 있다. 이 책은 히로키가 쓴 수기 형식으로 되어 있다. 메타픽션의 구성을 채택하는 것으로 '어째서 히로키가 이런 이야기를 쓸 수밖에 없었는가'하는 이유 자체가 하나의 이야기가 되는 방식이다. 그런 형식으로 이야기를 제시하는 방법 자체에서 원작 애니메이션에 대한 저자의 '비평'을 엿볼 수 있다. 비판적인 픽션인 이 책은 그런 점에서 원작과 대치하는 위치에 있다.

이 책의 클라이맥스는 사유리와 한 약속을 지키기 위해 잠들어 있는 사유리를 베라실러에 태우고 히로키가 조종해서 탑을 향해 날아가는 장면이다. 탑과 사유리는 한 몸처럼 동기화되어 있기에 탑을 파괴하면 사유리의 생명 활동도 위험에 빠질 수 있다. "사유리를 구하느냐, 세계를 구하느냐."라는 타쿠야의 말에 단적으로 표현된 딜레마는 '사유리를 구하고 동시에 세계도 구한다'라는 용기 있는 선택과 행동으로 해결된다.

여기서 다시금 새로운 딜레마가 나타난다. 잠에서 깨어나면서 사유리는 히로키에게 가지고 있던 마음이 모두 사라져 버린다. 현실 세계에서 눈을 뜨면서 사유리는 그때까지 가지고 있던 히로키에 대한 특별한 감정이 송두리째 날아가 버린다. 외톨이로 갇혀 있던 꿈속, 그러나 히로키와 감정을 동일화할 수 있던 평행 세계에서 이쪽으로 돌아오는 대신에 사유리는 둘도 없는 기억을 잃어버리고 만다.

설화적인 구조에 맞춘다면 이야기 마지막에 '잠자는 공주'인 사유리의 눈을 뜨게 만드는 것은 왕자 역할인 히로키의 키스여야 한다. 그런데 이 책에서는 왕자의 키스로 잠에서 깨어나 행복한 결혼에 이르는 로맨틱한 사랑 이데올로기가 거부된다. 오히려 약속의 실현이 약속의 장소를 사라지게 만든다. 무언가를 얻기 위해서 무언가를 잃어야만 한다는 딜레마가 모습을 드러낸다. 원작과 다른 엔딩이 마련된 이 책에서도 '약속의 장소를 잃어버린 세계'에 사는 히로키와 사유리의 갈등과 결단이 주제가 된다. 상실은 히로키와 사유리의 선택과 행동의 결과물로 주어진 '자산'과도 같다.

이 책의 마지막 부분에는 '자산으로서의 상실'을 끌어안고 어떻게 살아갈 것인가, 하는 주제가 전면에 부각된다. 진정한 '각성'을 위해 결단하는 사유리의 선택도, 그런 사유리의 선택을 받아들이는 히로키도, 고등학교 시절 3년간의 일기를 보내온 다음 히로키 앞에서 자취를 감춰 버린 타쿠야의 행동까지 모두 그들이 그 이후의 인생을 주체적으로 살아가기 위해 아프더라도 꼭 해야 하는 결단이었다.

그런 결단을 지나야만 작고 보잘것없는 희망의 싹이 모습을 드러낼 수 있다. '희망'이란 상실을 지나고 선택을 다 하고 결단을 넘어야만 보이게 되는 '무언가'의 다른 이름이다. 그런 의미에서 소설 『구름의 저편, 약속의 장소』는 희망에 대한 이야기라고 할 수 있다

구름의 저편, 약속의 장소 *The place promised in our early days*

2022년 12월 17일 1판 1쇄 인쇄 | 2023년 4월 18일 1판 4쇄 발행

원작 신카이 마코토 | 지은이 가노 아라타 | 옮긴이 임희선 | 발행인 황민호
콘텐츠4사업본부장 박정훈 | 편집기획 김순란 강경양 김사라 | 디자인 All design group
마케팅 조안나 이유진 이나경 | 국제판권 이주은 김준혜 | 제작 심상운 최택순 성시원
발행처 대원씨아이(주) | 주소 서울특별시 용산구 한강로 3가 40-456
전화 (02)2071-2018 | 팩스 (02)749-2105 | 등록 제3-563호 | 등록일자 1992년 5월 11일

www.dwci.co.kr

ISBN 979-11-6979-198-4 03830